第八届鲁迅文学奖

获奖作品集

文学理论评论卷

中国作家协会
鲁迅文学奖评奖办公室 编

作家出版社

目 录

第八届（2018—2021）鲁迅文学奖文学理论评论奖评奖委员会

主　任：阎晶明

副主任：陈晓明　何向阳

委　员：（按姓氏笔画为序）

刘大先　杜学文　杨　扬

张　陵　陈剑澜　岳　雯

耿占春　赖大仁

第八届（2018—2021）鲁迅文学奖文学理论评论奖获奖作品名单

（以作者姓氏笔画为序）

作品名称	作者	出版单位	出版日期	责编
《新时代文学写作景观》	杨庆祥	上海文艺出版社	2021 年 12 月	李伟长 崔莉
《批评的返场》	何平	译林出版社	2021 年 12 月	管小榕
《小说风景》	张莉	人民文学出版社	2021 年 12 月	赵萍 王昌改
《中国当代小说八论》	张学昕	作家出版社	2021 年 10 月	李亚梓
《编年史和全景图——细读〈平凡的世界〉》	郜元宝	《小说评论》	2019 年第 6 期	陈诚

获奖作品《新时代文学写作景观》作者杨庆祥

杨庆祥简介：

　　杨庆祥，1980年生。诗人，批评家，中国人民大学文学院教授、博士生导师。出版有著作《80后，怎么办》《社会问题与文学想象》《新时代文学写作景观》，诗集《我选择哭泣和爱你》《世界等于零》。获第八届鲁迅文学奖、第四届冯牧文学奖等。

获奖感言

杨庆祥

非常荣幸能够在"延安文艺座谈会"八十周年之际接受一个以中国现代文学之父命名的文学奖项。延安和鲁迅,这两个现代的原点,由此神奇地交汇在了一起。他们几乎构成了中国现代的两极,一极代表着实践、大众和现代性的社会装置;另一极代表着个体、心灵和以精神搏斗为第一要务的生命装置。他们是日月双轮,同向而行,由此生成了一种富有张力、充满裂隙和可能的中国式命题,并在每一个当下时刻被召唤为指南针和牵引机。

鲁迅不是学院意义上的批评家,但他的全部作品,从《狂人日记》《故事新编》到《魏晋风度及文章与药及酒之关系》都可以视为广义上的批评。他也不是典型的理论家,但由他的作品所窥见的现实与人性,却启发了一代一代原创理论的创制。在这个意义上,鲁迅是全能的作者,他由一点即可把握全部,由一孔即可透视世界,他的文章学即病理学,他本来也就是战士、医生和教师的合体。

虽然我从小熟读鲁迅以及现代巨子们的作品,但却从没有立志以文学批评为业。很多时候我以为这不过是机缘巧合或是现实生活的需要,但随着年岁渐长,我意识到这里面有一种冥冥的前定。这种前定当然不是一种神秘的玄学,而是语言和生命的暗示和诱惑。在那些以汉语铸就的词语和词语的无形河流之中,我听到了幽微、沉着、执拗的低音——就像那些伟大的族谱,它需要新鲜的奶与蜜、血与肉。一切当代和未来的写作,无论怎么断裂和变化,都不得不加入到汉语的谱系中,虽然在很多时候,语言的族谱就像沙之塔水之书一样不可捉摸,但是除了写下来,不停地写下来,我们别无他途。

在那些熠熠生辉的名字的指引下,我努力一次次擦亮语言,在明灭之间将生命的正义与语言的正义融为一体。我切切地盼望我的写作免于平庸，就像我切切地要求自己的生命免于庸俗，但我并不能在终点来临之前评判自己，因此，我要再次感谢鲁迅文学奖的评审方，你们的判断和肯定将成为一个写作者长路上的甘霖，并使他常怀的愧疚之心，稍微得到一点正信。

一切荣誉都归于那个被我们称为"文学"的精灵！

2022 年 9 月 16 日

新时代文学写作景观（节选）

★杨庆祥

这是一个人民的世纪
——第八次全国青年创作会议大会发言

尊敬的各位与会代表，亲爱的青年作家同行们，大家下午好！

很荣幸能以一个青年写作者的身份在这里发言。我发言的题目是《这是一个人民的世纪》。

众所周知，自现代以来，青年就不仅仅是一个生理学的概念，它更指向一种热烈的青春气质和丰沛的创造性力量。青年写作的图景，也不仅仅是一种文字的自动表达，而更是一种心灵形式和历史形式，就前者而言，它"内图个性之发展"，就后者而言，它"外图贡献于群"。这两者的综合，奠定了整个中国现代写作的起源和经典谱系，鲁迅、郭沫若、茅盾、巴金、老舍、曹禺、沈从文、赵树理、孙犁、柳青、路遥、汪曾祺，这些卓越的创造者正是以一种深刻的"青春性"从历史中获得了形式，并将精神性的光谱，折射进推动民族解放、社会进步和美学构造的实践行为中去。由此，写作不仅仅是在解释和想象世界，同时也在改造和建设世界。

"萧瑟秋风今又是，换了人间。"时序轮回，转眼我们已经站在了21世纪的第二个十年。当代法国哲学家阿兰·巴丢有一篇著名的文章——《世纪》，他开篇就提出疑问："这是谁的世纪？你们的还是我们的？"我想借用他的这个提问，来理解我们身处的此时此刻以及此时此刻一个青年写作者的责任和义务。

这是一个商业的世纪吗？资本和利润构成了这个世纪的重要逻辑，在一种高度物质化的语境中，精神性因为猛烈的撞击而变得复杂多变起来。

这是一个游戏的世纪吗？我们必须承认，有一种不严肃的虚无和虚拟正在我们的世纪游荡，它嘲笑着正剧，解构着价值，却在患得患失中失去了生活的质数。

这是一个"网红"的世纪吗？多媒体的技术发展以一种即时性的方式参与着文化的生产和传播，并在这种传播中获得一种可能过于浮夸的存在感。

不，这些都不过是居伊·德波所谓的景观化的表象，如果我们的青年写作仅仅停留在这些景观化的层面，就会因为某种内在性和整体性的丧失而失去对话的力量。

我亲爱的青年同行们，我们正处在一个急剧变动，迅猛发展的时代，多元并存的文化观和价值观丰富着我们的认知视野，同时也在以不同的方式拉扯着我们。青年面临着诱惑，青年写作的道路并非一片坦途。

那么，究竟什么才是我们这个世纪的重心？或者说世纪的重心以什么形象呈现其美学和历史的内容？经过长久的思考，我的回答是，人民！是的，这是一个人民的世纪。这里的人民，不是抽象的概念和空洞的符号。他们是工厂里的工人、耕作中的农民，他们是脚手架上的务工者，是讲台上的教师，是手术室里的医生，是我在早起和晚归的地铁里，遇到的一个个行色匆忙的上班族。是的，这就是我们的人民，在神圣劳动的召唤下，为追求人类幸福的自我完成和自我发展而不懈工作的普通人。

这是我们写作的生命之源和精神之源。我曾经在太行山区一个小镇的街头，听到两位母亲用河北梆子高唱她们的人生故事，其时群山肃穆，歌声嘹亮：对生的热切的渴望和信任，对世界的直接敞开和表达，用最贴切自我的形式，表达着普遍性的生命意志。这才是真正的艺术和真正的中国故事啊，那一刻，我被深深震撼了。

青年同行们，写作者的力量只可能来自于我们脚下的大地和我们身边的人民。这些年来，我和我的同代人们一直在创作中努力实践这种知行合一的美学观和写作观。我们忠实于自身的经验，但同时以一副白热的心肠投身于时代生活的热烈和喧嚣，它的阔大和无穷。在前辈作家的注视中，在同代人的和而不同中，我们汲取古今中西的滋养，创造了并将继续创造着我们的主体性、民族志和世界语。

我们还做得远远不够，但我们会一直努力。

我亲爱的青年同行们，真理必须探究，正义值得追求。时代从来不主动呈现其面容和形式。光荣属于那些执著探索和艰苦书写的灵魂。愿各位的作品能够给时代以铭记，愿我们伟大祖国和伟大人民的歌哭，在世界语中不朽！

谢谢大家！

2018 年 9 月 21 日

21 世纪青年写作的坐标系、历史觉醒与内在维度

一、如何界定"青年写作"

讨论青年写作的难度，首先在于怎么界定"青年写作"。这看起来就是一个极其模糊的词语，与其密切捆绑的概念还有青年作家、青年批评家、青年学者等等。即使从社会学的角度来说，对青年的界定也一直处于变动之中，目前社会学总体趋势是将青年的年龄无限后延，比如最新的指标是四十五岁以下——一些国家和机构甚至放宽为五十岁以下——而在早几年，这个指标是四十岁以下。这些后延的指标满足了一种"永远年轻"的心理期待，而变化不居的数字暗示了青年果然是意识形态争夺的峰地，谁拥有青年，谁就拥有未来。或者用另外一句更耳熟能详的话来表达——"世界归根结底是你们的"。你们，就是永远的青年。

在文学研究的场域，对青年的界定更是困难。按照斯坦纳的观点，

所谓文学理论，不过是为了应对现代科学理论而创造出来的一个概念，本身就具有很大的不确定性，在这个意义上当然也说不上有多少科学性。[1]近世以来，所谓的文学研究往往都是从社会学、历史学和心理学等等其他学科借鉴概念，这几乎毁坏了文学原本脆弱的根基，也从一定程度上削弱了文学的天性，让文学——尤其是所谓的文学研究面目可憎，对文学研究憎恶的话题容以后再发挥。我在这里想要强调的是，几乎难以对"青年写作"这一概念做出一个极具科学性的界定，它属于一种"习惯性用语"。如果按照索绪尔的观点，语言的本质不过是一种约定俗成[2]，那么在文学生活和文学话题中，大量使用"青年写作"之类的概念只能属于"约定俗成"。所以我只是在约定俗成的意义上来谈论青年写作。所谓的约定俗成大概指这么一种情况，当我们谈论"青年写作"这个词的时候，会自然地在眼前浮现一幅地图，这幅地图包括为数众多的作家、质量不一的作品，当然，还有一些含有价值判断的词语、记号和声音。

　　具体一点，从年龄结构来说，截止到目前，当下中国的青年写作大概指出生于1970年代、1980年代、1990年代这三个年龄层次的作家。80后、90后放进来自然毫无疑义，但是出生于1970年代的作家可能觉得有点勉强，毕竟，最大的70后已经整整五十岁了——这还是青年吗？这就涉及第二个问题，从文学史的判断来看，当下的青年写作还指向一种价值判断，即，这些作家作品是非经典化的，在艺术上还处于一种可塑期。或者更简单粗暴的表达是：他们还没有写出更好的作品！这一判断一方面可能来自批评家或出版人的吹毛求疵，另外一方面可能来自作家的谦逊或不自信。作家的谦逊或不自信是常有的事情，倒也不足为奇。矛盾的是批评家和出版人，他们在一种场合会对青年写作大唱赞歌，换了一个场合可能又会严加苛责，一方面他们会觉得青年写作已经构成了中坚力量，另外一方面又会在青年作家的书封上写下"一部堪比《活着》《白鹿原》"之类的推荐词。这暴露了对青年

① 参见乔治·斯坦纳：《语言与沉默：论语言、文学与非人道》，李小均译，上海人民出版社，2013年。
② 参见费尔迪南·德·索绪尔：《普通语言学教程》，高明凯译，商务印书馆，1980年。

新时代文学写作景观（节选）

写作认定的犹豫不决，这一态度有时候也会影响青年作家对自我的认识和判断——虽然在私底下他们都觉得自己已经写出了超越前代作家的作品，但在公开场合，他们还是愿意保持一种文学史的低调，虽然这一低调并不能给他们带来真正的进步。如果生理年龄偏小，这样的姿态倒也能赢得"好青年"的美誉，但是对于那些确实已经写出优秀作品的"大龄青年"来说，比如 70 后中的一些作家，这显然并不公平。有时候作家会抱怨时代的风气以及批评家的缺席，我记得作家阿乙曾经在朋友圈喟叹 50 后、60 后作家的好运：他们不仅碰到了好的文学环境，还有好的批评家——所以很快就被经典化了。但问题在于，好的文学时代、好的文学批评家和好的作家是不能完全割裂开来的，单个批评家的工作和认可并不能让鲁迅和沈从文成为经典，这里面涉及的时代、语境和运气，实在一言难以穷尽。但不管如何，对当下青年写作的观察和认知，也只能在这样一个略微尴尬的语境中展开。

二、以 1990 年代为原点的坐标系

第二个与青年写作相关的是坐标系问题。具体来说，一是写作的坐标系，一是批评研究的坐标系。先从后者说起。我在高校任教，这几年碰到的一个比较常见的问题是，中文系现当代文学专业的学位论文，尤其是代表最高研究水平的博士学位论文，处理青年作家的很少，即使有一些大胆的博士生想尝试一下，往往也是在开题的环节被批评得体无完肤。研究生们也许会在私下里认为教授们过于保守，且不关注当下的青年写作，但情况并非如此简单，即使像我这样从事当代文学批评的青年教师，其实也不敢特别鼓励学生以青年作家作为论文的选题。教授们往往用一句"不够经典化"来搪塞学生的质疑，学生们也往往苦于无法找到更多的知识备份和理论支持而空负一腔热情。一方面是大量的青年写作在涌现，一方面是对青年写作的阅读、观察局限于时评，无法转化为文学知识和历史经验。这种矛盾的情况，归根结底，是缘于批评和研究坐标系的阙失。

这一坐标系有多重要，可以用现代文学史上的"青年作家"来做例子。鲁迅写《一件小事》，郭沫若写《天狗》，巴金写《家》……从

生理年龄上看，都属于"青年写作"，但因为有了"五四启蒙主义"这一大的坐标系，这些作品都获得了远远超出其"文本价值"的文学史价值。试想，如果没有"国民性批判"这一坐标系，我们就很难对《一件小事》《肥皂》这样的作品进行经典化；同样，如果没有"反抗旧式家庭，寻找现代个人"这样的阐释坐标，《家》大概也就是一部青春流行小说。出生于1950年代、1960年代的"青年作家"比如莫言、余华等，同样得益于"80年代新启蒙"这一批评坐标系的确认，正是在这一坐标系里，文学的人道主义和实验性才得到鼓励、肯定和放大。如果再稍微放宽历史的眼光，我们会发现从"五四"第一代知识分子和写作者开始，到1980年代第六代知识分子和写作者，①其实在分享着共同的坐标系"红利"。从"五四"的启蒙主义到1980年代的新启蒙运动，虽然其中有国民性批评、安那其主义、左翼、京海派、解放区文学、现代主义等等潮流和理论的抵牾，但是在其根本上，都是这一坐标系的变种。用现代汉语来书写和塑造现代中国人的生命形态和生活情状，并使之进入文明的行列，是这数代写作者的根本旨归。也正是从这一坐标系出发，作家王安忆才得出了"我们和鲁迅是同一代人"②的结论，理论家如杰姆逊也能够顺理成章地将中国现代以来的文学书写认定为是"民族寓言"的写作。③

那么，对本文要讨论的青年写作来说，这一启蒙主义的坐标系还适用吗？1990年代以来，受后革命语境的影响，中国的思想界和理论界"反思启蒙，告别革命"成浩然之势，其既得力于1960年代兴起的后结构、后殖民等等"后学"理论的支持，又有1990年代兴起的消费主义和商业化写作的现实加持，这一启蒙主义的坐标系似乎不再适合新一代的青年写作。但是如果站在2020年回过头去认真观察21世纪以来这二十年的青年写作，就会发现即使是那些被目为通俗的作家作品，如安妮宝贝、卫慧，甚至是郭敬明，都在其作品里展露出了某种

---

① 这里借鉴了李泽厚对百年知识分子的代际划分。参见李泽厚：《中国现代思想史论》，东方出版社，1987年。

② 王安忆在第七次全国青年作家代表大会上的发言。

③ 参见弗里德里希·杰姆逊：《处于跨国资本主义时代的第三世界文学》，张京媛译，《当代电影》1989年第6期。

"寓言性"。更遑论那些告别了自动写作和青春期抒发，以更厚重的作品进入到当下的青年写作。也就是说，自鲁迅以降的启蒙主义坐标系并没有完全失效，当下的青年写作依然可以放在这个坐标系里去进行历史化和经典化。

这么说并非出于一种文学史的保守，而是意识到一个基本的事实，现代汉语写作不过区区百年的历史，借助这一语言书写所需要完成的作家的启蒙、读者的启蒙，以及语言本身的启蒙还远远没有完成。在这个意义上，坐标系的原点虽然不停地在位移，但是其基本的轴线却没有改变。

如此并非就是要以鲁迅的标准来要求当下的青年作家，这恰好是我要反对的历史绝对主义。我想强调的是，坐标的轴向虽然大致不差，但坐标系的原点至关重要，鲁迅那一代人的原点是"五四"，在某种意义上，鲁迅全部的作品都在回应"辛亥革命"；莫言那一代人的原点是"文革"和"改革开放"，在这个原点上他们构建了自己的人道主义和美学观念。出生于1970年代以后的青年一代的原点则是1990年代，在这个原点上中国从一个以政治为核心驱动力的国家转向一个以经济为核心驱动力的国家，尤其在1990年代后期，更是全面融入世界政经秩序之中。[1]这一代青年写作者以1990年代为原点，在纵向上与鲁迅、莫言等人的新文学写作一脉相承，在横向上则与世界文学保持着密切、频繁且深入的交流互动，并生成了其独有的美学风格——这一美学风格的具体内容下文再阐释。就批评和研究来说，如果我们从这一坐标系出发，也许会放下某种文学史的傲慢——我一直惊讶这种文学史的傲慢来自何处——真正去面对我们当下青年写作的成就，并推动其历史化和经典化，据我所知，这方面的很多工作已经在卓有成效地展开。[2]

---

[1] 对1990年代更具体的论述可参见我近期完成的一篇论文《九十年代断代》，发表于《鲤·我去2000年》，民主与建设出版社，2019年。

[2] 比如孟繁华、张清华主编的《身份共同体·70后作家大系》，收录70后作家二十余位；杨庆祥主编的《21世纪文学新坐标大系》第一辑收录二十多位70后、80后作家，单本成书，包含代表作、代表评论、作家年表等等，即将由江苏文艺出版社出版；广州的《作品》杂志自2020年起大篇幅刊登关于70后作家的评论；中国人民大学、北京师范大学等高校举办系列工作坊，致力于70后、80后作家的深度研究，等等。

三、青年写作的"历史觉醒"

以1990年代为原点的坐标系不仅仅是一种批评家的建构，也是基于对这一代青年写作的观察。实际上，依照系统论的原则和文学史的经验，任何一个有效坐标系的建立，都是合力的结果。具体来说，批评的坐标系必须建立在"文本自洽"的基础之上，也就是说，作品本身提供了一种召唤性的结构，这一召唤性结构在某一时刻被唤醒，于是，文学史的偶然变成了一种必然。在中国古代文学史上，陶渊明和杜甫的经典化提供了这种由偶然而必然的典型案例。好在时代的加速已经不需要如此漫长的等待，据我的观察，在这一代的青年写作中，召唤结构已经颇具规模。具体表现在以下几个方面。

第一，我以为这一代的青年写作经历了一个由"自动写作"到"自觉写作"的转变，在这一过程中最重要的是历史意识和现实意识的双重觉醒。自动写作主要基于一种情感或者情绪表达的需要，从风格上看带有强烈的"文艺腔"，这一点在70后和80后早期的一些作家作品里面表现得非常突出，比如安妮宝贝的绝大部分作品，张悦然的早期小说以及韩寒和郭敬明的全部作品（包括他们后来的影视作品）。这一"文艺腔式"的写作有其最初的可贵，情感的"真"是其主要的美学伦理。但是这一情感的"真"不但难以持久，而且很快就在商业的诱导下变得模式化和浅薄化。所以"自动写作"并不是问题，问题在于被商业诱导的"自动写作"变成了一种"投机主义"的写作。这一写作的集大成者为韩寒和郭敬明，他们一直在这个层次里打转，所以最终只能成为一个速朽的通俗作家。与此相反，有抱负的青年作家普遍追求一种"自觉写作"，这一转变至关重要，我将之称为"历史的觉醒"，同时也是一种写作的成人礼。于是我们可以看到李修文在停笔十年后复出的《山河袈裟》和《致江东父老》等作品，因其厚重的历史视野完全超越了前期如《滴泪痣》那样"浓艳"的书写方式，简直就是一次脱胎换骨的重生。徐则臣的《北上》和葛亮的《北鸢》用长时段的历史叙述构建国人的现代性追求；鲁敏的《六人晚餐》和张悦然的《茧》，将笔触伸向了父辈的爱与罪；张楚的《中年妇女恋爱史》、双雪涛的《平原上的摩西》、孙频的《光辉岁月》、周嘉宁的《了不起的夏天》通过对特定历史时段或者事件的书写建构了新的想象；梁鸿的非虚构则聚焦于农村转型的困境；最近的一个例子是路内，在2020年1月刚刚出版的长篇小说《雾行者》中，他将写作的所叙时间锁定在了1998—2008这十年，用路内的话来说，他要处理的是"人口流动"这一独属于1990年代的特殊历史现象……这些写作都带有强烈的历史意识。需要注意的是，历史意识并非历史题材，这几年网络文学尤其盛行历史题材的写作，其中很多作品以静止的态度消费历史事件和人物，往往止步于故事传奇的层面，即使有时候故作深刻地采用"现代人穿越回古代"之类的叙事策略，也无法改变其心智低幼和历史虚无的本质。缺乏历史意识的历史题材作品大行其道是我们这个时代审美的弊病，好在真正有历史意识的作品也从来没有缺席，而且注定会获得更长久的生命力。

历史意识指的是"历史"与"当下"的双重甚至多重辩证，没有"当下"的"历史"是历史僵尸，而没有"历史"的"当下"是当下巨婴。这一代青年作家的历史觉醒正是他们摆脱"僵尸"和"巨婴"的过程，同时，几乎也是一种现实意识的觉醒。"历史能够被经常和重新解说，并不意味着那些被称为历史的东西本身发生了变化，而是人类智慧实现了自足。这句话隐含的意义是，解释历史是为了解释现实与未来。"[1]

这些青年写作将历史的原点紧紧地锚在了1990年代，1990年代构成了认知的装置，在民族国家、资本主义、全球化、私有制、消费主义和个人欲望之间展开书写，在此谱系上，我们才可以理解最近引起讨论的"东北书写"的意识形态，以及相关如双雪涛、班宇、郑执等的写作。同时，石一枫、王十月、哲贵、房伟、蔡东、刘汀、王威廉、文珍、南飞雁、崔曼莉、浦歌、郑小驴、朱文颖、谢络绎、李清源、马拉等人的"现实书写"，也是经过历史慎重透视过的当下现实的新活体。即使在以类型化著称的科幻或悬疑作家那里，比如在陈楸帆、蔡骏、江南、宝树、飞氘、夏笳、阿缺、刘洋、王诺诺、王侃瑜、双

---

① 江山：《互助与自足——法与经济的历史逻辑通论》，政法大学出版社，2002年。

翅目、汪彦中等人的作品中，历史意识的觉醒也为"类型"提供了丰厚的人文支持。

第二，内在的"现代性"书写。中国现代文学以"现代"区别于古典文学，现代是其根本的属性。除了语言、形式上的现代外，题材和景观的选取也确然有别。古典文学最重要的题材是以农耕为主的田园乡土，而现代文学则将目光转向了以工业和消费为主的城市。城市书写构成了现代文学"现代性"书写最重要的组成部分。早期的现代性往往是以"震惊"的方式进入作家的作品，我们可以想到茅盾《子夜》里吴老太爷进上海的那一段经典书写，那基本上隐喻了中国人遭遇现代性的初始体验。对于从鲁迅到莫言这几代作家来说，这种"震惊感"一直是盘旋不去的情感结构。与前几代作家生活在一种由乡土向城市剧烈转变的语境不同，这一代青年作家与中国的城市化基本上是同构的——在现实层面，中国自 1980 年代以来城市化进程加速完成，在想象的层面，即使是一部分出生于乡村的青年作家，也通过现代媒介提前获得了一种城市经验，尤其是电视、电影、录像等影像媒介在 1990 年代的普及。这导致了对城市不同的体验方式，如果说前几代作家因为"震惊"或者"炸裂"的体验而更着力于书写城市庞大的景观和异化的主题，那么，这一代青年作家已经平静地接受了这些，并将其视作城市天然的一部分。在有乡土生活经验的作家那里，比如金仁顺、乔叶、李凤群、东紫、甫跃辉、马金莲、陈崇正、周暄璞等，城与乡不再是对抗的存在，而是找到了一种对话和平衡。对于没有乡土生活经验的作家，比如笛安、黄昱宁、张惠雯、马小淘、大头马、李燕蓉、姬中宪、周李立等，虽然都市男女、物质欲望依然构成了重要的书写主题，但是那种欲望却有了非常体贴的肌理，像《景恒街》《章某某》这种书写又带有一种对资本主义功利原则的反思。而在更年轻一些的作家那里，比如小珂、余静如、辽京、李唐、张玲玲、张亦霆、孟小书等，读者已经无法在其作品中辨认出具象的城市，城市已经成为生活的自动装置，同时这也意味着，一种具有普遍意义的现代性书写在青年一代作家这里已经成熟。

第三，在历史意识的觉醒并将现代性不断地内在化的过程中，这一代青年作家形成了鲜明的个人写作标识。这一标识有的是通过叙事方式来确立的，比如李宏伟、弋舟、黄孝阳、陈鹏、李浩、康赫、霍香结、黄惊涛、闫文盛等，这一类写作往往被纳入"先锋写作"的概念范畴里去，但实际上依然是植根于当下经验的及物性写作——在艺术领域，自"印象派"以来，先锋一直就是现实主义的变体。有的则是通过对文学地域的建构或者特定群体的书写来确立的，比如付秀莹的芳村、赵志明的苏南水乡、朱三坡的中越边境、任晓雯的苏北，林森的南方海岛，郭爽的黔东南小城，张怡微的上海弄堂，颜歌的平乐镇，包倬的云南山区，董夏青青的兵团，周恺的川西南，郑在欢的驻马店，丁颜的西北临潭等。散文作家则天然地拥有地理的情结，比如李娟、沈念、胡竹峰、张天翼、侯磊等等。即使在阿乙、田耳、黄咏梅、魏微、计文君、小白、斯继东、王占黑、庞羽、魏思孝、王苏辛、孙一圣、李晁、徐衎、林培源等的作品中没有清晰的地理标志，但是也会有一个有特色的"群体"成为书写的中心，比如警察、工人、知识分子、家庭女性等，这一类群体，往往又是在一个大概的区域内活动，工厂、社区或者某个小城镇。还有一类以"解构"为其写作鹄的，比如李师江、曹寇、手指、赵挺等，这一类写作的谱系可以追溯到王小波和王朔，不过后继者日渐稀少。

特别需要提及的是诗歌写作，毫无疑问，诗歌写作构成了 21 世纪青年写作重要的一部分，但有意思的是，当我们谈论"青年写作"的时候，往往无意识地将其局限于叙事文学。诗人在我们的时代重新变成了一个匿名者，需要以显微镜的方式去予以辨别和指认。这么说并非是说诗人和诗歌从社会生活和文学生活中退场了，恰好相反，进入 21 世纪以来，因为技术、资本等等力量的介入，诗人和诗歌变得空前"热闹"起来，但是这种"热闹"并不能掩盖真正的阅读其实是缺席的——我在豆瓣网上找到一本诗人黄礼孩 2001 年主编的《70 后诗选》，没有任何一条短评，也没有人打分，豆瓣显示只有一人读过。诗歌的写作、发表和阅读相对于叙事文学来说，更小众化也更圈子化，它经常面临的文学史事实是：那个真正的诗人隐匿在舞台的下面，他在等待一种事后的加冕。以 1990 年代为原点的坐标系当然也可以用来度量青年诗人们的写作，但是因为诗歌写作本身的碎片化、随意性和情绪化，这种度量有时候变得更加困难。历史的觉醒固然已经内化为诗歌写作的一部分，但除了早期借助某种口号或者诗歌标签所带来的标识，相对于青年作家来说，大部分青年诗人的个人面目还有些模糊。

无论是小说、散文还是诗歌，以上的总结当然不能囊括全部，整体性与个体性的矛盾又使得这种描述难免挂一漏万，而青年写作的含义，必然就包含着反对建制的力量。这恰好是我要强调的，每一次命名和总结都是删繁就简的过去时态。我个人更愿意看到的情况是，批评家们今天作出的判断，第二天就被青年写作的实践证伪——个人标识只是时段性的，它必须在不断的未来写作中得到扩大和丰富。

四、青年写作存在的问题

最后，作为这一代青年写作者中的一分子，再写几句自我批评的话。

这一代青年写作者大都接受了完整的教育，本科、硕士、博士。还有一部分作家有海外求学的经历。所以青年写作者大都视野开阔，审美趣味高级，知道什么是真正的好东西。但是，这可能会造成一个问题，就是这一代青年作家拥有的间接经验过多，会导致写作直接性的阙失，二手经验和二手知识会让写作产生一种隔阂。文学与哲学、历史的区别，就在于它需要直接地感染人、感动人，用情感而不是理性，用形象而不是公式。

文学不是对世界的简单模仿。在希腊语中，模仿的最初语义是指"创造"。也就是说，即使是在模仿的语境中，文学也要创造一个世界，而这个世界，和已存的物理世界是平行的，它们互相作用。是生活效仿艺术呢还是艺术效仿生活呢？这个问题永远都不会有答案。对于青年一代写作者来说，任何单一向度的价值观和世界观都会导致写作走向窄路并最终死亡。不是简单的顺应或者简单的反对，而是要以对话的姿态进行自我和世界的建设，我觉得这是青年作家的"义务"——我在双重意义上使用义务这个词，斯多亚学派和康德。斯多亚学派认为义务是服从自然的善，而康德认为义务是服从于主体的善。青年写作者至少应该在这两个层面完成自我的启蒙和养成，与前几代作家不同，这一启蒙和养成首先要从"潮流"里面剥离，并强化其精神强度。这一代的青年写作者与经典作家还有差距，这一差距首先是内在维度的差距，我们的生活世界和精神世界过于泡沫化——这与现实世界的发展密切相关，对于很多人来说，参与这种泡沫的狂欢也许是唯一的选择，但是对于有抱负的青年写作者来说，这种泡沫化恰好是需要克服的时代痼疾。

文学和写作从来就没有我们想的那么重要，也从来没有我们想的那么不重要。一方面，它肯定会越来越工业化和资本化，与此同时也会越来越个人化和内在化，这是一个看起来矛盾实际上同构的方向。不仅仅是青年作家，每个人都会做出自己的选择。有些人会放弃写作，有些人会成为游戏者，有些人会成为真正的骑手——而真正的骑手诞生于那些坚持真理，胸怀大地和民众的写作者之中。

2020 年 2 月 19 日改定

"非虚构写作"的历史、当下与可能

一、"非虚构写作"的问题意识

从传播的效应和扩散的程度上来说，"非虚构写作"是近年来最重要的文学概念。根据研究者的考证，早在 2007 年"《钟山》杂志就开设了'非虚构文本'栏目，……但直到《人民文学》2010 年 2 月打出'非虚构'的旗帜，这一概念方在中国大陆推广开来"①。在批评家看来，"'非虚构'是在《人民文学》、创作者以及大众趣味合力作用下的产物，其内里，系'利益'的调适与妥协"。具体来说就是："'非虚构'的出炉，乃意识形态、知识分子、大众在文学领域的一次成功合作，利益的'交集'或曰合作的基点，即前文所述的'中国叙事'：《人民文学》于此看中的是正统风格的延续，对文坛（尤指市场语境下个人写作的无序化）的干预；知识分子则趁机重建启蒙身份，投射、抒

---

① 李丹梦：《"非虚构"之"非"》，《小说评论》2013 年第 3 期。注释 2。

写久违的启蒙情致；大众则在此欣然领受有'品味'的纪实大餐。三方皆大欢喜，'吾土吾民'就这样被'合谋'利用了。"①

从观念的层面来说，上述分析有其道理，虽然某些断语带有"挑剔"的臆测。不可否认的是，"非虚构写作"自提出之际，对于其命名的逻辑和合法性一直就存在争议。其中争议最大的就是如何区分"非虚构写作"与"纪实文学"或者"报告文学"的差异。这样的争议在某种意义上是去语境化的，因此也就不会有合适的答案，甚至为"非虚构写作"在中外文学史上找一个可以凭借的传统也是一种缘木求鱼之举：在西方，它的源头被追溯到卡波特的《冷血》，而在中国，它的源头甚至被追溯到夏衍的《包身工》。实际上，就"非虚构写作"在其发源地美国的情况而言，其命名也曾一度与"新新闻主义"界别不清。当卡波特为《冷血》命名为"非虚构写作"后不久，"新新闻主义"的旗手汤姆·沃尔夫便将其归于自己创立的"新新闻主义"名头之下，以至于我们很难厘清两种定义背后所包含的作品。不过从另一方面来说，这也正是20世纪60年代美国文学和新闻界所面临的状况，文学与新闻间某种清晰的界线正在消失，冠以"非虚构"或"新新闻主义"的作品被武断打包为整体，如汤姆·沃尔夫所言，构成了"当今美国最重要的文学"②。诸如杜鲁门·卡波特、诺曼·梅勒等美国小说家和以汤姆·沃尔夫、盖伊·泰勒斯为代表的记者，缘何同时发现了"非虚构"，并以较为一致的姿态进行写作？其背后动机或许难以脱离当时社会现实动荡的状况。美国20世纪60年代有着完全区别于50年代的景观：肯尼迪遇刺、阿姆斯特朗登月、越战、暴力人权运动……现实以令人错愕的超速度发生、发展并形成新的景观和结构。无论是对于小说家还是对于记者而言，他们都发现了固有的写作方式难以书写和解释这种现实的复杂性。现实事件超过小说家的想象力，他们明显感到"缺少能力去记录而反映快速变化着的社会"③，而新闻界遵从的

---

① 李丹梦：《"非虚构"之"非"》，《小说评论》2013年第3期。
② 罗布特·博因顿：《新新闻主义：美国顶尖非虚构作家写作技巧访谈录》，北京师范大学出版社2018年版，第1页。
③ ［美］约翰·霍洛韦尔：《非虚构小说的写作》，仲大军、周友皋译，春风文艺出版社1988年版，第6页。

写作陈规也无助于从业者向自己的读者解释这个世界的变化。"非虚构写作"的诞生正是为了应对这场危机，试图更成功地反映美国现实的变动。单从文学史的角度看，"非虚构写作"为文学带来了三点新质素。第一，融合小说、自白自传、新闻报道等特点的综合叙述形式；第二，拒绝虚构人物和情节，作家自身即为事件的"目击者"；第三，"非虚构"成为现实主义作家一种应对激变社会的主流叙述方式。

从起源看，美国"非虚构写作"的语境显然与中国不同，我更倾向于将国内的"非虚构"放在严格的短语境中来予以辨别——即放在1990年代以来的中国文学语境之中对之进行定位。在这个语境中，中国的"非虚构写作"找到了自己的问题应对，概括来说有以下几点：第一，针对1990年代以来"个人化"甚至"私人化"的写作成规，"非虚构写作"强调作家的"行动力"，田野考察和纪实采访成为主要的行动方式，并成为"非虚构写作"的合法性基础；第二，针对1990年代以来小说文本的形式主义倾向和去历史倾向，"非虚构写作"强调跨界书写，并在这种跨界中试图建构一个更庞杂的文本图景；第三，针对1990年代以来的消费主义和娱乐化的书写，"非虚构写作"强调一种严肃的作家姿态和作家立场①，并在某种意义上强调作家的道德感，从而有让作家重新"知识分子化"的倾向。总的来说，"非虚构写作"不是"不虚构"，也不是"反虚构"。它实质上是要求以"在场"的方式重新疏通文学与社会之间的对话和互动。在这个意义上，讨论"非虚构写作"的真实性就变成了一个重新落入"反映论"窠臼的危险思路，或者说，"真实性"并非是绝对主义的，而是相对主义的。如果说"非虚构写作"有一种真实性，这一真实性应该从以下两个方面去考量：第一，其所描述的内容是否拓展了我们对当下中国现实的认知；第二，在这一写作行为中作家的自我意识在多大程度上符合一种伦理学上的真诚。实际上，能够将这两者结合起来的"非虚构"作品并不多见，李丹梦就曾尖锐批评慕容雪村《中国，少了一味药》中"不真诚"的姿态："一副孤胆英雄的模样，跟传销窝里的'虾米'自然不可同日

---

① 比如《天涯》就常设有"作家立场"这一栏目。

而语。然而，《中国，少了一味药》究竟是要呈现传销者的生存状态，还是为了成全一个'好故事'，完成一段个人的传奇？"[1]即使是赢得普遍好评的"非虚构写作"代表作品《中国在梁庄》《出梁庄记》也难免于类似的质疑。这里遭遇到的是"底层文学"同样的困境，当"底层"被客体化的同时，也就意味着一种"非同一性"开始产生了，这个时候，作家的自我意识和写作姿态就变得可疑起来。从"底层文学"到"非虚构写作"，这背后折射的是中国文学的一种症候性的焦虑，这种焦虑在于对现代文学的内在性装置的误读：文学与社会被视作一种透明的、直接的、同一性的结构。因此形成了双向的误读，社会要求文学对其进行同时性的、无差别的书写，而文学则要求社会对其书写作出回应，甚至认为可以直接改变社会的结构。这种认知的根本性问题在于忽视了文学与社会对话的中间环节——语言。语言的"非透明性"和"形式化"导致了文学对社会的书写必然是一种折射，而社会对文学的回应固然千姿百态，但根本还是建立在阅读和想象的基础之上。至于其后面的行为实践，已经不是文本所能规范。因此，如果说"非虚构写作"有效的话，它的有效性仅仅在于文学方面——它丰富了当下文学写作的状貌，而非社会学方面——悲观一点说就是，"非虚构写作"的写作者或许能改变或者完成自己，但是无法在实践的意义上改变或者完成他们书写的对象。

二、"非虚构"与"虚构"的关系

有必要对"非虚构"与"虚构"的关系再多说几句。从字面的意思看，"非虚构写作"的直接对应物是"虚构写作"。虚构主义以先锋小说为代表，其中尤其又以马原的《虚构》为典型文本。在这种虚构主义写作里面，对元叙事的刻意追求破坏着小说故事的连续性和统一性，故事的所叙时间被故意延宕、中断和强迫中止，"我是那个叫汉人的马原"成为经典的陈述，而吴亮由此总结的"叙述圈套"也成为该时期流行的叙事方式。这种虚构主义写作解构的是强现实主义的社

---

① 李丹梦：《"非虚构"之"非"》，《小说评论》2013年第3期。

会主义文学传统，在这一传统里面，全知全能的叙述者，高度统一的精神主体和与意识形态相呼应的结构都已经无法表现"新的现实性"，一个逃逸、游移不定的叙述者由此诞生，虚构主义中断了小说与现实一一对应的关系，淡化了背景、环境和历史事实，它构成了另外一种普遍性的陈述结构。自 1980 年代中期开始，它至少影响了中国小说写作近三十年时间，并在某种意义上构成一种内在的结构，以至于我们离开了马原、余华、莫言等人就无法来谈论当代小说写作。

虚构主义应对强现实主义社会主义文学的方式，是走到它的反面，或者说"逃离"，而并非试图对其进行改进和提高。这便意味着，虚构主义无论是否出于自觉，都在某种程度上阻碍了现实主义创作手法在中国当代的进一步演进。这一论述看起来过于武断，且有明显的后见之明意味。但我们不妨对照美国 1960 年代"非虚构"作品大盛的景况来看。"非虚构写作"就一种叙事工具而言，正是由于作家对以传统现实主义方法书写当代的不满情绪，以及力图革新创作手法的动机才兴起的。当传统现实主义对变动不居的现实解释乏力之时，"非虚构写作"便以现实主义的"改革派"面目出现。虽然我们不能简单地将"非虚构写作"看作是现实主义的更高级形式，但这不妨碍我们将其理解为一条被拓展的，解释现实世界的路径。按照学者李松睿的看法，从自然主义、意识流到表现主义的种种文学创新，都可以看作是"在某个层面补充或改写了现实主义描绘生活的方法，现实主义文学始终是他们对话的对象"[1]。他进而补充道，从 19 世纪到 20 世纪，现实主义文学一度统治着人们的感知模式，人们正是凭借现实主义手法"操纵"下的虚构来理解真实。脱离这种虚构，则意味着人们将无法构建对世界的知觉。稍后 20 世纪极端残酷的历史和媒介变革改变了大众对于"真实"的感知方式，传统现实主义所描述的"真实"不再让人信服。美国"非虚构"作品的创作，无疑是作家们对此的回应，与中国 1980年代先锋派小说的创作路径相反，1960 年代的美国作家们，试图在现实主义框架内寻找出路。而 1980 年代以来，中国小说虽然在技巧、结

---

[1] 李松睿：《走向粗糙或非虚构？——关于现实主义的思考之六》，《小说评论》2020 年第 6 期。

构等"虚构"层面上日益精湛，但现实主义文学的创作却受到了一定程度的抑制甚至遮蔽。

虚构主义写作的经典化以及现实主义文学的受挫，带来了影响深远的后果。至少从小说美学的角度来说，它导致了一种最直接的社会和历史的退隐，与这种社会与历史在小说中的消失相伴随的，是"公共生活"在小说写作中的退场，这也正是 1990 年代"私人叙事"兴起的必然逻辑。小说变成了一种私人的自述，它在越来越深的程度上变成了一种封闭的系统，因为自恋，无力和无法应对更复杂的思想对话而遭到了普遍的质疑。

"非虚构写作"的重要发起人和倡导者李敬泽敏感地指出了问题的症结："文学的整体品质，不仅取决于作家们的艺术才能，也取决于一个时代作家的行动能力，取决于他们自身有没有一种主动精神甚至冒险精神，去积极地认识、体验和探索世界。想象力的匮乏，原因之一是对世界所知太少。"[①]也就是说，"非虚构写作"其实有两个指向，行动指向的是经验，而经验却需要想象力来予以激活和升华，这里面有"非虚构"和"虚构"的微妙辩证，正如我在前面提到的，非虚构不是"反虚构""不虚构"，而是"不仅仅是虚构"。它需要原材料，而对这个原材料的书写和加工，还需要借助虚构和想象力。

遗憾的是，很多"非虚构"作品基本上停留在"反虚构"的层面上，并且将"非虚构"与"虚构"进行一种简单的二元对立的区分，这导致了一些"非虚构作品"甚至无法区别于传统的"报告文学"，作家的主体性停留在"记者"的层面，而没有将这种主体性进一步延伸，在想象力（虚构）的层面提供更有效的创造。如果说"虚构主义写作"因为对历史和社会的回避而导致了一种简单的美学形而上学和文本中心主义，那么"非虚构写作"则因为想象力和形式感的缺乏而形成了一种粗糙的、形而下的文学社会学倾向。学者黄文倩就敏锐指出了"非虚构写作"思想深度的勘探问题，认为"虚构"将有助于解决"非虚构"的困境。"当我不断反省这种'非虚构'自身所存在的矛盾时，我认为中和这种矛盾，或说提升非虚构书写的理论与实践意义，一种方

---

① 《〈人民文学〉公开征集非虚构写作项目》，《新民晚报》2017 年 10 月 27 日。

法恰恰在于以虚构的精神为他者。"①以虚构精神作为他者，意味着进行"非虚构"创作时，同时以"虚构"为它的坐标系。如果说文学是在以经验与虚构为两极端点的线段中移动的，那么当它无限接近于经验或"非虚构"写作时，我们除了强调真实，还应强调该种写作与"虚构"间的互动。即"非虚构"以虚构为镜，以虚构"映照出非虚构书写特殊性与深度的方式"，否则，"非虚构"将"容易执着或固着在一些实用主义或工具主义倾向的非虚构现场"②。

　　以"非虚构写作"的代表作家梁鸿为例，"梁庄"系列的开创意义不仅在于对中国乡村图景深度介入与还原，帮助大众建立起对一个时期中国乡村的想象，也在于在文体层面为"非虚构写作"提供了诸多经验。在如何平衡"非虚构"与"虚构"关系问题上，通过最近出版的《梁庄十年》，她也给出了自己的回应。在"梁庄"系列的前两部作品中，梁鸿试图对乡村进行整体性思考，且含有作者预设的"问题意识"，在新作中，这两点均得到了一定的弱化，取而代之的是人与人之间的"对话""闲谈"，以及由此生发出的乡村日常生活气氛，用梁鸿的话说，"我在《梁庄十年》写作过程中，把社会问题稍微靠后一点点……我的一个真实写作的倾向是跟日常生活是有关系的"③。梁鸿这一写作倾向的转变，意味着她需要在"非虚构写作"内部做出相应调整。在《梁庄十年》中，我们首先看到的改变，来自于叙事者／作家介入事件程度的弱化。在不少的篇幅中一度隐藏了叙事者，全然使用第三人称平铺直叙。叙事者的缺席使这部"非虚构"作品变得难以指认，我们既可以把它当作小说，也可以当作散文。在那些叙事者始终在场的篇章中，如《丢失的女儿》，叙事人也并不频繁现身，只处于谈话场景外围，如同一架沉默的摄像机，只是记录。其次，写作视角的转化，从比较明显的知识分子视角转为温情脉脉的同乡人视角，作者不再居高临下，痛心疾首地发问，而是设身处地，关心每个乡人的现实处境。尤为动人的是第二章关于乡村女性境遇的书写，燕子、春

---

① 黄文倩：《"非虚构"的深度如何可能》，《今天》第 115 期。

② 同上。

③ 仲伟志：《晃动的十年：梁鸿的〈中国在梁庄〉》，https://mp.weixin.qq.com/s/sdUKzvZ2R0mxi5jaFGei3Q。

静、小玉等女性形象跃然纸上，她们各自的遭遇很难让读过的人不与之"共情"。从"俯视"到"平视"的视角变化，体现在梁鸿克制而深情的叙述中。"春静的眼睛依然明亮。但是，如果仔细观察的话，会发现略微迟钝，缺乏必要的反应，那是被长期折磨后留下的痕迹。整个脸庞没有一点光彩，泛黄、僵硬，神情看上去很疲倦。她给人的感觉就好像心早已被击碎了，只是胡乱缝补一下，勉力支撑着活下去，再加上她略微沙哑、缓慢的声音，看着她，就好像她曾被人不断往水里摁。"[①]这带有明显文学意味的描述使"非虚构写作"不再是调查式的客观陈述。梁鸿在《梁庄十年》中所作出的种种尝试和努力，可以看作是当代作家对于"非虚构写作"中存在的粗糙社会学倾向的一种有意味的调整。

三、"非虚构写作"的可能性

从本质上说，"虚构主义写作"所强调的文学的形式主义和"非虚构写作"强调的文学的社会学倾向，其实涉及内宇宙与外宇宙这样一组二元对立的关系，"虚构主义"更强调内宇宙，世界内化为作家自我的指涉游戏；而"非虚构"试图从这一个人幻觉中走出来，寻找一个更开阔的世界。但问题在于，无论是内宇宙还是外宇宙，这个"宇宙"（世界）都只是此时此刻具体存在的环境空间。它的边界因为这种具体性而变得非常确定，它导致的直接后果是，写作者无论是内化这一世界还是外化这一世界，它都只是在这个"世界"之内进行经验的描述和想象的组合，想象力在这个"世界"的边界处停步了！在这个意义上，任何一种文类的探索、边界的突破都值得期待和鼓励，毫无疑问，"非虚构写作"在中国近十年的发展历史证明了"非虚构写作"在一定程度上刺激了当代文学的生产机制和生态秩序。在这个意义上，对当下中国的"非虚构写作"提出更高的期待就有其合理性。

第一，"非虚构写作"还缺乏严格的文类边界，报告文学、人物传记、深度报道等都被认定为非虚构。这会导致"非虚构写作"概念的

---

① 梁鸿：《梁庄十年》，上海三联书店 2021 年版，第 209 页。

无限外溢而缺乏稳定的属性——在这个意义上,"非虚构写作"还缺乏足够支撑这一文类概念的经典作家作品,因此迫切需要建构"非虚构写作"的文学形象学。

当然,在"非虚构"作品经典序列还未形成前,预设经典的样貌是危险的,任何对于未来趋势的判断或期待,都可能导致"非虚构写作"自身陷入另一种僵化。但鉴于国内"非虚构写作"尚处于起步阶段,一些提示即使危险,也还是有给出的必要。学者李云雷在考察《人民文学》的"非虚构"栏目时,总结了该系列作品的两点共性,其一是作品的"真实"属性,其二是它们均体现了作者"个人体验"的介入。我认为这两点共性或将为日后的"非虚构"提供重要规定,尤其作家"个人体验"的介入。对于作品的"真实",我们无须多言,国内"非虚构写作"的合法性很大程度上正是基于真实。而对于"个人体验",李云雷认为这些作品虽然从个体角度出发,但是却意在进入一个"小世界","这些作品所凸显的并非'个人',而是这个个人进入'小世界'的过程,对这个'小世界'的观察、体验与思考,它们所竭力挖掘的是这个'小世界'的内部风景与内部逻辑……"①也就是说,以"个人体验"为核心的"非虚构"作品,一方面包含着作家不同寻常的作者意识,这种作者意识很大程度上取决于作家对自我的认知,即他们各自在社会中所处的位置、功能和角色,这种意识天然带有作者强烈的感情投射和责任意识。另一方面,从"个人体验"出发并非向内收缩的姿态,而是"敞开",面向"公众"。从这个意义上说,理想的"非虚构写作"实际上是从"个体"走向"公共"的动态过程,它既强调"个体性",也强调"公共性",是"个体性"和"公共性"的有机综合。

第二,"非虚构写作"要在"实"与"虚"上面进行更多的提升。"实"指的是数据、调查和田野考察。没有调查就没有发言权——进一步而言,没有调查就没有"非虚构写作"。借鉴其他优势学科的方法论,是"非虚构写作"成熟的关键步骤。实际上,"非虚构写作"自诞生之时起,就含有跨学科的企图,最直观的跨越乃是文学与新闻边界

---

① 李云雷:《我们能否理解这个世界?——"非虚构"与文学的可能性》,《文艺争鸣》2011年第3期。

的打破，小说技法和新闻的冷静观察以杂交形式呈现。这种在"非虚构写作"领域呈现的互渗状况，并不是一种"完成式"，或者意味着融合的终结，而恰恰是开端。要想使"非虚构"作品在呈现时更加科学、严谨，必然要容纳更多诸如社会学、人类学、文化研究等其他学科的目光和方法，借鉴这些学科的优势和视野，才有可能继续丰富和壮大"非虚构"作品的内蕴和品质。我所谓的"虚"指的是形式。即"怎么写"的问题。唯有强调怎么写，"非虚构写作"才可以区别于新闻报道和社会调查，才可以称之为文学写作。彼得·海勒斯在谈及自身创作经验时就强调"非虚构写作"的"创造性"问题，他所谓的"创造性"即"来源于你是如何运用日常素材的"[①]，换句话说，他认为"非虚构"作家的创造性工作，很大程度上来自于作家对于所收集材料的组织方式。从写作的经验来看，即使面对相同的材料，不同作家所选择的呈现路径，势必影响读者的观感，进而导致他们各自对于"现实""真实"的不同建构。如学者丁晓原所说："在小说写作中需要通过想象建构故事塑造人物，在非虚构写作中则需要通过深入的采访，'发掘事实''挖掘细节'，从生活存在中选择具有故事性的内容，以适合的结构方式和具有个人性的语言方式呈现真实。文学性就存在于被选择和结构的真实之中。这是非虚构文学中文学性的一种独特性。"[②]

第三，最重要的是，不要忘记了"非虚构写作"在中国的兴起与其"问题意识"密切相关。也就是说，"非虚构写作"必须不停地与"社会"互动——注意，不是与"社会学"互动，而是与"社会"互动。可以说，所有"非虚构写作"都是在作家与社会的碰撞中产生的，没有与社会的碰撞，作家就不会产生"问题意识"，没有"问题意识"，作家也便没有有效的路径去观察、思考和创作。在这一过程中，我想要强调的是，惟有作家与社会真实地、广泛地互动，才有可能生产出真正的"问题意识"。这里有两点迷途需要指出，其一是作家"问题意识"的非真性，时常是由于该问题与个体的情感动机混淆不清。"非

---

① 南香红、张宇欣：《为何非虚构性写作让人着迷？》，https://cul.qq.com/a/20150829/011871.htm。

② 丁晓原：《非虚构文学的逻辑与伦理》，《当代文坛》2019年第5期。

新时代文学写作景观（节选）

25

虚构写作"虽强调个体介入，情感流露正是"非虚构"作品的特性之一，但需要注意的是，作家不恰当的情感动机，很可能使其"问题意识"偏颇，或因情感遮蔽了"问题"重要的部分。贺桂梅在谈到阅读《中国在梁庄》的感受时说："在这个叙事过程中，我感觉到或许有比较浓的、一种面对'破碎'家园的感伤姿态。我虽然很喜欢这种叙事的感觉，但还是会想这种叙事本身可能带来什么问题。它构成了人们进入这个乡村世界的基本'透镜'。虽然梁鸿有很强的自省意识，不过这种经验和情调大概总会以不同方式传递到书写的过程中去，并在某种程度上左右着梁庄人的呈现方式。"①其二，国内"非虚构"所关注的"问题"目前尚有程式化之嫌，这里有很大一部分原因在于作家没有与社会真实碰撞，而只是保守延续了此前"非虚构"所论及的若干问题，丁晓原将此归纳为"题材的类型化"和"题旨的轻量化"。就"非虚构"题材而言，很多作品受到梁鸿等作家的影响，目光仅聚焦于乡村，取材范围狭窄。而"题旨"为了反拨以往报告文学的"宏大"，往往着重于个人的书写，使得部分作品沦为时代的碎片，不能有效与广泛的社会问题形成互动。

四、结语

在 2010 年的一次访谈中，李敬泽对"非虚构写作"的可能性表达了极大的期待："谈起非虚构，大家耳熟能详的是上世纪五六十年代杜鲁门·卡波特的《冷血》、诺曼·梅勒的《刽子手之歌》《夜幕下的大军》，还有汤姆·沃尔夫发起的'新新闻小说'。这都为我们提供了重要的启示。但是我想，电视时代和网络时代的'非虚构'是不太一样的，具体的历史语境也不一样，我相信非虚构会给我们开出宽阔的可能性，但是现在，我宁可说，我也不知道它会是什么，还是那句话，保持开放性的态度，打开一扇门，走出去，尝试、探索。"②这意味着对"非虚构写作"的观察和理解都应该秉持一种历史的态度，从动态

---

① 《〈梁庄〉讨论会纪要》，《南方文坛》2011 年第 1 期。

② 李敬泽：《文学的求真与行动》，《文学报》2010 年 12 月 9 日第 3 版。

的、结构性的角度去理解"非虚构写作"在文学史中的位移和变化。对于当下中国的"非虚构写作"而言，因为商业和资本的介入而导致的种种泡沫化使得其有再次"陈规化"的危险，克服这种危险，在"无边的现实主义"中生产并创造出新的形式和语态来进行书写和表达，是时代和文学的双重内在需要。

2021 年 5 月 28 日，北京

新南方写作：主体、版图与汉语书写的主权

一、问题的缘起

大约是在 2018 年前后，我开始思考"新南方写作"这个概念。触发我思考的第一个机缘是当时我阅读到了一些海外作家的作品，主要是黄锦树。这一类作品以前都归置于"华文文学"这个范畴里面来进行认识，研究者往往会夸大其与大陆本土汉语写作的区别而将其孤悬于大陆汉语写作的范畴之外。普通的读者，一方面往往很难阅读到这些作品，另外一方面，即使偶有阅读，也会局限于其"风景化"的假面。我对黄锦树的阅读经验颠覆了这些先入之见，我在黄锦树的作品中读到的不仅仅是一个所谓的后现代主义写作者，用语言的碎片来拼接离散的经验，并以此解构元叙述——这往往是黄锦树的研究者们最感兴趣之处。在我看来，在黄锦树这里，元叙述一开始就是被悬置的，或者说，大陆文学语境中的元叙述在某种意义上不过是一种单一性叙述所导致的迷思，在新文学诞生之初，这一元叙述就根本不存在，这也是黄锦树重写鲁迅、郁达夫这些现代文学奠基者的目的之所在，他的《伤逝》和《南方之死》表面上看有后现代的游戏之风，但是在内在的质地里，却是在回应严肃而深刻的现代命题，那就是现代汉语与现代个人的共生同构性。在这一点上，黄锦树无限逼近了鲁迅，也无限逼近了现代文学／文化的核心密码。也是由此出发，我断定黄锦树这类的写作，是中国现代文学光谱中重要的一脉，它不应该孤悬于中

国现代文学史（汉语史）之外，其实在某种意义上也不需要用"华文文学"这一概念对之进行界定，它本身就内在于中国现代汉语写作之中——也许黄锦树并不同意我的观点——但这没有关系。历史将会证明我的判断，以鲁迅为代表的现代汉语写作在历史的流变中有其各自机缘并形成了各自的表述，这些表述不会指向一元论，而是指向多元论，不是指向整体论，而是指向互文论。这么说，并非是为了泯除黄锦树们的异质性，恰好相反，我一直强调黄锦树这种写作的异质性，尤其是在汉语写作的当下，这种异质性更是难能可贵，如果是在1980年代先锋探索的语境中，黄的这种写作并没有那么突出，倒是放在2000年以后的汉语写作的版图中，他的独特性显得更加重要。我在这里并不想过多讨论黄锦树的个人写作问题，而是觉得他构成了一个提示，即，在现代汉语写作的内部，存在着多元的可能性和多样的版图，而这种可能性和版图，需要进行重新命名。

二、新南方写作的地理区位

第二个引发我思考的机缘是作家苏童和葛亮的一个对话，这篇对话题名为《文学中的南方》，从行文语气来看，应该是一次活动的现场发言，经修改作为附录收录于葛亮的短篇小说集《浣熊》[①]。该短篇小说集出版于2013年，因此可以推断该对话应该是在2013年前。虽然我很早就收到了这部短篇集，但迟至2018年左右才关注并认真阅读这篇对话，引起我主要兴趣的，就是关于"南方"的讨论。

在这篇对话中，苏童指出"南方"是一个相对于"北方"的不确定性概念："一般来说北方它几乎是一个政权或者是权力的某种隐喻，而相对来说南方意味着明天，意味着野生，意味着丛莽，意味着百姓。"[②]苏童是从隐喻的角度来谈论南北，因此他觉得南北并不能从地理学的角度上去进行严格的区分，比如惯常的以黄河、长江或者淮河为界，而更是一种长期形成的文化指涉。在苏童看来，"北方是什么，

① 葛亮：《浣熊》，南京大学出版社，2013年。

② 苏童、葛亮：《文学中的南方》，收入《浣熊》，南京大学出版社，2013年。

南方是什么，没有一个人能够说得清楚，但是它确实代表着某种力量，某种对峙"①。葛亮对此进行了回应，同样使用了比喻性的表达："不妨做一个比喻，如果由我来界定的话，大概会觉得北方是一种土的文化，而南方是一种水的文化，岭南因为受到海洋性文化取向的影响，表现出来的是一种更为包容和多元的结构方式，也因为地理上可能来说是相对偏远的，它也会游离儒家文化的统摄，表现出来一种所谓的非主流和非规范性的文化内涵。"②

总体来说，这篇对话极有创见地勾勒出来了一条历史和文化的脉络，在这条脉络上，南方因为在北方的参照性中产生了其价值和意义。这正是我关心的一个悖论，如果南方代表了某种包容和多元的结构，那么，它就不应该是作为北方的对照物而存在并产生意义，南方不应该是北方的进化论或者离散论意义上的存在，进化论虚构了一个时间上的起点，而离散论虚构了一个空间上的中心，在这样的认识框架里，南方当然只可能是作为北方的一个依附性的结构。苏童和葛亮将这种依附性用一个很漂亮的修辞来予以解释，"北望"——南方遥望北方，希望得到认可——在这样的历史和文化结构里，南方的主体在哪里？它为什么需要被确认？具体到文学写作的层面，它是要依附于某种主义或者风格吗？如果南方主动拒绝这种依附性，那就需要一个新的南方的主体。

新的南方的主体建立在地理的区隔和分层之中。这并非是一种以某个中心——正如大多数时候我们潜意识所认为的——为原点向外的扩散，而是一种建立在本土性基础上的文化自觉。在这个意义上，我以为新南方应该指那些在地缘上更具有不确定和异质性的地理区域，它们与北方或者其他区域之间存在着某种张力的关系——而不仅仅是"对峙"。在这个意义上，我将传统意义上的江南，也就是行政区划中的江浙沪一带不放入新南方这一范畴，因为高度的资本化和快速的城市化，"江南"这一美学范畴正在逐渐被内卷入一元论叙事，当然，这也是江南美学一个更新的契机，如果它能够意识到这一点并能形成反

---

① 苏童、葛亮：《文学中的南方》，收入《浣熊》，南京大学出版社，2013 年。
② 同上。

新时代文学写作景观（节选）

作用的美学。新南方的地理区域主要指中国的海南、广西、广东、香港、澳门——后三者在最近有一个新的提法：粤港澳大湾区。同时也辐射到包括马来西亚、新加坡等习惯上指称为"南洋"的区域——当然其前提是使用现代汉语进行写作和思考。

三、典型作家和作品

引发我对新南方写作思考的第三个动因是一批生活于新南方区域作家的写作。目前我注意到的作家有如下几位[①]。

林森，出生于海南澄迈，现生活于海南海口市，他同时从事诗歌和小说写作。其长篇小说《关关雎鸠》以海南文化习俗为主要书写对象，是一部具有鲜明地域文化特色的作品。他的另外两篇小说《抬木人》和《海里岸上》也有相似的美学取向，《抬木人》我认为是近年汉语写作中最好的短篇小说之一，可惜一直没有得到应有的重视。他于2020年出版的长篇小说《岛》书写海南岛人在时代大潮中的抵抗和失败，在现实和精神的双重线索中开辟了新的南方空间。

朱山坡，出生于广西北流，现生活于广西南宁，朱山坡早期写诗，后来转入小说写作。他的南方特色要到他最近的一部短篇小说集《蛋镇电影院》里面才集中呈现出来，这些短篇小说围绕一个叫"蛋镇"的地方展开书写，该地位于中越边界，朱三坡用一种反讽、诙谐的方式将蛋镇人日常生活中的荒谬感予以揭示。朱山坡这一笔名也具有地域特色，据了解，这是作者本人家乡的一处地名，也许作者想借此强调他的地方性身份。

王威廉和陈崇正两位都是广东的作家。王威廉出生于青海，大学毕业后留在广州工作生活至今。在王威廉较早的作品中，比如《听盐生长的声音》，还能看到非常明显的西北地域的影响，作品冷峻、肃杀。这种完全不同于南方的地域生活经验或许能够让他更敏锐地察觉到南方的特色。从生活的角度看，与其他原生于南方的作家不同，王

---

① 我在这里主要讨论的是以小说创作为主的青年作家，另外像林白、东西等作家的新作也值得关注和讨论。

威廉更像是一个南方的后来者，他最近的一系列作品如《后生命》《草原蓝鲸》引入科幻的元素和风格，构建了一种更具有未来感的新南方性。

陈崇正出生于广东潮州，现在广州生活。潮汕地区自古以来就远离中原，其文化自成一体，并以"潮汕巫风"而著称。虽然历经现代化的种种改造，这一文化的遗存并没有完全从当代人的生活中剥离。陈崇正的小说《黑镜分身术》《念彼观音力》等围绕南方小镇"半步村"展开，建构了一个融传统与当下于一体的叙事空间。

最近引起我注意的一位青年作家是陈春成，1990年出生于福建屏南县，现生活于福建泉州。他最早引起我阅读兴趣的是发表在豆瓣上的中篇小说《音乐家》，在2019年的《收获》文学排行榜中我将这篇小说放在了中篇榜的第一名，那一年短篇榜单的第一名我投给了黄锦树的《迟到的青年》——巧合的是这两位都生活在（新）南方。陈春成的一部分小说无法纳入新南方写作的范畴，但是他的另外一部分作品如《夜晚的潜水艇》《竹峰寺》等不但在地理上具有南方性，同时在精神脉络上与世界文学中的"南方"有高度的契合，虚构，想象，对边界的突破等等构成了这些作品的关键词。

还有一位成名更早的作家，也就是我在上文提到的葛亮。葛亮的写作一直与南方密不可分，他出生于南京，然后在南京、香港求学，现在生活工作于香港。他的生命轨迹从目前看是一个一直向南的过程。而他的写作，也同样具有典型的南方性，《朱雀》《七声》写江南，《浣熊》写香港（岭南），更有意思的是，葛亮不但不停地书写南方，同时也试图勾连南北，有意识地进行南北的对话，比如近年引起广泛关注的长篇小说《北鸢》。

上述作家不仅仅在生活写作上与（新）南方密不可分，同时也主动建构写作上的（新）南方意识。上述苏童与葛亮的对话就是一个例证。除此之外，2018年5月在广东松山湖举行的一个文学活动上，我、林森、陈崇正、朱山坡进行了一场题为"在南方写作"的对话，在这个对话中，新南方写作已经成为一个关键词。随后在2018年11月举行的花城笔会上，我和林森、王威廉、陈崇正、陈培浩在南澳小岛上就"新南方写作"做了认真的非公开讨论，并计划在相关杂志举办专栏。①2019 年 7 月,我受邀参加广东大湾区文学论坛并作了主题发言,我在这篇发言中提出了一个将大湾区文学与新南方写作关联起来讨论的建议:"大湾区与更广义的南方构成了什么关系? 是不是可以将大湾区文学纳入到一种更广泛意义上的'新南方写作'中去?"②实际上,批评界对"南方"的关注由来已久,比如张燕玲,她不仅自己的写作颇有南方特色,同时也对黄锦树、葛亮等新南方作家情有独钟。

四、新南方写作的理想特质

经过上述的铺垫陈述之后,我对新南方写作的理想特质大致作如下界定。第一,地理性。这里的地理性指的是新南方写作的地理范围以及在此基础上形成的文化地理特色。我将新南方写作的地理范围界定为中国的广东、广西、海南、福建、香港、澳门、台湾等地区以及马来西亚、新加坡、泰国等东南亚国家。进而言之,因为这些地区本来就有丰富多元的文化遗存和文化族群,比如岭南文化、潮汕文化、客家文化、闽南文化、马来文化等等,现代汉语写作与这些文化和族群相结合,由此产生了多样性的脉络。第二,海洋性。这一点与地理性密切相关。在上述地区,与中国内陆地缘结构不一样,其最大的特点就是大部分地区都与海洋接壤。福建、台湾、香港与东海,广东、香港、澳门、海南及东南亚诸国与南海。沿着这两条漫长的海岸线向外延展,则是广袤无边的太平洋。海与洋在此结合,内陆的视线由此导向一个广阔的纵深。在中国的文学传统中,海洋书写——关于海洋的书写和具有海洋性的书写都是缺席的。一个形象的说法是,即使有关于海洋的书写,也基本是"海岸书写",即站在陆地上远眺海洋,而

---

① 记得当天讨论完毕我立即打电话给《青年文学》的主编张菁女士,商量开设相关专栏的事宜,张菁表示很感兴趣,该计划后来因各种原因搁置。其时陈培浩已经在一篇评论陈崇正小说的文章末尾使用了"新南方写作"这个说法,他的界定主要以地理为依据。在这篇文章的结尾,陈培浩以地理为依据对新南方作了一个界定:"之所以说陈崇正是新南方写作,主要指的是南方以南。"参见陈培浩:《新南方写作的可能性——评陈崇正的小说之旅》,《文艺报》2018 年 11 月 9 日。

② 该主题发言以《在大湾区有没有出现粤语经典文学和未来文学的可能》为题发表于凤凰新闻网。

从未真正进入海洋的腹地。对此有种种的解释①，无论如何，一个基本的事实是，在中国经典的古代汉语书写和现代汉语的书写中，以海洋性为显著标志的作品几乎阙失。在现代汉语写作中，书写的一大重心是人与土地的关系，如《平凡的世界》《白鹿原》《平原客》等等，即使在近些年流行的"城市文学"书写中，依然不过是"人与土地"关系的变种，不过是从"农村土地"转移到了"城市土地"，在这个意义上现代文学几乎是一种"土地文学"，即使有对湖泊、河流的书写，如《北方的河》《大淖记事》等，这些江河湖泊也在陆地之内。这一基于土地的叙事几乎必然是"现实主义"或"新写实主义式"的。因此，"新南方写作"的海洋性指的就是这样一种摆脱"陆地"限制的叙事，海洋不仅仅构成对象、背景（如林森的《岛》、葛亮的《浣熊》），同时也构成一种美学风格（如黄锦树的《雨》）和想象空间（如陈春成的《夜晚的潜水艇》），与泛现实主义相区别，新南方写作在总体气质上更带有泛浪漫主义和现代主义色彩。第三，临界性。这里的临界性有几方面的所指，首先是地理的临界，尤其是陆地与海洋的临界，这一点前面已有论述，不再赘言。其次是文化上的临界，新南方的一大特点是文化的杂糅性，因此新南方写作也就要处理不同的文化生态，这些文化生态最具体形象的临界点就是方言，因此，对多样的南方方言语系的使用构成了新南方写作的一大特质，如何处理好这些方言与以北方方言为基础的标准通用汉语语系之间的关系，构成了一个挑战。最后是美学风格的临界，这里的临界不仅仅是指总体气质上泛现实写作与现代主义写作的临界；同时也指在具体的文本中呈现多种类型的风格并能形成相对完整的有机性，比如王威廉的作品就有诸多科幻的元素，而陈春成的一些作品则带有玄幻色彩。第四，经典性。从文学史的经典谱系来看，现代汉语关于内陆的书写已经具有相对完整的经典性，关于江南的书写也具有了较为鲜明的经典性，前者如柳青、路遥、莫言等，后者如汪曾祺、王安忆等。但是就新南方的广大区域来说，现

---

① 我最近看到的一个解释来自于作家张炜，他认为："从世界文学的版图来看，中国的海洋文学可能是最不发达的一……中国文学的海洋意识是比较欠缺的。整体来看，中国文学作为农耕文化的载体，它所呈现的还是一种封闭的性格。"张炜的解释代表了一种基本的认识论。见张炜《文学：八个关键词》，广西师范大学出版社，2021 年。

代汉语书写的经典性还相对缺失。比如，吴语小说前有韩邦庆的《海上花列传》，近有金宇澄的《繁花》，但是在粤语区，却一直没有特别经典的粤语小说。新南方写作的一种重要向度就是要通过持续有效的书写来建构经典性，目前的创作还不足以证明这一经典性已经完全建构起来，而新南方写作概念的提出，也是对这一经典性的召唤和塑形。

五、现代汉语写作的主权

放在世界文学谱系来讨论的话，新南方写作的提出还涉及现代汉语写作的主体和主权问题。上文提到的内陆书写和江南书写的经典性如果从世界文学的视野来看，基本上也属于"短经典"。一个基本的事实是，在"世界文学共和国"里，现代汉语写作所占的份额还比较少，其象征资本的积累还比较薄弱，也就是说，在"世界文学"的流通、阅读和买卖市场上，现代汉语写作还不是"通用货币"，也没有获得可以与英语、法语、德语、西班牙语等语种写作相匹敌的赋值。造成这种情况有复杂的历史和文化原因，卡萨诺瓦论述过这一"世界文学空间"产生的过程：

> 第一阶段为形成的初期阶段，……这是本尼迪克·安德森称作的"通俗语言革命的时代"：产生于 15 及 16 世纪，见证了文人圈中拉丁语垄断性使用阶段向通俗语言在知识分子中广泛使用的阶段，随后又见证了各类其他文学对抗古代辉煌文学的年代。第二阶段是文学版图扩大阶段，这一阶段对应的是本尼迪克·安德森所描述的"词典学革命"（或者"语史学革命"）阶段：这一阶段始于 18 世纪末，运行于整个 19 世纪，这个时代还见证了欧洲民族主义的产生，按照埃里克·霍布斯鲍姆的说法，新民族主义的产生和民族语言的"创造"和"再创造"紧密相连。所谓"平民"文学在那个时期被用来服务于民族理念，并赋予它所缺失的象征依据。最后，去殖民化阶段开启了文学世界最新阶段，标志着世界竞

争中出现了一直被排除在文学概念本身之外的主角们。①

关键在于，这一过程并非是"自由""平等"地展开，同时也是一个象征资本和语言货币重新分配，并产生了不平等结构的过程：

> 因此不必将始于欧洲 16 世纪的文学地图设想为文学信仰或者文学观念简单地逐步延伸的产物。借用费尔南·布罗代尔的话，这一地图是文学空间"不平等结构"的描摹，也就是说，是不同民族文学空间之间文学资源的不平等分布。在相互的较量过程中，它们逐步建立了不同的等级及依附关系，这些关系随着时光不断演变，但还是形成了一个持久的结构。②

现代汉语写作诞生于"世界文学空间"形成的第二阶段，它在一开始就陷于不平等结构的负端，现代汉语写作对"翻译"的严重依赖即是这方面的一个最直接的明证。只有从第三阶段开始，现代汉语写作才借助"解／去殖民"的历史势能努力打破这种不公正的世界文学格局。在这一过程中，歌德对"世界文学"的理想期待变成了卡萨诺瓦典型的"二重确认"方法论："所以当人们尝试形容一个作家时，必须要将其定位两次：一次是根据他所处的民族文学空间在世界文学空间中所处的地位来定；另一次是根据他在世界文学空间本身中的地位来定。"③

实际上，从现代汉语写作的起源开始，这种努力就一直没有中断过，竹内好认为鲁迅写作和思想中最核心的要义在于"回心"——即有抵抗的转向——恰好是这种主体性努力的生动实践。

---

① ［法］帕斯卡尔·卡萨诺瓦：《文学共和国》，罗国祥等译，北京大学出版社 2015 年版，第 49—50 页。
② 同上，第 92 页。
③ 同上，第 43 页。

六、结语

2019 年，黄锦树在位于中国最南端的杂志《天涯》上发表了短篇小说《迟到的青年》①，这篇小说融谍战、魔幻、侦探等元素于一体，其核心主旨，却契合我在上文提到的在世界（文学）空间里寻找并建构主体性自我的问题。只不过黄锦树以悬置的方式凸显了这一寻找建构的高难度。在历史关节点的不断"迟到"导致了青年的流浪和离散，但是也正如此，他得以在世界（文学）空间里汲取不同的养分，最后，这个会讲马来语、粤语、闽南语的南方青年又开始了漫无方向的浪迹——而他最开始的目的，是要去赶一趟开往"中国的慢船"。这个青年虽然迟到了，但却因迟到而丰富，他虽然没有去成向往的中国，却以东方的形象加入到对世界（文学）地图的绘制。

与这篇小说互文的是陈春成的短篇小说《夜晚的潜水艇》②，小说以奇崛的故事开始，为了寻找博尔赫斯丢在海洋里的一枚银币，一艘获得巨额资助的潜艇"阿莱夫"号开始了在海底十年如一日的考察。1998 年"阿莱夫"号穿过一个海底珊瑚群时，因为船员错误的判断，潜艇被卡在了两座礁石中间，就在即将船毁人亡之际，一艘陌生的蓝色潜水艇向礁石发射了两枚鱼雷，成功解救了"阿莱夫"号然后消失于远海……随着小说的叙述，我们才慢慢知道，这艘神秘的蓝色潜水艇原来来自于一位中国少年，这位少年在中国南方的一座小城里生活，每到夜晚，他就启动其超凡的想象力，化身为艇长，驾驶着一艘完全属于他自己意念中的潜水艇漫游于全世界的海洋，在一次无意的相遇中，他拯救了以博尔赫斯小说命名的"阿莱夫"号——我们不禁会产生这样一种疑问，这同时也是在试图拯救世界文学吗？

这两篇小说都具有强烈的象征色彩和寓言气息。出发与行走不仅是个人的生命故事，也不可避免地被投射为在世界（文学）空间里的双重确认。这是现代汉语的宿命吗？不管我们如何命名——自认或者

---

① 黄锦树：《迟到的青年》，《天涯》2019 年第 5 期。
② 陈春成：《夜晚的潜水艇》，上海三联书店，2020 年。

他认，也不管这一命名是"新南方写作"还是其他各种风格的写作，也许关键问题还是不停出发，因为

——"时间开始了！"①

2021 年 1 月 7 日，北京

科幻文学：作为历史、现实和方法

一、历史性即现代性

在常识的意义上，科幻小说全称"科学幻想小说"，英文为 Science Fiction。这一短语的重点到底落在何处，科学？幻想？还是小说？对普通读者来说，科幻小说是一种可供阅读和消遣，并能带来想象力快感的"读物"。即使公认的科幻小说的奠基者，凡尔纳和威尔斯，也从未在严格的"文类"概念上对自己的写作进行归纳和总结。威尔斯——评论家将其 1895 年《时间机器》的出版认定为"科幻小说诞生元年"——称自己的小说为"Scientific Romance"（科学罗曼蒂克），这非常形象地表述了科幻小说的"现代性"，第一，它是科学的。第二，它是罗曼蒂克的，即虚构的、想象的甚至是感伤的。这些命名体现了科幻小说作为一种现代性文类本身的复杂性，凡尔纳的大部分作品都可以看作是一种变异的"旅行小说"或者"冒险小说"。从主题和情节的角度来看，很多科幻小说同时也可以被目为"哥特小说"或者是"推理小说"，而从社会学的角度看，"乌托邦"和"反乌托邦"的小说也一度被归纳到科幻小说的范畴里面。更不要说在目前的书写语境中，科幻与奇幻也越来越难以区别。

虽然从文类的角度看，科幻小说本身内涵的诸多元素导致了其边

---

① 黄锦树的《迟到的青年》有这样一句话："'时间开始了'，风一般的回声沙沙地说。"而在 1950 年代，七月派著名诗人胡风曾经写下政治抒情长诗《时间开始了》，这一诗歌被视作 1950 年代政治抒情诗的代表作。

界的不确定性，但毫无疑问，我们不能将《西游记》这类诞生于古典时期的小说目为科幻小说——在很多急于为科幻寻根的中国学者眼里，《西游记》《山海经》都被追溯为科幻的源头，以此来证明中国科幻的源远流长——至少在西方的谱系里，没有人将但丁的《神曲》视作是科幻小说的鼻祖。也就是说，**科幻小说的现代性有一种内在的本质性规定。**那么这一内在的本质性规定是什么呢？有意思的是，**不是在西方的科幻小说谱系里，反而是在中国近现代的语境中，出现了更能凸显科幻小说本质性规定的作品，**比如吴趼人的《新石头记》和梁启超的《新中国未来记》。

学者王德威在《贾宝玉坐潜水艇——晚清科幻小说新论》中对晚清科幻小说有一个概略式的描述，其中重点就论述了《新石头记》和《新中国未来记》，王德威注意到了两点，第一是，贾宝玉误入的"文明境界"是一个高科技世界。第二是，贾宝玉有一种面向未来的时间观念。"最令宝玉大开眼界的是文明境界的高科技发展。境内四级温度率有空调，机器仆人来往执役，'电火'常燃机器运转，上天有飞车，入地有隧车。""晚清小说除了探索空间的无穷，以为中国现实困境打通一条出路外，对时间流变的可能，也不断提出方案。"[1]王德威将晚清科幻小说纳入现代性的谱系中讨论，其目的是考察相较"五四"现实主义以外的另一种现代性起源。"以科幻小说而言，'五四'以后新文学运动的成绩，就比不上晚清。别的不说，一味计较文学'反映'人生、'写实'至上的作者和读者，又怎能欣赏像贾宝玉坐潜水艇这样匪夷所思的怪谈？"[2]王德威的这种判断其实有失偏颇，因为"五四"新文学的传统其实也源自于晚清甚至晚明。实际上，在《新石头记》和《新中国未来记》中，我们看到了一种基于现代工具理性所提供的时间观和空间观，这种时间观与空间观与前此不同的是，它指向的不是一种宗教性或者神秘性的"未知（不可知）之境"，而是指向一种理性的、世俗化的现代文明的"未来之境"。如果从文本的谱系来看，《红

---

① 王德威：《贾宝玉坐潜水艇——晚清科幻小说新论》，收入王德威《想象中国的方法》，北京三联书店，2003年。

② 同上。

楼梦》遵循的是轮回的时间观念，这是古典和前现代的，而当贾宝玉从那个时间的循环中跳出来，他进入的是一个新的时空，这是由工具理性所规划的时空，而这一时空的指向，是建设新的世界和新的国家，后者，又恰好是梁启超在《新中国未来记》中所展现的社会图景。

二、现实性即政治性

如果将《新石头记》和《新中国未来记》视作中国科幻文学的起源性的文本，我们就可以发现有两个值得注意的侧面，第一是技术性面向，第二是社会性面向。也就是说，中国的科幻文学从一开始就不是简单的"科学文学"，也不是简单的"幻想文学"。科学被赋予了现代化的意识形态，而幻想，则直接表现为一种社会政治学的想象力。因此，应该将"科幻文学"视作一个历史性的概念而非一个本质化的概念，也就是说，它的生成和形塑必须落实于具体的语境。在这个意义上，我们会发现，科幻写作具有其强烈的现实性。研究者们都已经注意到中国的科幻小说自晚清以来经历的几个发展阶段，分别是晚清时期、1950 年代和 1980 年代，这三个阶段，恰好对应着中国自我认知的重构和自我形象的再确认。有学者将自晚清以降的科幻文学写作与主流文学写作做了一个"转向外在"和"转向内在"的区别："中国文学在晚清出现了转向外在的热潮，到五四之后逐渐向内转；它的世界关照在新中国的前三十年中得到恢复和扩大，又在后三十年中萎缩甚至失落。"[1]这种两分法基本上还是基于"纯文学"的"内外"之分，而忽视了作为一个**综合性的社会实践行为**，科幻文学远远溢出了这种预设。也就是说，与其在内外上进行区分，莫如在"技术性层面"和"社会性层面"进行区分，如此，科幻文学的历史性张力会凸显得更加明显。科幻文学写作在中国语境中的危机——我们必须承认在刘慈欣的《三体》出现之前，我们一直缺乏重量级的科幻文学作品——不是技术性的危机，而是社会性的危机。也即是说，我们并不缺乏技术层面的想象力，**我们所严重缺乏的是，对技术的一种社会性想象的深**

---

① 李广益：《论刘慈欣科幻小说的文学史意义》，《中国现代文学研究丛刊》2017 年第 8 期。

度和广度，**这种缺乏又反过来制约了对技术层面的想象**，这是中国的科幻文学长期停留在科普文学层面的深层次原因。

在这个意义上，以刘慈欣《三体》为代表的 21 世纪以来的中国科幻文学写作代表着一种综合性的高度。它的出现，既是以往全部（科幻）历史的后果，同时也是一种现实性的召唤。评论者从不同的角度意识到了这一点："经济的高速发展及科技的日新月异让我们身边出现了实实在在'看得见摸得着'的变化。3D 打印、人工智能、大数据、可穿戴设备、虚拟现实、量子通信、基因编辑……尤其中国享誉世界的'新四大发明'：共享单车、高铁、网购和移动支付，更是和我们的生活紧密相关，中国在某些方面甚至已经站在了全球科技发展的前沿。在这样的情况下，……科幻小说对未来的思考，对于人文、伦理与科学问题的关注已经成为了社会的主流问题，这为科幻小说提供了新的历史平台。"[1]"以文学以至文艺自近代以来具有的地位和影响而论，置身于全球化程度日益加深的时代，对文学提出建立或者恢复整全视野的要求，自在情理之中。刘慈欣科幻小说的文学史意义，因而浮出水面。"[2]

虽然刘慈欣一直对"技术"抱有乐观主义的态度，并坚持做一个"硬派"科幻作家，但是从《三体》的文本来看，它的经典性却并非完全在于其"技术"中心主义。毫无疑问，《三体》中的技术想象有非常"科学"的基础，但是，《三体》最激动人心的地方，却并非在这些"技术"本身，而是通过这些技术想象而展开的**"思想实验"**。我用"思想实验"这个词的意思是，这些"技术"想象不仅仅是科学的、工具的，同时也是历史的、哲学的。或者换一种说法，不仅仅是理性主义的，同时也是**理性主义的美学化和悲剧化**。也就是说，《三体》所代表的科幻文学的综合性并不在于它书写了一个包容宇宙的"时空"——这仅仅是一个象征性的表象，而很多人都在这里被迷惑了——而更在于它回到了一种最根本性的思想方法——这一思想方法是自"轴心时代"即奠定的——即以"道""逻各斯"和"梵"作为思考的出发点，

---

① 任冬梅：《浅析新世纪以来中国科幻小说的现状及前景》，《当代文坛》2018 年第 3 期。

② 李广益：《论刘慈欣科幻小说的文学史意义》，《中国现代文学研究丛刊》2017 年第 8 期。

并在此基础上想象一个**新的命运体**。如果用现代性的话语系统来表示，就是以"**政治性**"为思考的出发点。政治性就是，不停地与固化的写作陈规进行思想的交锋，并不惮于创造一种全新的生存方式和建构模式——无论是在想象的层面还是在实践的层面。

三、以科幻文学为方法

在讨论科幻文学作为方法之前，需要稍微了解当下我们身处的历史语境。冷战终结带来了一种完全不同的世界格局，也在思想和认识方式上将 20 世纪进行了鲜明的区隔。正如弗里德里克·詹姆逊在《对本雅明的几点看法》一文中指出的，"机制一直都明白它的敌人就是观念和分析以及具有观念和进行分析的知识分子。于是，机制制定出各种方法来对付这个局面，最引人注目的方法就是怒斥所谓的宏大理论或宏大叙事"。不再倡导任何意义上的宏大叙事，也就意味着在思想上不再鼓励一种总体性的思考，而总体性思考的缺失，直接的后果就是思想的碎片化和浅薄化——在某种意义上，这导致了"**无思想的时代**"。或者我们可以稍微迁就一点说，这是一个高度**思想仿真**的时代，因为精神急需思想，但是又无法提供思想，所以最后只能提供思想的复制品或者赝品。

与此同时，因为"冷战终结"导致的资本红利形成了新的经济模式。大垄断体和金融资本以隐形的方式对世界进行重新切割。这新一轮的分配借助了新的技术：远程控制、大数据管理、互联网物流以及虚拟的金融衍生交易。股票、期权、大宗货品，以及最近十年来兴起的电商和虚拟支付。这一经济模式的直接后果是，它生成了一种"人人获利"的假象，而掩盖了更严重的不平衡事实。事实是，大垄断体和大资本借助技术的"客观性"建构了一种"想象的共同体"，个人将自我无限小我化、虚拟化和符号化，获得一种象征性的可以被**随时随地**"支付"的身份，由此将世界理解为一种**无差别化**的存在。

当下文学写作的危机正是深深植根于这样的语境中——宏大叙事的瓦解、总体性的坍塌、资本和金融的操控以及个人的空心化——当下写作仅仅变成了一种写作（可以习得和教会的）而非一种"文学"

或者"诗"。因为从最高的要求来看，文学和诗歌不仅仅是一种技巧和修辞，更重要的是一种认知和精神化，也就是在本原性的意义上提供**或然性**——历史的或然性、社会的或然性和人的或然性。历史以事实，哲学以逻辑，文学则以形象和故事。如果说存在着一种如让·贝西埃所谓的世界的问题性①的话，我觉得这就是世界的问题性。写作的小资产阶级化——这里面最典型的表征就是门罗式的文学的流行和卡夫卡式的文学被放大，前者类似于一种小清新的自我疗救，后者对秩序的貌似反抗实则迎合被误读为一种现代主义的深刻——他们共同之处就是深陷于此时此地的秩序而无法**他者化**，最后，提供的不过是绝望哲学和憎恨美学。刘东曾经委婉地指出现代文学提供了太多怨恨的东西，现在看来，这一现代文学的"遗产"在当下不是被超克而是获得了其强化版。

我正是在这个意义上认为 21 世纪的中国科幻文学提供了一种方法论。这么说的意思是，在新时代的语境之中，不能将科幻文学视作一种简单的类型文学，而应该视作一种"**普遍的体裁**"。正如小说曾经肩负了各种问题的索求而成为普遍的体裁一样，在当下的语境中，科幻文学因为其本身的"越界性"使得其最有可能变成综合性的文本。这主要表现在：1. 有多维的时空观。故事和人物的活动时空可以得到更自由的发展，而不是一活了之或者一死了之。2. 或然性的制度设计和社会规划。在这一点上，科幻文学不仅仅是问题式的揭露或者批判（自然主义和现实主义的优势），而是可以提供解决的方案。3. 思想实验。不仅仅以故事和人物，同时也直接以"思想实验"来展开叙述。4. 新人。在人类内部如何培养出新人？这是现代的根本性问题之一。在以往全部的叙述传统中，新人只能是"他"或者"她"。而在科幻作家刘宇昆的作品中，新人可以是"牠"———一个既在人类之内又在人类之外的新主体。5. 为了表述这个新主体，需要一套另外的语言，这也是最近十年科幻文学的一个关注点，通过新的语言来形成新的思维，最后，完成自我的他者化。从而将无差别的世界重新"历史化"和"传奇化"——最终是"或然化"。

---

① ［法］让·贝西埃：《当代小说或世界的问题性》，史忠义译，北京大学出版社，2012 年。

与 AI 的角力

——一份诗学和思想实验的提纲

一

我愿意再次重复提及福斯特在《小说面面观》里面的一个天才创意。福斯特是这么设计的，他让不同时代的伟大作家都隐去身份，然后坐在一个圆形房间里同时写作，最后当他们交出作品的时候，福斯特的结论是：我们发现这些作家虽然属于不同的时代和阶层，但是在小说的写作方面却有"通感"。[①]福斯特的这个创意是为了佐证他的"艺术高于历史"的观点，他认为艺术可以战胜"年代学"并有其自身的法则，但是即使在这样的斩钉截铁的观点的背后，他也依然充满了矛盾，他发现这些作家依然通过其写作呈现了其强烈的个人性，而这种个人性，其实又无法完全与其"年代学"进行切割。

如果将福斯特的这个设计进行一个小小的改造，这个方案就具有更多的意味，我们假设甚至更多作家都在圆形房间完成了其作品，然后我们凭借其作品一一辨认出了这些作家——狄更斯和伍尔芙、托尔斯泰和歌德、奥登和策兰、李商隐和顾城……这个时候，当我们兴高采烈地请这些写作良久的作家们走出圆形房间时，出乎意料的事情发生了，我们发现走出来的并不是这些作家本人——而是一群长得一模一样的 AI 机器人。

也就是说，在 20 世纪福斯特的圆形房间里，作家们的写作依然通过其个人性获得了辨认和区分度，作家与作品之间依然有一种无法切割的历史关联和美学关联；但是在 21 世纪的圆形房间里，这种情况可能被颠覆了，我们读到了一群 AI 写出来的作品，这些作品是非常"个人性"的——可以在风格学和修辞学上对位一个个作家，但是，写作这些作品的人却是一个"非个性的"人工智能的存在。也就是说，作

---

① ［英］E.M. 福斯特：《小说面面观》，冯涛译，人民文学出版社，2009 年。

品是"个人的",但作家却是"同一个人",作品和作家之间的有机联系完全被切割开了。

如果这种情况出现了,是否意味着我们面临了一个新的界点,21世纪的福斯特的圆形房间类似于一个思想(写作)的实验——甚至可以媲美柏拉图的洞穴场景,那么,这意味着什么?这对我们时代的(诗歌)写作和思考提出了什么问题?

二

上述假设并非异想天开,也不是一时的心血来潮。如果我们对信息的遗忘没有那么快的话,应该记得2016年最热门的话题之一是"人机之战"——即人工智能阿尔法狗战胜了数个国际一流的围棋高手,4比1胜李世石,3比0胜柯洁。虽然自此以后谷歌公司宣布阿尔法狗不再参加类似比赛,并随后解散了其运营团队,但是,这一事件却构成了自启蒙运动以来最重要的一次人类挫折——围棋作为人类文明和智慧的标志之一,被AI击败了。但是,在对机器人的热捧中,还有一些坚守着人文主义立场的知识者对此抱有怀疑的态度,认为一种基于"计算"的围棋比赛的失败并不能代表着人文传统的失败,至少,代表了人类智慧和文明的最高级的产物——语言,还没有被AI掌握。语言,似乎成了人类文明最后的一座庇护所——似乎可以在极其表面的意义上印证海德格尔的那句名言:语言是人类的家,诗人是其守门人。

科幻作家首先敏感地意识到了这一事实,以语言的"习得"和"交流"为书写题材的科幻作品这些年层出不穷,美国作家特德·姜在2017年推出了其重要的作品《你一生的故事》[①],后来改编成电影《降临》全球公映。这部小说写的是女工程师如何习得了外星人"七肢桶"的语言,并以此规避了人类语言给人类自身带来的桎梏。而另外一个华裔美籍作家刘宇昆——他同时也是杰出的翻译者,将《三体》等中文作品翻译成了英文——他在短篇小说《思维的形状》[②]里面也试图

---

① [美]特德·姜:《你一生的故事》,李克勤、王荣生译,译林出版社,2015年5月。
② [美]刘宇昆:《思维的形状》,清华大学出版社,2014年11月。

探讨语言的边界，在他的笔下，存在着一种透明化的语言，即一个物种"他的全部身体都是语言"，而不是仅仅限于基于声音的语音和基于符号的文字。

无论是外星人学习人类的语言还是人类学习外星人的语言，这都暗示了一种"语言至上主义"。从本质上说，这依然没有摆脱人文主义的传统，我自己也深陷这种传统的知识型之中，我记得在2016年诗刊社举办的年度批评家论坛上我曾经如此发问：

> 在过去的几周，人类陷入一种焦虑，阿尔法狗（AlphaGo）战胜了李世石。有一种评论认为，这是人工智能对人类智慧和哲学的胜利。
>
> 阿尔法狗会写诗吗？或者说，阿尔法狗可以写出一首伟大的诗歌吗？
>
> 我不能回答这个问题。因为以阿尔法狗为代表的基于理性和计算的技术文明已经胜利了两个多世纪，而且将继续胜利更多的世纪。
>
> 在一首以代码写就的诗歌和一首以痛苦的人心写就的诗歌之间，我们选择站在哪一边？
>
> 在一种自动化的机器语言和一种以爱与美为蕴藉的人类语言之间，我们选择站在哪一边？

我那时候的言下之意是，阿尔法狗固然可以"习得"围棋这一技艺，却难以"习得"诗歌这一人类语言复杂的综合体。但是很明显，我的这一判断失误了，因为，几乎在阿尔法狗带有轻蔑意味地退出围棋赛场的同时，由微软公司开发的另外一个 AI——小冰，开始"写诗"了。在最开始的阶段，根据微软公司的相关工作人员介绍，小冰"学习"了几十位中国现当代诗人的诗歌，然后创作出了第一批诗歌，这一批诗歌很容易辨别出来，结构不完整、情绪不连贯、语言生搬硬套。比如这一首①：

---

① 小冰:《阳光失去了玻璃窗》，北京联合出版公司，2017年5月。

雨过海风一阵阵
撒下天空的小鸟
光明冷静的夜
太阳光明
现在的天空中去
冷静的心头
野蛮的北风起
当我发现一个新的世界

但是在经过对更多的诗人诗作学习后——据相关媒体报道，小冰一次学习的时间只需 0.6 分钟——我非常惊讶地发现，小冰的诗已经很难被辨认出来，比如下面这两首①发表在《青年文学》上的诗：

三

滴滴答答
在这狭小的时间的夹角
神秘的幻影在这时幽闭
海水愈以等待
我在公路旁行走
远方抖动着
烁烁的灯光
然后羊会回来

五

隔着桌子
阳光晒我的手指
我的每一个愉快动作
都听我诉说虚无时间的感受

---

① 小冰：《小冰的诗三十首》，《青年文学》2017 年第 10 期。

你必然惊异

泥土和种子的沉默

所以它在那里

在爱

我梦见了一棵开花的苹果树

什么颜色的花都有

一个人伫立在风中

等待大地上的灾难

　　如果抹去小冰的名字，我们完全可能认为这是一首由死去的或者活着的诗人写作出来的诗，这个诗人可能是戴望舒、徐志摩，也可能是你或者我。

三

　　AI 写的诗是"诗"吗？这个问题类似于问，机器人是人吗？或者稍微退一步，机器人有自我意识吗？——早在 2013 年，在人民大学举行的一次哲学会议上，这就是一个重要的讨论议题。也就是说，这个提问已经跨出了传统文学的边界，涉及对"人"的重新的认知和界定。如果我们暂时搁置这种类似于"天问"的提问，从一个相对"保守"一点的角度来看待小冰写诗这一"事件"，即使是在纯粹诗学的范畴内，这依然构成了一个迫切，甚至是对整个诗歌史的提问。

　　对于小冰的诗歌写作，即使出于商业化和资本化目的的微软公司设计师，也会"弱弱"地承认其"模仿"的属性，更不用提恪守传统知识型的读者和研究者了，我目前看到的有限的几篇文章，几乎都在指责小冰的写作是一种"仿写"，是一种"物"的游戏，而非一种属人的创造。我们姑且不谈模仿、仿写本身就是一种创造，就算承认模仿、仿写是"低一级"的写作，关键问题是，为什么我们会觉得小冰模仿得这么"像"？这么"真"？这么"富有诗意"？也就是说，在以"假"仿"真"的过程中，"真"也变得"假"起来了。这么说好像太过于诡辩，我的意思是，从接受美学的角度看，如果我们觉得小冰的诗歌有

新时代文学写作景观（节选）

某种徐志摩、戴望舒、顾城、海子等等的"味道",那恰好意味着,徐志摩、戴望舒、顾城、海子等诗人所塑造的诗歌美学——在大众的意义上被认为是一种诗意——已经成为了一种常识性的审美,并构成了一个普遍的标准。

更进一步说,如果说真正的诗人的写作是一种"源代码"的话,那么,经过近一百年的习得和训练,这一"源代码"已经变成了一种程序化的语言。既然我们可以通过"学习"相关诗人的作品获得创作的训练,并写下一首首诗歌,那么,小冰不过是以更快、更强的"学习"能力获得了更多甚至更好的训练,那为什么我们依然很难承认小冰写的是"诗歌"?如果我们不承认小冰写的是诗歌,那么,是否意味着,我们也可以承认我们经过"学习"和"训练"后写下的"诗歌"不是诗?或者,至少要在这些诗歌后面打上一个小小的问号?在这个意义上,我们又怎么来理解诗一百年以来的新诗传统,以及它在当下的自我复制、自动化和程序化,以及导致的严重的诗歌泡沫。

四

我想强调的是,我个人的智慧并不能对 AI 的写作进行一种"真假"的判断。我在另外一篇文章中曾经想象很多年后,绝大部分的文艺作品都将由 AI 来完成。[1]但在此时此刻,我将暂时中断我的未来学想象,而是讨论一个更具体的当下问题——我们时代的诗歌写作是不是已经变得越来越程序化,越来越具有所谓的"诗意",从而在整体上呈现出一种"习得""学习""训练"的气质?我们是不是仅仅在进行一种"习得"的写作,而遗忘了诗歌写作作为"人之心声"的最初的起源?

根据宇文所安在《中国"中世纪"的终结》里面的研究,在大概9世纪的时候,中国的诗学系统有一次重要的转型:

---

[1] 杨庆祥:《关于〈国王与抒情诗〉的鉴定报告》,此文首发于腾讯网。

到了九世纪，诗可以被视作某样被构筑出来的东西，而不是一种自然的表达，且诗中所再现的是艺术情境而不是经验世界的情景……我们又看到诗作为有待锻造和拥有之物，作为想象出来的而又是具体可感的构造，毫不逊色于微型园林。①

有意思的是，这一从"内在冲动"向"技艺"的转型居然在西方现代诗歌里面找到了悠远的回声，艾略特在《传统与个人才能》之中就认为诗人只有在写作的时候才是一个诗人……他只有放弃自我（的内在冲动），通过对传统的研习和加入才可能完成诗歌写作：

诗人没有什么个性可以表现，只有一个特殊的工具，只是工具，不是个性，使种种印象和经验在这种工具里用种种特制的意想不到的方式来结合。②

这两种诗学观念，虽然前者属于古典时期，后者属于我们所谓的现代，但却分享着一个共同的观念，那就是将诗歌写作从具体鲜活的个人经验和个人冲动——同时也就是当下性的经验中——剥离出来，认为存在一种恒久不变的"传统"和"法则"，并通过"习得"来完成写作的延续。这导致了两种诗学后果，一是"技艺至上"主义，对形式和修辞极端强调，并将"苦吟"作为一种典范的诗人形象。这种"技艺主义"更是通过启蒙时代以来开启的技术主义，成为一种不断扩张的、越界的，最后成为垄断性的认知模式和观念模式，最后，在现代的语境中，文学变成了写作——一种更强调技艺和习得的表达方式。另一种后果是诗歌和诗人之间产生一种脱落，诗歌不再与诗人之间产生一种严格的对位，当技巧和习得成为一种普通的认知结构后，那种"内在性冲动"的神秘感和仪式感消失了，诗歌

① ［美］宇文所安：《中国"中世纪"的终结——中唐文学文化论集》，导论，陈引驰、陈磊译，三联书店，2014年。
② T.S.艾略特：《传统与个人才能》，收入《艾略特诗学文集》，王恩衷编译，国际文化出版社，1989年。

新时代文学写作景观（节选）

49

于是变成了"作诗""填词"——也即是在既有的法则中进行语词的游戏。

五

"五四"新诗革命正是对上述诗学观念的一种反抗和解放。陈独秀1919年发表《文学革命论》，其核心主张是：

> 推倒雕琢的、阿谀的贵族文学，建设平易的、抒情的国民文学；
>
> 推倒陈腐的、铺张的古典文学，建设新鲜的、立诚的写实文学；
>
> 推倒迂晦的、艰涩的山林文学，建设明了的、通俗的社会文学。

新诗从形式上反对旧体诗的格律、平仄，强调诗体大解放；在文字上反对用典，强调用俗语俗字；在内容上反对文以载道，强调直抒胸臆。其目的，正是要将诗歌写作从已经高度自动化和程序化的诗歌传统中解放出来，重新建构诗人和诗歌之间的有机联系，从而恢复诗歌写作应有的高度的个人性和历史性——也只有在这个文化谱系中，我们才能理解郭沫若和天狗、艾青和火把、戴望舒和雨巷、徐志摩和康桥之间的对位，这些对位是诗歌作为"内在性冲动"的美学表现，它们在其历史语境中是鲜活的、具体的，因而是带有仪式色彩的原创性的创作。

如此看来，我们今天重新面临一个"五四"的命题，也就是经过近百年的发展演变，我们的新诗传统实际上已经变成了一种稍微程序化的存在。小冰的写作就类似于古典时代的填词游戏——只不过更快更高更强——但是，它是一种缺乏"对位"的匮乏的游戏，小冰的写作不过是当代写作的一个极端化并提前来到的镜像。在这个意义上，当下一些诗歌写作正是一种"小冰"式的写作——如果夸张一点说，当下一些诗歌写作甚至比小冰的写作更糟糕，更匮乏。如果我们对这种自动的语言和诗意丧失警惕，并对小冰的"习得"能力表示不屑的时候，有一天我们也许就会发现，小冰的写作比我们的写作更"真"，更富有内在的冲动。而我们当下的诗歌写作，却变成了一段段分行的苍白语词。

这么说并非危言耸听。我们当然可以举出很多当代优秀的诗歌和优秀的写作者来证伪我的观点。毫无疑问，我承认在任何时代都会有杰出的写作者，比如在"玄言诗"一统诗坛时期的陶渊明。但是，我并无意指责一个个具体的诗人个体，我反思的是作为一种整体的诗学观念和文化结构。在这样的文化结构和诗学观念中，写作成为一种"新技术"——也就是可以有标准，可以进行批量生产，获得传播，并能够在不同的语种中进行交流。与此同时，写作的秘密性、神圣感和仪式氛围被完全剥夺了。写作成为一种可以进行商业表演和彩票竞猜的技术工种。

因此应该逆流而上，重新在诗歌和"人"之间建立有机的联系。正如宇文所安所言：

> 中国传统中最为古老且最具权威性的各家诗学，都坚持诗歌创作的有机性。无论怎样认识文本之后的动力——是道德风尚、宇宙进程、个人感受，抑或是三者之间的某种结合——都被认为是自然的，而不是从有意的技巧中产生。[①]

一首诗歌呈现的是一个人的形象。而这个人，只能是唯一的"这一个"，"五四"新文化全部的命题其实只有一个：立人。而在一百年后我们回溯这个传统，发现这依然是一个根本的、核心的命题。立人——人正是在不同的偶像前才得以建构自己的形象和力量。人类与AI同样如此，首先是人类自己的角力——不做"假人"，而要做"真人"——这个时候，一种新的原始性就被创建出来了。当然，要获得

---

① ［美］宇文所安：《九世纪初期诗歌与写作之观念》，收入宇文所安：《中国"中世纪"的终结——中唐文学文化论集》，导论，陈引驰、陈磊译，三联书店，2014年。

这种原始力，就必须占有全部的时代和历史。

2018 年 12 月 29 日于北京

2019 年 1 月 22 日改定

创造内在于时代精神的政治抒情诗

一

在中国古典诗歌传统中，诗歌的基本向度其实有两个，其一是政治，其二是抒情。或者说，政治与抒情是中国古典诗歌的一体两面，并构成了整个中国古典诗歌和古典诗论的基石。《左传·襄公二十七年》载"诗以言志"，《尚书·尧典》载"诗言志、歌永言、声依永、律和声"，前者指的是借《诗经》中的某些篇章来表达自己的政治观点，后者则指诗歌表达人的志向和抱负，而这里的志向和抱负也和我们现代人的自我意志大不一样，往往指的是在政教意义上的政治抱负。当然，在《尧典》中，"志"也部分指向诗人的主观状态。这一主观状态，其实就是抒情——情动于中而形于言。如果说中国古典诗歌是一个庞大的坐标系，政治与抒情就构成了这一坐标系最重要的两条轴线，那些伟大的强力诗人，当他们将政治与抒情完美地结合在一起的时候，就构成了中国古典诗歌史中"原点式"的诗人。这些"原点式"的诗人并不多，在我看来，屈原、陶渊明、曹操、李白、杜甫、苏轼可以放在这一谱系中。相对于《诗经》的匿名性以及政教价值观念对其文本扭曲的解读，屈原《离骚》所代表的"楚辞"可视作中国古典政治抒情诗的第一座高峰。虽然屈原的一些作品今天看来还带有一定的"巫气"——最典型者莫如《东皇太一歌》，但是在屈原最有生命力的作品中，"情"与"志"的互动互文构成了最动人的诗歌形象："抚情效志兮，冤屈而自抑""路漫漫其修远兮，吾将上下而求索"。即使在被冠以"田园诗人"的陶渊明那里，"采菊东篱下，悠然见南山"也绝非一种"风景画"式的无目的观看，而是在一观看里寄托着陶氏"问今是何世，乃不知有汉，无论魏晋"的社会批判。在曹操的"建安风骨"中寄托的是"幸甚至哉，歌以咏志"，而他的"志"莫过于"周公吐哺，天下归心"的政治愿景。李杜作为中国诗歌史中最耀眼的两颗巨星，其丰富性和差异性自不待言，但是如果要找到这两位诗人的一个核心共性，其实就是杜甫的那句名诗：致君尧舜上，再使风俗淳！不过前者以出世（道家）的方式来表达这种由于"志"不能实现而产生的各种"情"，而后者则坚持以入世（儒家）的原则来完成"情"对"志"的皈依。相对来说，苏轼游走在"情"与"志"的身影稍微灵活，"起舞弄清影，何似在人间"，情与志在日常生活中的圆融使得苏轼成为中国传统文人的典范。

二

无论是屈子的"恐美人之迟暮"还是李白的"天子呼来不上船"，中国传统的政教秩序使得古典诗歌的政治抒情虽然能够不断地在"情"与"志"之间腾挪辗转，但却无法突破"明君贤臣"的等级制和价值观，这一等级制及其背后的意识形态，正是以鲁迅为代表的现代中国知识者所要批判和反对的"主奴结构"。《新青年》曾在1917年发表高一涵的文章《一九一七年预想之革命》，该文认为中国的革命应该从两个方面努力，"（一）于政治上应该揭破贤人政治之真相，（二）于教育上应打消孔教为修身大本之宪条"。在这个意义上，中国从传统向现代的转型，其实也是政教秩序的大转型，体现在诗歌写作中，那就是"诗体大解放"的新诗运动不仅仅是一次文体形式上的革新，而是意味着传统政教秩序对文体不再能起到规范作用，文体也不再为传统的政教秩序服务。于是，新诗首先就意味着一种平衡的打破，并在这一打破的过程中，对"情"与"志"的意义范畴同时予以现代化，从这个角度看，郭沫若的《女神》中的系列诗作、艾青的《向太阳》、穆旦的《赞美》、胡风的《时间开始了》等都属于新的"政治抒情诗"的典范文本。

郭沫若曾谈及写《女神》的缘起："共工象征南方，颛顼象征北方，想在这两者之外建设第三中国——美的中国。"也就是说，《女神》有

新时代文学写作景观（节选）

53

非常鲜明的政治指向，即通过诗歌来建构一个想象中的新政教秩序，虽然在当时的历史条件下郭沫若对这一政教秩序究竟是什么并不清楚，但他敏感地意识到，要建立这一新的政教秩序，首先就要与那个旧的"情志"进行割裂。《凤凰涅槃》整体性地象征了这种破旧立新、置之死地而后生的重生场景，《天狗》则想象了一个具有无限能量的抒情主体自我。我们可以看到在这两首诗歌里，"抒情"其实压倒了"政治"，这正是郭沫若作为开创者的贡献，因为只有通过这种压倒一切的抒情，一个现代性的自我才能够从传统的政教秩序里"冲出来"，至于这个"情"要将"自我"引向哪一种"志"，并不在诗人的考量之中。但这种从传统中的强行剥离和割裂并非那么容易"一刀两断"，"五四"那一代人大多成长于传统的政教语境中，"自我"的骤然涌现带来了心灵上的痛苦，这正是郁达夫在小说中反复表达的主题，这个现代的自我需要一个新的"志"来予以安置，如此我们就能够理解为什么在《沉沦》的结尾要将"我"的不幸与国家的不幸捆绑在一起——从故事的逻辑上这并非那么自洽，但是在政教秩序的现代转型中则理所当然。艾青和穆旦同样面临这样的问题，不过是，在郭沫若那里的强抒情已经得到了有效的舒缓，"志"开始向清晰的方向前进，"太阳"和"山河"的意象起到了平衡性的作用，在前者，"我不再感到陌生／太阳照着他们的脸"，对于后者，"我要以一切拥抱你，你／我到处看见的人民呵"。我们知道，在1990年代以来的文学史叙述里，穆旦是作为一个极具"个人性"的诗人而得到关注的，但被忽略的是，在《赞美》这样的诗歌中，穆旦其实是以政治抒情诗的形式表达了对新政教秩序的渴望和认同——山河、森林、人民成为"政治"的化身，而"赞美"则成为了"抒情"的基本姿态。完成于1950年代的胡风的长诗《时间开始了》则续接了这一传统，并在政治美学的意义上将新诗的政治抒情性推向了一个高峰，在当时的评论中，《时间开始了》被目为具有"史诗"的气质，在今天看来，这首诗毫无疑问提供了一个典型的范本来理解新诗的现代性与政治抒情诗之间的复杂关系，现代政治抒情诗的"情"与"志"至此也基本明确："情"为人民大众之情，"志"则为新生的社会主义中国。

三

　　马克思以辩证法的方式对"正反合"的黑格尔命题进行了创造性的发展，在辩证法的逻辑里，"合题"并非意味着历史的终结，而恰好是新历史的开启。"新时代"正是这样一个辩证法意义上的历史时段和历史命名。首先，新时代意味着新的时间观念。地理大发现以来的近现代史，从时间观念上看其实是一部西方现代性时间不断扩张并"普遍化"的历史，但是随着后发民族国家的加入尤其是 21 世纪以来中国在全球政治经济格局中的崛起，这一普遍化的"西方时间"观念得以改写。新时代的时间观念不再是以"西方时间"为主导的线性时间，而是一种基于不同历史传统和文化特征的各民族文化时间观念的交织互动，这种交织互动与建基于互联网的天网技术协调一致，线性时间观念变成了网状时间观念。其次，新时代也意味着新的主体。在这一新的主体里，"人民性"是其核心要义。一方面，"人民"不再局限于某种特定的职业或者岗位，而是成为一种身份认同，所有为中华民族伟大复兴贡献力量的人都具有其人民性；另一方面，作为抒情主体的诗人，从其个人的生活和经验出发，本身即是对自我和他者双重"人民性"的体察和书写。再次，新时代也意味着新的诗歌内容和形式，如果继续从"情"与"志"的互动生成这个角度来观察，新时代政治抒情诗的"情"就是"人民之情"，即汪晖所指出的"普通的包括工人、农民在内的大众社会怎么变成一个新的、政治的主体，适应到中国和全球性的进程里面去"；新时代政治抒情诗的"志"，则是"实现中华民族伟大复兴"的历史大任。

　　从目前的诗歌写作现场看，有大量的作品都加入到了这一"新时代性"的书写潮流，其中最突出的是诗刊社组织编发的"新时代"栏目及相关专刊，如刘笑伟的《坐上高铁，去看青春的中国》、龚学敏的《大江》、吴少东的《长三角，一体化的高唱》、王二东的《飞驰吧，青春中国》、田湘的《群山，或我们的精神背影》、郁葱的《那些年，那些人》等等。根据《诗刊》主编李少君的介绍，这些作品的创作路径是"一种融合个人独特经验和时代普遍情绪、融合浪漫主义与现实主义、融合中华美学元素和当代形象意象的新抒情诗"。在我看来，这种"新抒情诗"即是新时代的政治抒情诗。需要指出的是，抒情诗——政治抒情诗——政治抒情史诗是一个螺旋递进的诗学概念，如何在"新时代"的风暴中心创造出历史性和艺术性高度统一的诗歌作品，如何在人类文明对话的格局中创造出具有"人类价值共同体"性质的史诗作品，这对有志于此的诗人和理论家们都提出了挑战。

2021 年 8 月 3 日，北京

获奖作品《批评的返场》作者何平

何平简介：

何平，1968年10月生，文学博士，文学院教授、博士生导师，世界文学与中国当代原创文学研究暨出版中心主任。中国作家协会青年工作委员会副主任，中国文学批评研究会常务理事，中国小说学会常务理事，江苏省文艺评论家协会副主席。主持包括国家社科基金重大项目"社会主义文学经验和改革开放时代的中国文学研究"在内的国家、省部级项目八项，出版专著《批评的返场》等七种。2017年发起"上海－南京双城文学工作坊"，同年开始主持《花城》杂志"花城关注"。

获奖感言

何 平

鲁迅文学奖虽然是奖给单个作品，但肯定和作者所做的事情相关，尤其是文学批评，它涉及批评家和整个文学生态的关系。我这次获奖的《批评的返场》是一本评论集。这本评论集和一般的评论集不同，它不是通常意义书斋里的论文写作，而是这五六年我介入文学现场的结果呈现。这次参评的一百六十一篇（部）文学理论评论作品包含了各个文学代际、各种批评实践和不同的个人化批评语体修辞，是对这四年中国文学批评的全面检阅。我注意到这次获奖的文学理论评论作品绝大多数都和当下正在发生的中国文学相关，我的《批评的返场》或许正是在这种意义上被评委们选择。感谢鲁迅文学奖评委们对介入当下文学现场的文学批评行动者们的肯定。

感谢我们处身的文学生态。文学生态与作家、批评家、作协、大学、文学媒介以及城市市民文学生活等方方面面密切相关。这二十年，我一直生活在南京。在南京做文学批评有其得天独厚的优势。上世纪八九十年代以来南京作家群充满活力且可持续生长；以大学和作协为中心的批评家群落互动互渗形成代际承传的南京文学批评传统；文学教育资源丰富；作家和批评家相互激发共同成长；市民日常文学生活参与程度高，是作家做文学活动的重要到达地，可能还要包括政策扶持和常态化的文学批评奖项设置等等。如果像选宜居城市那样，选适合文学生长的城市，这三四十年来的南京应该算一个。南京是一个城市文学含量高的城市，我的文学批评是南京这座文学城市的批评传统滋养出来的。

文学批评参与到文学生产和公共生活是我的文学批评理想，感谢为了这个理想和我结伴而行的同路人。从 2017 年第一期开始至今的六年三十六期，我在以先锋和探索见长的《花城》杂志主持"花城关注"。我把主持这个栏目的实践定义为"文学策展"。其间得到前主编朱燕玲的《花城》编辑团队的全力支持。作为支持的体现，六年来，我策划了三十六个专题全部按我的设想完成。这三十六个专题的总评或引言收在《批评的返场》的"现场"部分；也是从2017年，我和复旦大学金理教授共同召集"上海－南京双城文学工作坊"，至今已经五期。工作坊的意义并不仅仅在于得出什么结论，而是一种讨论文学的态度和风气。2018年开始，译林出版社的原创文学出版团队参与到我的批评实践，和我共同编辑"文学共同体书系"和"现场文丛"，并且和中国作协相关部门、南京师范大学一道共建世界文学与中国当代原创文学暨出版中心。正是这些介入文学生产的实践使得我理解的当下文学是过程性的，也使得我有可能真正扎根在文学现场，从而有可能不断拓殖中国文学版图，同时捕捉时代审美动向。《批评的返场》是一群热爱文学的同路人共同的作品。我想，我这次获得鲁迅文学奖，不只是因为这本《批评的返场》，也是我这些年所做的文学和公共生活相关的事情。很多拿到《批评的返场》的朋友都说这是一本长得"好看"的书。这要感谢译林出版社原创文学编辑出版团队。在协商好全书的整体框架之后，责任编辑管小榕几乎有大半年的时间投入在这本书，从而最后做了一本从内容到装帧设计的细节经得起推敲的拿得出手的一本书。

生于1960年代后期，和同一个代际的批评家相比，我是一个迟到的进场者，一个文学批评的"晚熟的人"。1998年，我开始尝试做文学批评的时候，我的同代人都已经是成名的批评家了。举一个例子，《南方文坛》有一个坚持多年的栏目"今日批评家"，2010年1月，我是这个栏目推出的最后一个60后批评家。一个迟到者、晚熟的人，在做文学批评的这些年，许多前辈学人、批评家和编辑在我的成长道路上给予过我无私的帮助，我在不同场合多次提到那些让我回忆起来就心生温暖的人和事。如果让我一一列出，会是一个长长的名单。

我在《批评的返场》后记里说，这本书曾经想用的书名是"有文学的生活"，以纪念这些年赋予我丰富文学生活的朋友们。感谢你们的爱与热情。

批评的返场（节选）

★ 何　平

从历史拯救小说
——论《额尔古纳河右岸》和《群山之巅》

2000 年，迟子建的《伪满洲国》在《钟山》发表。这是迟子建从 20 世纪过渡到 21 世纪的第一部长篇小说。2009 年，她的另一部和 20 世纪初哈尔滨大瘟疫这一历史事件直接相关的长篇小说《白雪乌鸦》由人民文学出版社出版。讨论历史和文学的关系，这两部有真实历史事件做底子的小说是比较典型的样本。今天历史研究的疆域已经从宏大的国家历史拓展到最微小的"庶民史"。我选择迟子建新世纪另外两部长篇小说《额尔古纳河右岸》和《群山之巅》作为例子，其涉及的题材都已经在中国当代文学被许多作家做成了"民族志"和"村庄史"。因此，"从历史拯救文学"，不仅意味着从宏大的民族国家历史拯救文学，也意味着从对应或对抗宏大民族国家历史的"民族志""村庄史"，甚至"庶民史"等诸种"小历史"拯救文学。

一

显然，题目"从历史拯救小说"来源于杜赞奇的"从民族国家拯救历史"。杜赞奇认为："民族国家作为碰撞中的不同表征而存在，表达着特定群体的抱负和利益，以及他们的集体愿景。民族国家作为一种权力，为了隐藏其中的冲突，便使用它的政治及修辞机制来压制关于人类共同体的另类设想。因此，我们所书写的历史可能就离不开民族国家；历史将是作为表征及权力的民族国家的复线历史，其内容则是那个我们称之为民族国家的模糊事实。"[①]观察中国现当代文学，其起点就是以"启蒙""立人"为主题参与现代民族国家建构，但潜在的"反现代化"思潮作为"现代性"的不同表征一定程度上正类似杜赞奇意义上的"复线的历史"。观察中国当代文学，"十七年文学"两种基本类型的小说《红旗谱》和《创业史》同样是以"表达特定群体的抱负和利益，以及他们的集体愿景"来参与现代民族国家的建构，而1980年代中期以来的"新历史主义"文学思潮所针对的某种意义上正是"十七年文学"宏大的民族国家单线的历史叙述之外的"复线的历史"。

有意思的是，杜赞奇的《从民族国家拯救历史：民族主义话语与中国现代史研究》是新世纪才出版的。在此之前，《红高粱》《古船》《活着》《白鹿原》《长恨歌》《尘埃落定》《丰乳肥臀》等小说都已经出版。中国当代文学中的"从民族国家拯救历史"已经成为一种成熟的叙述模式，"村庄史""家族史""民间野史""个人史"等对应于"民族国家史"的"小历史"也不断成为批评家和文学研究者评价这类书写中国近现代历史小说的常用研究视角。小说作为历史建构的一种方式提供了远远比历史研究丰富的"复线的历史"。但问题是，历史研究可以由"从民族国家拯救历史"提供另一种中国近现代史的描述，而小说仅仅止步于此，即使比历史研究有更多丰富性，"复线的历史"不必然地带来文学审美的丰富性。往往这些小说发展到后来，会产生一种极端的模式，即将"村庄史""家族史""庶民史""民间野史"等"小历史"生硬地对应中国近现代的"大历史事件"——"逢正必反"，甚至以简单的对抗取代人和历史的相遇，以及人在历史中的复杂性。暧昧、幽暗、矛盾的人被历史符号化。正是因为如此，我们认为小说不

批评的返场（节选）

---

① 杜赞奇：《中国与印度的现代性批评者》，张颂仁等主编：《历史意识与国族认同：杜赞奇读本》，上海人民出版社2013年版，第64页。

能满足于"从民族国家拯救历史",在中国当代文学"从民族国家拯救历史"已经取得了丰富的成果之后,我们要思考的是,我们如何"从历史拯救小说"?事实上,历史学和社会学界对于"复线的历史"的反思可以给文学创作和文学研究以启发:

> 杜赞奇曾指出:现代社会的历史意识无可争辩地为民族国家所支配。民族历史制造出一个同一的、在时间中进化的民族共同体。而事实上民族却是一种包容差异的现象,其历史也并非线性的进化过程。杜赞奇进而提出以"复线历史"(或分叉历史)的概念代替线性历史的观念,并由此完成"从民族国家拯救历史"的任务。通过超越线性历史的目的论来拯救历史的努力固然意义非凡,但杜赞奇撰写复线历史的成果却未能实现其许诺。正如李猛尖锐质疑的:"'分叉历史'要充当那些被压制的声音的喉咙,但杜赞奇的'分叉历史'真的能够(甚至是打算)帮助我们理解那些没有历史的人吗?"李猛通过对农民口述历史的分析指出:和线性历史相对的不是分叉的历史叙事,而是分层的历史生活。那些沉淀在历史最底层,记忆中分不清过往军队类型的农民,过着似乎甚至难以称得上是"历史化"的日常生活,他们并没有提出与线性的全国历史不同的另一种表述,一种反叙事。即使有什么和杜赞奇所说的"线性历史"相对的,也只是一种拒绝叙事的"反记忆",一种身体记忆。
>
> 相对于"从民族国家拯救历史",我们的努力将致力于从普通人的日常生活中构建历史,即记录和重现"苦难"的历史,并从中洞悉文明的运作逻辑。①

事实上,在中国当代小说中历史化的"小历史",往往是一种假想的针对民族国家的"复线的历史"。小说的虚构和想象自然有能力将"非历史化"的日常生活"历史化",它甚至可以直接省略历史学家的资料

① 郭于华:《作为历史见证的"受苦人"的讲述》,《社会学研究》2008 年第 1 期。

收集、田野调查和历史逻辑的梳理和建构，但其代价往往是文学的过度僭越，给日常生活的"真实性""丰富性"和"多义性"带来伤害和歪曲。如果仅仅是"小说家言"或者"稗类"，本无可厚非，但问题是中国当代文学往往把这种假作真的"伪史"指认为和民族国家历史构成对应关系的"另一种表述"。进一步的问题是，小说的目的最终是不是满足建构一种和宏大国家历史对应的"复线的历史"？不是这样的，和历史学、社会学相比，文学更应该在重建自为和泼辣的"日常生活"上有所作为，更应该"致力于从普通人的日常生活中构建历史，即记录和重现'苦难'的历史，并从中洞悉文明的运作逻辑"，而不是仅仅预设为民族国家的"复线的历史"。

二

《额尔古纳河右岸》没有刻意制造地方时间对抗民族国家现代时间的矛盾，也没有将"额尔古纳河右岸"民族孤悬于现代之外。山中世界和山外世界彼此勾连，且共用一个现代时间。小说的讲述是从"我"出生的冬天，从"我"一个姐姐受了风寒活了两天就走了，更确切的是从"我"所能记住的最早事情是母亲的寒战开始到大约四五岁的光景，尼都萨满寻找另一个姐姐列娜的"乌麦"（小孩的灵魂），一只灰色的驯鹿仔代替列娜去一个黑暗的世界。但小说可以追溯的更远时间则是民族记忆的拉穆湖传说时代。和中国当代小说指涉历史起源的不确定性不同，《额尔古纳河右岸》有着肯定的时间起点："三百多年前，俄军侵入了我们祖先生活的领地"，"宁静的山林就此变得乌烟瘴气"，"祖先们被迫从雅库特州的勒拿河迁徙而来，渡过额尔古纳河，在右岸的森林中开始了新生活"。"在勒拿河时代，我们有十二个氏族，而到了额尔古纳河右岸时代，只剩下六个氏族了。众多的氏族都在岁月的水流和风中离散了。所以我现在不喜欢说出我们的姓氏，而故事中的人，也就只有简单的名字了"。小说紧接着的时间就到了一百多年前，在额尔古纳河的上游发现了金矿，当朝的皇帝光绪让李鸿章找人在漠河开办金矿。

山中和山外同"时"并不同"事"，就像小说中许财发从山外到山中，看到多年不见的依芙琳，"没想到她枯萎成那样子"，"不由得叹了一口气，说，山中催人老啊"。"山中"是人的自然衰老，而山外在搞土地改革，过去那些风光无限的地主，如今个个跟霜打了似的，全蔫儿了。同"时"而不同"事"，各自按照自己的历史逻辑向前推进。我们可以仔细梳理小说中涉及的所有的"时"和"事"：日本人来了，他们来的那一年，乌力楞发生了两件大事，一个是娜杰什卡带着吉兰特和娜拉逃回了额尔古纳河左岸，把孤单的伊万推进了深渊；还有就是"我"嫁了一个男人。图卢科夫在 1932 年的秋天把日本人到来的消息带到外面乌力楞。1942 年，也就是伪满洲国"康德"九年的春天，乌力楞出了两件大事，一个是妮浩做了萨满，还有一个是依芙琳强行为金得定了婚期。又一年的春天到了，那也是"康德"十年的春天。这一年，在一条清澈见底的山涧旁，接生了二十头驯鹿。"康德"十一年，也就是 1944 年的夏天，向导路德和翻译王录又带着铃木秀男上山来了。1945 年的 8 月上旬，苏军的飞机出现在空中。那年秋天，伪满洲国灭亡了，它的皇帝被押送到苏联去了。妮浩在这年秋末的时候生下一个男孩，取名为耶尔尼斯涅。"我"在 1946 年的秋天生下了达吉亚娜。1948 年的春天，妮浩又生了一个女儿。1950 年，也就是新中国成立后的第二年，乌启罗夫成立了供销合作社。这年的夏天，拉吉米在乌启罗夫捡回了一个女孩。1955 年的春天，驯鹿开始产仔的时节，维克特和柳莎举行婚礼了。1957 年的时候，林业工人进驻山里了。1959 年的时候，政府在乌启罗夫盖起了几栋木刻楞房。有几个氏族的人开始不定期地到那里居住。那里有了小学，鄂温克猎民的孩子可以免费上学。1962 年以后，山外的饥荒有所缓解。1965年初，医生普查身体，干部动员下山定居。激流乡定居点开工建设。1968 年、1969 年、1972 年、1976 年、1978 年、1980 年，伊莲娜出生，伊万去世，达西自杀，维克特酗酒而死，索玛回到"我"身边，马伊堪怀上私生子。从此以后，与"我"同时代的人，大都去了另一个世界了。

可以看出，《额尔古纳河右岸》从一开始就让"山中"鄂温克族生活的世界和外面的世界建立起联系，避免对"山中"世界的过度神秘化想象和书写。1980 年代，以寻根文学为代表的一个重要的文学遗产就是割断"山中""边地"和现代的联系，以"炫异"的奇观化书写文明差异，展开传统和现代对峙的主题。而《额尔古纳河右岸》"去神秘化"的结果，是在现代时间中识别"山中"世界，但"山中"不是现代的文明前史，在历史逻辑上自然也不是作为落后的传统被识别，也不构成"反现代化"之"反"，这和沈从文《边城》以降这一类小说的逻辑理路不同。因此，"额尔古纳河右岸"民族的强健和绚丽生命状态没有刻意符号化，被夸张为"现代"的矫正。作为"边地"题材的《额尔古纳河右岸》是有条件成为"另一种表述"的"民族志"式的"复线的历史"。事实上，小说也书写了一个民族"最后的历史"，比如阶层、经济、婚姻、外交、风俗仪礼以及日常生活，但任何一方面小说都没有将它发育充分到"历史化"，足以构成"民族志"。迟子建的兴趣不在建构"复线的历史"，她别出新径，从历史中拯救小说。如果一定要说《额尔古纳河右岸》的主题，我觉得最切近的是迟子建自己说的"现实和梦想"。因而，"我"的口述故事集中在黄病、白灾、危及鹿群的瘟疫以及男人被日本人征为劳工等一系列的天灾人祸。死亡和灾难如影随形，但即便如此，"额尔古纳河右岸"民族的生命还是顽强地得以延续。"额尔古纳河右岸"的"死"不是生老病死之自然死亡，而是生存环境恶劣招致生命的不堪一击。父亲林克换驯鹿被雷电击死。"我"这一代，一个姐姐风寒冻死，另一个姐姐列娜在搬迁打灰鼠的路上从驯鹿身上掉下来冻死。"我"的第一个丈夫拉吉达寻找驯鹿活活冻死。"我"的第二任丈夫瓦罗加被熊揭开脑壳。"我"的儿子安道尔被维克特以为是野鹿而误杀。"我"的外孙女伊莲娜落水淹死。尤其值得关注的是小说中，"我"弟弟鲁尼和妮浩的孩子果戈力、交库托坎和耶尔尼斯涅因为作为萨满的母亲，不可抗拒地分别从树上掉下摔死、被蜂蜇死和淹死。这个萨满是有现实原型的，是放养驯鹿的鄂温克部落的最后一个萨满。她一生有很多孩子，可这些孩子往往在她跳神时猝死。她在第一次失去孩子的时候，就得到了神灵的谕示，那就是说她救了不该救的人，所以她的孩子将作为替代品被神灵取走，可是她并未因此而放弃治病救人。就这样，她一生救了无数的人，她多半的孩子因此而过早地离世，可她并未因此而悔恨。迟子建认为："我觉得她悲壮而凄美的一生深刻地体现出人的梦想与现实的冲突。治病救人对一个萨满来说，是她的天职，也是她的宗教。当这种天职在现实中损及她个人的爱时，她义无反顾地选择了前者，也就是'大爱'。而真正超越了污浊而残忍的现实的梦想，是人类渴望达到的圣景。这个萨满用她的这颗大度、善良而又悲悯的心达到了。我觉得她就是一个伟大的作家，她一生的经历就是一部杰作。我在长篇小说《额尔古纳河右岸》中，把这个萨满的命运作为了一条主线。"①可以这样认为，《额尔古纳河右岸》是以"我"的家族世系为中心的死亡和反抗死亡的生命史诗。

文明的忧思正自然包含在生命的谛视中。"进入90年代，我觉得时间过得飞快。"老一代的死亡和未来不可知的迷惘是《额尔古纳河右岸》的结局。达吉亚娜开始为建立一个新的鄂温克猎民定居点而奔波。"她说激流乡太偏僻，交通不便，医疗没有保障，孩子们所受的教育程度不高，将来就业困难，这个民族面临着退化的命运。"她联合其他几个乌力楞的人，向激流乡提交下山去布苏定居的建议被接受，但这能不能挽救民族的退化呢？年轻一代里，西班迷恋上制造文字，最后也没有成为民族命运的改写者，却不得不随着自己的民族走出山林。沙合力因为纠合山外几个无业的刑满释放人员进山来砍伐一片受国家保护的天然林被关进了监狱。索玛一次接着一次跑到别的营地与男人幽会，"她说在山上实在太寂寞了，只有男女之事才会给她带来一点儿快乐"。值得注意的是，从整个小说结构，也即百年民族的命运走向看，迟子建将小说最后收束于"安魂曲"："如果说我的这部长篇分为四个乐章的话，那么第一乐章的《清晨》是单纯清新、悠扬浪漫的；第二乐章的《正午》沉静舒缓、端庄雄浑；进入第三乐章的《黄昏》，它是急风暴雨式的，斑驳杂响，如我们正经历着的这个时代，掺杂了一缕缕的不和谐；而到了第四乐章的《尾声》，它又回到了初始的和谐与安恬，应该是一首满怀憧憬的小夜曲，或者是弥散着钟声的安魂曲。"②即使一个民族的"黄昏"和"现代"的侵入有着直接的关系，

---

① 迟子建：《心在千山外——在渤海大学的讲演》，《当代作家评论》2006年第4期。

② 迟子建：《跋：从山峦到海洋》，《额尔古纳河右岸》，北京十月文艺出版社2005年版，第260页。

迟子建也没有做简单的现代或者当代中国政治归因和对举，而是把"民族"作为一个有机的生命体，坦然地接受它的生与死。

三

《额尔古纳河右岸》结束的小说时间，差不多是《群山之巅》小说时间的开始。辛欣来，这个陈金谷和知青刘爱娣孽恋种下的果子，一个"零余者"接续上"额尔古纳河右岸"年轻一代的气质和命运，最终他成为强奸犯，成为负罪的逃亡者，成为第一个接受注射死刑的死刑犯。如果说，小说中他的祖父辛开溜有一个暧昧的过去，那么死去的辛欣来的生命则以儿子毛边和一个肾，在曾经的天使安雪儿和有罪的陈金谷的生命里各自安顿。这是不是可以作为小说中迟子建对一个人善与恶的分叉各自生长的一个想象和隐喻？

龙盏镇是从林场发育出的小镇。所谓"有史以来"，龙盏镇只有短短的一段比共和国历史还短的"当代史"。而三十年却是剧变的三十年。"这些手工打制的屠刀，都出自王铁匠之手。如今王铁匠还活着，可他的铁匠铺早就黄摊儿了。跟铁匠铺一样消失了的，还有供给制时期的供销社、粮店，以及弹棉花和锔缸锔碗的铺子。而这些店铺，在三十年前的龙盏镇，还是名角。"作为共和国内部发育出来的小镇，也确实能够从中意识到国家和龙盏镇的各种隐秘关系，比如谁能够成为烈士，能够进烈士陵园，在烈士陵园的位置和大小等，再比如从松山到长青再到龙盏镇的官场谱系，以及政治的权威性：龙盏镇的主干路叫龙脊路，龙盏镇经济发达后，镇政府曾一度将龙脊路修为水泥路，还在山顶建了个八角亭。可是改造完成后，这里失去了太平。有会看风水的，说在龙山修水泥路，等于在龙脊上贴了一贴膏药，路不透气，龙山成了病山。唐镇长一听，赶紧想辙，恢复原貌。于是镇子不仅恢复了宁静，还比以往更兴旺，但国家威力也仅仅如此而已。政府、法院、派出所等国家机构只是因为和龙盏镇的世道人情发生了勾连，才被小说触及，也才会影响龙盏镇的日常生活。因此，在《群山之巅》中，国家对地方的影响，不是在类似阿来的《空山》、贾平凹的《古炉》、范小青的《赤脚医生万泉和》、铁凝的《笨花》、刘醒龙的《圣天门口》

等小说中看到的，"小村庄"即"大国家"，村庄政治成为当代政治的具体而微。这里面有一个问题需要提出来，中国近现代无数的村庄都是这些中国当代小说中体制完备的现代意义上的"小国"吗？还是，作家只是为了所谓政治反思和批判的方便，刻意制造了村庄"小国"？退一步说，即使"普天之下，莫非王土"，作家有没有可能回避这种假想的"村庄史"？事实上，《群山之巅》提供了中国当代文学"村庄史"之外的一种文学的可能性。

龙盏镇在格罗江的下游，而距龙盏镇五十多里的驻军部队，离三村不远，也在它的下游。我们有理由相信"龙盏镇"只是迟子建为了安妥小说中辛家、陈家、安家以及和他们关系着的芸芸众生的死生与灵魂想象出来的小镇。龙盏镇不是"香格里拉"，龙盏镇也不是都让人欢喜的。法警安平因为他的职业被孤立在龙盏镇之外，同样被孤立的还有辛开溜："在龙盏镇人心目中，他是个贪生怕死、假话连篇的人"，"辛七杂的父亲辛开溜，在户口簿和身份证上的名字，是辛永库。他生于上个世纪二十年代，祖籍浙江萧山"，"关于他的履历，他自说的是一套内容，民间流传的是另一套内容。他青年时代参加过东北抗日联军，这本该辉煌的一笔，于他却是一抹伴随一生的阴云。在传说中，他做了逃兵，可他一直辩称自己是个战士，被冤枉了。人们之所以相信他做了逃兵，理由很简单，辛永库在东北光复时，娶了个日本女人，人们因之唾弃他，包括他的儿子辛七杂。没人叫他辛永库，都叫他辛开溜。'开溜'在这儿的方言中，是'逃跑'的意思"。安雪儿通灵，能卜知死亡。龙盏镇人都说安雪儿是精灵，而精灵是长不大的。辛欣来强奸了安雪儿，"等于把龙盏镇的神话给破了"。安雪儿不但长大了，而且怀了辛欣来的孩子。"他（安平）想不通，人们可以万口一声地把一个侏儒塑造成神，也可以在一夜之间，众口一词地将她打入魔鬼的行列。"自打安雪儿生下孩子，龙盏镇人见了辛七杂和辛开溜，都现出讳莫如深的笑，不知是不是该恭喜他们得了后人。可是也是这些龙盏人，五十多户邻人，联名上书至检察院，为失误害死丈夫的李素贞，请求撤案，当撤案无果，这个案件公诉至法院时，他们再次联名，说李素贞即便过失，绝无杀夫之心，请求轻判。龙盏镇人透过单尔冬的文章，第一次发现，原来印在纸上的字，也有谎言啊！他们咒骂单尔冬，也就三五天，因为很快传来消息，单尔冬中风了！他的小老婆将他送进医院，便不管不问了。人们同情他，说他遭了报应，原谅他笔下的文字了。毕竟那些应景的文字，说的也都是安大营的好。像一个任性的孩子的图画，迟子建想象着龙盏镇居民的来途去路，想象他们如何生，如何死，爱谁，如何爱，怎么恨。"在龙盏镇，只有出了正月，才算过完年了！"不只是传统的节日，迟子建甚至任性到给龙盏镇制造出两个别样的节日——"旧货节"和"斗羊节"。在《群山之巅》，迟子建舍弃了《额尔古纳河右岸》连续的现代时间，她说"每个故事都有回忆"，"回忆"是极端个人的"历史"，那就意味着每个故事都有属于自己的时间，就像《额尔古纳河右岸》也是"我"的"回忆"。只是这次是谁在回忆龙盏镇的人？这个人是隐匿的、不出场的。

　　研究《群山之巅》首先遇到的问题是：谁是小说的主要人物？不是命运最为曲折的辛开溜，不是第一个出场的辛七杂，不是龙盏镇最显赫的政治人物唐汉成——虽然"在龙盏镇，唐汉成是龙头老大"——不是革命时代的象征安玉顺，不是绣娘，不是安雪儿，不是安平和李素贞，不是小说中出场的任何一个人，但小说的任何人在某一时刻都可能成为其中一节的主要人物。芸芸众生是从龙盏镇这棵树生长出来的枝丫，比如小说的第一章《斩马刀》就属于辛七杂，小说讲他的烟斗、凸透镜、屠刀、父亲、女人、抱来的儿子和他的杀猪手艺，每一枝节都鲜活跳动着他的性情，他的不言，他的隐痛。而安雪儿满满地在小说中占据了三节，这是迟子建对自己成长和写作的一个心结的交代："离我童年生活的小镇不远的一个山村，就有这样一个侏儒。""我曾在少年小说《热鸟》中，以她为蓝本，勾勒了一个精灵般的女孩。也许那时还年轻，我把她写得纤尘不染，有点天使化了。其实生活并不是上帝的诗篇，而是凡人的欢笑和眼泪，所以，在《群山之巅》中，我让她从云端精灵，回归滚滚红尘，弥补了这个遗憾。"①安雪儿是受难者，也是苦难的担当者。迟子建自己说："生活就是这样，让我们时时与死亡遭逢，提醒我们生命是脆弱的。我们更珍惜每一个活着的

---

① 迟子建：《后记：每个故事都有回忆》，《群山之巅》，人民文学出版社 2015 年版，第327—328 页。

日子。"①苏童认为迟子建:"宽容使她对生活本身充满敬意。"②这个"她",可以是迟子建,也可以是安雪儿,当然也是《额尔古纳河右岸》中的"我"。《群山之巅》延续了《额尔古纳河右岸》对生与死的思考。如果在《额尔古纳河右岸》中,生与死的裁决交与了自然山川万物,那么,在《群山之巅》中,生命则充满了各种偶然和意外,如辛开溜和秋山爱子、辛七杂和金素袖、安玉顺和绣娘、安平和李素贞、安大营和林大花、单尔冬和单四嫂、辛欣来和安雪儿、唐汉成和陈美珍、陈金谷和刘爱娣,甚至唐眉和陈媛,意外的爱,意外的恨,意外的遇合和流离。小说最后一句:"一世界的鹅毛大雪,谁又能听得见谁的呼唤!"《群山之巅》这么多成对出现的人,这里面隐藏着迟子建多少观察得到的人和人关系的秘密。从历史拯救小说,意味着小说中的每一个人都是一个有着自己世界的生命,而不只是历史想象中的符号。也只有在文学中才可能像迟子建这样移情和共感:"与其他长篇不同,写完《群山之巅》,我们没有如释重负之感,而是愁肠百结,仍想倾诉。""在群山之巅的龙盏镇,爱与痛的命运交响曲,罪恶与赎罪的灵魂独白,开始与我度过每个写作日的黑暗与黎明!对我来说,这既是一种无言的幸福,也是一种身心的摧残。"③

四

当代叙事学不但区分出"作者"和"叙述者",而且细分出"作者"和"隐含作者"。"隐含作者"这一概念既涉及作者的编码又涉及读者的解码。"就编码而言,'隐含作者'就是处于某种创作状态,有着某种立场和方法的'写作的正式作者';就解码而言,'隐含作者'则是文本'隐含'的供读者推导的这一写作者的形象。"④我们想象,如果

---

① 迟子建:《2001 年日记(1 月—4 月)》,《作家》2002 年第 1 期。

② 苏童:《关于迟子建》,《当代作家评论》2005 年第 1 期。

③ 迟子建:《后记:每个故事都有回忆》,《群山之巅》,人民文学出版社 2015 年版,第 329 页。

④ 申丹:《叙事、文体与潜文本——重读英美经典短篇小说》,北京大学出版社 2009 年版,第 36—37 页。

是一个历史著作的写作者，写作的客观性和真实性使得"作者"尽可能不去侵犯"叙述者"和"隐含作者"，而小说当然也可以这样做。但事实上，具体的写作中，流动不居的"作者"和写作某部小说此刻的"隐含作者"和"叙述者"，甚至期待中的读者可以取得某种观念和情绪的一致性。申丹在《叙述学与小说文体研究》中辨析了福勒在乌斯宾斯基的影响下提出的视角或眼光有三方面的含义。就我们现在讨论的问题而言，最有价值的是"心理眼光"和"意识形态眼光"：

> 一是心理眼光（或称"感知眼光"），它属于视觉范畴，其涉及的主要问题是：究竟谁来担任故事事件的观察者？是作者呢，还是经历事件的人物？；二是意识形态眼光，它指的是由文本中的语言表达出来的价值或信仰体系，例如托尔斯泰的基督教信仰、奥威尔对极权主义的谴责等。福勒认为在探讨意识形态眼光时，需要考虑的问题是：究竟谁在文本的结构中充当表达意识形态的工具？[1]

申丹认为福勒的"心理眼光"，"由于文本中的叙述者是故事事件的直接观察者，文本外的作者只能间接地通过叙述者起作用（况且叙述者与作者之间往往有一定的距离，不宜将两者等同起来），提叙述者显然比提作者更为合乎情理"。福勒对"意识形态眼光"的探讨不仅混淆了作者与叙述者之间的界限，而且也混淆了叙述声音与叙述眼光以及聚焦人物与非聚焦人物之间的界限。但对迟子建的《额尔古纳河右岸》和《群山之巅》这种"作者"无所不在介入写作中的文本，"作者""隐含作者""叙述者"和小说中的人物确实存在着无法分离的混合性。迟子建在写作过程中，自己其实已经是文本的一个有机部分，就像她说《额尔古纳河右岸》的写作："小说所弥漫的那股自然而浪漫的气息已经不知不觉间深入到我心灵中了。"[2]而"我小说中的人物跟

———————————

① 申丹:《叙述学与小说文体研究》，北京大学出版社 2004 年版，第 204—205 页。
② 迟子建:《跋：从山峦到海洋》，《额尔古纳河右岸》，北京十月文艺出版社 2005 年版，第 258—259 页。

着我由山峦又回到海洋"①。这样看，也许把这几者界分得界限分明的小说文本能够给研究者提供比较典型的分析案例，但这不应该成为区分文本审美高下的尺度，不然对迟子建这样主观介入和代入、自由出入文本内外的作者是不公平的。

究竟谁在文本的结构中充当表达意识形态的工具？其实，对迟子建而言，不是冰冷的"工具"，是活生生有温度有悲欣的人。谁充当？在第三人称的《群山之巅》并不是问题。"作者""隐含作者"和"叙述者"可以没有任何阻隔地成为一个"合体"。一方面，"故乡对迟子建而言，可谓恩重如山"②。《额尔古纳河右岸》和《群山之巅》都有着迟子建自《北极村童话》以来成长记忆中故乡山川风景人事的影子；另一方面，也许更重要的是，2002 年 5 月，迟子建的丈夫因车祸去世。对迟子建而言，这是"与生命等长的伤痛记忆"。在《额尔古纳河右岸》和《群山之巅》的后记中，迟子建难掩这种"爱人不在"的伤痛。"爱人不在了的这十二年来，每到隆冬和盛夏时节，我依然会回到给我带来美好，也带来伤痛的故乡，那里还有我挚爱的亲人，还有我无比钟情的大自然！社会变革过程中产生的各类新规，在故乡施行所引起的震荡，我都能深切感受到。"③经此创痛，和之前相比，迟子建多了"沧桑感"。这种"沧桑感"在迟子建刚刚经历失去爱人的痛苦后，体现在小说里的是一种"与温馨的北极村童话里绝然不同的，粗粝，黯淡，艰苦，残酷，完全可以称得上绝望的生活"，一直到她写作《世界上所有的夜晚》，迟子建开始具有"将自己融入人间万象的情怀"，和大众之间的阶层阻隔和心灵隔膜被打破和拆除。迟子建"凭直觉寻找他们，并与之结成天然的同盟"④。与《世界上所有的夜晚》写作同时完成的就是《额尔古纳河右岸》，蒋子丹认为此时的迟子建"对个

① 迟子建：《跋：从山峦到海洋》，《额尔古纳河右岸》，北京十月文艺出版社 2005 年版，第 257 页。
② 蒋子丹：《当悲的水流经慈的河——〈世界上所有的夜晚〉及其他》，《当代作家评论》2006 年第 1 期。
③ 迟子建：《后记：每个故事都有回忆》，《群山之巅》，人民文学出版社 2015 年版，第 326 页。
④ 蒋子丹：《当悲的水流经慈的河——〈世界上所有的夜晚〉及其他》，《当代作家评论》2006 年第 1 期。

人伤痛的超越，使透心的血脉得与人物融会贯通，形成一种共同的担当"。①正是这种"共同的担当"使得《额尔古纳河右岸》，以及十年后的《群山之巅》都是"有我""有迟子建"的写作，迟子建将自己的心血浇灌到小说中。和历史著作不同，小说臧否人物，表达对人物的喜爱和厌弃，可以是感性的，情感的，心有戚戚焉的。《群山之巅》有许多这样的段落："绣娘如今骑乘的马，是匹银鬃银尾的白马。它奔跑起来，就像一道闪电划过大地。绣娘喜欢它，也是因为人到老年，苍凉四起，这世上的黑暗渐入心底，她希望白马那月光似的尾巴，能做扫帚，将这黑暗一扫而空。""绣娘看着安雪儿，就像看见了雪山，打了个寒战。""安平没有追捕到辛欣来，却看见老鹰追捕上了兔子，蛇吞下了地老鼠，小鸟围歼着虫子，蚂蚁啃噬着松树皮，蜜蜂侵入野花的心房，贪婪地吸吮着花粉。万物之间也有残杀，不过这一切都静悄悄地发生着，有的甚至以美好的名义。"辛七杂去看金素袖，"辛七杂确信王秀满真的跟着去了，因为金素袖跟他打过招呼，他反身去拿油壶时，发现摩托车后轮的车圈里夹着一枝野百合"。"辛七杂来的路上，经过一片开满野花的草地，知道王秀满喜欢花儿，特意岔过去，骑了一段，请她赏花，不承想车圈竟夹了一枝她至爱的花儿！这火红的野百合，让辛七杂想起多年前王秀满找他的情景，想起他们的初夜，他心惊肉跳，羞愧不已，没敢多停留，打满油后，赶紧离开油坊。"安大营拯救林大花，"那个狭窄的逃生窗口，是他们命运的隘口，它把一个姑娘送到生的此岸，却束缚了一个男人伟岸的身躯，将他留在死亡的彼岸，让他成为深渊中的一条鱼"。《群山之巅》除了安雪儿，倾注迟子建最多爱和怜惜的是辛开溜。她写辛开溜的墓地，是黄狗爱子选的，靠近一条小溪。辛开溜的灵车到达龙盏镇时，爱子在北口迎接，呜呜哀叫，它在西山刨的墓穴，澡盆那般大，印满花形爪印。

而在第一人称叙述的《额尔古纳河右岸》，小说提示"我是个不擅长说故事的女人，但在这个时刻，听着唰唰的雨声，看着跳动的火光，我特别想跟谁说说话。达吉亚娜走了，西班走了，柳莎和马克西

① 蒋子丹：《当悲的水流经慈的河——〈世界上所有的夜晚〉及其他》，《当代作家评论》2006年第1期。

批评的返场（节选）

姆走了，我的故事说给谁听呢？安草儿自己不爱说话，也不爱听别人说话。那么就让雨和火来听我的故事吧，我知道这对冤家跟人一样，也长着耳朵呢"。雨和火这对冤家听厌了"我"上午的唠叨，"就让安草儿拿进希楞柱的桦皮篓的东西来听吧"，"就让狍皮袜子、花手帕、小酒壶、鹿骨项链和鹿铃来接着听这个故事吧"！黄昏时，"我"对刚到"我"身边的紫菊花说，一天就要过去了。天已黑了，"我"的故事也快讲完了。"一天"是小说设定的讲述故事的时间。"我"这个独语者，仅仅是叙述者"我"吗？一个一辈子没有走出过山林的叙述者"我"，如何获得如此准确和富有逻辑性的现代时间？而且，"我"极其擅长讲故事，比如对每一个时与事，除了极个别的时间，《额尔古纳河右岸》中几乎所有的"现代时间"都没有附着"现代大的历史事件"，比如1957年，这个中国当代文学的"重要时间"，在小说中只是"1957年的时候，林业工人进驻山里了"。而像1945年和1950年，"大历史"和"小历史"则是并置的。1945年的8月上旬，苏军的飞机出现在空中。那年秋天，伪满洲国灭亡了，它的皇帝被押送到苏联去了。妮浩在这年秋末的时候生下一个男孩，取名为耶尔尼斯涅。1950年，也就是新中国成立后的第二年，乌启罗夫成立了供销合作社。这年的夏天，拉吉米在乌启罗夫捡回了一个女孩。一面获得清晰的现代时间，一面又避开附着在时间之上的"历史事件"，这样精到的故事术显然不是"不擅长说故事的女人"所能胜任的。在小说的后记中，迟子建说："澳大利亚土著人面对越来越繁华和陌生的世界，曾是这片土地主人的他们，成了现代世界的'边缘人'，成了要接受救济和灵魂拯救的一群！我深深理解他们内心的哀愁和孤独！"①因此，同样的哀愁和孤独感，"共同的担当"使得迟子建不惜在有些研究者看来有悖文学常识地将"作者""隐含作者"附体于"叙述者"，让叙述者承担她所不能胜任的故事讲述。应该说，迟子建是意识到这样做的冒险，一旦"作者""隐含作者"无法和叙述者重叠，"作者"和"隐含作者"就将抽身而出，比如小说写瓦罗加建议把达吉亚娜送去上学。"在上学的问题上，我和瓦

---

① 迟子建：《跋：从山峦到海洋》，《额尔古纳河右岸》，北京十月文艺出版社2005年版，第255页。

罗加意见不一。他认为孩子应该到学堂学习，而我认为孩子在山里认得各种植物动物，懂得与它们相处，看得出风霜雨雪变幻的征兆，也是学习。我始终不能相信从书本上能学来一个光明的世界、幸福的世界。但瓦罗加说有了知识的人，才会有眼界看到这世界的光明。"

但至少小说的"文明观"，比如"我"认为"我们与数以万计的伐木人比起来，就是轻轻掠过水面的几只蜻蜓，森林之河遭受了污染，怎么可能是因为几只蜻蜓掠过呢？"是和小说的"隐含作者"重合的。而"隐含作者"的意识形态则来自"作者"，迟子建说过："我对人类文明的进程总是心怀警惕。文明有时候是个隐形杀手。"①她在许多散文里直接表达了与生俱来的对自然、对文明的理解：

> 童年给我印象最深的就是渔汛，它几乎年年出现。人们守着江张网捕鱼，总是收获很大。我幼时就曾把鱼子当饭吃。然而到了八十年代初期，黑龙江的鱼就有些贫乏了，……进入九十年代，随着森林植被的破坏和人们的疯狂捕捞，黑龙江的鱼寥若晨星，少得可怜，渔汛几乎销声匿迹了。那条江仿佛一个已经到了垂暮之年而丧失了生育能力的女人，给人一种干瘪苍老的感觉。居住在岸边的人们不由得顿生惆怅：鱼群去哪里了？②

> 我崇尚自然，大概这与我生长在大兴安岭有关。人类最初是带着自然的面貌出现的，那种没有房屋的原始生活现在看来并不是愚昧和野蛮，而高科技时代所产生的一切尖端技术也并没有把人类带入真正的文明。相反地，现代文明正在渐渐消解和吞食那股原始的纯净之气、勇武之气。③

> 过度的开发是否是对后代犯罪？我想高涨的物质生活

批评的返场（节选）

① 迟子建：《晚风中眺望彼岸》，《北方的盐》，江苏文艺出版社2006年版，第242页。
② 迟子建：《祭奠鱼群》，《我对黑暗的柔情》，江苏文艺出版社2010年版，第41页。
③ 迟子建：《把哭声放轻些》，《北方的盐》，江苏文艺出版社2006年版，第196—197页。

是走向毁灭的根源。在刀耕火种的年代，人们没有电灯、没有汽车，不需要开采煤炭和石油资源。人们住着简陋的小屋子，就不需要砍伐大量的树木。那时候的山是青的，水是清澈的，空气是洁净的……穷人的森林似乎只是富人后花园中的林木，只要他们需要，随时都可以攫取，而我们却为了一点食物，怀着感恩的心理将其拱手奉上。①

所以，迟子建说："我怀念上个世纪故乡的飞雪和溪流。"②所以，《群山之巅》的唐汉成喜欢龙盏镇的自然环境，不愿它有任何的开发，甚至用一匹马在旧货节和辛开溜换一篮子煤。只有文学可以容忍作者如此的偏执和任性。迟子建让我们意识到历史和文学清晰的界限。

迟子建回忆自己《群山之巅》的写作："我躺在床上静养的时候，看着窗外晴朗的天，心想世上有这么温暖的阳光，为什么我的世界却总遇霜雪？无比伤感。想想小说中那些卑微的人物，怀揣着各自不同的伤残的心，却要努力活出人的样子，多么不易！"③迟子建的小说里出现的几乎都是卑微的人物。"庶民能不能开口说话？"这在历史写作中或许是一个问题，但对于文学而言却不是问题。像迟子建，可以凭借"共同的担当"让文学疏浚"庶民"开口说话的通道，也只有文学的殿堂可以容纳这么多的"卑微者"和"无名者"。对迟子建来说，不但要解放这些卑微者，而且要让他们成为她的文学中有光芒的人。迟子建在弗拉基米尔城边的一座教堂里被一位裹着头巾、安静地打扫着凝结在祭坛下面的烛油的老妇人打动，她用但丁《神曲》中的诗句"无比宽宏的天恩啊，由于你／我才胆敢长久仰望那永恒的光明／直到我的眼力在那上面耗尽"来写那"光明于低头的一瞬"。"那个扫烛油的老妇人，也许看到了这永恒的光明，所以她的劳作是安然的。而

---

① 迟子建：《2001年日记（1月—4月）》，《作家》2002年第1期。

② 迟子建：《上个世界的飞雪和溪流》，《我对黑暗的柔情》，江苏文艺出版社2010年版，第41页。

③ 迟子建：《后记：每个故事都有回忆》，《群山之巅》，人民文学出版社2015年版，第329页。

我从她身上，看到了另一种永恒的光明。"①和对自然的崇尚一样，对人的理解，迟子建也有着自己一以贯之的"意识形态"。"我的故乡因为遥远而人迹罕至，它容纳了太多的神话和传说。所以在我记忆中的房屋、牛栏、猪舍、菜园、坟茔、山川河流、日月星辰等等，无一不沾染了它们的色彩和气韵。我笔下的人物显然也无法逃脱它们的笼罩。我所理解的活生生的人都不是平常所指的按现实规律生活的人，而是被神灵之光包围的人。"②"我太喜欢有个性的生命了，因为他们周身散发着神性光辉。"③"神性光辉"在《额尔古纳河右岸》自然是萨满妮浩的自我牺牲，更是无法和神灵交接的普通人生命的庄严和壮丽。达西和猎鹰与狼搏斗被狼咬死吃掉；男女性爱"制造出风声的激情"。因为爱，金得、达西、杰芙琳娜和"我"的母亲达玛拉都是《额尔古纳河右岸》里有个性的生命。金得不娶女人，也不跟那个歪嘴姑娘住在一座希楞柱；拒绝婚姻上吊而死，"金得很善良，他虽然想吊死，但他不想害了一棵生机勃勃的树，所以才选择了一棵枯树"。同样善良的达西娶了金得的歪嘴姑娘杰芙琳娜，自从打折了一条腿回来后，一直郁郁寡欢的。他不能像以前一样出去打猎了，只能和女人们一起做活计。他选择用猎枪使自己成为自己最后的猎物。可怜的杰芙琳娜，当她看到达西血淋淋的头颅时，深深地跪了下去，把它当作一颗被狂风吹落的果实，满怀怜爱地抱在怀里亲吻着。达西脸上的血迹是她用舌头一点一点温柔地舔舐干净的。她舔完他脸上的血迹后，趁"我们"为达西净身换衣服的时候溜到林中，采了毒蘑吃下，为达西殉情了。一直压抑着对尼都萨满的感情无法表达的母亲，在鲁尼和妮浩的婚礼上一出场就展现了令人惊叹的美丽："她以前佝偻着腰，弯曲着脖子，像个罪人，把脑袋深深地埋在怀里。可是那一瞬间的达玛拉却高昂着头，腰板挺直，眼睛明亮，我们以为看见了另外一个人。与其说她穿着羽毛裙子，不如说她的身下缀着一片秋天，那些颜色仿佛经过了风霜的洗礼，五彩斑斓的。""与母亲在鲁尼婚礼上的舞蹈一样，那也是

① 迟子建：《光明于低头的一瞬》，《我对黑暗的柔情》，江苏文艺出版社 2010 年版，第 115—116 页。

② 迟子建：《谁饮天河之水》，《北方的盐》，江苏文艺出版社 2006 年版，第 238 页。

③ 迟子建：《晚风中眺望彼岸》，《北方的盐》，江苏文艺出版社 2006 年版，第 244 页。

批评的返场（节选）

尼都萨满的最后一次舞蹈。""他时而仰天大笑着,时而低头沉吟。当他靠近火塘时,我看到了他腰间吊着的烟口袋,那是母亲为他缝制的。他不像平时看上去那么老迈,他的腰奇迹般地直起来了,他使神鼓发出激越的鼓点,他的双足也是那么的轻灵,我很难相信,一个人在舞蹈中变成另外一种姿态。他看上去是那么的充满活力,就像我年幼时候看到的尼都萨满。"所以,小说写当安道尔啼哭着来到这个冰雪世界时,"我"从希楞柱的尖顶看见了一颗很亮的发出蓝光的星星,"我"相信,那是尼都萨满发出的光芒。

小说家苏童"很惊讶地发现迟子建隐匿在小说背后的形象",他说"一支温度适宜的气温表常年挂在迟子建心中","迟子建的小说构想几乎不依赖于故事,很大程度上它是由个人的内心感受折叠而来"。①研究一个作家的小说,不只是要关注作者的"意识形态",而且要关心作者的"个人的内心感觉",关心他们的"个人的内心感觉"如何化解弥漫在文本。或许,只有"不同的内心感觉"才是区分作家的审美风貌的最有效的尺度,也是最能识别历史和小说标准的不同。诸多"个人的内心感觉"中,迟子建最引人注目的可能是"哀愁"。她曾经写过:"哀愁如潮水一样渐渐回落了。没了哀愁,人们连梦想也没有了。"②迟子建认为:"在这样的时代,我们似乎已经不会哀愁了。密集的生活挤压了我们的梦想,求新的狗把我们追得疲于奔逃。我们实现了物质的梦想,获得了令人眩晕的所谓精神享受,可我们的心却像一枚在秋风中飘荡的果子,渐渐失去了水分和甜香气,干涩了,萎缩了。我们因为盲从而陷入精神的困境,丧失了自我,把自己囚禁在牢笼里,捆绑在尸床上,那种散发着哀愁之气的艺术的生活已经别我们而去了。"③显然,在迟子建的理解中,"哀愁"只能在逝去的、失去的和过去的黄金时代里。因此,和"哀愁"相关,迟子建对消失的时间有尖锐的疼痛感。她写道:"去年在故乡,正月初一,我从弟弟家

---

① 苏童:《关于迟子建》,《当代作家评论》2005 年第 1 期。
② 迟子建:《是谁扼杀了哀愁》,《我对黑暗的柔情》,江苏文艺出版社 2010 年版,第202 页。
③ 迟子建:《是谁扼杀了哀愁》,《我对世界的柔情》,江苏文艺出版社 2010 年版,第203—204 页。

过完除夕回到自己的家门，见陈设还是过去的陈设，杜鹃依然如往年一样怒放着，而窗外的雪山和草滩也一如既往地沐浴着冬日清冷的阳光，这物是人非的场景让我觉得分外苍凉。"①"但日子永远都是：过去了的就成为回忆。"②从意识到"丧失"到"回忆"（"怀旧"）是一个自然的心理反应。面对这样的心理过程，迟子建不是简单地沉湎其中，可贵的是她对哀愁、忧伤等有着自我意识、反思和控制的能力。"我常常沉湎于一种又一种的故事的设想。所有设想的结果都令我忧伤。我察觉出自己有时是在有意无意地制造忧伤，并且从中感受到一种畸形的美丽。这种东西一旦成为一种习惯，就跟习惯性流感一样可怕。"③从美学的角度看，迟子建的小说有一种她所说的"伤怀之美"。"伤怀之美为何能够打动人心？只因为它浸入了一种宗教情怀。一种神圣的不可侵犯的忧伤之美，是一个帝国的所有黄金和宝石都难以取代的。我相信每一个富有宗教情怀的人都遇到过伤怀之美，而且我也深信那会是人一生中为数不多的几次珍贵片段，能成为人永久回忆的美。"④迟子建是中国当代少有的将"哀愁""忧伤"和"伤怀"发展成一种日常生活的态度和美学的作家。迟子建在中国当代小说的意义在于：她不只是揭开宏大历史的层层掩埋，捡拾历史的碎片，拼凑出"复线的历史"，而是以一己的肉身之躯和或大或小的历史相遇，去探摸历史的晦暗，用个人的内心感觉折叠最细微的人的内心欣悦和叹惜，将心比心，意识到自身的局限、哀愁、伤怀，也拓殖生命和文学的辽阔。

返场：重建对话和行动的文学批评实践

新世纪前后，文学的边界和内涵发生巨大变化。虽然这些变化

① 迟子建：《一只惊天动地的虫子》，《我对黑暗的柔情》，江苏文艺出版社 2010 年版，第 18 页。
② 迟子建：《撕日历的日子》，《我对黑暗的柔情》，江苏文艺出版社 2010 年版，第 37 页。
③ 迟子建：《昨日花束纷纷》，《北方的盐》，《北方的盐》，江苏文艺出版社 2006 年版，第 178 页。
④ 迟子建：《伤怀之美》，《我的世界下雪了》，山东画报出版社 2005 年版，第 137 页。

在中国现代文学史自有来处、各有谱系，但文学市场份额、权力话语和读者影响等等都有着新的时代特征。五四时期到 1930 年代中期所确立的、依靠文学命名、雅俗之分以及文学等级秩序等形成的文学版图，经过 1990 年代的市场化和随后资本入场对网络新媒体的征用，以审美降格换取文学人口的爆发性增长，所谓严肃文学的地理疆域骤然缩小。一定程度上，这貌似削平了文学等级，但也带来基于不同的媒介、文学观、读者趣味等各种文学生产和消费方式的文学类型的划界而治。值得注意的是，即便使用同一种媒介来进行文学的发布和传播，也有很大区别——比如纸媒这一块，传统的文学期刊和改版后的《萌芽》《小说界》《青年文学》《中华文学选刊》，以及后起的《天南》《文艺风赏》《鲤》《思南文学选刊》，传统文艺出版社和理想国、后浪、文景、磨铁、凤凰联动、博集天卷、楚尘文化、副本制作、联邦走马、读客等出版机构，"画风"殊异；比如网络这一块，从个人博客到微博、微信等自媒体，从 BBS 到豆瓣的文学社区以及从自发写作到大资本控制的商业文学网站，都沿着各自的路径，分割不同的网络空间。缘此，一个文学批评从业者要熟谙中国文学版图内部的不同文学地理几无可能，更不要说在世界文学版图和更辽阔的现实世界版图安放中国当下文学。质言之，网络新媒体助推下的全民写作和评论，可能反而是越来越圈层化和部落化，这种圈层化和部落化渗透到文学生产和消费的所有环节。圈层化和部落化的当下文学现实，使专业的批评家只可能在狭小的圈子里，有各自的分工和各自的圈层，也有各自的读者和写作者。希望能够破壁突围、跨界旅行、出圈发声的批评家，必然需要对不同圈层不同部落所做工作有充分理解，这对于批评家的思想能力、批评视野和知识资源无疑是巨大的挑战。

媒介革命带来的另一个后果是众声喧哗，但此众声喧哗却不一定是复调对话和意义增殖，反而可能是自说自话的消解和耗散。我曾经在给《文学报·新批评》八周年专题写的一篇短文里说过：在一个信息过载、芜杂、泛滥的时代，不断播散的信息和意义的漂流，使每一个单数个体的观点都可能因为偷换、歪曲、断章取义等二次乃至数次加工而面目全非。碎片化几乎是思想和观念在大众传媒时代的必然命运。因此，在大众传媒时代的文学现场，传统意义上的专业文学批评能不能得以延续？又将如何开展？在开展的过程中如何秩序化地整合由写作者、大众传媒从业者、普通读者，甚至写作者自己也仓促到场的信息碎片？一句话，能不能在既有绵延的历史逻辑上编组我们时代的文学逻辑，发微我们时代的审美新质并命名之？

与此相较，专业文学批评从业者的构成也发生着微妙的变化。最明显的是新世纪前后，"学院批评"逐渐坐大。从文学期刊的栏目设置就能隐隐约约看出"学院批评"的逻辑线，比如《钟山》1999年增设了《博士视角》，2000年第3期开始停了《博士视角》，设立了一个后来持续多年影响很大的新栏目《河汉观星》。《河汉观星》的作者，基本上是各大学中国现当代文学的教师。《河汉观星》都是"作家论"，但这些"作家论"和一般感性、直觉的"作家论"不同，更重视理论资源的清理、运用，以及文学史谱系上的价值判断，被赋予了严谨的学理性。"学院批评"热潮之后，除了《钟山》《山花》《上海文学》《天涯》《花城》《作家》《长城》等少数几家保持着一贯的文学批评传统且和学院批评家有着良好关系的文学刊物，很长时间里，大多数文学期刊的文学批评栏目基本上很难约到大学"一线"教师的好稿，以至于文学批评栏目只能靠初出道和业余的从业者象征性地维持着。

现在的问题是，文学现场越来越膨胀和复杂，而大量集中在大学和专门研究机构的专业文学批评从业者是不是有与之匹配的观念、思维、视野、能力、技术、方式和文体？尤其是，20世纪八九十年代和新世纪之后新入场的学院批评家在成长道路、精神构成、知识结构和批评范式等方面大不相同，新入场的文学批评从业者没有前辈批评家"野蛮生长"和长期批评文体自由写作的前史，他们从一开始就被规训在基于大学学术制度的"知网"论文写作系统里。事实上，文学批评不能简单等于学术研究。新世纪新入场的文学批评从业者并不具备也并不需要充分的文学审美和抵达文学现场、把握文学现场的能力，而是借助"知网"等电子资源库把文学批评做成"论文"即可。

观察中国现代文学史，文学批评从业者也并不是像现在这样集中在大学和专门研究机构，而是大多从事报刊媒体、图书编辑和出版等文学相关的工作。再有，从中国现代学术制度看，如此严苛的学术制度也只是近一二十年的事。其实，不只文学批评，在学术制度相对宽松的时代，整个大学学术研究也并不都是现在的这种样子。但据此将当下文学批评脱离文学现场都甩锅给大学学术制度并不公平，和人文社会科学研究相比，即便是今天的大学学术制度，依然给文学批评生长预留了大得多的空间。比如，大学学术制度一个硬性指标就是所谓的核心期刊论文。据我的观察，今天的文学批评刊物并不像想象的那般不能容纳丰富多样的文学批评。各大学认可的所谓"C刊"和北大核心期刊，绝大多数都能发表我们可以想象得到的各种文学批评，而不是唯一的学报体"论文"，甚至《当代作家评论》《南方文坛》《扬子江文学评论》《小说评论》《文艺争鸣》《上海文化》等核心期刊也都并没有关键词和摘要的格式要求。与这种似紧实松的文学批评刊物生态相比，如果观察同一个作者在这几种文学批评刊物与需要关键词和摘要的《文学评论》《中国现代文学研究丛刊》《文艺研究》《当代文坛》，甚至学报和其他人文社科刊物发表的文字，其"文体"并没有明显的区分度。在他们的理解中，文学批评也就是一种"学术论文"而已。这直接导致的后果是：今天的文学批评刊物也被它们的作者改造得不"文学批评"了。因此，在强调学术制度规训文学批评的同时，文学批评从业者其实是自己预先放弃了绝大多数文学批评刊物给予的充分自由。这种放弃还不只是文本格式、修辞和语体层面的，而且是文学从业者思想、思维、人格等精神层面的。看五四以来的现代文学批评传统，在精神层面上，文学批评落实在"批评"。应该意识到现代文学批评和现代知识分子之间的内在关系。这种内在关系达成的文学批评，最基本的起点是审美批评，而从审美批评溢出的可以达至鲁迅所说的社会批评和文明批评。

考虑到客观存在的大学学术制度，文学批评学科定位不能仅仅框定在中国现代文学史研究疆域并成为其附属物。文学批评是不是可以汲取社会科学研究的实践精神和研究范式，在大学学术制度下重建合法性？社会科学研究重田野调查和身体力行的行动和实践，文学批评也可以这样去处理和文学现场的关系：批评家以自己的文学批评实践，现实地影响文学现场。印象最深的是某个阶段的《上海文学》《人民文学》《山花》和《钟山》等，陈思和、蔡翔、丁帆、李敬泽、施战军、张清华、王干等批评家介入文学期刊编辑，他们的个人立场左右着刊物趣味和选稿尺度。2017年，我开始和《花城》合作的《花城关注》，也是定位在由批评家主持的栏目。《花城关注》自2017年第1期开栏到目前为止推出了三十期，关注的小说家、散文写作者、剧作家和诗人有上百人，其中三分之二的作家是没有被批评家和传统的文学期刊充分注意到的。三十期栏目涉及的三十个专题包括：导演和小说的可能性、文学的想象力、代际描述的局限、话剧剧本的文学回归、青年作家和故乡、科幻和现实、文学边境和多民族写作、诗歌写作的"纯真"起点、散文的野外作业、散文写作主体多主语重叠、"故事新编"和"二次写作"、海外新华语文学、摇滚和民谣、创意写作、青年作家的早期风格、文学向其他艺术门类的扩张、原生城市作家和新城市文学亲密关系、在县城、乡村博物馆、世界时区、心灵树洞、青年冲击、期刊趣味、地方的幻觉、短篇大师的理想、机器制造文学、文学部落和越境旅行等等。

  《花城关注》每一个专题都有具体针对文学当下性和现场感问题的批评标靶，将汉语文学的可能性和未来性作为遴选作家的标准。在这样的理念下，那些偏离审美惯例的异质性文本自然获得更多的"关注"，而可能性和未来性也为栏目的"偏见"预留了讨论和质疑的空间。在《花城关注》中，我从艺术展示和活动中获得启发，提出"文学策展"的概念。新世纪前后文学期刊环境和批评家身份发生了变化。20世纪八九十年代的刊物会自觉组织文学生产，我们会看到，每一个思潮，甚至每一个经典作家的成长都有期刊的参与，但当下文学刊物很少去生产和发明八九十年代那样的文学概念，也很少自觉地去推动文学思潮，按期出版的文学刊物逐渐退化为作家作品集。与此同时，批评家自觉参与文学现场的能力也在退化，丰富的文学批评实践几乎等同于论文写作。所以，提出"文学策展"的概念，就是希望批评家向艺术策展人学习，更为自觉地介入文学现场，发现中国当代文学新的生长点。与传统文学编辑不同，文学策展人是联络者、促成者和分享者，而不是武断的文学布道者。其实，每一种文学发表行为，包括媒介，都类似一种"策展"。跟博物馆、美术馆这些艺术展览的公共空间类似，文学刊物是人来人往的"过街天桥"。博物馆、美术馆的艺术活动都有策展人，文学批评家最有可能成为文学策展人。这样，把《花城关注》栏目想象成一个公共美术馆，有一个策展人角色在其中，这和我预想的批评家介入文学生产并前移到编辑环节是一致的。对我来说，栏目主持即批评。通过栏目的主持表达对当下中国文学的臧否，也凸显自己作为批评家的审美判断和文学观。《花城关注》不刻意制造文学话题、生产文学概念——这样短时间可能会博人眼球，但也会滋生文学泡沫——而是强调批评家应该深入文学现场去发现问题，一定意义上，继承的正是 1980 年代以来，乃至整个现代文学批评的实践精神。

近几年，文学期刊和文学批评、文学批评家之间的互动又开始复苏和活跃起来。一方面，像谢有顺、金理、王春林、张学昕、顾建平、李德南、陈培浩、方岩、黄德海、张莉、邵燕君等批评家在多家文学期刊主持栏目，有的栏目已经持续多年，比如《长城》有王春林的《文情关注》、张学昕的《短篇的艺术》和李浩的《小说的可能性》，《青年作家》有谢有顺的《新批评》和顾建平的《新力量》，《青年文学》有黄德海的《商兑录》，《文学港》有李德南的《本刊观察》等；另一方面，像《江南》《中华文学选刊》《广州文艺》《鸭绿江》《青年文学》《思南文学选刊》《收获》《作品》等传统上并不以文学批评在中国当代文学见长的文学期刊都在文学批评上投入大量的版面，《收获》的《明亮的星》、《中华文学选刊》一百一十七位 85 后的《当代青年作家问卷调查》、《江南》的《江南·观察》、《广州文艺》的《当代文学关键词》、《作品》的《经典 70 后》以及《鸭绿江》的《青年城市·新青年》等尤其值得关注。不仅如此，一些年轻批评家，像张定浩、刘大先、金理、黄平、黄德海、杨庆祥、何同彬、方岩、李德南、岳雯等，他们也自觉地强化文学和时代的对话性，使文学批评增加思想的成色。

身体力行的行动和实践的文学批评，它和文学现场的关系不只是抵达文学现场，而是"在文学现场"；或者说"作为文学现场一个不可或缺的部分"，他们参与时代文学的生产，也生产着自己的批评家形象。"在文学现场"，把还处在萌芽状态的隐微可能性和文学新质挖掘出来，对"新文学"有所发现和发明。越来越多的批评家在文学期刊主持栏目和发表文学批评，不仅修复了文学期刊创作和评论两翼齐飞的传统，而且对于在大学学术制度中获得属于文学批评独特的学术领地和尊严，矫正文学批评被有着亲缘性的文学史和文学理论矮化和贬低的现象有着重要意义。事实上，文学史和文学理论的学术拓进离不开文学批评的支援。文学批评介入文学现场肯定不只是参与文学期刊编辑实践一条路径，比如像丁帆、陈福民、王彬彬、王尧、李敬泽、张清华、张新颖、张柠、梁鸿、张定浩、黄德海、木叶、李云雷、项静、房伟等除了文学批评，还涉及小说、诗歌、散文等各种文类的写作，这其实也是中国现代文学的一个重要传统。事实上，行动和实践意义上的"动词"的文学批评就不仅仅被束缚在"论文"，除了栏目主持和跨界写作，还可以是文学启蒙教育、编辑选本、排榜（比如批评家王春林每年会发布"一个人的小说榜"）等等。即便是"论文"，也不一定是体制完备秩序谨严的"论文"，除了文学刊物和批评刊物，网络时代的社区、微信、微博等等也开放了各种言路和新的批评文体方式。

姑且相信，今天的文学批评从业者都有着自己的文学价值和立场。关于这一点，可以去查阅《南方文坛》的《今日批评家》栏目。这个栏目可能是文学批评刊物里最资深的、一直没有间断的栏目。1950年代以后出生的有影响的文学批评家几乎都被这个栏目介绍过，每一个《今日批评家》介绍的批评家都要表达"我的批评观"。或许，当下中国文学批评并不缺少"我的批评观"，但是否意识到"我的批评观"越多，文学的"共识"建立就越需要争辩、质疑和命名的对话？而就健康的文学生态而言，对话不只应该发生在批评家和批评家之间，而且应该很自然地扩散到批评家和作家、批评家和社会各阶层各领域之间。因此，当下文学批评要复苏的不只是抵达文学现场的田野调查和"在现场"的实践传统，还有重建文学批评的对话性。事实上，我们时代真正有问题意识、复调意义的文学对话已经丧失得差不多了，只剩下装饰性的文学交际、文学活动、文学会议和公共空间的文学表演等这些"假装的对话"。20世纪末出版的《集体作业》，完整地记录了1998年11月3日的一场"会饮"。参加这次"会饮"的是当时的青年作家李敬泽、邱华栋、李洱、李冯和李大卫。他们不聊文学八卦，也没不痛不痒针对一个作家一个作品站台聒噪，径直正面强攻宏大的时代话题：个人写作与宏大叙事、日常生活，传统与语言，想象力与先锋等"文学问题"——真问题和大问题。（现在的青年作家和批评家聚在一起谈什么？）他们记录的文学"会饮"应该是这样的："对话在李大卫家进行，从上午持续到深夜。""李洱专程从郑州赶来。在对话中间，由于现场气氛热烈，人声嘈杂，为了不遗漏每一个人的发言，大家手持小录音机，纷纷传递到或坐或站的各人嘴边，那情形很像是在传递与分享着什么可口的食物。"20世纪八九十年代，尤其是1992年之后，那是一个真正的文学"会饮"时代。现在看那个时代的报刊——《读书》《文艺争鸣》《书屋》《上海文学》《花城》《天涯》《芙蓉》《钟山》《山花》《北京文学》《文论报》《作家报》《文艺报》《东方文化周刊》……文学界、知识界多么热爱"会饮"聚谈。值得一提的是，这些和文学批评相关，或者以文学批评为引子的"会饮"，几乎都没有局限在文学内部，且参与者几乎囊括人文社会科学艺术的所有领域，比如《上海文学》的《批评家俱乐部》就涉及"文学和人文精神的危机""当代知识分子的价值规范""人文学者的命运及选择"等；《花城》的《现代流向》和《花城论坛》涉及城市、流行文化等前沿问题；《钟山》的《新十批判书》则集中讨论商业时代来临的精神废墟；《山花》《芙蓉》《天涯》对文学和当代先锋艺术投入热情和关切……其中，《天涯》的《作家立场》和《研究与批评》是少有的一直坚持到现在还关注"大文学"的栏目。

基于重建文学和大文艺，重建文学和知识界，重建文学和整个广阔的社会之间的关联性，基于对文学批评在如此复杂多向度的关联性中敞开的想象，2017年，我和复旦大学的金理发起了"上海－南京双城文学工作坊"，这是一个长期的计划。每年，在复旦大学和南京师范大学轮流召集批评家和出版人、小说家、艺术家、剧作家、诗人等共同完成有自觉问题意识的主题工作坊项目，希望复苏文学批评的对话传统。它不是我们现在大学、作协和研究机构的研讨会、作品讨论会等，而是更为开放、具有更多可能性、跨越文学边境的"对话"。这个双城工作坊目前已经做了五期，主题分别是"文学冒犯和青年写作"

（2017，上海）、"被观看和展示的城市"（2018，南京）、"世界文学和青年写作"（2019，上海）、"中国非虚构和非虚构中国"（2020，南京）、"文学和公共生活"（2021，上海）。除此之外，这两年，我和陈楸帆发起"中国科幻文学南京论坛"，和李宏伟、李樯、方岩发起"新小说在2019"。

当下中国文学界作家和批评家之间的关系过于"甜腻"。可能很少有一个时代，作家这么在乎批评家怎么看。我读《巴黎评论》的《作家访谈》发现，像大家熟悉的海明威、马尔克斯和纳博科夫等对批评家都保持着足够的警惕和"不信任"。当然，作家的"在乎"，如果仅仅出于文学，是可能构成一种有张力的对话关系的，而事实上，很多时候所谓的"在乎"，在乎的并不是批评家诚实的文学洞见和审美能力，而是他们在选本、述史、评奖和排榜等方面的权力。

重建文学批评的对话性，本质上是重建文学经由批评的发现和发声回到整个社会公共性或至少与民族审美相关的部分，而不是一种虚伪的仪式。其出发点首先是文学、批评家，尤其是年轻的批评家们要有理想和勇气成为那些写作冒犯者审美的庇护人、发现者和声援者，做写作者同时代的批评家是做这样的批评家。无须太远，追溯传统，20世纪八九十年代，批评家是甘于做同时代作家的庇护人、发现者和声援者的。可是，这两年除了去年张定浩和黄平就东北新小说家在《文艺报》有一个小小争辩性的讨论，我们能够记得的切中我们时代文学真问题、大问题、症候性问题、病灶性问题的文学对话有哪些？更多的年轻批评家成为某些僵化文学教条的遗产继承人和守成者。20世纪80年代是一个思潮化的时代，九十年代已经开始出现"去思潮化"倾向。我在2010年写过一篇《"个"文学时代的再个人化问题》，就是谈新世纪前后文学个体时代的来临，今天不可能像80年代那样按照不同的思潮来整合碎片化的写作现场。文学的变革是靠少数有探索精神的人带来的，而不是拘泥和因袭文学惯例。改革开放以来的中国文学之所以能够不断向前推进，正是有一批人不满足于既有的文学惯例，挑战并冒犯文学惯例，不断把自己打开，使自己变得敏锐。时至今日，不是这样的传统没有了，也不是这样有探索精神的个人不存在了，而是"文学"分众化、圈层化和审美降格之后，过大的文学分母，使得独异的文学品质被湮没了，难以澄清。因此，今天的文学批评，一方面，对真正的新文学进行命名固然需要勇气和见识；另一方面，对那些借资本和新媒介等非审美权力命名的所谓文学，要在"批评即判断"的批评意义上说"不"。缘此，文学批评目的在于回到去发现每一个独特的个体，去发现这些个体写作和同时代写作者之间的关系以及他们的历史逻辑上，进而考量他们给中国当代文学带来何种新的可能。

改革开放时代中国文学的命名、分期及其历史逻辑

改革开放时代中国社会主义文学经验是有中国特色的社会主义建设的重要组成部分。文学以其独特的方式参与改革开放时代，用"改革开放时代中国文学"这种命名方式意在接续文学与时代共同建构的整体观文学史传统，观照这一阶段文学独特的时代主题和审美创造。虽然社会环境和历史环境发生了剧变，但是毫无疑问，建设有中国特色的社会主义至今依然在不断深化中展开，那么，回应"中国道路"的改革开放实践的文学自然也不能被排除其外。应当注意的是，强调"改革开放时代中国文学"和社会主义文学传统的内在联系，并不仅仅是要在这一阶段史的研究和建构中寻找、印证改革开放前三十年提供的社会主义文学经验或遗产，而是意在探析"中国道路"的进程中，"改革开放时代中国文学"是如何完成对当代中国社会主义文学的延续、发展与深化的。也正是在这个意义上，社会主义文学才能不断地拓展其边界，丰富其内容。因此，在整体观照改革开放四十年创造性实践的同时，要选取和把握历史的关键节点，探析这些关键节点对于"中国道路"的形成、发展及确立的意义与作用。在结合历时性描述的同时把握文学发展的纵向轨迹，梳理"改革开放时代中国文学"是如何从1970年代末的呼唤改革发展到1980年代的"面向世界"，又是如何从1990年代初面对市场经济浪潮的冲击转变到新世纪第二个十年开始讲述"中国故事"。围绕"中国道路"的发生与发展，重塑改革开放时代文学潮流的演变历程，在既有的、显性的文学史中，探察未知的、隐性的部分，有着重要的理论和现实意义。

一

建构改革开放时代"中国道路"和"中国文学"的关系史就必须首先探讨、论证"改革开放时代中国文学"作为文学史概念存在的可能性、合理性和必要性。1981年，人民文学出版社出版的由陈荒煤担任顾问，郭志刚、董健、曲本陆、陈美兰和郏榕定稿的《中国当代文学史初稿》是改革开放时代的第一部当代文学史，该书也是后来当代文学史写作编撰的先导与一定阶段的范本。《中国当代文学史初稿》分上下两册，共二十三章，全书仅有一章评述改革开放时代的文学，即第二十三章"社会主义新时期文学的开端"，此章论述了社会主义新时期文学的发展状况。这部文学史为中国当代文学做出了进一步的时期划分："十七年文学""文革文学"和"社会主义新时期文学"。这种分期方式深刻地影响了后来的当代文学史写作。[①]大致地看，此后的中国当代文学史专著中对于1978年后的文学分期主要有以下两种形式：其一，选取历史的关键节点，一般是以1976年"文革"结束或1978年思想解放运动作为节点，将当代文学分为前后两个时期，后者被称为"新时期文学"或"社会主义新时期文学"；其二，采用整数断代分期

---

① 20世纪90年代中后期还出现了一批中国当代文学史，其中具有代表性的有：刘锡庆主编的《新中国文学史略》（北京师范大学出版社1996年版），张炯、邓绍基、樊骏主编的《中华文学通史·当代卷》（华艺出版社1997年版），黄修己主编的《20世纪中国文学史（下卷）》（中山大学出版社1998年版）。在这些当代文学史著作中，编者开始采用整数断代分期的方式，以"80年代""90年代"来进行文学分期。这类文学史中还有一种分期方式值得注意，如谢冕主编的"百年中国文学总系"选取文学发展中的关键历史节点，以此作为切入点来探析文学在不同阶段的发生与发展情况（例如，洪子诚的《1956：百花时代》、杨鼎川的《1967：狂乱的文学年代》、孟繁华的《1978：激情岁月》）。由洪子诚撰写的《中国当代文学史》（北京大学出版社1999年版）是学术界公认的中国当代文学史经典著作，这本文学史将当代文学分为上下两编，"上编"为"50—70年代文学"，"下编"为"80年代以来的文学"，后者又被细分为"80年代文学"和"90年代文学"。值得注意的是，该书的"上编"部分却并未进行这样的整数断代分期。新世纪以来，当代文学史写作中又出现了新的分期方式，如董健、丁帆、王彬彬主编的《中国当代文学史新稿》（人民文学出版社2005年版）中出现了"1971—1978年间的文学""1978—1989年间的文学"和"1989—2000年间的文学"这样的分期方式。

的方式将 1978 年后的文学分为"八十年代文学""九十年代文学"和"新世纪文学"（或是统称为"2000 年以来的文学"）。在上述小阶段史中，从时间节点的选择来看，"十七年文学""文革文学"和"新时期文学"明显带有与时代政治共同建构的意图，而"八十年代文学""九十年代文学"及"新世纪文学"则是略显"随意"地以整数断代分期的方式将文学史进行切割。从历时性的角度看，两种截然不同的命名方式人为淡化并有意分裂了"前三十年文学"和"后四十年文学"的内在联系，其命名方式弱化了当代文学发展的内在连续性和逻辑性。

1976 年后，当代文学开始进入拨乱反正的重建阶段。同《中国当代文学史初稿》的提法一致，"新时期文学"是当时学术界创造的"新名词"，它也成为中国当代文学分期中的一个"关键词"。在此后相当长的一段时期内（至 1990 年代初），研究者或相关文学研究论文著作纷纷以"新时期文学"来指称这一文学阶段，如中国社会科学院当代文学研究室主编的《新时期文学六年（1976.10—1982.9）》（中国社会科学出版社 1985 年版）、张炯的《新时期文学论评》（海峡文艺出版社 1986 年版）和丁柏铨主编的《中国新时期文学词典》（南京大学出版社 1991 年版）等等。由此来看，至少在 1990 年代初，"新时期文学"这一文学史概念似乎不需要做过多辨析。

但进入 20 世纪 90 年代后，文学随社会环境的变化发生了新变，加之 80 年代一些尚未得到解决的文学问题累积到了新阶段，对于"新时期文学"这一概念，学术界出现分歧：第一，"新时期文学"真正的历史起点是什么？目前有四种代表性的学术观点，分别是：以"四五"运动"四人帮"倒台为开端，以"文革"结束为起点，以十一届三中全会为发端和以第四次文代会为起点。[①]第二，"新时期文学"是终结于 1980 年代[②]，还是继续向前一直发展到现在？ 1990 年代及新世纪的文学还能否被称为"新时期文学"？由此可见，"新时期文学"这一概念本身存在含混性、笼统性和复杂性，我们难以从其内部找到一条清

---

① 参见黄发有：《第四次文代会与文学复苏》，《文艺争鸣》2013 年第 10 期。

② 例如，陈晓明认为，"1977—1989 年，这是'新时期'文学阶段"。详见陈晓明：《中国当代文学主潮》，北京大学出版社 2009 年版，第 6 页。

晰的逻辑来勾连"后四十年文学"。其实，早在 20 世纪 90 年代初，学术界就出现了"后新时期文学"的讨论热潮，试图通过前后新时期来命名新的文学现场，建立文学史逻辑，就像赵毅衡在《二种当代文学》中指出的："新时期文学，与 20 世纪中国文学大部分时期相同，服务于主流社会运转的需要，服务于政治运动，寓教于乐，制造典型"，而"后新时期文学"则是"社会市场化时期的文学"，是"一种新的当代文学"。① 那么，"后新时期文学"概念的出现是否意味着"新时期文学"的终结？我们应注意到，学术界并没有抛弃"新时期文学"这一说法，一些学者认为"新时期文学"并没有终结。例如，在逢十的整数纪念年中，部分学者还是会采用"新时期文学三十年"或"新时期文学四十年"的说法。② 与此类似，有学者认为"社会主义文学"在 1976 年后终结，但是也有学者认为"社会主义文学"一直在发展，像张炜就提出过在新的历史环境中，要"建设有中国特色的社会主义文学艺术"③。此外，随着 1992 年中共十四大提出建立社会主义市场经济体制，学术界还出现了"市场经济下的中国文学艺术"这类概念。④ 除了"新时期文学"，当代文学研究者还尝试用"共和国文学"或"新中国文学"这类概念来建构 1949 年新中国成立后的文学史。如杨匡汉、孟繁华主编的《共和国文学 50 年》（中国社会科学出版社 1999 年版，2009 年两位编者又将此书扩展为《共和国文学 60 年》）、张炜主编的《新中国文学五十年》（山东教育出版社 1999 年版）等。在这些著作中，研究者们通常不具体划分文学阶段，而是将各种文类放置到"共和国"或"新中国"的整体历史进程中去考察。此外，在 2008 年中国改革开放三十周年之际，中国作家协会在深圳举办了"中国改革开放文学"论坛，"改革开放文学"能否成为一种新的文学分期方式？还是说这一概念仅仅是为了迎合"改革开放"的整数纪念年？显然，在更大程度上，学术界只是将其作为一个概念提出，并未从学

① 赵毅衡：《二种当代文学》，《文艺争鸣》1992 年第 6 期。

② 参见程光炜：《新时期文学三十年与多种评价标准》，《上海文学》2008 年第 6 期；洪治纲：《"人"的变迁——新时期文学四十年观察》，《文艺争鸣》2018 年第 12 期。

③ 张炜：《社会主义文学艺术论》，花山文艺出版社 1996 年版，第 16 页。

④ 参见祁述裕：《市场经济下的中国文学艺术》，北京大学出版社 1998 年版。

理上构建真正意义上的"改革开放文学"的文学史逻辑。

基于上述背景，我提出了"改革开放时代的中国文学"这个值得探讨的、生长性的文学史概念。"改革开放时代的中国文学"体现了文学与政治意识形态复合命名的特征，但这并不意味着我们要用社会政治史的思路来构建这一阶段的文学。因为"改革开放时代的中国文学"既是改革开放时代的中国社会主义文学，也是中国文学的"改革开放"，这一概念强调了文学和它所处时代基于改革开放共同的时代主题的双重建构。

需要指出的是，中国当代文学史在"建国后二十七年文学"和"改革开放时代文学"之间还存在着一段近三年的过渡时期，从现有的文学文献资料和学术界成果来看，这段过渡时期的文学在某种程度上是返回"十七年文学"的拨乱反正。而恰恰是从 1978 年起，思想政治领域的思想解放迅速延伸到文学领域，各种文学创作的禁区渐次被打破，文学开始从之前的范式和藩篱中走出来，并接受外国文学的影响，逐渐实现了文学意义上的"改革开放"。从这个意义上看，"改革开放时代的中国文学"这一概念揭示了当代文学新的发展阶段的意涵。因此，用"改革开放"这一时代主题和逻辑理路来建构这一阶段的文学史是完全可行且合理的。

二

建构改革开放时代中国特色社会主义建设和中国社会主义文学思潮关系史，必须解决阶段史的内部分期问题。如上所述，文学史的分期问题历来都是一个争讼不断的焦点，各种文学史分期观念表明了处理历史资料的不同视野、参照坐标以及认识目的。正如韦勒克所谈到的，"文学史的一个时期就是一个由文学规范、标准和惯例的体系所支配的时间的横断面"，"这一横断面被一个整体的规范体系所支配"①。那么，"改革开放时代的中国文学"作为中国当代文学的阶段

---

① 雷·韦勒克、奥·沃伦：《文学理论》，刘象愚等译，生活·读书·新知三联书店 1984 年版，第 306—307 页。

史，解决其内部分期问题其实就是要找到这一"横断面"中的"一个整体的规范体系"。

我们试图通过建构以改革开放为时代主题、时代精神的"改革开放的中国社会主义文学"来解答当代文学研究中的一个根本性问题，即这一阶段文学作为中国当代文学的一个重要组成部分，首先是如何认识它自身发生发展的历史逻辑和与此前阶段文学的历史联系。20世纪90年代初，王庆生就指出："文学史既要揭示包含着大量作品和文学现象的网络和体系，又要揭示这种体系生成、发展、演变的连续性过程，不能把整体拆成孤立的、历时的，视为静止的，我想一部文学史的历史感大概就是从文学体系的连续性过程中产生的。"[①]但是在实际操作中，要找到并构建这种文学体系却并不简单。以洪子诚的《中国当代文学史》为例，李杨在与洪子诚的通信中指出，这本将中国当代文学分为上下两篇的文学史（"上篇"指"50—70年代的文学"，"下篇"指"80年代以来的文学"），其"'下篇'的精彩程度显然不如'上篇'，与'上篇'那种对权力与文学复杂关系的极为细腻和深刻的分析相比，'下篇'的分析要薄弱得多"[②]。王光明也指出洪版文学史，"恐怕也存在缺乏'一以贯之'的文学观的贯穿的问题"[③]。那么，在建构"改革开放时代的中国文学"历史逻辑和文学精神的同时，我们应该如何认识并找到它与此前阶段文学的历史联系呢？这将引发我们重新思考什么是"社会主义文学"。"社会主义文学"这一概念由来已久，但是在学术界现有的研究中，这一概念的具体时间范围存在争议：一、它括指自1942年以来的整个中国文学[④]；二、它主要指1942年到1976年间受《在延安文艺座谈会上的讲话》影响的主流文学。[⑤]而我的观点则是，将改革开放时代的中国文学作为以1978

---

① 王庆生等：《史观·史识·史鉴——深化中国当代文学史研究四人谈》，《文学评论》1992年第5期。

② 李杨、洪子诚：《当代文学史写作及相关问题的通信》，《文学评论》2002年第3期。

③ 王光明：《"锁定"历史，还是开放问题？——关于当代文学的历史叙述》，《文艺研究》2003年第1期。

④ 参见张炯：《社会主义文学艺术论》，花山文艺出版社1996年版，第16页。

⑤ 参见张均等：《"社会主义文学"作为"遗产"是否可能？》，《海南师范大学学报（社会科学版）》2013年第2期。

年思想解放为起点，以改革开放为时代主题的社会主义文学的新阶段。这就意味着，我们是在新中国七十年文学，乃至上溯到1949年之前的左翼文学传统的整体观的文学史视野下来观察社会主义文学的常与变。

"中国道路"确切地说就是1978年改革开放后所走的中国特色社会主义道路，改革开放是中国道路的实践起点和源泉动力，中国道路的全面开启是与改革开放同步进行的。今日学界所用的"中国道路"一词本由最初的"中国模式"转变而来，后者由美国学者乔舒亚·库珀·雷默（Joshua Cooper Ramo）于2004年在题为《北京共识》（*Beijing Consensus*）的演讲中提出。乔舒亚·库珀·雷默认为中国通过艰苦努力、主动创新和"摸着石头过河"式的实践，走出了一条适合中国国情的发展模式，并称之为"北京共识"。相较于这一带有强烈政治意味和意识形态色彩的概念，俞可平等国内学者更倾向于用"中国模式"取代。①一般认为，"中国模式"概念的提出，是西方世界对于中国发展态势的重新审视以及国际社会对于"华盛顿共识"进行反思的结果。之后，国内学术界对"中国模式"这一概念提法进行了多样化的探讨和主体性的审视，并相继出现了"中国路径""中国经验"和"中国道路"等概念。相关概念及阐释已经超出了作为"前身"的"北京共识"和"中国模式"的意涵范围。我们选择"中国道路"这一概念来探讨改革开放时代"中国道路"和中国文学之间的关系，强调的是"中国道路"和中国文学社会主义经验的创造性。

据此，基于改革开放时代当代中国社会主义的历史过程和历史逻辑，将中国特色社会主义建设所走的"中国道路"分为形成期、发展期、深化期：第一时期，1978—1992年，从1978年的思想解放运动到1992年社会主义市场经济体制的确立，这是改革开放实践的第一阶段，也是"中国道路"的形成阶段；第二时期，1993—2012年，这是"中国道路"的发展阶段，相较前一阶段，此阶段更加重视"开放"的意义；第三时期，2013年至今，这是"中国道路"的深化阶段，改革开放进入"新时代"。

---

① 参见俞可平等主编：《中国模式与"北京共识"》，社会科学文献出版社2006年版。

在中国当代社会主义文学整体观的历史逻辑下，对1978年以来的中国文学既以"改革开放"冠名之，那么其历史起点自然要与"改革开放"的历史起点相一致。并且，在新的文学史的逻辑框架之中，"改革开放"这一特定时代的政治内涵也应该被凸显出来；而如果"改革开放"这个时代主题被凸显出来，显然这四十年的文学史是一个有着规定主题的阶段史。此处的"规定主题"其实就是韦勒克所言的"一个整体的规范体系"，在这一建构方式中，"规定主题"就是"改革开放"这个时代主题。因此，新的文学史的逻辑框架就必须围绕着"改革开放"来展开，探索并开创一条有中国特色的社会主义现代化道路则是其中的核心逻辑理路。研究表明，改革开放时代的中国文学和中国道路有着共同的历史起点和逻辑，共享着相同的历史节点，具体地说：

形成期：1978—1992年，这是启动和展开社会主义现代化建设的新时期。一般认为，1978年12月召开的十一届三中全会揭开了改革开放的序幕。而在此之前开始的思想解放运动批判了简单地从书本中寻求社会主义建设道路的"两个凡是"的思想路线，坚持并发展了从中国实际出发，在具体实践中寻求社会主义建设道路的解放思想、实事求是的思想路线，此后中国共产党"根据这条思想路线来探索中国怎样建设社会主义"。

1978年，延续1977年重提"双百方针"和"十七年文学"的思路，比如《北京文艺》第1期发表刘厚明的《十七年文艺成绩不可低估》，将1949年之后的文学，前十七年和后十年做了切割。文学从有选择地恢复"十七年文学"开始它的新时期，甚至1979年出版的"百花文学"选集书名即叫"重放的鲜花"。但不止于"恢复"和"重放"，一些更重要的变化在1978年6—7月已见端倪。《文汇报》《文艺报》先后发表茅盾、郭沫若、周扬和巴金等在中国文学艺术界联合会第三届全国委员会第三次扩大会议上的讲话，其中巴金的讲话题目是"迎接社会主义文艺的春天"。1978年下半年，和整个中国的政治氛围一样，文艺界开始在较大范围讨论"解放思想""拨乱反正""文艺民主""实践是检验真理的唯一标准"等改革性话题。从创作实绩看，以唐达成主编、中国文联出版公司1986年出版的"中国新文艺大系（1976—

1982)"的《短篇小说集》为例，1976 年没有收入一篇小说，1977 年也仅仅收录了王愿坚的《足迹》和刘心武的《班主任》，而 1978 年收录的作品，不但在数量上达到十七篇，且出现了《从森林里来的孩子》《伤痕》《最宝贵的》《神圣的使命》《献身》《墓场与鲜花》等"解放思想"之作。

在一定意义上，改革开放时代的中国文学，一方面是从恢复和重评现实主义走向"无边的现实主义"之"新现实主义"，在实践上推动现实主义长篇小说蜂起；另一方面，中国作家以空前的热情汲取世界文学资源，不只是欧美文学资源，也不只是欧美现代主义文学资源，像拉美的魔幻现实主义，东欧、中东、非洲等国家和地区的文学资源都成为推动改革开放时代中国文学发展的重要动力。在"中国道路"的形成期，中国文学自身变革的冲动，域外文学的激发，使得这一时期成为百年中国文学思潮和文学创作最为活跃的黄金时代。

发展期：1993—2012 年，这是中国特色社会主义道路的跨世纪发展和中国崛起的时期。1992 年初邓小平开始了具有重大现实意义和深远历史意义的"南方视察"，并发表了重要谈话，全面阐发了中国特色社会主义理论中的若干重大问题，并确定了中国社会主义现代化建设过程中改革开放的大方向。"南方谈话"不仅标志着思想解放的新高潮的到来，也标志着改革开放进入一个加速发展的历史新阶段，它还为随后召开的中共十四大奠定了基调。十四大报告正式明确提出中国经济体制改革的目标是建立社会主义市场经济，而学术界普遍认为十四大的召开标志着建设有中国特色社会主义理论的正式形成。社会主义市场经济体制改革目标的提出，标志着"中国道路"进入新的发展阶段，即由传统的社会主义计划经济体制向社会主义市场经济体制的全面转向和确立阶段。"中国道路"发展期的中国文学是从对前一段形成期文学成果的总结开始的。

1980 年代文学并没有像想象的那样终结于 1980 年代，它以自己的方式向 1990 年代展开。陈忠实在《关于〈白鹿原〉的答问》中谈到 1992 年发表的《白鹿原》和 1980 年代文学的关系。[①] 其实，不只是《白

---

① 陈忠实：《关于〈白鹿原〉的答问》，《小说评论》1993 年第 3 期。

鹿原》，观察 1993 年前后这两年的中国文学，会发现这是一个承前启后的阶段。《白鹿原》（陈忠实）、《纪实和虚构》《长恨歌》（王安忆）、《旧址》（李锐）、《过把瘾就死》（王朔）、《黄金时代》（王小波）、《废都》（贾平凹）、《九月寓言》（张炜）、《米》《我的帝王生涯》（苏童）、《活着》《许三观卖血记》（余华）、《丰乳肥臀》（莫言）、《欲望的旗帜》（格非）、《故乡相处流传》（刘震云）等重要长篇小说都在这个阶段发表和出版。因此，依据改革开放"中国道路"形成期和发展期的内在逻辑，建立起一种历史的连续性和整体观，能够有效地改变人为分割成的以"十"为计量单位的"八十年代文学"和"九十年代文学"，观照到 1980 年代文学向 1990 年代自然的延伸和发展。但注意到自然延伸和发展，亦要充分意识到发展期是中国当代文学空间充分拓殖的阶段，和形成期相比，这是改革开放时代中国文学的重要嬗变期。也是在 1993 年，关于对王朔的文学评价，王蒙和当时以上海高校教师和研究生为主的学院知识分子基于迥然不同的现实观感和文学立场展开了"人文精神"讨论。今天回过头看，如果对"发展期"的"中国道路"有充分的认识，王蒙在当时一方面谈文学失去轰动效应的危机，另一方面肯定王朔出现的意义，是不是有其合理性，甚至预言性？王蒙肯定的王朔式的文学成为文学市场化、新世纪网络文学产业化的一个重要源头。时至今日，市场化和产业化，对文学边界的拓殖已经是一个显而易见的事实。"人文精神"讨论尖锐对立的双方，恰恰是 1990 年代走向丰富多极文学生态的不同极点。①

在市场化的影响下，通俗文学的能量被释放，严肃文学宰制的单一文学空间趋向多元和开放，世纪之交网络时代的开启，文学"地球村"成为现实，中国当代文学在纷繁复杂、多变异质的网络空间展开想象。1992 年社会主义市场经济体制的确立，文学生产机制也逐渐被"市场化"，市场为大众提供了一个相对平等的阅读消费空间，大众一方面为现代媒体所操控，另一方面也通过市场表达自己的文学选择。2001 年中国正式加入世界贸易组织，中国文学的生产、传播和接受也

---

① 参见王蒙:《躲避崇高》,《读书》1993 年第 1 期; 王晓明等:《旷野上的废墟——文学和人文精神的危机》,《上海文学》1993 年第 6 期。

更大程度地加入世界市场中，之后，在"一带一路"倡议的影响下，又进一步开拓了"一带一路"沿线国家文学图书市场。总之，市场化极大地改变了当代文学的实践、生产环境。

三

基于改革开放四十年的历史逻辑，2013 年至今，可以称之为"中国道路"的深化期，这是提出新时代中国特色社会主义思想和实现"中国梦"的时期。十八大之后，"中国道路"进入深化发展阶段。习近平对"中国道路"做出了明确的解释：第一，"实现中国梦必须走中国道路。这就是中国特色社会主义道路"。第二，"所谓的'中国模式'是中国人民在自己奋斗实践中创造的中国特色社会主义道路"。第三，"中国特色社会主义道路是社会主义而不是其他什么主义，科学社会主义基本原则不能丢，丢了就不是社会主义"。在 2017 年召开的十九大上，中国共产党做出在中国特色社会主义新时代，中国新的历史方位和社会主要矛盾已经发生转化的重大判断，深刻阐述了中国特色社会主义新时代的总任务、总体布局和战略布局，突出强调要坚持以人民为中心的发展思想。这为"中国道路"在新时代的深化发展提供了总纲领和行动指南。深化期中国文学最为引人注目的是世界文学和"中国故事"的想象和实践。改革开放四十年的伟大实践深刻影响了中国人的"世界"观念。从 1978 年"对外开放"政策的提出，到 2008 年北京奥运会"同一个世界，同一个梦想"的主题，再到 2012 年十八大对"人类命运共同体"意识的倡导，中国社会主义文学逐渐确立起全新的世界意识。与此同时，以 2012 年莫言获得诺贝尔文学奖为标志，中国文学的实绩也在世界文坛上崭露头角，为世界文学带去了蕴藉着中国社会主义特色的文学经验。莫言之后，2015 年，刘慈欣的科幻小说《三体》获得第 73 届雨果奖；2016 年，曹文轩获世界儿童文学最高奖国际安徒生奖；同年，郝景芳的《北京折叠》获得第 74 届雨果奖最佳短篇小说奖；2018 年，余华的《第七天》获意大利 Bottari Lattes 文学奖；等等。

2008 年北京奥运会和 2010 年上海世博会后，译介文本更加丰富，譬如 2012 年花城出版社的"蓝色东欧"书系以及 2013 年上海译文出版社的"译文纪实"书系，都以其确实的物质性存在进一步扩充了中国文学人对于"世界文学"的"想象"版图。如果说，在 2012 年 10 月以前，中国文坛还有着明显的"走向世界的焦虑"，那么，在莫言获得诺贝尔文学奖之后，也即紧接着的十八大提出四个自信之一的"文化自信"以后，这种焦虑愈发转变为一种正向的文学生产动力。改革开放以来的全球化背景和文学多元化、主体性以及民族意义上的强调，正是"中国思想解放运动最重要的构成部分"①。"中国故事"对文学实践者自主性的强调，有赖于改革开放以来，尤其是十八大以来的文学场域本身的自主性程度。

2010 年之前的相关学术研究中，"中国故事"较多地出现在比较文学研究领域，此时的"中国故事"是一个带有东方学意义的"他者"形象，展现的是一种对比乃至对峙的关系。其作者多是海外华裔文学作家（也有一部分海外华文文学作家），他们讲述的是西方语境中的"中国故事"。此外，"中国故事"还较多地出现在对外新闻传媒领域。面向国际塑造中国形象，增强国家的文化软实力和树立文化自信等成为"中国故事"的主要内容和意义。唐小兵指出，西方关于中国的故事，很长时间以来一直都是一个关于匮乏和缺失的故事，讲述的都是中国没有什么，缺乏什么。而随着中国的发展，我们无法仅用"缺失"或"匮乏"来描述和解释当代中国的发展现状，因此我们需要重新寻找资源讲述中国故事。② 2012 年，莫言获得诺贝尔文学奖，对于中国首位诺奖得主，不少国内媒体在新闻报道和时评中使用了"中国故事"一词。如丁宜《莫言给世界讲述中国故事》、毛颖颖《"中国故事"走向世界正当其时》等，这些报道和时评意在强调莫言所讲的"中国故事"，虽然带有"中国思考"的特征，但是也不乏"世界性"的主题。

在中国当代文学研究中，越来越多的研究者参与到"中国故事"

---

① 谢泳：《思想解放运动背景下的中国新时期文学》，《南京师范大学学报（社会科学版）》2008 年第 5 期。

② 唐小兵：《重新寻找资源讲述中国故事》，《社会科学报》2011 年 8 月 25 日。

的理论话语建构中，当代文学作品数量众多，什么样的"故事"才可以被称为是"中国故事"？"中国故事"要体现何种文学精神和旨趣？李云雷 2014 年在其发表的论文中将"中国故事"解释为"凝聚了中国人共同经验与情感的故事"，并指出"如何讲述新的中国故事"是当前中国文学的一种新主题和新趋势。当前不同层次的文学作品中都显现出了中国人的文化自觉，不少中国作家开始探索新的中国美学，突破西方传统小说的规范，更关注中国人独特的经验与情感的表达，并描述出中华民族在一个新时代最深刻的记忆。[1]谢有顺针对当下的文坛现状，指出写作门槛已越来越低，各种方式流行的"中国故事"数量过多，其质量堪忧，如何完成"中国故事"的精神应成为当下文学写作者和研究者思考的问题。[2]方岩则探讨了"中国故事"的语境和边界，认为"中国故事"处于全球化语境之中，而"'中国故事'若想成为阐释当代中国的有效概念，需要在与外界的交流和竞争中来建构、调整自身的理论规则"[3]。这些都为"中国故事"这一理论话语的健康持久发展提供了有益的尝试。

四

以"文学的改革开放"的思路来看，在"中国道路"的形成阶段中，文学从思想解放运动起，开始了真正意义上的反拨和重建——从理论上进行正本清源，在创作中突破禁区，积极接受外国文学的影响（不再局限于"苏联影响"），等等。当代文学从承担政治性、历史性诉求向追求艺术革命和文学现代化的方向转变：到了 20 世纪 80 年代中期以后，一个"非文学的世纪"的局面有所改变，涌现了先锋文学、寻根文学、新写实小说、新历史小说等一大批新的文学潮流和作品。"文学的改革开放"为这些新潮和作品的出现扫清了障碍，开辟了先路。随着改革开放的深入，"中国道路"进入发展阶段，尤其是在社会

---

① 李云雷:《如何讲述新的中国故事？——当代中国文学的新主题与新趋势》,《文学评论》2014 年第 3 期。

② 谢有顺:《如何完成中国故事的精神》,《人民日报》2016 年 2 月 19 日。

③ 方岩:《"中国故事"的语境和边界》,《文艺报》2017 年 8 月 11 日。

主义市场经济体制确立之后，"文学的改革开放"也随之进入第二时期。随着文学场域的变化，文学体制和生产也发生了深刻变化，当代文学开始关注读者的阅读趣味和市场消费需求，追求文学的商业效益。此外，当上一时期文学新潮出现某种极端化倾向时，处于主流位置的文学潮流对其进行了反拨，或是与其达成部分"和解"，继续推进艺术革新和文学的现代化进程。在此时期，中国加入了世界贸易组织，成功举办了奥运会和世博会，越来越多地参与到国际事务中，国际影响力和主导力逐渐提升。建设先进文化、树立文化自信、提高国家文化软实力等也先后成为"中国道路"的文化建设的主题，当代文学在凸显主体意志的同时，获得了一种全球化思维和对话思维，并在创作主题、题材和艺术技巧等方面得到了进一步发展。到了"中国道路"的深化阶段，当代文学在前两个阶段的基础之上，逐渐形成了以讲"中国故事"为核心的主题。2012年，当国人长期处于"诺奖焦虑"之时，一个中国当代文学作家，"一个讲故事的人"（莫言的诺贝尔文学奖获奖感言为《一个讲故事的人》）打破了这种焦虑，赢得了西方和世界的肯定。从那时起，"中国故事"不再是之前学术研究中面向西方、带有"他者"意味的故事，而是建构并呈现"中国话语"的故事。在改革开放进入新时代的时代背景下，"中国故事"的本质是什么？如何讲好"中国故事"？这些都是当代文学在"新时代"所要面临和解决的问题，从某种意义上说，由此入手，我们可以对当代文学做出更为准确和具体的展望。综上，建构"改革开放四十年文学"，我们的最终落脚点还是要回到文学上，我们意在通过构建新的文学史逻辑来重新观照这一阶段文学的主题内涵、创作方法、文体风格、技巧形式等是如何发展过来的，以及为什么会有这样的发展变化。

需要指出的是，改革开放时代的中国文学是一个在继承了左翼文学、延安文学、改革开放之前三十年中国社会主义文学传统的基础之上表现出一定的新特质的社会主义文学，其自身虽有着与前一历史时期不同的逻辑起点与发展态势，同时也在批判地吸收前一历史时期的社会主义文学经验。比如，从文艺政策制定、调整、理论阐释角度出发，对邓小平在1979年第四次文代会上所做报告《在中国文学艺术工作者第四次代表大会上的祝词》进行重新审视，可以发现这篇被认为奠定了改革开放时期文艺政策制定的基本原则和基本方向的"祝词",涉及的文艺与政治之关系问题、文艺的服务对象问题、传统与现代、东方与西方的文化选择问题,其实与毛泽东在延安时期的"延安讲话"具有历史联系。但与此同时,邓小平又在细部根据实际情况进行了相应调整和补充,如文艺与政治的关系、文艺的服务对象等。理论的重新阐发与调整有助于丰富改革开放时代社会主义文学的内涵,拓展改革开放时代社会主义文学边界。这其实从一个局部折射出改革开放以来文艺政策制定、调整与改革开放时代社会主义文学发展之间的紧密联系。而2014年习近平的《在文艺工作座谈会上的讲话》则是对改革开放时代社会主义文学迈向新时代社会主义文学的一次极为关键的阐述,习近平这次讲话涉及了五个方面的问题,根据时代要求,对社会主义文学在新时代的发展道路与发展规范进行了相应调整与深化。再比如说,改革开放前三十年的文学和文学评价机制呈现出一种自上而下的、一体化的、带有鲜明意识形态的突出特质。这种情况在进入改革开放时代以后开始发生转变。首先在现实环境、市场资本、信息网络、媒介更新等条件因素的影响下,文学批评从"一体化"、自上而下转向对话、协商。这也深刻影响着改革开放时代文学的主体构成、文本样式、价值立场和审美特征等方面。

世界文学格局中,当代中国社会主义文学"中国故事"具有独特的文学经验和审美价值。改革开放时代的中国文学是在与世界文学的对接与比较中发现并确立社会主义文学经验,而"中国故事"则是对改革开放时代社会主义文学经验的总结、概括和凝练。基于此,"世界"命题在中国现当代学科的定位、意义不言自明。事实上,每当意图重整中国现当代文学史,研究者都会面临"世界文学"这一命题。此前20世纪80年代的"二十世纪中国文学"概念和"重写文学史"浪潮,以及后来的"中国现当代文学史""中国新文学史"的名称复归,"世界文学"都或隐或显地被囊括在其中。这不仅缘于近代以来文学现代化的实绩,而且缘于学术研究本身——一旦研究者或作家以某种特别的立场,有意识地走进文学,那么,在写作或探讨一个主题时,他们必然会意识到自己的位置。这种自觉,正是研究者的终极旨归之一。因此,在讨论改革开放时代的"社会主义文学经验",试图重新划分改革开放以来的文学阶段之际，"世界文学"观念也就成为一种学术自觉，即在"人类命运共同体"的宏大背景下，重审、再思当代中国社会主义文学为世界文学提供的独特经验。

青年的思想、行动和写作

不能免俗，以小说为样本来观察中国现代文学。1918 年 5 月，鲁迅在《新青年》第四卷第五号发表《狂人日记》，这个一百年前的 80 后，是年三十七岁。按照今天对青年作家的想象，三十七岁的鲁迅是一个不折不扣的青年作家。1923 年，鲁迅的小说集《呐喊》出版，这一年鲁迅四十二岁。1926 年，鲁迅的另一本小说集《彷徨》出版，这一年鲁迅正好四十五岁，在今天看来，依然是一个青年作家。鲁迅在发表《狂人日记》之前有过十年的沉寂期，扣除这十年不算，"青年"末年登场的鲁迅，为中国现代文学贡献了《呐喊》《彷徨》两本小说集。对于青年作家而言，四十五岁之后再称为青年作家可能有些勉强了吧？因此，四十岁前后应该是一个作家关键的历史时刻，是应该写出他们一生中大多数重要作品的时刻。

今天的写作者，四十五岁的，生于 1975 年。如果把 1978 年作为改革开放时代的元年，生于 1975 年的，这一年才三岁。那么可以说，今天，四十五岁以下的青年作家都是生于改革开放时代的一代大致不会有问题。改革开放时代出生的一代青年作家，包括我们今天常常说的 70 后、80 后和 90 后作家，如果对标鲁迅的《狂人日记》，对标鲁迅的《呐喊》《彷徨》，在同样差不多的年龄他写出了怎么样的小说呢？是的，当以鲁迅为标尺的时候，我已经准备好你们来反对我：中国现代文学史上有几个鲁迅呢？那就不举鲁迅的例子，就从今天再往前一点点，看看青年作家的兄长辈或者父辈的作家们，50 后、60 后的作家们，他们在四十岁前后及更早的年龄写出了什么。前一段时间我给《文汇报》写一篇短文，正好整理了一下他们的写作、发表和出版情况，可以给出一个不完全的目录：

（注：姓名后数字为出生年份，作品后数字为该作品首发时作者的

张承志（1948）：《黑骏马》（33），《北方的河》（36），《金牧场》
（39）

路　遥（1949）：《人生》（33），《平凡的世界》（第一部，37）（第
二、三部，39）

阿　城（1949）：《棋王》（35），《树王》《孩子王》《遍地风流》
（36）

李　锐（1951）：《厚土》（36）

史铁生（1951）：《我的遥远的清平湾》（32），《命若琴弦》（34），
《插队的故事》（35），《务虚笔记》（45）

贾平凹（1952）：《商州》（32），《浮躁》（34），《废都》（41）

王小波（1952）：《黄金时代》（40）

残　雪（1953）：《山上的小屋》（32），《黄泥街》（34），《苍老的
浮云》（36）

韩少功（1953）：《爸爸爸》《归去来》（32），《女女女》（33），《马
桥词典》（43）

马　原（1953）：《拉萨河女神》（31），《冈底斯的诱惑》（32），《虚
构》（33）

王安忆（1954）：《小鲍庄》（31），《荒山之恋》《小城之恋》（32），
《锦绣谷之恋》（33），《叔叔的故事》《长恨歌》
（41）

莫　言（1955）：《透明的红萝卜》（30），《红高粱》（31），《丰乳肥
臀》（40）

张　炜（1956）：《古船》（30），《九月寓言》（36）

铁　凝（1957）：《玫瑰门》（32），《大浴女》（43）

叶兆言（1957）："夜泊秦淮"系列小说（29—30）

王　朔（1958）：《顽主》（29），《动物凶猛》（33），《过把瘾就死》
（34）

阎连科（1958）：《年月日》（39），《日光流年》（40）

刘震云（1958）：《一地鸡毛》（33），《故乡天下黄花》（33），《故
乡相处流传》（34），《故乡面和花朵》（40）

林　白（1958）：《一个人的战争》（40）

阿　来（1959）：《尘埃落定》（39）

孙甘露（1959）：《访问梦境》（27），《信使之函》《请女人猜谜》
　　　　　　（29），《我是少年酒坛子》（30）

余　华（1960）：《一九八六年》（27），《现实一种》（28），《在细
　　　　　　雨中呼喊》（31），《活着》（33），《许三观卖血记》
　　　　　　（35），《兄弟》（45）

韩　东（1961）：《扎根》（43）

陈　染（1962）：《私人生活》（34）

虹　影（1962）：《饥饿的女儿》（35）

苏　童（1964）：《1934年的逃亡》（24），《妻妾成群》（26），《米》
　　　　　　（28），《我的帝王生涯》（29），《河岸》（45）

格　非（1964）：《褐色鸟群》《青黄》（24），《敌人》（26），《人面桃
　　　　　　花》（40）

迟子建（1964）：《伪满洲国》（36），《世界上所有的夜晚》《额尔
　　　　　　古纳河右岸》（41）

毕飞宇（1964）：《哺乳期的女人》（32），《青衣》（36），《玉米》
　　　　　　《玉秀》（37），《玉秧》（38），《平原》（41）

北　村（1965）：《施洗的河》（28），《玛卓的爱情》（29）

李　洱（1966）：《花腔》（35），《石榴树上结樱桃》（38）

东　西（1966）：《耳光响亮》（31），《后悔录》（39）

艾　伟（1966）：《越野赛跑》（34）

……

　　70后、80后和90后作家的出版和发表情况，我没有像这样做认真的统计。如果有人愿意，也可以按照这个指标做统计。也许大家会说，50后、60后这些作品的经典化是建立在旧的以期刊为中心的文学制度之上，是作家、编辑、批评家、大学教授这些文学"寡头"和政治意识形态合谋的结果，而且文学史的经典确认必须有一个时间的沉淀。那么，我们且寄希望于十年后，文学史也可以列出今天70后、80后和90后青年作家这样的一个文学目录，如何？

首先是要考虑到，和他们的兄长辈父辈作家相比，我们的文学批评和文学研究对今天这一代青年作家经典化没有尽到应有的责任。这种说法不能说完全没有道理。这一代作家成长过程中，同时代青年批评家没有及时到场，没有及时成为同时代青年作家的发现者、声援者和庇护者。

其次，要考虑到不同代际的青年作家身处在不同的文学时代（不都说 20 世纪是文学的黄金时代吗，我对这种说法存有疑问，此处不论），今天这一代青年作家最早的出场时间应该是 1990 年代的中后期，文学市场化、媒介革命、文学阅读大众化能量的释放以及文艺生活的分众化、大众对文学重新定义带来的审美降格等因素，导致我们这里讨论所谓严肃文学不再是一枝独秀。

再次，要考虑到兄长辈父辈作家已以他们积累的文学声名垄断了大份额的文学资源，这一点我们从期刊目录以及近些年文学评奖和文学排行榜大致可以看出端倪。我曾经批评过文学界取悦青年作家的"媚少"，但从文学资源垄断的情况来看，所谓"媚少"，尤其是对刚刚起步的青年作家，更多像做慈善的给予，而取悦中老年作家、取悦成名作家的"媚老"倒是一种常态。以期刊发表为例，虽然除了传统的像《萌芽》《青年作家》《青年文学》《西湖》《青春》这些所谓的青年文学杂志，《十月》《人民文学》《收获》《花城》《钟山》《上海文学》《芙蓉》《作品》《山花》等老牌文学刊物也都有专门的"文学新人"专辑和专栏，但相比成名作家所占有的篇幅，提携新人的姿态只能算是一种约定俗成的"审美正确"。

关于如此种种变量的考虑，是希望落实到最后的这一点：今天这一代青年作家的写作是正在进行中、未完成的现实。至少从生理年龄意义上看，似乎前途可期。

说到文学制度，五四新文学以来所建立的培养和推介年轻作家的传统从来没有中断过。当然具体到某一个时代，为什么要培养和推介青年作家，各有旨归，也各有招数。先说 1949 年之前。1949 年之前是什么概念，看这些人的出生，夏衍是 1900 年，沈从文和胡风是 1902 年，巴金和丁玲是 1904 年，周扬是 1908 年，靳以是 1909 年，这些人在整个 1949 年之前的写作都算青年写作，不要说比他们更年轻的作家。而比他们更年长的生于19世纪末的那批作家，在二三十年代也属于青年写作。顺便说一句，1949年之前成名的作家几乎都中断在青年写作。因此，1949年之前，大家几乎都是青年作家，以期刊和出版为中心，培养和推介青年作家，其实是不断发现青年作家中更年轻更晚出更陌生的文学"素人"。而新中国则建立了一整套和政治想象配套的国家文学想象的"文学接班人"培养制度。这个制度不只是体现在发表和出版，而是深入文学生产的每个细小环节。在相当长的时间里，几乎所有成长中的青年作家都被纳入到"文学接班人"培养制度中，像江苏，近年除了国家的各种人才政策，地方性的就有"江苏文学新方阵""青春文学人才培养计划"以及"名师带徒计划"等。

就文学期刊而言，1980年代开始，一些有了自己的文学想象和小传统，比如像《收获》《人民文学》《北京文学》《上海文学》在当时对青年先锋文学的宽容。但这种格局在1990年代末后，发生了革命性的变化。一方面传统文学期刊式微，政府投入资金减少，文学读者流失（近些年各级政府对文学期刊的投入开始增加，像《收获》《上海文学》《北京文学》《花城》《雨花》《扬子江诗刊》《作品》等都大幅度提高了办刊经费和稿酬）；另一方面每个刊物的"小传统"也在拓展各自的边界。

更重要的是网络新空间提供了新的文学生产和作家成长模式。如果我们不把网络文学看作资本命名的"网文"，70后到90后这一代青年作家在被期刊承认之前，尤其是85后作家，几乎都或深或浅有网络写作的前史。像"one·一个""豆瓣"等网络平台无可置疑地成为文学新人的策源地。各种网络新媒体不仅仅为传统文学期刊源源不断地输送文学新人，而且已经在事实上独立成为和传统文学期刊具有审美差异性的文学空间。

从传统出版看，虽然刊号还是国家的垄断资源，但图书出版却提供了比文学期刊更大的自由。我注意到像理想国、后浪、文景这些出版机构的文学出版基本以青年作家的原创文学为主，它们正在成为青年作家成长的助推力量，比如理想国已出和待出的就有罗丹妮主持编辑的"纪实馆"：《我的九十九次死亡》（袁凌）、《回家》（孙中伦）、《大地上的亲人》（黄灯）、《北方大道》《死于昨日世界》（李静睿）、《飞行家》《猎人》(双雪涛)、《无中生有》(刘天昭)、《冬泳》《逍遥游》(班宇)、《夜晚的潜水艇》(陈春成)、《自由与爱之地》(云也退)等;还有李恒嘉、张诗扬主持编辑的"青年艺文馆":《甲马》(默音)、《郊游》(荞麦)、《赵桥村》(顾湘)和《小行星掉在下午》(沈大成)等。值得注意的是,这里面的孙中伦、班宇、陈春成、黄灯等出版的都是他们的第一本"文学书";后浪这几年除了港台原创文学,内地青年作家文学原创的出版也势头强劲,其"说部"系列就有《佛兰德镜子》(dome)、《鹅》(张羞)、《台风天》(陆茵茵)、《大河深处》(东来)、《祖先的爱情》《保龄球的意识流》(陆源)、《纸上行舟》(黎幺)、《老虎与不夜城》(陈志炜)、《迁徙的间隙》(董劼)、《雾岛夜随》(不流)、《冒牌人生》(陈思安)、《隐歌雀》(不有)和《新千年幻想》(王陌书)等;文景则有《我愿意学习发抖》(郭爽)、《请勿离开车祸现场》(叶扬)、《童年兽》(陆源)、《美满》(淡豹)和《胖子安详》(文珍)等,还有像楚尘文化,2019年出版了90后小说家周恺的第一部长篇小说《苔》,引起很大反响。这些出版机构有的是出版社衍生出的一个部门,有的是独立的工作室和图书公司,但这些工作室和图书公司与出版社之间有一种松散的合作关系,比如后浪就和四川人民出版社有很多合作。值得注意的是,有的出版社虽然没有相对独立出去自主运营的"部分",但在出版社内部也有类似的青年作家原创文学出版的板块,比如上海文艺出版社,由林潍克主持编辑的"青年作家原创书系"已经出版了《万物停止生长时》(赵志明)、《兽性大发的兔子》(张敦)、《小镇忧郁青年的十八种死法》(魏思孝)、《金链汉子之歌》(曹寇)、《驻马店伤心故事集》(郑在欢)、《尴尬时代》(慢三)、《看见鲸鱼座的人》(糖匪)、《对着天空散漫射击》(李柳杨)、《水浒群星闪耀时》(李黎)、《行乞家族》(锤子)、《嫉妒》(张玲玲)等。

同样值得注意的是,新世纪的文学出版版图有像《单读》《鲤》以及改版之后的《小说界》和已经停刊的《文艺风赏》《大方》《天南》等这些和传统文学期刊不一样的文学刊物,还有像副本制作、联邦走马、黑蓝、泼先生、保罗的口袋等这些文艺同人之间交流的出版物品牌,尤其是后者,他们保有了许多充沛地探索和冒犯的"青年写作"。但从经济实力来看,同道人之间交流的出版物品牌远远不如我们任何一家出版社和杂志社，甚至可以说处境艰难。

为什么要耐心地梳理新世纪前后到现在二十年的文学制度，尤其是出版制度和青年作家成长的关系？因为曾经由大学、文学组织机构、批评家、刊物组成的当代文学制度，确实很不利于青年写作者的冒犯或者说创造性写作。过于强调的"文学传统"往往发展成"文学教条"，很难鼓励青年作家去写出特别出格的、冒犯的作品。但如果不拘泥于以传统的文学期刊为中心的文学场域，那些已经渐次打开的文学空间，其实已经为青年作家的写作提供远超他们兄长辈和父辈的可能性。而事实却是，文学空间的边界拓殖并没有现实地带来青年文学更大的可能性。还以我在《花城》主持的《花城关注》为例，想象中有文学的"可能性"的作家作品并不如预期的可以层出不穷。我和后浪负责文学出版的小说家朱岳有过交流，他也是类似的感觉。而且值得警惕的是，随着这两年的"存量卸载"，传统文学出版之外的出版机构能不能持续地找到他们想要的作者，将是一个问题。

在我和金理召集的 2019 上海－南京双城文学工作坊（总第三期）上，批评家黄德海激烈地质疑我们文学的催熟制度导致青年作者"未熟"之作过于容易地发表。他认为：

> 青年写作，我们能不能再提一个叫"成熟写作"？不区分年龄，而按照一个作品的成熟度来看。我们一直鼓励青年的姿态会造成一个问题，矫揉造作的作风会呈现在我们的视野中，因为它不一样。而一个成熟的写作，会有意地收敛这个问题。在这个问题上，这些年我们对青年不一样的鼓励太多了，因此造成青年发表太容易了，也因此造成他的写作遇不到障碍，不会进步，不会思考，而是按照杂志要求的，你就这个路数，你给我这个东西，最后变成我们参与了我们自己非常讨厌的同质化进程。我们一直在说反对同质化，说青年写作都一样，但我们一直在用鼓励求新求变的方式来鼓励他们做这种事。（依据会议速记整理，未经本人审阅）

那么，那些所谓"成熟"的青年作家呢？只要看看现在大众传媒和文学界推举的很多作为标杆的青年作家模范人物，他们的写作之所以被一整套文学制度异口同声地肯定，无非是他们写出像"我们想象中"的"成熟"之作和"风格"之作。这和老早说某人是中国的卡夫卡，某人是中国的马尔克斯，某人是中国的卡佛，有着一脉相承的文学思维。

手边有一本《钟山》杂志编辑出版的《文学：我的主张》。《钟山》自 2014 年以来，每年都举办一次青年作家笔会，每次笔会都有一场对话和研讨，对话和研讨的成果就是这本结集出版的《文学：我的主张》。说出"我的主张"的，除了少数 70 后，其余几乎囊括了当下中国文学有一定影响的 80 后、90 后作家。读这些"我的主张"，总觉得哪儿不满足。主张确实是"我的"，他们也确实在谈文学，谈文学阅读、师承、技术和审美理想等，但和 50 后、60 后相比，并无年轻人应该有的新见和锐气，甚至连先锋姿态都没有，好像也只有甫跃辉和文珍等可数的几个人谈到"我"和"我"的同时代人，"我"和"我"的时代以及"我"和同时代人的经验、知识，特别是精神的缺失。这些无穷分裂开去的无数的细小个体的"我"，自觉还是无意地让"我"变得与历史和现实无关，成为同时代孤立无援的人。哪怕是狭隘的文学和审美角度，他们不再有自觉的意识，也不会警醒和反思"我"和作为"文学命运共同体"的"我们"之间的关联，更不要说"我"和文学之外的"我们"更大的"命运共同体"之间的关联。于是，"文学"和网络、移动终端上那些像病毒的"写作"一样不断繁殖。

而且，一个基本常识是，青年文学的问题还不只是"文学问题"，还应该是"青年问题"。我曾经以蒋方舟近两年的两个艺术项目做例子，提出"文学的扩张主义"，希望通过文学的扩张启蒙和启动青年对当代中国提问和发声的问题意识和思想能力。在大文学、大艺术的框架里，青年人的合作和对话最终扩张了思想的边界。蒋方舟参与的两个艺术项目中，《完美的结果》涉及的共和国工业遗址、工厂生活、城市记忆和家族经验，亦是与蒋方舟同时代的孙频、双雪涛、班宇、七堇年和比他们稍早的鲁敏等作者的文学资源。他们的《六人晚餐》《鲛在水中央》《平原上的摩西》《逍遥游》《平生欢》等小说，家族和个人记忆或多或少纠缠着共和国的工厂记忆。《完美的结果》对共和国的工厂记忆的重建和编织只是起点。它继续前行，它前行的道路，按照蒋方舟预设的路线，不是成为一个被普通读者阅读的小说，而是转换成建筑、舞台置景、平面设计、多媒体、摄影等不同领域的媒介语言，文学参与、见证这场共同的"铸忆"，成为其中的引领力量、灵感和灵魂。

回过头看，五四新文学得以萌发，一个很重要的因素是五四新文化提供了青年知识分子作为新的写作者。五四新文学所开创的"新青年"/"新作家"同体的传统，在今天青年作家父兄辈还有稀薄的传承，但我们反观当下青年作家的"青年状况"呢？和父兄辈相比，他们接受了更好的大学教育包括文学教育，在更开放的世界语境中写作，但青年作家没有理所当然地成为我们时代青年思想者和思想践行者的前锋和先声。我一直关注 706 青年空间、定海桥和泼先生等微信公众号以及单读的杂志、微信公众号和 App，观察这些青年社群的思想和行动——仅仅这几个微小的样本就可以对比出今天青年作家和他们的差距，不要说更多的青年社群。许多青年作家既不求思想之独立，又遑论身体力行将思想实验于行动。极端地说，他们的文学生活只是发育了丰盈的资讯接收器官，然后将这些资讯拣选做成小说的桥段，拼贴出我们时代光怪陆离却贫瘠肤浅的文学景观。

因此，青年作家不要只止步"文学"的起点，做一个技术熟练的文学手艺人，还要回到"青年"的起点，再造真正"青年性"的思想和行动能力，重建文学和时代休戚与共的"命运共同体"。然后再出发，开始写作。

二论网络文学就是网络文学

网络文学就是网络文学

本来我想写的题目是：连网络文学都是文学，《故事会》为什么不是文学？我这个判断当然不是从今天网络文学从业者中"大神"写手的最高水平得出的——这些高段位写手的写作量相对于今天网络文学庞大的产能和产量其实所占比例是不高的。而且，即使这些比例不高的写手如我们想象的已经"经典化",这些"经典化"的网络作家和网络文学文本该与谁去做比较,判断他们的"经典化"程度和审美价值?其实,我们依赖的价值评判的前提只是网络自身的遴选机制。当然,不能把基于阅读感觉、没有经过充分田野调查的"印象"作为评价的依据,如此会误判今天的网络文学,也不能把文本拿过来简单地捉对厮杀衡高论低,就像你无法将一个传统意义上的作家和网络"大神"写手比,自然也无法把一个网络"大神"和《故事会》的"故事员"去比。但可以比的是,网络文学的叙事技术基本上是如何讲一个好看的"故事",在这一点上,除了可以讲长度更长的故事,网络文学比《故事会》的进步并不大,只不过以前叫"悬念",现在网络文学叫"爽点"而已。再有,也许是更重要的,在某种意义上,网络文学强调的"草根精神",与《故事会》是最有亲缘性的。从 1979 年恢复《故事会》刊名,《故事会》就明确提出故事的"人民性"问题,而"人民性"也是许多网络写手强调其写作道德优越感的立论基础,几乎在每一次关于网络文学讨论的会议上,网络写手都要站在自己为人民写作的道德高地,对他们的批评很容易被置换成:难道你反对为人民写作?好吧,在我们今天几乎认同网络文学"人民性即文学性"的大前提下,我设想是不是可以将《故事会》,还有《龙门阵》《今古传奇》,甚至《知音》等历史遗留问题,一揽子解决呢?在我们为网络文学确立身份的同时,也梳理清楚当代写作谱系上的"故事会"传统。在我的理解上,当下网络文学中的大部分应该就是在"故事会"这个传统谱系上的。

如果你认为回到"故事会"传统,是将网络文学看低了,那就按大家说的抬升。我们姑且承认可以将网络文学收缩在"网文",或者说"类型文学"来讨论。那么,下面的一个问题是如何在一个文学谱系上识别网络文学。一个被广泛认可的观点是网络文学来源于现代中国文学被压抑的通俗文学系统。如果这个观点成立,从文学史上世纪之交起点的中国网络文学依次向前推进,应该是 1980 年代以来港台通俗文学带动起来的内地(大陆)原创通俗文学的复苏;现代通俗文学的发现和追认;进而向前延伸到古典文学的"说部"传统。网络激活和开放了这个传统谱系的文学潜能。正是按照这种思路,当代中国文学研究建构的一个所谓的雅俗文学分合的图式常常被用来解释网络文学。

但如果回到中国现代文学之初思考这个问题，可以发现，我们现在视为"雅"的文学并不排斥文学的"通俗"。陈独秀在《文学革命论》中提出"三大主义"，第一条即是"推倒雕琢的阿谀的贵族文学，建立平易的抒情的国民文学"。而周作人则认为："平民文学应该着重与贵族文学相反的地方，是内容充实，就是普遍与真挚两件事。"（周作人：《平民文学》）他们所反对的是茅盾在《真有代表旧文化旧文艺的作品么？》批判的"现代的恶趣味"。而时至今日，网络文学被诟病的依然是"现代的恶趣味"。今天网络空间的这种无视五四现代启蒙成果的"现代的恶趣味"，是中国现代以来前所未有的。观察中国现代文学的事实，不是仅仅只有被叙述的文学史，"俗"文学也并不是"被压抑"着的，甚至某些时候，"俗"文学被政治和资本征用，成为一个时代文学最引人注目的部分，比如20世纪30、40年代的文学大众化，比如"十七年文学"的"新英雄传奇"。再有一个值得注意的，无论中国的"说部"传统（能够在今天流传下来的，几乎无一例外都被文人改造过），还是中国现代通俗文学，其实都是一种文人写作。那问题就来了，我们今天的网络文学写手的文学能力能不能完全对接上文人写作的"说部"或者通俗文学谱系呢？

文学史事实与文学史想象和叙述并不一致。叙述是一种权力。网络文学作为近二十年以来重要的文学现象，它既是实践性的，改变了精英文学想象和叙述文学的单一图式，修复并拓展了大的文学生态，而实践的成果累积到一定程度，网络文学必然会成为自己历史的叙述者。今天的整个文学观、文学生产方式、文学制度以及文学结构已经完全呈现与五四之后建立起来的以作家、专业批评家和编辑家为中心的一种经典化和文学史建构的方式大相差异的状态。新媒体所带来的革命性变化，就像有研究者指出的："这些新技术不仅改变了媒介生产和消费的方式，还帮助打破了进入媒介市场的壁垒。网络（Net）为媒介内容的公共讨论开辟了新的空间，互联网（Web）也成为草根文化的重要展示性窗口。"（亨利·詹姆斯：《昆汀·塔伦蒂诺的〈星球大战〉》）网络文学的"草根文化"特点使得文学承载的文化启蒙不再是由不对等的自诩文化前沿的知识精英居高临下启蒙大众，而成为一种共享同一文化空间的协商性对话。一个富有意味的话题是，在取得自我叙述的权力后，网络文学还愿不愿意在传统的文学等级制度中被叙述成低一级的"俗"文学？网络文学愿意不愿意自己被描述成中国现代通俗文学因被压抑而产生的报复性补课？甚至愿意不愿意将自己的写作前景设置在世界文学格局中发育出的"中国类型文学"？换句话说，在当代中国，任何基于既有文学惯例的描述都无法满足网络文学获得命名权的野心，尤其是在网络文学和资本媾和之后。

我曾经指出，当网络文学被狭隘地理解为网文平台的网文，"文学"被偷换成"IP"之后，其实，传统文学和网络文学之"网文"的"共识"已经和文学越来越没有关系了。那些国内网文平台和"大神"写手，如果不是对体制内外文学权力的忌惮，他们还肯坐到此类会议上装模作样地谈"文学"吗？传统文学和"网文"的分裂已经不是文学观念的分歧，而是文学和非文学的断裂。传统文学忌惮网文平台和"大神"写手的民间资本力量，希望他们心怀慈善，做出权力让渡，培养一点文学理想和文学公益心，但网文界真的能如其所愿吗？这里面涉及的问题是，网络文学已经到了一个资本寡头掌控和定义的时代。不知道从什么时候开始，网络文学的先锋性和反叛性忽然很少被提及了，网络文学之"文学"忽然被定义为类型通俗小说之"网文"，而像"one·一个""豆瓣阅读""果仁小说"等这些"小"却能宽容自由书写的平台却没有被作为文学网站来谈论，好像网络的"文学行为"只和大资本控制的网文平台有关。这样一个网络文学时代，其实已经和文学没有多大关系了。我想，传统文学和"网文"，如果还要求文学共识，那就不只是单向度地由少数批评家去为"网文"背书，论证"网文"的"文学性"。既然我们要谈文学，不只是IP，资本操纵的网文平台和"大神"也应该说服我们他们所做的一切是"文学"，哪怕是他们认为的那一种文学。可以姑且退一步承认网络文学就是类型小说或者通俗小说之"网文"，那么传统文学就要丢掉用传统的文学理论和批评去解释网络文学以及网络上可能产生我们想象的经典文学的幻想，重申网络文学是另一种写作，是中国现阶段普罗大众消费的文学产品，它遵守"网文"的生产、传播和阅读规律。网络文学的"文学"是非自足性的，仅仅将"网文"抽离出来，不是网络文学的全部。

网络文学就是网络文学而已，不是我们通常谈论的"文学"。我们应该尊重中国网络文学发展的历史史实，尊重网络文学发展的整个媒体生态。如果仅仅着眼于媒介的变化，网络文学对应着的应该是纸媒文学。在整个国家计划体制里，文学当然地被想象成是可以被规划和计划的。在这种"国家计划文学"体制之下，作家的写作也许是自由的，但文学的期刊和其他出版物却垄断在文联、作协和出版社等"准"国家机构手中。这些"准"国家机构任命的文学编辑替国家管理着庞大的"文学计划"，生产"需要的文学"。但20世纪末，传统文学期刊（包括报纸副刊）几乎作为单一文学传媒的时代正在一去不复返。但我们不能据此就认为传统文学期刊就此完全退出文学现场。不管我们承认不承认，今天的文学媒体格局基本是纸媒文学依然完全控制在"国家计划文学"体制下，而网络文学虽然有行业主管部门的监管，但基本上是资本实际控制的领地。不排除存在于纸媒和网络间旅行的作家，但这是网络文学早期的事情，就像网络文学对文学先锋性的探索一样。事实上，在网络文学"IP时代"到来之前，那些在网络中赢得读者的作家最后还是渴望得到传统文学期刊的确认。这是他们的作品可能被经典化或者被现行文学体制肯定的至关重要一步。这就不难理解，为什么阿乙要把《人民文学》的接纳作为他写作生涯的一个重要标尺，即便此前他的小说已经在网络上赢得很好的读者口碑。粗放地看，如果我们确定网络文学的元年是痞子蔡《第一次的亲密接触》发表的1998年，中国网络文学发展到今天，至少应该经历了三个阶段。第一个阶段其实是传统文学原住民向网络的迁移，这一段的网络文学释放的其实是对文学纸媒僵化的文学趣味的"反动"，如果纸媒文学开放到一定程度，这一部分并不必然需要在网络上实现。世纪之交，网络文学的草创期，最先到达网络的写作者，吸引他们的是网络的自由表达。至少在2004年之前，网络文学生态还是"野蛮生长"，诗人在网络上写着先锋诗歌，小说家在网络上摸索着各种小说类型，资本家也还没有找到一种可以快速圈钱生钱的盈利模式。随着起点平台收费阅读（进而是打赏机制的成熟），盛大等资本的强劲进入，网络文学进入"类型文学"阶段。这是一个大神辈出的阶段。网络文学释放了中国类型文学的巨大潜能。网络文学也渐渐和纸媒文学剥离，但既有的文学观依然能够回应网络上发生的文学现实。然后就是第三个阶段，网络文学

"IP 时代"的来临，网络文学写作者已经无须最后借助纸媒文学来进行最后的文学认证。网络文学及其衍生产品依靠点击量、收视率、粉丝数、收入、票房等等建立了以读者为中心的自足的审美和评价机制，这样的审美和评价机制扎根在所谓的草根阶层。网络文学可能会出于对中国现实文艺制度的考量，参与当下文学对话，但这种对话基本上对于网络文学生态不构成现实的影响，只是以妥协和让渡赢得更大的资本和利润空间。

这样的文学生态之下，我们其实面临着抉择：或者让渡文学权力，将文学边界拓展到可以包容网络文学，这就回到我一开始说的，既然网络文学是文学，《故事会》为什么不是文学？但文学无边界亦即无文学；或者干脆和网络文学切割，让网络文学成为传统文学之外的自由生长的网络文学。切割，也并不拒绝，网络文学的移民可以自由地进入传统文学的疆域。如此，网络文学就是网络文学，《故事会》就是"故事会"，而"文学"同样就是"文学"。我们不用我们的"文学"去吸附网络文学稀薄的文学碎片，挖空心思去证明网络文学是我们说的"文学"，网络文学也可以不要背负文学的重担，只是以"文学的名义"轻松地去填充非文学需要的阅读人口的阅读时间。我这样说，也许消极，甚至放弃了文学启蒙的责任，但这是中国当下网络文学的现实。至少在现阶段，网络文学就是网络文学，而人民也需要网络文学。

再论"网络文学就是网络文学"

去年我在鲁迅文学院网络作家班一次课上提出一个问题：网络文学是区别于未有网络文学之前怎样的文学传统？是纸媒文学吗？用传统的文学惯例和尺度能不能回答和解决网络文学的所有问题？或者换一种说法，网络文学是新文学，还是旧文学？在网络文学从业者和各级政府部门希望网络文学迅速变现的产业化背景下，现在回过头来看，这些问题还是太狭隘了。

如果仅仅把网络文学理解成从纸上写作和发表转换到网上写作和传播的媒介变化，显然没有充分认识到"网络"为文学带来的革命性变化。这种变化不只是变换了发表和传播的媒介，而是一种只可能在网络环境下发生的、和此前写作完全不同的文学书写。

如果在传统的文学框架里就网络文学所提供的文本做分析，我们大致可以按"审美递减"，对当今的网络文学做一个粗略的排序：小说（其中文学性最强的是所谓"文青文"）、长篇故事、"爽文"，以及影视剧、网游、动漫等产品的故事脚本。小说和故事不同应该是一个基本的文学常识，以"现代小说"的标准来衡量网络文学，这部分作家和作品是很少的。至于后三者，除非我们拓展文学的边界，否则传统的文学研究基本上不把它们作为文学来对待。但它们在今天的网络文学中却占据了最大的份额，恰恰也是资本最聚集活跃的部分，网络文学热基本也是由此产生。而如果不拓展文学边界，这三者至多是一种泛文学的网络写作。

网络文学不只是一个文学问题，更不只是一个文本问题。

应该说，在网络没有出现之前，文学的发表和传播媒介已经经历数次变化，但从龟甲兽骨，到竹简，到绢、纸等等，其文学环境、文学思维和文学的各种关系方式基本上变化不大，而正是前所未有的网络环境、网络思维和关系方式等形成了网络文学生产和传播的"交际"场域。作者和读者同时"到场"和"在场"的交际性应该是网络文学的最大特征。

作为基于交际场域的文学活动，网络文学当然不可能是我们原来说的那种私人的冥想的文学。它的不同体现在从较低层次的即时性的阅读、点赞、评论和打赏，到充分发育成熟的论坛、贴吧，以及有着自身动员机制的线下活动等粉丝文化属性所构成新的"作者—读者"关系方式。这种"作者—读者"的新型关系方式突破了传统相对封闭的文学生产和消费。"在网络写作"也正是在这种关系方式中展开，自然也会形成与之配套的"交际性"网络思维、写作生活以及文体修辞语言等等。质言之，网络文学是现阶段中国的大众流行文化，尤其是青年文化的一部分。因此，解释网络文学，应该将其视作比"文本"、比"文学"更大的"文化"。

作为一种大众流行文化样态，即使网络文学的某些部分还具有传统意义上文学的特征，甚至我们用传统文学的释读方式也可以解决网络文学的部分问题，比如网络小说的评价问题，但这不意味着网络文学可以被收编到传统文学。我们仍然可以用传统的文本细读和经典化的方式使得一些网络文学"大神"的文学地位得到确认，但和海量的网络文学相比，这种微小体量的"一粟"式的确认多大程度反映了网络文学的"沧海"，颇值得质疑。因为，一个基本的事实是，经由文本细读不断累积审美经验，最后对某一个时代文学做出一个整体性的价值判断，是建立在可以获得充分和典型的样本基础之上的。不说文学生产的产能和产量维持在较低水平的古典时代，即使现代，文学的规模生产成为可能，严格的审美准入制度以及汰选机制仍然可以保障审美判断是针对"全体"文学做出的。但网络文学依靠一个个单独的批评家和文学研究者，几乎不能实现充分的文本细读。所以，今天，我们在谈论网络文学的时候，需要思考我们的判断多大程度上是面对网络文学的"全体"？既然是"全体"，就应该是包含了小说、故事、"爽文"，以及影视剧、网游、动漫等产品的故事脚本的全体。除了有强烈个人审美风格的网络小说，考虑到故事、"爽文"，以及影视剧、网游、动漫等产品的故事脚本的类型性和模式化，我们是不是可以设想借助统计学和同样进步着的数据处理技术来覆盖网络文学的大样本，甚至是全体？

可以这样说，今天中国的网络文学研究几乎沿袭着传统人文领域的研究范式，但网络文学的现实决定了网络文学研究必须有文化产业、大众文化心理、统计学、传播学、田野调查和数据技术等等的参与和支援。

具体到网络文学本身，表面看，我们现在说起网络文学，好像是"大神"辈出的时代，而考察网络文学的文学成色，貌似也可以用"大神"作为最高指标。问题是，如果仅仅将这些"大神"语言所呈现的文本和既有文学传统进行比较，有多少研究令人信服地指出了"大神"们是如何反叛文学陈规，拓展文学疆域和可能性？"大神"之大是怎样参照出的大？往往"大神"们的文学成色和文学进步只是和网络文学自身海量的粗鄙不堪的文字产品做比较得出的结果，所谓"矮子里拔将军"而已。

但如果考虑到网络文学对动漫、网游和影视等等的激活能力，以及对文学相关产业的推动，结论可能就不是这样的了。简单地说，网络文学本质上是一种经济活动，有点类似我们今天常常说的"文创"买卖。如果有区别，可能就是规模上的小作坊和大工业。因为资本和政策的共同作用，网络文学聚焦文艺经济的产业幻觉。要回答文学如何做到不是简单地给产业"背书"，网络文学对当代文学的意义的研究，就应该重点放在捕捉那些细碎地弥散在经济活动中的文学性，那不只是作为产业的动能，更是可以激活文学自身创造的潜能。

确实，拘泥于以语言为中心的"文学性"，网络文学不可和此前的人类文学积累同日而语，但网络文学的文学性可能是以语言所结构、文本为起点的文学弥散和增殖。所以，我说"网络文学就是网络文学"并没有轻视网络文学价值的意思，恰恰是要改变以语言所结构的文学文本作为网络文学审美总和的"文本崇拜"，转而关注网络文学文本衍生的"文学周边"，充分尊重网络文学的基本属性。

从网络文学二十多年的历史来看，我们要意识到，和现代文学一样，网络文学一开始并不是如此泛文学的网络写作，它的审美价值可以自足地收缩在文本自身——专注文本，而不是专注文本的衍生物。话说到这里，现在可以回答一开始的问题：当下有着丰富"周边"的网络文学，区别的是肇始于 19 世纪末的"新文学"或者"现代文学"传统，就像"新文学"或者"现代文学"区别的是更早的"古典文学"传统。在网络和网络文学出现之前，新文学或者现代文学已经形成了秩序化的审美规范、评价机制、生产和传播方式等，并借助与之配套的文学制度，使得自身合法化，进而，在微调中延续自己的文学传统。现代文学迄今一百年，其中也有曲折婉转，但这些曲折婉转并没有改变"现代文学是现代文学"的基本事实。在网络出现之前，现代文学一枝独大，甚至在网络文学的草创阶段，网络文学也是另一种"现代文学"的变种。

网络文学其实一开始是没有预想到现在这样的结果的，网络文学是在打赏机制和盈利模式出现之后，才改写了它的历史逻辑。至少在 2004 年之前，网络文学思维还是现代文学思维，这个阶段的所谓"网络文学"，其实是对现代文学传统的修补和改造，比如《第一次的亲密接触》《悟空传》等。同样，网络文学的盈利模式基本上还是线下纸质书的出版。几乎同时，再到之后的"IP 时代"，一些有影响力的网络

批评的返场（节选）

119

作品开始从纸质书扩张到网游、手游、影视、动漫。随之，网络文学的"文学性"也发生了漂移和拓殖。极端地举例，《诛仙》和《飘邈之旅》在 2003 年基本还是现代文学，但其后，当它们的游戏相继被开发出来，《诛仙》和《飘邈之旅》的更为复杂的衍生文学性便凸显出来。如果《诛仙》和《飘邈之旅》表现得还不明显，网络文学到了影视剧、网游、动漫等产品的故事脚本阶段，故事脚本的文学性往往是寄生的增殖。现代文学，以及网络小说，甚至包括故事和"爽文"也会有衍生品，但它们和衍生品之间的关系不是像网络文学的故事脚本这样深度捆绑共荣共损的复合和一体，文本的文学意义还是可以自足存在的。

值得注意的是，即便网络文学的盈利模式成熟后，类似沧月、猫腻、徐公子胜治、骁骑校、烽火戏诸侯、酒徒等的"文青文"和网络小说依然和现代文学有很深的亲缘关系，它们的经典性也可以在现代文学传统谱系上被识别和确认。而唐家三少、我吃西红柿、天蚕土豆、梦入神机和辰东等的"小白文"，蝴蝶蓝、骷髅精灵、无罪等的"网游脚本"，如果还要谈它们的经典性，那必须把读者作为重要参数，或者是考虑到"网游"加"脚本"的综合。"复合性"文本应该是网络文学独特性很重要的一个方面。缘此，属于网络文学的新经典自然不应该只是在网络小说中产生，长篇故事、"爽文"，以及影视剧、网游、动漫等产品的故事脚本等都应该有各自的经典，而不是以现代文学的审美尺度把整个网络写作一锅烩地乱炖。

还应当看到，网络普及带来的一个必然也是自然的结果就是现代文学难以兑现的文学准入门槛的降低和"全民写作"的可能，而且读者也随之被细分。"全民写作"时代，偏离既有文学惯例，创造和发明"新文学"只是写作动力之一种，而且在网络文学的汪洋大海里，这种文学创造和创造文学的成果是很容易被掩埋的。而当盈利成为可能之后，写作的文学诉求越来越稀薄，越来越不重要，"文学"只有在可能获得更多资本支持和读者拥趸的时刻才会被想起来，被重视。简单地说，任何时代的文学都是各种力量角力的结果。我并不否认，现代文学也是审美逻辑、政治逻辑、资本逻辑和读者逻辑等等共同作用的结果，但从现代文学到网络文学，审美逻辑显然不再是绝对控制的力量。我们不应该只专注于网络文学中份额很小的接近现代文学的网络小说部分，而应该承认网络文学最大的份额是以资本和读者为中心的故事、"爽文"，以及影视剧、网游、动漫等产品的故事脚本等写作，所谓"网络文学就是网络文学"，某种程度上正是这种意义上的说法。从现代文学以作者、文本和专业读者为中心，转变到网络文学以资本和普通读者为中心，去谈网络文学的独特性，去谈网络文学的评价系统，也是尊重网络文学现实的表现。

网络文学二十年，从"网络文学是现代文学"到"网络文学就是网络文学"，资本是重要的推动力量。资本对于网络文学的改造，使之差异于现代文学，最值得注意的是读者地位的变化。现代文学是以作家、编辑和专业读者为中心的"寡头"式文学，而网络文学之所以是网络文学，就在于普通读者左右着整个网络文学活动。在交际的场域下，读者有可能被相对平等地看待。资本的介入决定了它必须听得见普通读者的声音，而不是无视普通读者，统计学和大数据技术的支持更是使得每一个无名者的意见通过不断累积产生最后的意义。因而，在网络文学里，无视读者趣味的写作几乎难以为继。这当然会带来作家对资本的依赖和对读者的迁就与顺从，以及与当下读者趣味匹配的故事、"爽文"，以及影视剧、网游、动漫等产品的故事脚本等的片面繁荣。

和这个问题相关的另一个问题是：网络文学接续的是不是现代通俗文学传统？我的答案是否定的。熟悉现代文学史的都应该清楚，如果确实存在所谓的高雅文学和通俗文学的雅俗之分，其实它们都属于大的现代文学。没有所谓高雅和精英的文学，谈何通俗和大众的文学，反之亦然。现在我们不能因为网络文学作家申明自己的草根性和大众性，网络批评家也作如是观，就想当然以为网络文学就是被压抑的通俗文学能量被释放的报复性反弹。对此，我持怀疑态度。网络文学的草根性和大众性并没有一个精英和高雅的假想之敌。网络文学就是网络文学的全部，它不会去想精英和高雅的文学是什么，哪怕网络文学中具有创造性的部分。幻想文学是当今世界文学的一个重要的风向，今天网络文学的"幻想"部分不只是补了现代文学传统的"幻想课"，也是基于当下的文学风向、资本走势和读者需求的结果。也因此，网络文学研究不能只向后看，而应该关注其当下性，哪怕这种属性是由资本和读者逻辑主导的，也一样可能是一种"新"。以此来观察幻想类的网络小说，无论是对中外幻想文学资源的整合，还是对世界的想象性建构，都能看到资本和普通读者的影子。对幻想类网络文学在创造本土幻想小说类型和建制庞大长篇小说结构等方面做出的贡献，可以稍微提一句，网络文学这两个方面的贡献应该对现代文学谱系上的当下汉语写作有启发意义，但事实上却被现代文学传统上的作家和他们的写作漠视着。

网络文学旺盛的类型创造和消耗能力在中国文学史上是空前的。某一个"大神"对某一个类型的创造，这一点上网络文学和现代通俗文学并无二致，但网络文学的特征不只是个人风格的创造，更是在资本推动下迅速地被复写和复制，以不断的审美衰减消耗个人风格。研究网络文学，不但要研究审美增殖，更要研究审美递减，而一定意义上，审美衰减可能恰恰是网络文学的特征。基于此，未来网络文学有没有可能重建和资本和读者的关系？我承认现阶段的网络文学的"IP时代"确实是顺从资本和读者的写作，但我期待它沿着"网络文学就是网络文学"继续往下走，进入"再造网络文学"阶段。

"再造网络文学"是从资本和读者为王的时代进阶到"大神"为王的时代。"大神"为王不只是经济上的"要价"，而是"大神"对网络文学存有文学公益心，在和读者的交际中兑现网络文学的文学理想，影响读者，"大神"可以成为某种文学风气、风格和风骨的被效仿者，也可以为现代文学传统提供新的可能性。

需要强调的一点是，我对"网络文学就是网络文学"的判断，并不意味着网络文学将最终取代现代文学，就像在现代文学时代，"古典文学"依然以隐微的方式顽强地延续着自己的生命。就算网络文学如此强大，现代文学依然有存在的空间和理由。而且从未来看，网络文学之后，肯定还会有挑战网络文学的存在，至于是怎么样的一个存在，就像曾经现代文学无法预知网络文学，网络文学也无法预知未来的挑战者。但只要人类的写作实践能够持续，这种挑战早晚会来。

获奖作品《小说风景》作者张莉

张莉简介:

　　张莉,北京师范大学文学院教授,博士生导师,北京师范大学第五届最受研究生欢迎十佳教师。著有《中国现代女性写作的发生(1898—1925)》《小说风景》《持微火者》《远行人必有故事》等。主编《2021 中国女性文学作品选》《望云而行:2021 年短篇小说 20 家》《带灯的人:2021 年中国散文 20 家》《京味浮沉与北京文学的发展》《新女性写作专辑:美发生着变化》《人生有所思》等。获第八届鲁迅文学奖文学理论评论奖,女性文学研究优秀成果奖,图书势力榜十大好书奖。中国作家协会散文委员会副主任,茅盾文学奖评委。

获奖感言

张　莉

听到获奖的消息很开心，内心充满了感激和感恩，当然，也很惶恐。今年是北师大建校一百二十周年，先师鲁迅的雕像一直矗立在我们的校园里，作为晚辈后学，能在校庆前夕获得以鲁迅先生命名的奖项于我实在是莫大的鼓励和鞭策。我的获奖论著《小说风景》是对百年来中国经典作品的重读，在这本书里，我努力找到我们时代的"读法"，希望这些文学经典和我们的生命产生密切的情感联结。这样的尝试和探索，受益于我在北师大研究生课堂上的教学以及文学院提供的宽容而温暖的学术氛围，因此，我特别想把鲁迅文学奖献给北师大，祝福她一百二十周岁快乐。

这些天来，常常想到鲁迅先生的话："无穷的远方，无数的人们，都和我有关。"和无数的人与无穷的远方在一起，是一位好作家应该拥有的情怀，也是一位好的批评家所要达到的境界。

在我心目中，优秀批评家首先是"普通读者"，是和无穷的远方、无数的人们在一起的读者，他／她的心中始终有人民，文字中始终有情怀，面对社会的人间情怀，面对作品的文学情怀。他／她的批评文字不是冷冰冰的铁板一块，它有温度、有情感、有个性、有发现。优秀的批评家应该是文学的知音，是作品的知音，是作家的知音。他／她忠直无欺，可以热烈赞美一部作品的优长，也能坦率讨论一部作品的缺憾，他们懂得与作家、与作品"将心比心"。

好的批评家可以带给我们新的感受力。他不只满足于给予读者新的信息、重新表述前人的思想，他要有对文本进行探秘的勇气与潜能。他有能力带领读者穿林过海、翻越山峰；他有能力使读者看到前所未见；他有能力唤醒我们对世界的新认知、新感受。好批评家会唤醒我们。——原来作品并不是我们所惯常想象的；原来我们的生命中有如此多"要紧"与"严肃";原来我们的世界有这样的热爱、这样的悲喜、这样的深情、这样的庄重。同时,好的批评家写下的文字本身也该是艺术品,它须"随物赋形",须生动细腻,须缜密严谨,须写得美——好的批评具有迷人的共性,它要以"人的声音"说话。

当然,以上这些都是批评理想,我辈虽不能至,但要心向往之。在这样一个神圣的时刻重温这样的理想批评状态,更多的是对自我的提醒,世界如此浩大,我们所知有限、所学有限,要不懈向高峰攀登。

感谢各位评委老师们的认可,也感谢读者们的鼓励。我知道,这是鲁迅文学奖在十二年后再次将文学理论评论奖授予一位女性批评家,我认为这是评委会对十二年来女性批评家工作的肯定。感谢人民文学出版社和北京作家协会的推荐,感谢《小说评论》2021 年为我开设的"重读中国故事"的专栏,感谢多年来家人的温暖陪伴。

2022 年 9 月

小说风景（节选）

★ 张　莉

革命抒情美学风格的诞生
——关于孙犁的《荷花淀》

1936 年，二十三岁的孙犁离开家乡安平，来到河北省安新县同口镇。同口镇位于白洋淀西南方岸边，"人到了同口，所见都是水乡本色：家家有船，淀水清澈得发蓝、发黑；村里村外、房上地下，可以看到土堆海积般的大小苇垛；一进街里，到处鸭子、芦花乱飞……"① 在这里，孙犁担任村镇小学教师。尽管只居住了一年，但孙犁对白洋淀生活念念难忘。1939 年，他在太行山深处的行军途中，写成长篇叙事诗《白洋淀之曲》。

《白洋淀之曲》最初发表在晋察冀通讯社编印的《文艺通讯》上，主要讲述的是菱姑的成长，得知水生在抗击鬼子战斗中受伤后，她跳上冰床去探望。但是，水生牺牲了。接下来是送葬和菱姑的觉醒，女人拿起枪去战斗，为丈夫报仇。《白洋淀之曲》与《荷花淀》有千丝万缕的联系，可以说是《荷花淀》的初稿。但写得不成功，也没有引起读者深刻的共情。白洋淀生活令人难忘，那里优美的人事风光应该被记下来，但是，如何用最恰切的艺术手法表现人民的勇敢、爱和恨？

---

① 郭志刚、章无忌：《孙犁传》，北京十月文艺出版社，1990 年，第 91 页。

很显然，当时只有二十六岁的孙犁还未做好准备。

1945 年，身在延安的孙犁遇到了白洋淀老乡，听到他们讲述水上雁翎队如何利用苇塘荷淀打击日寇的故事时，沉积在孙犁心中的故事再次涌现，"我在延安的窑洞里一盏油灯下，用自制的墨水和草纸写成这篇小说。"①读到《荷花淀》的原稿时，时任《解放日报》副刊编辑的方纪说他兴奋地跳起来，这部作品让他感受到"新鲜"："那正是延安文艺座谈会以后，又经过整风，不少人下去了，开始写新人——这是一个转折点；但多半还用的是旧方法……这就使《荷花淀》无论从题材的新鲜，语言的新鲜，和表现方法的新鲜上，在当时的创作中显得别开生面。……《荷花淀》的出现，就像是从冀中平原上，从水淀里，刮来一阵清凉的风，带着乡音，带着水土气息，使人头脑清醒。"②小说引起了编辑部的议论，"大家把它看成一个将要产生好作品的信号"。

1945 年 5 月，《荷花淀》在延安《解放日报》首发，深受延安读者的喜爱，很快重庆的《新华日报》转载；张家口新华广播电台广播；各解放区报纸转载；新华书店出版单行本；香港的书店出版时，还对"新起的"作家孙犁进行了介绍。——一夜之间，《荷花淀》和作为小说家的孙犁为人所识。《荷花淀》是孙犁创作生涯的分水岭，此前，他是作为战地记者和文学工作者的孙犁；此后，他是独具风格的小说家。

七十多年过去，《荷花淀》早已成为中国当代短篇小说经典，也被认为有着鲜明的革命主题和强烈的抒情美学特征。在前人研究基础上，论文希望探讨的是：一种以抒发个人情感、情景交融的美学如何启发孙犁，使他得以协调"诗情"与"革命"之间的关系；"抒情美学"如何在革命文学中找到恰切的位置？是哪些因素促使战地文艺工作者孙犁成长为一代深具抒情美学风格小说家的？这是重读《荷花淀》的动力。

"光荣事情"：时代风云从何处写起

《荷花淀》只有五千字，别有清新之美。以时间为线索，小说分为

小说风景（节选）

三部分。第一部分是少年夫妇话别；第二部分是女人们不舍，想给男人送衣物，不料遇到鬼子；第三部分则是漂亮的伏击战，女人们无意间诱敌深入，游击队趁机歼灭了日本鬼子。

从《白洋淀之曲》到《荷花淀》，小说人物依然叫"水生"，故事依然发生在白洋淀，依然有夫妻情深和女人学习打枪的情节，但两部作品语言、立意、风格迥然相异。尤其是题目用"荷花淀"来称呼"白洋淀"更鲜活灵动，读者们似乎一眼就能想到那荷花盛开的图景——这个题目是讲究的，借助汉字的象形特征给读者提供了重要的想象空间。没有残酷的战争风云，小说从日常生活的宁静起笔："月亮升起来，院子里凉爽得很，干净得很，白天破好的苇眉子潮润润的，正好编席。女人坐在小院当中，手指上缠绞着柔滑修长的苇眉子。苇眉子又薄又细，在她怀里跳跃着。"①口语而又家常的表达，勾勒了诗画般的风光。之后，小说家荡开一笔，描写白洋淀人的劳动生活：

> 要问白洋淀有多少苇地？不知道。每年出多少苇子？不知道。只晓得，每年芦花飘飞苇叶黄的时候，全淀的芦苇收割，垛起垛来，在白洋淀周围的广场上，就成了一条苇子的长城。女人们，在场里院里编着席。编成了多少席？六月里，淀水涨满，有无数的船只，运输银白雪亮的席子出口，不久，各地的城市村庄，就全有了花纹又密、又精致的席子用了。大家争着买："好席子，白洋淀席！"②

白洋淀属于冀中解放区，孙犁所写的正是解放区的日常生活，那个晚上的平静因"丈夫回来晚了"而打破。

> 水生笑了一下。女人看出他笑得不像平常。
> "怎么了，你？"
> 水生小声说：

---

① 孙犁：《荷花淀》，《孙犁全集》第1卷，人民文学出版社，2004年，第31页。
② 同上。

"明天我就到大部队上去了。"

女人的手指震动了一下，想是叫苇眉子划破了手，她把一个手指放在嘴里吮了一下。水生说："今天县委召集我们开会。假若敌人再在同口安上据点，那和端村就成了一条线，淀里的斗争形势就变了。会上决定成立一个地区队。我第一个举手报了名的。"

女人低着头说："你总是很积极的。"①

从"女人的手指震动"和"女人低着头说"可以看到，"去大部队"这一决定的重大。而北方人民的坚忍和深明事理也浸润在这样的细节中。正如研究者们所指出，这样的北方人民其实是经过了"挑选"的，——虽然是经过挑选，但这种场景并不是个案，作为解放区革命工作者，孙犁所写的正是他所见到的："农民的爱国心和民族自尊心是非常强烈的。他们面对的现实是：强敌压境，自己的生命，自己的家园，自己的妻子儿女，都没有了保障。他们要求保家卫国，他们要求武装抗日。"②要诚挚写出自已的所见所闻，是孙犁理解的朴素现实主义。

写作《荷花淀》时的孙犁，已经深刻认识到时代和战争在改变着每一个人，而一位作家要写的，则是他所面对的新现实、新生活："我们所处的这个时代的精神，时代的行动，确是波浪汹涌的。而且它'波及'一切东西，无微不至。这精神和行动，便是战斗和民主。大浪潮冲激着一切，刷洗着一切，浮动了一些事物，也沉没了一些事物。它影响着社会上的一切人，连山上寺院里的尼姑道士在内，它变化人的一切生活，吃饭睡觉大小便在内。大浪潮先鼓动着人。因为人是这个时代精神和行动的执行者和表现者。它波动着这些人的生活，五光十色。这便是我们的新现实。"③

院子里发生的事情，是百姓家庭内部的事情，同时也是时代生活

小说风景（节选）

---

① 孙犁：《荷花淀》，《孙犁全集》第1卷，人民文学出版社，2004年，第32页。

② 孙犁：《关于〈荷花淀〉的写作》，《新港》1979年第1期。

③ 孙犁：《文艺学习》，《孙犁全集》第3卷，人民文学出版社，2004年，第226页。

的微小浪花。但正是这样的浪花也才最切中人心，因为它与每个时代的个体命运相关。伴随"新现实"的则是"新角色"与"新人"："以前，在庙台上，在十字街口，在学校，在村公所，上城下界，红白喜事，都有那么一批'面子人'在那里出现、活动、讲话。这些人有的是村里最有财富的人，有的是念书人，有的是绅士，有的是流氓土棍。这些人又大半是老年人，完全是男人。"①可是，在冀中边区，一切发生了变化："而今天跑在街上，推动工作，登台讲话，开会主持的人，多半换了一些穿短袄、粗手大脚、'满脑袋高粱花子'的年轻人。出现了一些女人，小孩子。一些旧人退后了，也留下一些素日办公有经验有威望的老年人。这些新人，是村庄的新台柱。以前曾淹没田野间，被人轻视，今天他们在工作和学习上，超越那班老先生，取得人民的信赖。"②

《荷花淀》里的新人是水生，他的出场令人印象深刻："这年轻人不过二十五六岁，头戴一顶大草帽，上身穿一件洁白的小褂，黑单裤卷过了膝盖，光着脚。他叫水生，小苇庄的游击组长，党的负责人。今天领着游击组到区上开会去来。"③这个年轻人有责任、有担当，是抗战的骨干力量，有着不一样的精神面貌。

> "今天县委召集我们开会。假若敌人再在同口安上据点，那和端村就成了一条线，淀里的斗争形势就变了。会上决定成立一个地区队。我第一个举手报了名的。"
>
> ……
>
> "我是村里的游击组长，是干部，自然要站在头里，他们几个也报了名。他们不敢回来，怕家里的人拖尾巴。公推我代表，回来和家里人们说一说。他们全觉得你还开明一些。"
>
> ……

---

① 孙犁：《文艺学习》，《孙犁全集》第3卷，人民文学出版社，2004年，第226页。

② 同上。

③ 孙犁：《荷花淀》，《孙犁全集》第1卷，人民文学出版社，2004年，第32页。

"家里，自然有别人照顾。可是咱的庄子小，这一次参军的就有七个。庄上青年人少了，也不能全靠别人，家里的事，你就多做些，爹老了，小华还不顶事。"

……

"千斤的担子你先担吧，打走了鬼子，我回来谢你。"[1]

新的现实催生新人，同时一种新的革命伦理关系也开始建立。小说中提到水生对水生嫂的嘱咐，这往往被认为对女性的"特殊嘱咐"，但其实这样的"嘱咐"也是在民族国家话语逻辑里完成的。在民族国家话语里，夫妇关系和父子关系并不仅仅在家庭内部获得价值。一如小说中的场景："父亲一手拉着水生，对他说：'水生，你干的是光荣事情，我不拦你，你放心走吧。大人孩子我给你照顾，什么也不要惦记。'"[2]父亲提到"光荣事情"，话语简洁朴素却有强大力量，彰显着战时军民保卫家园、抗击日寇的决心。对光荣事情的记取既有民族国家意义，也有家庭伦理意义，这是作为父亲的承诺，更是作为乡亲对子弟兵的承诺。这也让人想到中国的古诗，"位卑未敢忘忧国"，想到"天下兴亡，匹夫有责"。中国文化传统中的高尚品德，在最普通的中国百姓身上闪光。

因为大敌当前，夫妇话别便也不再是简单的夫妇话别，而父子之间的托付也不只是简单的父子托付。"这当然不是一般的'儿女情，家务事'，也不仅是一对青年夫妇的'悲欢离合'，而是深刻动人地体现了中国劳动人民那种'公尔忘私，国尔忘家'的壮烈精神，体现了解放区人民和前方战士那种相依为命、同生共死的亲密关系。"[3]——《荷花淀》使抗日战士看到了后方人民的力量："看到我们的抗日根据地不断扩大，群众的抗日决心日益坚决，而妇女们的抗日情绪也如此令人鼓舞，因此就对这篇小说产生了喜爱的心。"[4]

---

① 孙犁:《荷花淀》,《孙犁全集》第 1 卷, 人民文学出版社, 2004 年, 第 33 页。

② 同上, 第 34 页。

③ 黄秋耘:《介绍〈荷花淀〉》, 中央人民广播电台文教科学编辑部编《阅读和欣赏》第二集（现代文学部分）, 北京出版社, 1963 年, 第 91 页。

④ 孙犁:《关于〈荷花淀〉的写作》,《新港》1979 年第 1 期。

《荷花淀》自发表以来便被视为革命文学经典，几十年来一直被收录中学课本，影响了一代代人。小说表现了战争年代最大的政治：抗击外敌、保家卫国；作家聚焦于那些最普通老百姓们的生活、情感、欢乐以及内心波澜，书写时代精神如何涉及人民生活，同时也书写人民如何影响我们时代的走向。作为主体的农民形象被重新构建，他们勇敢、团结、深具主体意识，他们并不是知识分子要启蒙的对象而是前方战士最稳固的靠山。《荷花淀》的重要贡献在于重新书写中国农民的精神面貌，这也正如郜元宝所言："从'五四'新文学开创以来，如此深情地赞美本国人民的人情与人性并且达到这样成功的境界，实自孙犁开始。也就是说，抗战以后涌现出来的孙犁以及和孙犁取径相似的革命作家、确实在精神谱系上刷新了中国的新文学。"[1]

"公我"/"个我"的统一：革命生活与有情的叙述

陈世骧认为，中国文学的传统在于"抒情的传统"，这对于理解中国文学深具启发性和开创性[2]，也为重新理解《荷花淀》打开了新的入口。——很少有人像孙犁这样，可以将一部同仇敌忾的革命小说写得如此柔情似水，《荷花淀》既壮烈又柔美，既果敢又明媚，而他所使用的语言又是如此生动、鲜活、洗练。这让人想到中国古典文学传统的滋养，《荷花淀》的"别开生面"，也在于它的诗情画意，在于它独具"中国风景"之美。

情感是这部小说最大的核心——它表面以时间顺序结构，其实内在里是一种情感结构。小说的三个部分也正对应了水生嫂们的情感波动。小说中，景物与人物情感之间的互相对应关系，常常是景中有情，情中有景，情景互现。

---

[1] 详见郜元宝：《柔顺之美：革命文学的道德谱系：孙犁、铁凝合论》，《南方文坛》2007年第1期。

[2] 语见王德威：《抒情传统与中国现代性》，第137页。王德威在《抒情传统与中国现代性》一书中，"提议寻找在革命、启蒙之外，'抒情'代表中国文学现代性——尤其是现代主体建构——的又一面向"。

这女人编着席。不久在她的身子下面，就编成了一大片。她像坐在一片洁白的雪地上，也像坐在一片洁白的云彩上。她有时望望淀里，淀里也是一片银白世界。水面笼起一层薄薄透明的雾，风吹过来，带着新鲜的荷叶荷花香。①

此时的生活是安宁的，景色的安静与人物内心相互应照。但"女人们到底藕断丝连"，因为"藕断丝连"，所以想去追踪，想再看看他们。对于男人的思念、不舍在她们的闲谈里，也体现在风景里。从亲戚家出来，得知了他们的消息，女人放了心："她们轻轻划着船，船两边的水哗，哗，哗。顺手从水里捞上一棵菱角来，菱角还很嫩很小，乳白色。顺手又丢到水里去。那棵菱角就又安安稳稳浮在水面上生长去了。"②哗，哗，哗的水声是平缓的，与她们的心情正好相衬，丢到水里的菱角也变得安稳了。

但是，片刻的美好随即被鬼子打破。"后面大船来得飞快。那明明白白是鬼子！这几个青年妇女咬紧牙制止住心跳，摇橹的手并没有慌，水在两旁大声哗哗，哗哗，哗哗哗！"③与之前轻划着船"哗，哗，哗"不同，鬼子来之后，"水在两旁大声哗哗，哗哗，哗哗哗！""哗"已经不再只是象声词，它还是情感和动作，是紧张的气氛，是"命悬一线"。

"往荷花淀里摇！那里水浅，大船过不去。"
她们奔着那不知道有几亩大小的荷花淀去，那一望无边际的密密层层的大荷叶，迎着阳光舒展开，就像铜墙铁壁一样。粉色荷花箭高高地挺出来，是监视白洋淀的哨兵吧！④

眼见之处，花朵枝叶以及芦苇都是有生命、有气节的，——"铜墙铁壁"和"哨兵"是比喻，但也是风景的态度。《荷花淀》中，"一

---

① 孙犁:《荷花淀》,《孙犁全集》第 1 卷, 第 31 页。
② 同上。
③ 同上, 第 36 页。
④ 同上, 第 36—37 页。

切景语皆情语"，景色是真实的存在，同时也是白洋淀人民心灵与情感的投射。

情感是流动变化的，时间的逻辑里暗含着的是情感的逻辑。"她们向荷花淀里摇，最后，努力地一摇，小船窜进了荷花淀。几只野鸭扑棱棱飞起，尖声惊叫，掠着水面飞走了。就在她们的耳边响起一排枪声！"[1]这是战时的风景，是切近的现场："整个荷花淀全震荡起来。她们想，陷在敌人的埋伏里了，一准要死了，一齐翻身跳到水里去。渐渐听清楚枪声只是向着外面，她们才又扒着船帮露出头来。她们看见不远的地方，那宽厚肥大的荷叶下面，有一个人的脸，下半截身子长在水里。荷花变成人了？那不是我们的水生吗？又往左右看去，不久各人就找到了各人丈夫的脸，啊！原来是他们！"[2]

壮烈的抗日故事里含有迷人的柔软的情感内核，即夫妻之情。那些欢快与思念、热爱与深情、依依不舍与千钧一发，都浸润在女人的行动、语言和所处风景里。而更好的风景则是男人们打胜仗的喜悦。"手榴弹把敌人那只大船击沉，一切都沉下去了。水面上只剩下一团烟硝火药气味。战士们就在那里大声欢笑着，打捞战利品。他们又开始了沉到水底捞出大鱼来的拿手戏。他们争着捞出敌人的枪支、子弹带，然后是一袋子一袋子叫水浸透了的面粉和大米。水生拍打着水去追赶一个在水波上滚动的东西，是一包用精致纸盒装着的饼干。"[3]

那些以往围着锅台转的女人哪里只是柔弱的被保护对象？她们开朗、明媚、乐观，也有承当。读者在小说中听到了她们爽朗的笑声，逐渐感受到她们的力量："这一年秋季，她们学会了射击。冬天，打冰夹鱼的时候，她们一个个登在流星一样的冰船上，来回警戒。敌人围剿那百亩大苇塘的时候，她们配合子弟兵作战，出入在那芦苇的海里。"[4]拿起枪来保家卫国的女性与做家务的女性是同一个女性，但又有不同。一如研究者们所指出的："于是，水生嫂们在'多情女人'的伦理身份之外又有了'革命女人'的社会政治身份，'革命'与'人性'

---

① 孙犁：《荷花淀》，《孙犁全集》第 1 卷，第 37 页。

② 同上。

③ 同上。

④ 同上，第 39 页。

就此建立起了和谐的联结。战争破坏了人的生存环境，也让'革命'获得了必要性与真实意义，而革命的终极目的就是要将幸福生活还给水生嫂和所有的善良的人们，美的人性与崇高的革命，就这样统一在孙犁的浪漫叙事中。"①

其实，《荷花淀》不仅以情感结构，它本身还是"思念之情"的产物。1992年5月20日，孙犁在致卫建民的信中写道："《荷花淀》等篇，是我在延安时的思乡之情、思亲之情的流露，感情色彩多于现实色彩。"②1945年春天，对家人的思念向他袭来："我离开家乡、父母、妻子，已经八年了。我很想念他们，也很想念冀中。打败日本帝国主义的信心是坚定的，但很难预料哪年哪月，才能重返故乡。"③事实上，1944年，孙犁刚到延安便听说了故乡人民经历了空前残酷的"五一大扫荡"。"他曾为八百万人民以及家里亲人的安危，梦魂惊扰。后来接到家信，得知敌人'扫荡'已彻底失败，现在更得知故乡已完全重新获得解放，家里人也都无恙，才放了心。但是绵绵的思念之情，还是经常地袭上心头。"④没有人知道战争哪一天结束，这位小说家／年轻的丈夫唯一能做的就是在纸上建设他的故乡、挂牵和祝愿。

与其说《荷花淀》是一个故事，不如说是孙犁以小说的形式写就的一封充满思念之情的家书，这封信里有着一位丈夫和一个儿子最深沉的情感。当然，这样的情感不只是个人的，也是战时千万人共同的心之所念。——写作《荷花淀》时的孙犁将"自我"完全浸入了革命战士的角色之中，作为抒情者与作为革命战士、作为士兵战士亲人的"自我"才能融为一体，于是，《荷花淀》中内置的抒情声音没有出现分裂而是得到了最大程度的统一："我写出了自己的感情，就是写出了所有离家抗日战士的感情，所有送走自己儿子和丈夫的人们的感情。我表现的感情是发自内心的，每个和我生活经历相同的人，都会受到

① 丁帆、李兴阳：《论孙犁与"荷花淀派"的乡土抒写》，《江汉论坛》2007年第1期，第129页。

② 孙犁：《致卫建民（一封）一九九二年五月二十日》，《芸斋书简续编》，刘宗武编，大象出版社，2004年，第181页。

③ 孙犁：《关于〈荷花淀〉的写作》，《新港》1979年第1期。

④ 克明：《一个作家的足迹——孙犁创作生活片段》，《长城》1981年第2期。

感动。"①

孙犁以个人声音写出千万人的心之所向，由此，"个我"便也成为了"公我"，"个我"与"公我"情感与价值取向的高度契合是优秀革命抒情作品成功的关键，也是《荷花淀》历久弥新的魅力所在。自《荷花淀》开始，以热爱出发的情感写作，一直贯穿孙犁的创作之路。"我想写的，只是那些我认为可爱的人，而这种人，在现实生活中间，占大多数。她们在我的记忆里是数不清的。……当然，我在写她们的时候，用的多是彩笔，热情地把她们推向阳光照射之下，春风吹拂之中。……进城以后，我已经感到：这种人物，这种生活，这种情感，越来越会珍贵了。因此，在写作中间，我不可抑制地表现了对她，对这些人物的深刻的爱。"②

这意味着，在孙犁那里，"抒情"不只是一种表现手法，也是面对人生的态度，将他的写作放入普实克所理解的抒情方式是恰切的："抒情是中国文学现代性的一个发端。抒情在这里指的不只是诗歌文类，也是文学写作、思想的整体模式，或者是承接看待历史的方式。"③——对孙犁而言，抒情当然是写作的动机和写作行为本身，但也是他观照历史与现实的方式，正是在此意义上，孙犁成为了自觉的抒情文学传统的继承者。

一位革命抒情作家的养成

《荷花淀》发表之前，孙犁写过一些文学作品，包括与《荷花淀》故事相近的《白洋淀之曲》，可是，这些作品并没有像《荷花淀》这样得到如此广泛而热烈的认可。是什么使孙犁在六年之间发生了如此重要的变化，作家的抒情美学趣味如何养成？

以"后见之明"看来，孙犁成为小说家与担任《冀中一日》编辑工作有密切关系。"冀中一日"是号召冀中百姓人人拿起笔书写"一日"

---

① 孙犁：《关于〈荷花淀〉的写作》，《新港》1979 年第 1 期。

② 孙犁：《关于〈山地回忆〉的回忆》，《孙犁全集》第 5 卷，人民文学出版社，2004 年，第 53 页。

③ 王德威：《抒情传统与中国现代性》，生活·读书·新知三联书店，2018 年，第 137 页。

生活的群众性写作活动。1941 年 4 月，中共冀中区党委发出了"关于《冀中一日》的通知"，决定全区上下都共同记录 5 月 27 日所发生的事，写稿范围上自军区司令部、政治部、行署、冀中各团体；下至村公所、村团体。……从发动到编稿历时七、八月。最终，征文收到了近五万篇。

　　孙犁是偶然加入"冀中一日"编辑工作的。"1941 年 9、10 月间，孙犁住在冀中二分区，等候过平汉路，回到阜平山地。因一时没有过路机会，又患了疟疾，就没有过成。后来，《冀中一日》编辑工作的主要负责人王林约他一同工作，他就留了下来。"①五万多篇稿件最终选出二百三十三篇，三十五万余字，分为四辑出版。孙犁编辑的是第二辑《铁的子弟兵》。在大量的稿件阅读中，孙犁发现，这样的群众写作运动对上层文学工作是一种"大刺激，大推动，大教育，""使上层文学工作者更去深入体验生活，扩大生活圈子重新较量自己。在《冀中一日》照射之下，许多人感到自己的文章，空洞无物，与人民之生活、人民之感情距离之远。"②

　　《冀中一日》的编辑工作结束后，孙犁根据群众来稿完成了《区村和连队的文学写作课本》，这是用来辅导冀中人民进行写作的小册子，后来改名为《文艺学习》，甚至比《冀中一日》发行更广。王林回忆说，因为此书"从群众中来，到群众中去的，所以使冀中文艺青年感到特别亲切，在写作水平上也大大提高了一步"③。

　　《文艺学习》并不长，分为"描写""语言""组织""主题和题材"四章。在这部论作中，孙犁深刻思考了何为革命作家、时代与作家之间的关系，何为好的文学以及何为好的文学语言，一位作家如何锻造好的文学语言等重要文学问题。

　　《文艺学习》的出版表明，《冀中一日》的编辑工作已经开始促使孙犁思考"如何成为一位好小说家"和"如何写出一部好作品"这些

---

① 郭志刚、章无忌：《孙犁传》，北京十月文艺出版社，1990 年，第 142—143 页。
② 孙犁：《关于〈冀中一日〉写作运动》，《孙犁全集》第 2 卷，人民文学出版社，2004 年，第 451 页。
③ 王林：《回忆〈冀中一日〉写作运动》，《冀中一日》，河北人民出版社，2011 年，第 426 页。

问题了。多年过去，他的许多思考依然有启发性。比如他提到好作品与时代与生活的关系："作者更要有远见和勇气，永远望在时代的前面。"[①] "生在这一个时期的作家，责任就更重大。因为他要把新的人表现出来，把新时代新人的形象创造出来。他是新文学的产妇，要在挣扎战斗中尽了他的任务。在这个时期，文学事业和那些人一样是生气勃勃的。出现在这个时期的作家便好像勇敢的鱼浮在汹涌的江河里。同时，在这个时期，社会也需要大批的人向文学事业努力。"[②]

他认识到作家与农民的关系："在乡村，我们要认识新的农民，农民的心理。从他们过去的生活和今天的生活上来观察他们。在部队上，认识那些接受新的理想而战争的战士、干部，从部队生活的具体环境来表现他们。把新农民和战士连起来看，把部队和农村连起来看。要看出和抓紧我们的时代精神，在生活和工作上笼罩着的那个总的、战斗的、热情的、新生的气氛。在小的方面，要看出和抓紧一个人的进步和没落的过程里的重要筋脉。"[③] 也认识到作家的责任："在历史上，哪一时代都有它的有功绩的作家。而且，社会发展向前，在转变的年头，新的人大量产生出来，这些人因为他们的责任——埋葬旧的，创造新的，他们是生气勃勃，有勇有谋。这些人呼喊着，创造着，战斗着，这些人环绕起来，把新一代的社会捧献给人类的历史。"[④]

……以上观点可以看出，虽然还没有正式开始进行创作，但孙犁也已经有了革命作家身份的某种自觉。当然，在《文艺学习》中，孙犁更强调了语言及表现形式的重要性。他认为：

> 好内容必需用好的文字语言表达出来，才成了好作品。用滥调堆砌起来，堆砌一房高也不是好作品。好的作家的一生的工作，也可以说是文字语言的工作。不断学习语言，研究语言，创造语言。……文学的大师同时就是语言的

---

① 孙犁:《文艺学习》,《孙犁全集》第3卷，人民文学出版社，2004年，第225页。
② 同上，第122页。
③ 同上，第224页。
④ 同上，第122页。

大师。①

……

从事写作的人，应当像追求真理一样去追求语言，应当把语言大量贮积起来。应当经常把你的语言放在纸上，放在你的心里，用纸的砧，心的锤来锤炼它们。②

……

重视语言，就是重视内容了。一个写作的人，为自己的语言努力，也是为了自己的故事内容。他用尽力量追求那些语言，它们能完全而美丽地传达出这个故事，传达出作者所要抒发的感情。③

什么样的语言是好的语言？在孙犁看来，好的语言要"明确、朴素、简洁、浮雕、音乐性，和现实有密切联系"④。近几年来，研究者们都注意到孙犁对文学口语化所做出的贡献⑤，事实上，他对好的语言的理解也可以概括《荷花淀》的特点，准确、洗炼而又有音乐性。——在《荷花淀》的写作实践中，他已经认识到语言与内容相契合的问题，他已经找到一种独属于他的表达方式，一种腔调、韵律与节奏。而正是这种对语言的执着追求，支撑了他的革命抒写与对抒情传统的继承。正如王彬彬在《孙犁的意义》中所言：孙犁"像'追求真理一样去追求语言'，实践'口语理论'的洗炼之美，在幽默与坦诚中表现人道主义，……使他跨越大半个世纪的文学创作，成为历史赋予我们的宝贵遗产"⑥。孙犁对语言的这样的追求，使人重新看待他与抒情传统的关系，——在孙犁的整个创作生涯中，从青年时代的《白

---

① 孙犁:《文艺学习》,《孙犁全集》第3卷，人民文学出版社，2004年，第115页。

② 同上，第150页。

③ 同上，第170页。

④ 同上，第151页。

⑤ 胡河清认为:"孙犁在解放区作家中，大概也可以算得最善于使用口语的一人。他小说里的叙述文字，几乎都是从冀中地域流传的口语中提炼出来的。不仅不掺丝毫半文半白的'杂质'，且又似乎进一步革了'五四'以来书面化白话的命。"（胡河清:《重论孙犁》,《胡河清文存》,生活·读书·新知上海三联书店，1996年，第11页。）

⑥ 王彬彬:《孙犁的意义》,《文学评论》2008年第1期。

洋淀纪事》到晚年的《芸斋笔记》，兴与怨、情与志、诗与史都在他的文字里糅杂在一起，他的写作意义需要在中国抒情传统而不是史诗传统上去认知。

《文艺学习》并非成熟写作者的写作经验集大成之作，因为此时的孙犁还没有动手写小说，所以这本书充其量只是他的阅读心得。但是，这些心得对这位年轻作者弥足珍贵，它是一种创作的储备——也许他对群众创作的看法太犀利、对他人文字的批评太尖锐了，以至于他的同事有一次委婉提醒他："你也可以写些创作，那样一来，批评工作就可以做得更好些了。"①很多年后，孙犁对这个提醒依然不能忘记。

"我自己，从写了这本书以后，就开始学习创作"②，从《文艺学习》开始，作为写作者的孙犁开始有意克服那些创作中的"随大流"，那些抗战写作中的"程式化"，那些对抗战生活的"浮夸"以及语言形式的平庸。——如果说《文艺学习》写下的是孙犁关于"人民—生活""文学—生活"的理解，那么《荷花淀》则是这位作家对其"所知"的践行，换句话说，《荷花淀》的面世表明，孙犁不仅是"有所知"的人，也在努力成为"有所做"者。在这样的背景下重读《荷花淀》，会发现革命抒情美学风格的诞生不是凭空的，他有革命工作者的自觉，有对诗性表达、抒情方式的深刻认知……动手写作《荷花淀》之前，孙犁的抒情美学趣味已然养成。

结语：在晋察冀山地扎下的根，在延安开花结果

要特别提到孙犁那篇《谈赵树理》，这篇不长的文字无论是在赵树理研究还是在孙犁研究中都有深远影响。在讨论赵树理何以成为赵树理时，孙犁特别提到抗日战争之于赵树理写作生涯的重要性。"当赵树理带着一支破笔，几张破纸，走进抗日的雄伟行列时，他并不是一名作家。他同那些刚放下锄头，参加抗日的广大农民一样，并没有觉得自己有任何特异地方。他觉得自己能为民族解放献出，除去应该做的

---

① 孙犁：《文艺学习》，《孙犁全集》第3卷，第278页。
② 同上，第276页。

工作，就还有这一支笔。"①为什么赵树理最后成为了赵树理呢，是因为，"这一作家的陡然兴起，是应大时代的需要产生的，是应运而生，时势造英雄。他是大江巨河中的一支细流，大江推动了细流，汹涌前去。他的思想，他的所恨所爱，他的希望，只能存在于这一巨流之中，没有任何分散或格格不入之处。他同身边的战士，周围的群众，休戚与共，亲密无间。"②

> 他要写的人物，就在他的眼前，他要讲的故事就在本街本巷。他要宣传、鼓动，就必须用战士和群众的语言，用他们熟悉的形式，用他们的感情和思想。而这些东西，就在赵树理的头脑里，就在他的笔下。如果不是这样，作家是不会如此得心应手，唱出了时代要求的歌。正当一位文艺青年需要用武之地的时候，他遇到了最广大的场所，最丰富的营养，最有利的条件。③

这些文字对赵树理是"知音之言"，也是孙犁的"夫子自道"。孙犁之所以能成为风格独异、气质卓然的革命作家，其实也在于"他遇到了最广大的场所，最丰富的营养，最有利的条件"④，"可以自信，我在写作这篇作品时的思想、感情，和我所处的时代，或人民对作者的要求，不会有任何不符节拍之处，完全是一致的"⑤。——在革命年代里，孙犁以文字应和了时代的呼唤，从作为个人的抒情主体成为集体的抒情主体代言人，表达了万千民众的心中所愿。一如传记作者所说，"在河北平原和晋察冀解放区扎下的文学之根，最终在延安开花结果了"。⑥

2021 年 6 月 15 日—2021 年 8 月 15 日

---

① 孙犁：《谈赵树理》，《孙犁全集》第 5 卷，人民文学出版社，2004 年，第 109 页。

② 同上，第 110 页。

③ 同上。

④ 同上。

⑤ 孙犁：《关于〈荷花淀〉的写作》，《新港》1979 年第 1 期。

⑥ 郭志刚、章无忌：《孙犁传》，北京十月文艺出版社，1990 年，第 195 页。

重读赵树理《登记》：旧故事如何长出新枝桠

《登记》是赵树理写于 1950 年的著名短篇小说。讨论这部作品，不得不谈到 80 年代广为流传的著名唱段《燕燕做媒》，它取自沪剧《罗汉钱》，曾获得第一届全国戏曲观摩演出大会剧本奖和演出奖。而鲜为人知的是，《罗汉钱》便是由赵树理的《登记》改编而来。

《登记》旨在宣传新中国第一部《婚姻法》。这部改变每个中国人生活的法典颁布于 1950 年 5 月 1 日。"1950 年夏天，正是大力宣传《婚姻法》的时候，刊物急需要发表反映这一题材的作品，但编辑部却没有这方面的稿子。编委会决定自己动手写。谁写呢？推来推去，最后这一任务就落到了老赵头上。这是命题作文章，也叫做'赶任务'，一般的说来是'赶'不出什么好作品来的。老赵却很快'赶'出了一篇评书体的短篇小说《登记》。"①

《登记》完成于 1950 年 6 月 5 日，发表在《说说唱唱》1950 年第 6 期，约有一万四千字。故事所写的是 1950 年，在山西东王庄，母亲小飞娥无意间发现女儿艾艾的罗汉钱，回忆起二十年前自己与保安相恋，后来被迫嫁给张木匠，从此婚姻生活陷于暴力和恐惧之中的经历，担心女儿重蹈覆辙，小飞蛾拒绝了媒人五婶的说亲。艾艾因为与小晚往来被村人视为"名声不正"，燕燕上门为艾艾做媒，小飞娥同意了孩子们的婚事。但村公所依然不准登记。村里的青年小进和燕燕的恋爱也遭到阻碍。两个月后，《婚姻法》颁布，艾艾和小晚登记并被视为模范婚姻，燕燕和小进后来也圆满结合。

《登记》完全可以说是一个新中国故事，一发表便引起文艺界强烈反响，很快被改编为戏曲《罗汉钱》，以地方戏形式上演（沪剧只是其中的一种）。读《登记》，会很自然地想到赵树理的成名作《小二黑结婚》，事实上，研究者们后来将这两部作品称为姊妹篇。两部作品相同之处在于有共同的主题——都是年轻人冲破重重阻力寻找婚姻自由。但不同也很明显：《小二黑结婚》的故事发生在 1943 年的解放区，当时还没有

---

① 马烽：《忆赵树理同志》，《光明日报》1978 年 10 月 15 日。

《婚姻法》;《登记》发生在七年后,新中国已经成立,《婚姻法》刚刚颁布。于是,同样的婚姻自由主题,同样书写母女两代的关系,相比而言,《登记》的调性更为明朗欢快,年轻人也变得更为勇敢和主动。

和《小二黑结婚》共享一个故事核,《登记》是如何翻新、生长出新鲜枝桠而令人喜闻乐见的?与《小二黑结婚》相比,《登记》中的女性形象与年轻人形象塑造方面有何显著不同;在移风易俗的进程中,赵树理如何在国家话语与女性自身力量之间寻找到他的叙述策略?这是本论文感兴趣之处,也是重读目的所在。

"人是苦虫"? 小飞蛾与她的"缓慢觉醒"

《登记》发表时被标记为"评书"。开头便以说书人口吻出现:"诸位朋友们:今天让我来说个新故事。这个故事题目叫《登记》,要从一个罗汉钱说起。"[①]故事分成四部分:一、罗汉钱;二、眼力;三、不准登记;四、谁该检讨。

整体而言,小说的四部分结构严谨,对应传统故事"起、承、转、合"。虽然四部分字数均衡,小说的重点也讲的是年轻一代如何克服困难去登记,但小说中让人最印象深刻的还是"罗汉钱",也是新故事发生的背景,母亲小飞蛾的旧故事。

三十年前,作为新媳妇的小飞蛾俊俏而活泼,但村里人慢慢传来了她的闲话,了解到她以前的相好叫保安,张木匠也发现,小飞蛾身上的罗汉钱是二人定亲的信物。在最初,张木匠并没有要用武力降服小飞蛾,他只是把不满告诉了母亲,母亲则挑唆他:"快打吧!如今打还打得过来!要打就打她个够受!轻来轻去不抵事!"[②]受怂恿的儿子马上动手,"他拉了一根铁火柱正要走,他妈一把拉住他说:'快丢手!不能使这个!细家伙打得疼,又不伤骨头,顶好是用小锯子上的梁!'"[③]

"张木匠打媳妇"是罗汉钱里非常重要的场景。每一位读者都会对

① 赵树理:《登记》,《赵树理文集·第2卷》,人民文学出版社2005年版,第95页。
② 同上,第98页。
③ 同上。

张木匠如何"教训"小飞蛾的片断难以忘记:

> 她是个娇闺女,从来没有挨过谁一下打,才挨了一下,
> 痛得她叫了一声低下头去摸腿,又被张木匠抓住她的头发,
> 把她按在床边上,拉下裤子来"披、披、披"一连打了好几
> 十下。她起先还怕招得人来看笑话,憋住气不想哭,后来实
> 在支不住了,只顾喘气,想哭也哭不上来,等到张木匠打得
> 没了劲扔下家伙走出去,她觉得浑身的筋往一处抽,喘了半
> 天才哭了一声就又压住了气,头上的汗,把头发湿得跟在热
> 汤里捞出来的一样,就这样喘一阵哭一声喘一阵哭一声,差
> 不多有一顿饭工夫哭声才连起来。……小飞蛾哭了一阵以后,
> 屁股蛋疼得好像谁用锥子剜,摸了一摸满手血,咬着牙兜起
> 裤子,站也站不住。①

虽然讲故事人和听众／读者一起观看张木匠打人场景,但小说所
聚焦和传达的却是被打者的感受、疼痛和屈辱。而这样的疼痛和屈辱
使活泼的小飞蛾像换了个人一样,从此生活在恐惧中。

> 从挨打那天起,她看见张木匠好像看见了狼,没有说话
> 先哆嗦。张木匠也莫想看上她一个笑脸——每次回来,从门
> 外看见她还是活人,一进门就变成死人了。有一次,一个鸡
> 要下蛋,没有回窝里去,小飞蛾正在院里撵,张木匠从外边
> 回来,看见她那神气,真有点像在戏台上系着白罗裙唱白娘
> 娘的那个小飞蛾,可是小飞蛾一看见他,就连鸡也不撵了,
> 赶紧规规矩矩走回房子里去。张木匠生了气,撵到房子里跟
> 她说:"人说你是'小飞蛾',怎么一见了我就把你那翅膀耷
> 拉下来了? 我是狼?""呱"一个耳刮子。小飞蛾因为不愿
> 多挨耳刮子,也想在张木匠面前装个笑脸,可惜是不论怎么
> 装也装得不像,还不如不装。张木匠看不上活泼的小飞蛾,

---

① 赵树理:《登记》,《赵树理文集·第2卷》,人民文学出版社2005年版,第99页。

觉着家里没了趣，以后到外边做活，一年半载不回家，路过家门口也不愿进去，听说在外面找了好几个相好的。①

殴打使她改变性情，活泼性格就此消失。对于小飞蛾而言，曾经爱上过别人已经成为她的原罪。小说动情地书写了小飞蛾遭受家庭暴力后所感受到的孤独、凄惶和无处依归。"小飞蛾离娘家虽然不远，可是有嫌疑，去不得；娘家爹妈听说闺女丢了丑，也没有脸来看望。这样一来，全世界上再没有一个人跟小飞蛾是一势了。"②没有人帮助小飞蛾，包括同为女性的婆婆。事实上，在张木匠家暴行为的背后，婆婆起了推波助澜的作用。

> 他妈把他叫到背地里，骂了他一顿"没骨头"，骂罢了又劝他说："人是苦虫！痛痛打一顿就改过来了！舍不得了不得……"他受过了这顿教训以后，就好好留心找小飞蛾的茬子。③

"人是苦虫"，是一种地方方言。"苦虫：意谓人性贱，少不了都要经受苦难。旧时官府骂人的话，谓人是贱骨头，不拷打就不会招供。"④"人是苦虫"这句话在《登记》里出现了两次，一次是前面张木匠母亲怂恿他去打小飞蛾时，而另一次则是五婶去说媒，被问起艾艾是不是还能改时，五婶回答说："改得了！人是苦虫，痛痛打一顿以后就没有事了！"⑤对方又说："生就的骨头，哪里打得过来？"⑥五婶则说："打得过来，打得过来！小飞蛾那时候，还不是张木匠一顿锯梁子打过来的？"⑦某种意义上，就这部小说而言，"人是苦虫"中的

---

① 赵树理:《登记》,《赵树理文集·第2卷》,人民文学出版社2005年版,第99页。
② 同上,第100页。
③ 同上,第98页。
④ 参见百度百科:"人是苦虫,不打不成",网址:https://baike.baidu.com/item/ 人是苦虫,不打不成/53798946?fr=aladdin。
⑤ 赵树理:《登记》,《赵树理文集·第2卷》,人民文学出版社2005年版,第106页。
⑥ 同上。
⑦ 同上。

"苦虫"特指女人，指的是那些有过恋爱史或者婚前有过相好的女人，而教育她们的方式便是"打"——"人是苦虫"有如密码，从这个角度可以看到像空气一样对女性的歧视与羞辱，也会自然联想到当时诸多农村女性在婚内被不断殴打、改造的故事，但在那时，很少有人意识到殴打本身的问题。

1950年的小飞蛾再次听到五婶这句"人是苦虫"时，表达了"不服"。"她想：'难道这挨打也得一辈传一辈吗？去你妈的！我的闺女用不着请你管教！'"[1]这是作为母亲的小飞蛾的反抗和她的不屈服，也是对像空气一样的旧习惯和旧习俗说不。事实上，即使当年被张木匠殴打，小飞蛾也并没有真的被"改造"：

> 小飞蛾只好一面伺候婆婆，一面偷偷地玩她那个罗汉钱。她每天晚上打发婆婆睡了觉，回到自己房子里关上门，把罗汉钱拿出来看了又看，有时候对着罗汉钱悄悄说："罗汉钱！要命也是你，保命也是你！人家打死我我也不舍你，咱俩死活在一起！"她有时候变得跟小孩子一样，把罗汉钱暖到手心里，贴到脸上，按到胸上，衔到口里……除了张木匠回家来那有数的几天以外，每天晚上她都是离了罗汉钱睡不着觉，直到生了艾艾，才把它存到首饰匣子里。[2]

孙先科在分析小飞蛾这一形象时认为："小飞蛾虽然被张木匠用锯梁子惩戒与规训，但小飞蛾并没有完全被改造。张木匠可以使她怕，但不能使她爱，张木匠不在场时，她的神气仍然像'在戏台上穿着白罗裙唱白娘子的那个小飞蛾'，……或者说张木匠只惩戒了她的皮肉，并没有改造她的心气；张木匠吓破了她的胆，并未虐杀她的精神，她仍然是那个生气勃勃的小飞蛾。"[3]也因此，他将小飞蛾称之为有烈性气质的"蛾式女人"，这一分析实为精当。

---

① 赵树理：《登记》，《赵树理文集·第2卷》，人民文学出版社2005年版，第106页。
② 同上，第100页。
③ 孙先科：《作家的"主体间性"与小说创作中的"间性形象"——以赵树理、孙犁的小说创作为例》，《河南大学学报（社会科学版）》2003年第1期。

正是因为"不服"的性格，小飞蛾面对自己过往和女儿的婚事时，多了一些思考。在最初看到女儿手里的"罗汉钱"时，她并不能判断这是件好事还是一件坏事，但听到五婶说"人是苦虫"时，她意识到女儿未来应该怎样生活的问题：

> 五婶那两句话好像戳破了她的旧伤口，新事旧事，想起来再也放不下。她想："我娘儿们的命运为什么这么一样呢？当初不知道是什么鬼跟上了我，叫我用一只戒指换了个罗汉钱，害得后来被人家打了个半死，直到现在还跟犯人一样，一出门人家就得在后边押解着。如今这事又出在我的艾艾身上了。真是冤孽：我会干这没出息事，你偏也会！从这前半截事情看起来，娘儿们好像钻在一个圈子里，傻孩子呀！这个圈子，你妈半辈子没有得跳出去，难道你就也跳不出去了吗？"①

看到女儿未来的生活的隐患，母亲是否还要求女儿走自己的老路？小飞蛾在这里显现了她的主体性。事实上，这位母亲也意识到，她曾经的遭际也不仅仅是她一个人的遭际：

> 她又前前后后想了一下：不论是和她年纪差不多的姊妹们，不论是才出了阁的姑娘们，凡有像罗汉钱这一类行为的，就没有一个不挨打——婆婆打，丈夫打，寻自尽的，守活寡的……"反正挨打的根儿已经扎下了，贱骨头！不争气！许就许了吧！不论嫁给谁还不是一样挨打？"②

既然大家都有这样的遭际，就顺着命运吗？当然不。小飞蛾不是那样逆来顺受的女性。一如小说中所说："头脑要是简单点，打下这么个主意也就算了，可是她的头脑偏不那么简单，闭上了眼睛，就

---

① 赵树理：《登记》，《赵树理文集·第2卷》，人民文学出版社2005年版，第106页。
② 同上，第106—107页。

小说风景（节选）

又想起张木匠打她那时候那股牛劲：瞪起那两只吃人的眼睛，用尽他那一身气力，满把子揪住头发往那床沿上'扑差'一近，跟打骡子一样一连打几十下也不让人喘口气……'妈呀！怕煞人了！二十年来，几时想起来都是满身打哆嗦！不行！我的艾艾哪里受得住这个？……'"①

这是属于母亲的缓慢而坚定的觉醒——再也不让女儿走老路，这位母亲要放女儿到光明中去，换句话说，虽然这是属于母亲的旧故事、艾艾故事发生的前史，但是，在这个旧故事里已经包含了新故事的曙光，这也为艾艾和小晚的自由结合做了铺垫。

当然，小说也另有伏笔。虽然村子里有许多女人被打过，但也并不是所有女人有小飞蛾的觉悟。一如张木匠的母亲，正是她撺掇儿子去打儿媳妇的，不仅仅撺掇，而且还告诉他哪个打得最疼："他妈为什么知道这家伙好打人呢？原来他妈当年年轻时候也有过小飞蛾跟保安那些事，后来是被老木匠用这家具打过来的。"②而且在儿媳妇挨打之后，并不表示同情："一家住一院，外边人听不见，张木匠打罢了早已走了，婆婆连看也不来看，远远地在北房里喊：'还哭什么？看多么排场？多么有体面？'"③这种受罪的媳妇后来又成为严厉管教媳妇的婆婆类型，在赵树理小说是一个系列，她们守旧而顽固，是农村家庭中特有的人物系列。这也正是《登记》中艾艾的故事发生的土壤和背景，苏醒的人是少数。作为小说家，赵树理从小飞蛾际遇出发，所要讲述的是作为土壤和空气的对女性戕害的旧习俗。

在妇女形象塑造中，赵树理其实并没有塑造解放区文艺中一种普遍而重要的人物形象，如喜儿（《白毛女》）、燕燕（《赤叶河》）、赵巧儿（《赵巧儿》）、蓝妮（《赶车传》）等受到地主阶级迫害、侮辱的女性形象。这也正是赵树理与其他解放区作家的不同，一如黄修己所说，"这说明赵树理塑造这个形象系列，主要不在于揭露地主阶级的罪恶，而在于表达他对改革农村封建陋习的强烈愿望，寄托着他对妇女解放

---

① 赵树理:《登记》,《赵树理文集·第2卷》,人民文学出版社2005年版,第107页。

② 同上,第98页。

③ 同上,第99页。

的理想"①。

赵树理小说主要是对农村风俗的批判，正是这样的批判使小飞蛾作为历史中间物获得了她的主体性：她是新旧故事的衔接者，旧的故事的受害者，而在新故事里，她则要做一个新的长辈和母亲。小飞蛾不是靠他人／外力的启发，而是从自身经验出发的觉醒，她是赵树理小说中少有的有主体意识的母亲形象。

欲海挣扎：三仙姑与小飞蛾人生的裂变

《小二黑结婚》在赵树理创作中有着非常重要的地位。"这篇成名作以其塑造最重要的人物形象，涉及最经常出现的问题，而确立了它在整个作家创作中的长子地位。农村社会的独特见解，在《小二黑结婚》中已经基本上体现出来了。"②确乎如此。《小二黑结婚》里包含了赵树理小说的诸多创作母题。而把《登记》和《小二黑结婚》两相对照，也很容易发现它们的共通性：依然写年轻一辈如何突破阻挠实现婚姻自由；人物设定也是相近的，包括父一辈的有些老脑筋和小字辈的艾艾、燕燕、小晚、小进。甚至结构上也非常相近。在写登记和如何登记时，作家先荡开一笔写"罗汉钱"，一如写《小二黑结婚》时作家先写三仙姑和二诸葛以及金旺兄弟等等，被称为"峰回路转式"的结构。但《登记》和《小二黑结婚》的小说调性有明显差异，《小二黑结婚》面对的是反动势力、是黑恶势力，而艾艾、小晚所面对的则是新社会，是新社会里的官僚主义。也因此，《登记》中的年轻人尽管遇到了挫折，但却让人感受到一种希望和力量在召唤。两部小说中，长辈的力量也在发生变化。《小二黑结婚》里，三仙姑和二诸葛是重要的阻挠力量，但是在《登记》中，父辈并不是最大的阻挠力量，甚至他们中一些人在亲情的感召下开始支持年轻人自主婚姻。

当然，这两部小说都贡献了深有光泽的人物，《小二黑结婚》里是三仙姑，《登记》里则是小飞蛾。尽管她们并不是小说中的主人公，也

---

① 黄修己：《赵树理创作形象、母题和情节的构成》，《贵州社会科学》1983年第3期。
② 同上。

不是作家所要歌颂的对象，但是，她们各自拥有属于远高于新一代／新人的文学光芒。

某种意义上，三仙姑和小飞蛾是有着相同处境的人：两位女性都是俊俏媳妇，年轻时都很吸引同村青年的目光，另外，她们都有着不幸福的婚姻，同时，也都各有反抗性。赵树理如何讲述这两个女性的欲望、如何理解这两位女性的反抗，其实背后代表了作家对女性命运的不同视点。

《小二黑结婚》以漫画式的方式记录了三仙姑这一类的农村女性。她长得好看，对婚姻和丈夫并不满意。而婚姻具体如何不幸，小说并没有正面描写。在提到她的丈夫于福时，只是说，他只会在地里死受。

> 三仙姑下神，足足有三十年了。那时三仙姑才十五岁，刚刚嫁给于福，是前后庄上第一个俊俏媳妇。于福是个老实后生，不多说一句话，只会在地里死受。于福的娘早死了，只有个爹，父子两个一上了地，家里只留下新媳妇一个人。村里的年轻人们感觉着新媳妇太孤单，就慢慢自动地来跟新媳妇做伴，不几天就集合了一大群，每天嘻嘻哈哈，十分红火。于福他爹看见不像个样子，有一天发了脾气，大骂一顿，虽然把外人挡住了，新媳妇却跟他闹起来。新媳妇哭了一天一夜，头也不梳，脸也不洗，饭也不吃，躺在炕上，谁也叫不起来，父子两个没了办法。邻家有个老婆替她请了一个神婆子，在她家下了一回神，说是三仙姑跟上她了，她也哼哼唧唧自称吾神长吾神短，从此以后每月初一、十五就下起神来，别人也给她烧起香来求财问病，三仙姑的香案便从此设起来了。①

"跳大神"是三仙姑解决困境的一种手段，某种意义上，也是她隐秘欲望宣泄的出口，小说里，有着旺盛欲望的三仙姑是被嘲笑的，首

---

① 赵树理：《小二黑结婚》，《赵树理文集·第2卷》，人民文学出版社2005年版，第4页。

先是对她衣饰的嘲笑。

> 青年们到三仙姑那里去，要说是去问神，还不如说是去
> 看圣像。三仙姑也暗暗猜透大家的心事，衣服穿得更新鲜，
> 头发梳得更光滑，首饰擦得更明，官粉搽得更匀，不由青年
> 们不跟着她转来转去。①

叙述人用了"更新鲜""更光滑""更明""更匀"，来间接描述三
仙姑的主动、渴望及过犹不及。与三十年前的克制相比，在写三仙姑
三十年后的穿着时，批评和指摘则更不遮掩。小说中写到三十年后的
男人们都长了胡子不再往三仙姑家跑，但"三仙姑却和大家不同，虽
然已经四十五岁，却偏爱当个老来俏，小鞋上仍要绣花，裤腿上仍要
镶边，顶门上的头发脱光了，用黑手帕盖起来，只可惜官粉涂不平脸
上的皱纹，看起来好像驴粪蛋上下上了霜"②。"偏爱当个老来俏""小
鞋上仍要绣花""裤腿上仍要镶边"，再加上后面的比喻"驴粪蛋上下
上了霜"，显然都是极尽嘲讽之意。或者可以说，整部小说中，作为
异类的三仙姑是一位被嘲笑和挖苦的对象，几乎看不到作者对她的
同情。

同时，小说也直白地写出了三仙姑不同意小芹和小二黑结婚的原
因，是她与女儿的争风吃醋："她跟小芹虽是母女，近几年来却不对劲。
三仙姑爱的是青年们，青年们爱的是小芹。小二黑这个孩子，在三仙
姑看来好像鲜果，可惜多一个小芹，就没了自己的份儿。……开罢斗
争会以后，风言风语都说小二黑要跟小芹自由结婚，她想要真是那样
的话，以后想跟小二黑说句笑话都不能了，那是多么可惜的事，因此
托东家求西家要给小芹找婆家。"③这是入木三分的书写，三仙姑的不
幸里，包括欲望无法满足，也包括人性深层次的母女相嫉、母女相妒。
《小二黑结婚》尖锐书写了三仙姑身上性欲的蓬勃与母性的匮乏。

① 赵树理:《小二黑结婚》,《赵树理文集·第2卷》,人民文学出版社2005年版,第4页。
② 同上。
③ 同上,第9页。

小说风景（节选）

小飞蛾也是生命能量旺盛的女性。"原来这地方一个梆子戏班里有个有名的武旦，身材不很高，那时候也不过二十来岁，一出场，抬手动脚都有戏，眉毛眼睛都会说话。唱《金山寺》她装白娘娘，跑起来白罗裙满台飞，一个人撑满台，好像一只蚕蛾儿，人都叫她'小飞蛾'。"[1]"白娘娘""蚕蛾儿"的表述，都意味着这个女性别有一种生命力。在讲述小飞蛾的不幸时，小说家看到了这位女性的不驯，即使是没有《婚姻法》的加持，她在内心里也不愿意让孩子去走自己的伤心路，因此强烈表达了对旧习惯的反抗。这意味着，在女性解放问题和如何理解女性的问题上，七年前的赵树理和七年后的赵树理发生了变化，这也让人想到，"不论赵树理是怎样一个乡土作家，不论他怎样站在乡土民间和农民的立场上，然而，他的内心仍然经过了现代的洗礼和革命的风暴。他和大部分中国现代作家一样，深深地卷入了现代世界的历史潮流和漩涡之中"[2]。

两位母亲都有面对女儿婚事时的转变。三仙姑的态度转变是因为在区长办公院子里被围观。

> 区长打量了她一眼道："你就是小芹的娘呀？起来！不要装神作鬼！我什么都清楚！起来！"三仙姑站起来了。区长问："你今年多大岁数？"三仙姑说："四十五。"区长说："你自己看看你打扮得像个人不像？"门边站着老乡一个十来岁的小闺女嘻嘻嘻笑了。交通员说："到外边耍！"小闺女跑了。区长问："你会下神是不是？"三仙姑不敢答话。区长问："你给你闺女找了个婆家？"三仙姑答："找下了！"问："使了多少钱？"答："三千五！"问："还有些什么？"答："有些首饰布匹！"问："跟你闺女商量过没有？"答："没有！"问："你闺女愿意不愿意？"答："不知道！"区长道："我给你叫来你亲自问问她！"又向交通员道："去叫于小芹！"

---

① 赵树理：《登记》，《赵树理文集·第2卷》，人民文学出版社2005年版，第97页。

② 旷新年：《赵树理的文学史意义》，《文艺理论与批评》2004年第3期。

刚才跑出去那个小闺女，跑到外边一宣传，说有个打官司的老婆，四十五了，擦着粉，穿着花鞋。邻近的女人们都跑来看，挤了半院，唧唧哝哝说："看看！四十五了！""看那裤腿！""看那鞋！"三仙姑半辈子没有脸红过，偏这会儿撑不住气了，一道道热汗在脸上流。交通员领着小芹来了，故意说："看什么？人家也是个人吧，没有见过？闪开路！"一伙女人们哈哈大笑。

　　把小芹叫来，区长说："你问问你闺女愿意不愿意！"三仙姑只听见院里人说："四十五""穿花鞋"，羞得只顾擦汗，再也开不得口。院里的人们忽然又转了话头，都说"那是人家的闺女""闺女不如娘会打扮"，也有人说"听说还会下神"，偏又有个知道底细的断断续续讲"米烂了"的故事；这时三仙姑恨不得一头碰死。[①]

　　区长的压力使三仙姑不得不同意小二黑和小芹的婚事。而她之所以要改变衣着方式，也是因为他人的看法："三仙姑那天在区上被一伙妇女围住看了半天，实在觉着不好意思，回去对着镜子研究了一下，真有点打扮得不像话；又想到自己的女儿快要跟人结婚，自己还卖什么老俏？这才下了个决心，把自己的打扮从顶到底换了一遍，弄得像个当长辈人的样子，把三十年来装神弄鬼的那张香案也悄悄拆去。"[②]——三仙姑的转变是发自内心的吗？这是让人怀疑的。一如研究者所言，他们"这些看似'进步'的举止，其实也是人生的不得已，他们要在社会急剧变动中生存下来便只能如此。或者这也是一种'就事论事'，因为他们不是非凡的超人，而是世俗中多数，是不得不跟上时代，而随波逐流的人"[③]。

　　诸多研究者都指出《小二黑结婚》中叙述视角的分裂："小二黑结婚的主题是歌颂自由恋爱，歌颂解放区社会的进步。但从作品的实际

①　赵树理：《小二黑结婚》，《赵树理文集·第2卷》，人民文学出版社2005年版，第14—15页。
②　同上，第16页。
③　董之林：《"工农兵小说"：通俗外观下的生活隐喻》，《长江学术》2013年第4期。

小说风景（节选）

153

描写看，它存在着两个视角，看小二黑小芹的自由恋爱时，站在时代的高度，热情肯定了他们的新思想、新精神、新风貌；看三仙姑这个可怜可厌的人物时，却站在当时农村社会一般的，也是传统道德的立场上，简单地责备她不像媳妇，不像长辈。两个视角并存，说明作者当时伦理道德的矛盾。"①

七年之后，赵树理为了配合婚姻法而创作出了《登记》，某种程度上是对《小二黑结婚》故事的一次改写。《登记》中，小飞蛾不仅考虑到女儿不能走自己的伤心路，也想到了和她有共同际遇的姐妹们。小飞蛾的转变，是人情和事理的统一。小飞蛾身上有朴素的母性，她愿意放儿女们到"光明"中去。这是小飞蛾与三仙姑的重要不同。当然，与三仙姑故事里的嘲讽相比，小飞蛾故事部分也有着浓厚的抒情元素，容易引起人的共情，这也是后来戏剧改编者对此一片段不断改编的重要原因。依然是母女，小飞蛾婚姻的不幸被作家深切凝视，也被寄予深切关怀。因此，"作品中虽然也有两个视角，两种道德观念，但不是并存在作者一人身上。张家庄群众看小飞蛾，是站在传统道德立场上，尽管他们代表着当时普遍的道德意识，但在新道德观念冲击下，已显示出被取代的趋向。作者看小飞蛾，是站在反传统立场上，代表着与历史发展同向的现代道德观念……"②

我以为，《登记》中有着赵树理对小飞蛾命运深具现代性别意识的书写和凝视，这是极为珍贵的。不过，与《小二黑结婚》中三仙姑贯穿全场不同，小飞蛾只是在小说中的第一、二部分深具主体性，而在第三及第四章节，小飞蛾变成了配角，变成了父母辈中的一个，这与赵树理小说"重事轻人"的风格有重要的关系。——作为小说家，赵树理侧重于解决问题、讲述故事而不是书写一个人的主体性如何确立。这也是《登记》未能完整塑造出一个深具主体意识的农村母亲形象的原因。

---

① 陈兴:《从三仙姑、小飞蛾人物塑造看赵树理伦理道德观的发展》,《山西师大学报（社会科学版）》1996年第23卷第3期。

② 同上。

与"声名不正"斗争：姐妹情谊与女性力量

新中国《婚姻法》是对女性解放有着重要的推动作用的法律。它的第一章第一条便开宗明义："废除包办强迫、男尊女卑、漠视子女利益的封建婚姻制度。实行男女婚姻自由、一夫一妻、男女权利平等、保护妇女和子女合法权益的新民主主义婚姻制度。"而当年《人民日报》社论则直接指出，这部法典深具女性解放精神："婚姻法的立法精神是要推翻以男子为中心的'夫权'支配。"

作为配合宣传的小说，《登记》完满地传达了《婚姻法》的条例：婚姻自由、保护妇女权益。如果说"人是苦虫"鲜明记录了旧故事里小飞蛾所受到的屈辱，那么新故事所要面对的则是当时农村对"声名不正"女性的歧视。声名不正／声名不好／名声不正是相近的词，在赵树理小说中出现的频率并不低。《小二黑结婚》中，"名声不正"出现过一次，指的是三仙姑，"她本想早给小芹找个婆家推出门去，可是因为自己名声不正，差不多都不愿意跟她结亲"[1]。在这个语义环境里，"名声不正"的评价与三仙姑是相符的，因为似乎她的确是与很多男人不清不楚。

七年后，当"名声不正"／"声名不正"／"声名不好"等相类的词在《登记》中成为高频词时，其中"声名不正"出现了七次，而"声名不好"出现了三次。这些词语出现在不同人物和不同场景里，内在推动着故事情节的发展。

"声名不正"第一次出现是在艾艾、燕燕、小晚讨论时，"小晚问燕燕，'去年腊月你跟小进到村公所去写证明信，村公所不给写，是怎么说的？什么理由？'燕燕说：'什么理由！还不是民事主任那个死脑筋作怪？人家说咱声名不正，除不给写信，还叫我检讨哩！'"[2]这是死脑筋的村公所民事主任对燕燕的称呼。另外，在谈到艾艾时，外人

---

① 赵树理：《小二黑结婚》，《赵树理文集·第2卷》，人民文学出版社2005年版，第9页。
② 赵树理：《登记》，《赵树理文集·第2卷》，人民文学出版社2005年版，第103页。

对她的评价是："人样儿满说得过去，不过听说她声名不正！"①由此引出了需要对艾艾打一顿才能改正的聊天，这也是小飞蛾不同意艾艾嫁给别人的重要原因。

具体什么是声名不正？小说中用不同人的口吻做过解释。在燕燕打算做小晚和艾艾的介绍人时，王助理员并不同意，原因是"村里有报告，说你的声名不正！"②于是三个青年人问问："有什么证据？"王助理员则回答说："说你们早就有来往！"③在这里，登记之前便早有来往便是"声名不正"的具体行为。

民事主任是艾艾和小晚登记结婚的阻碍，在他那里，"声名不正"有两个相反的估价：

> 有一次，他看见艾艾跟小晚拉手，他自言自语说："坏透了！跟年轻时候的小飞蛾一个样！"又一次，他在他姊姊家里给他的外甥提亲提到了艾艾名下，他姊姊说："不知道闺女怎么样？"他说："好闺女！跟年轻时候的小飞蛾一个样！"这两种评价，在他自己看起来并不矛盾：说"好"是指她长得好，说"坏"是指她的行为坏——他以为世界上的男人接近女人就不是坏透了的行为。不过主任对于"身材"和"行为"还不是平均主义看法：他以为"身材"是天生的，是什么就是什么，行为是可以随着丈夫的意思改变的，只要痛痛打一顿，说叫她变个什么样就能变成个什么样。④

以上可以看出，从《小二黑结婚》到《登记》，"声名不正"在两部小说里的所指语义发生了变化——《登记》里村子里人们所谓的"名声不正"，并不是真正的"名声不正"，某种程度上，而是对那些性格活泼、自由恋爱的女性的污名化称谓。

《登记》中贯穿了女性们对"声名不正"的抗争。从小飞蛾就开

---

① 赵树理：《登记》，《赵树理文集·第2卷》，人民文学出版社2005年版，第105—106页。
② 同上，第114页。
③ 同上。
④ 同上，第112页。

始了，在"眼力"部分，小飞蛾明确拒绝了五婶提亲；艾艾面对婚姻问题时，有着强大的主体性，坚决不跟除小晚以外的人结婚；而燕燕，不仅仅不愿意屈从，还试图帮助艾艾和小晚完成婚姻登记。在得知艾艾和小晚的困境后，小说有一段关于燕燕的描写："燕燕猛然间挺起腰来，跟发誓一样地说：'我来当你们的介绍人！我管跟你们两头的大人们提这事！'"①这充分显现了燕燕的勇敢。事实上，在与"声名不正"做搏斗的过程中，燕燕和艾艾并不蛮干，而是有详细的计划和安排："艾艾又和燕燕计划了一下，见了谁该怎样说见了谁该怎样说，东院里五奶奶要给民事主任的外甥说成了又该怎样顶。"②在登记又一次遇到困难时，年轻人想到了要互相帮助："他们谈到以后该怎么样办，燕燕仍然帮着艾艾和小晚想办法，他们两个也愿意帮着燕燕，叫她重跟小进好起来。用外交上的字眼说，也可以叫做'订下了互助条约'。"③

简而言之，《登记》虽然写的是年轻人如何克服阻碍去登记，但其实内在里写的却是女人们如何不屈不挠地与"声名不正"做斗争——整部小说，年轻人都在和那种将恋爱自由视为"名声不正"的死脑筋、官僚主义搏斗。而正在一筹莫展之时，《婚姻法》有如春风一样，一切迎刃而解，——在"声名不正"的斗争中，借助《婚姻法》的帮助，艾艾和小晚、燕燕和小进最终有情人终成眷属。当然，"登记"并不是最后的结局，还是要与官僚主义与死脑筋表达了不满，那是年轻人另一种层面上的抗争。

> 艾艾说："大家不是都知道我的声名不正吗？你们知道这怨谁？"有的说："你说怨谁？"艾艾说："怨谁？谁不叫我们两个人结婚就怨谁！你们大家想想：要是早一年结了婚，不是早就正了吗？大家讲起官话来，都会说：'男女婚姻要自主'，你们说，咱们村里谁自主过？说老实话，有没有一个

---

① 赵树理：《登记》，《赵树理文集·第2卷》，人民文学出版社2005年版，第104页。
② 同上，第105页。
③ 同上，第156页。

不是父母主婚？"

……

区分委书记说；"你骂得对！我保证谁也不恼你们！群众说你们声名不正，那是他们头脑还有些封建思想，以后要大家慢慢去掉。村民事主任因为想给他外甥介绍，就不给你们写介绍信，那是他干涉婚姻，中央人民政府公布了《婚姻法》以后，谁再有这种行为，是要送到法院判罪的。王助理员迟迟不发结婚证，那叫官僚主义不肯用脑子！他自己这几天正在区上检讨。中央人民政府的《婚姻法》公布以后，我们共产党全党保证执行，我们分委会也正在讨论这事，今天就是为了搜集你们的意见来的！"①

区分委书记的讲话正是小说的点题，将一层层阻隔进行了剥离，年轻人与"声名不正"的斗争最终取得胜利。小说的结尾处，再一次与第一部分"罗汉钱"照应：

散会以后，大家都说这种婚姻结得很好，都说："两个人以后一定很和气，总不会像小飞蛾那时候叫张木匠打得个半死！"连一向说人家声名不正的老头子老太太，也有说好的了。

这天晚上，燕燕她妈的思想就打通了，亲自跟燕燕说叫她第二天跟小进到区上去登记。②

新故事的完美结尾使《登记》带给人一种欢欣鼓舞。那是新中国农村男女青年生活的美好图景。"从《伤逝》描写子君、涓生这一对城市知识青年为自由结合进行斗争而失败，到《小二黑结婚》中农村男女青年争取个性解放获得胜利，可以量出中国革命在二十多年前所迈

---

① 赵树理：《登记》，《赵树理文集·第2卷》，人民文学出版社2005年版，第118—119页。
② 同上，第119—120页。

出的巨大步伐。"①而如果说成功的艺术作品是社会生活的一面镜子，那么，读者从《登记》可以看到新社会青年农民争取解放的面影，看到新《婚姻法》给人们思想精神面貌所带来的新变化。

某种意义上，婚姻自主的主题、女性解放的主题、新旧社会女性命运的对比主题，都在《小二黑结婚》里出现了，但真正意义上的完成是在《登记》里——小飞蛾的出现是重要的，她并不是新人，但却是令人倍感新鲜，原因在于她的觉醒和行动，这也意味着新社会、新时代、新觉醒不仅仅指的是新的年轻人，也指他们的父母。

结　语

读《登记》会想到赵树理的讲故事能力。尽管作品为宣传而写，但是赵树理的故事本身却有更为丰富而宽广的向度。他的故事里总有着更为丰富、复杂甚至矛盾的内核，这恰恰也是他的故事被不断解读的魅力所在。当然读这部小说也会想到张爱玲在《自己的文章》所说："写小说应当是个故事，让故事自身去说明，比拟定的主题去编故事要好些。许多留到现在的伟大作品，原来的主题往往不再被读者注意，因为事过境迁之后，原来的主题早已不使我们感觉兴趣，倒是随时从故事本身发见了新的启示，使那作品成为永生的。"②

很多年后，《婚姻法》已经不必"宣传"便深入人心，但"登记"的故事却一直在被阅读。我们会越过《婚姻法》看到在逐渐宽松的土壤里小飞蛾的自觉和她身上所内蕴的生命能量。那是女性身上隐含的力量。这力量使女儿们不再走老路，这力量在为后来的姐妹和女儿们尽可能争取更大的可能。——正视女性的能量并将其与作为国家话语的《婚姻法》结合在一起，赵树理的故事核里长出了新的生机勃勃的枝桠。

2021 年 8 月 21 日—2021 年 10 月 10 日

---

① 唐弢、严家炎主编：《中国现代文学史　第 3 卷》，人民文学出版社 1980 年版，第 323 页。

② 张爱玲：《自己的文章》，《张爱玲文集　第 4 卷》，金宏达、于青编，安徽文艺出版社 1992 年版，第 175 页。

素朴的与飞扬的
——读铁凝《玫瑰门》《大浴女》《笨花》①

作为作家，铁凝对棉花情有独钟。棉花常常在她作品里出现，而棉花地则是她诸多小说故事的发生地，目前为止，她有两部重要作品都以棉花命名——中篇小说《棉花垛》里，写了棉花地里发生的故事，而在最具代表性的长篇小说《笨花》里，她则书写了几代人在"笨花村"的生活。谈及为何起名"笨花"，铁凝说：

> "笨"和"花"这两个字让我觉得十分奇妙，它们是凡俗、简单的两个字，可组合在一起却意蕴无穷。如果"花"带着一种轻盈、飞扬的想象力，带着欢愉人心的永远自然的温暖，那么"笨"则有一种沉重的劳动基础和本分的意思在其中。我常常觉得在人类的日子里，这一轻一重都是不可或缺的。②

"笨"和"花"何尝不是铁凝文学世界的品质？

一、朴素的思考

1957年9月，铁凝出生于北京，后随父母迁居河北保定。父亲铁扬是当代著名油画家，母亲是声乐教授。十六岁时，父亲带她去看望著名作家徐光耀。读过女孩子的作文后，徐光耀非常激动，连着说了两个"没想到"，他对铁凝说，"你写的已经是小说了"③。这个评价对少年铁凝是莫大鼓励。

---

① 本文为《文学里的中国·铁凝卷》（中译出版社 2021 年版）"导言"。
② 铁凝：《从梦想出发：铁凝散文随笔集》，湖南文艺出版社，2007 年，第 57 页。
③ 铁凝：《真挚的做作岁月》，《铁凝文集》第 5 卷，江苏文艺出版社，1996 年，第 444—445 页。

铁凝的处女作是《会飞的镰刀》，这是她在1975年创作的。也是那一年，铁凝高中毕业。"我想当作家。父亲说中国作家是理应了解乡村的，他冒险地鼓动着我，我冒险地接受着这鼓动。其实，有谁能保证，一旦了解了农村你就能成为作家呢？"[1]从1975年下乡到1979年调到保定地区文联，铁凝在博野县张岳村生活了近四年。四年间，这位年轻人写下四五十万字左右的笔记，关于她对农村生活和农民的理解。当然，务农四年的时间里，她也开始发表《夜路》《丧事》《蕊子的队伍》等短篇小说。

铁凝的成名作是《哦，香雪》，发表在1982年第5期的《青年文学》。香雪是个十七岁的农村姑娘，小说写了火车对乡村人生活的冲击，写了香雪用四十个鸡蛋到火车上去换一个塑料铅笔盒的故事，文风清新、自然、生动，有如来自山野的风。孙犁读到后很兴奋，特意写信给她："这篇小说，从头到尾都是诗，它是一泻千里的，始终一致的。这是一首纯净的诗，即是清泉。它所经过的地方，也都是纯净的境界。"[2]在信中，孙犁甚至谦虚地对这位年轻作家说："我也写过一些女孩子，我哪里有你写得好！"[3]《哦，香雪》被《小说选刊》和《小说月报》选载，获得了首届全国优秀短篇小说奖。研究者称农村少女香雪是"铁凝艺术世界中第一个被公认的、成功的、美的形象"[4]。《哦，香雪》后来也被选入高中语文课本。事实上，香雪不仅受到中国读者喜欢，小说还被翻译成了英、日、法、意、德等多种文字出版，不同国度的读者都曾为这部作品打动，因为它表现了一种人类心灵共通的东西。

1983年对于铁凝来说是收获之年，这位二十六岁的青年作家不仅获得了全国优秀短篇小说奖，还发表了卓有影响力的中篇小说《没有纽扣的红衬衫》（获得1984年全国优秀中篇小说奖）。《没有纽扣的红衬衫》的女主人公安然，是个向往自由自在，渴望远离复杂人际关系的女中学生，她健康、开朗、明亮，深受青少年喜爱。这是1980年代

---

① 铁凝：《铁凝影记》，河北教育出版社，1998年，第53页。
② 孙犁：《读铁凝的〈哦，香雪〉》，《小说选刊》1983年第2期。
③ 同上。
④ 贺绍俊：《铁凝评传》，郑州大学出版社，2004年，第41页。

没有沉重历史负担的人，作家准确把握到了时代的敏感点，将她对未来的思考集中在人物身上。在当年，每个女孩子都渴望穿上没有纽扣的红衬衫，当时人们甚至把"没有纽扣的红衬衫"叫作"安然衫"。文学史上，安然和蒋子龙的《乔厂长上任记》里的乔光朴一样，成为当时在中国产生巨大影响的文学新人。如果说香雪代表了 1980 年代我们对美好文明生活的向往，那么安然则代表了我们的理想人性和理想人格。《哦，香雪》和《没有纽扣的红衬衫》都在 1980 年代被搬上大屏幕，受到观众欢迎：同名电影《哦，香雪》荣获第四十一届柏林国际电影节最佳儿童片水晶熊大奖；《没有纽扣的红衬衫》被改编为电影《红衣少女》，荣获百花奖和金鸡奖的最佳故事片奖。

当年，年轻的铁凝及其作品给人惊喜。批评家一致认为宝贵的农村生活经验给予了她丰厚的创作素材，这当然有道理，但更重要的是，农村生活使她养成了不同寻常的理解力。如《村路带我回家》中，下乡知青乔叶叶选择了在农村生活而不是回到城市，原因很简单："……我愿守着我的棉花地，守着金召，他就要教会我种棉花了。让我不种棉花，再学别的，我学不会。"①一如当年赵园的分析，"作者以极其'个人'的人物逻辑，使人物的回归、扎根'非道德化'，与任何意识形态神话、政治豪言、当年誓言等等无干，也以此表达了对当年知青历史的一种理解：那一度的知青生活，不是炼狱不是施洗的圣坛不是净土不是'意义''主题'的仓库不是……作者没有指明它'是'什么，或者'是'即在不言自明之中：那就是平常人生"②。这也是最初铁凝进入文坛时所带给人的喜悦：她以一位书写者的本能拒绝了知青文学中那份高高在上、那份时代赐予的深厚的意识形态性，那份深藏其间被诸多作者读焉不察的等级意识。她通过笔下那些以笨拙并不机敏著称的人物的选择，显示了自己对世界的"别有所见"③。

共同生活、共同劳动使铁凝与农民凝结了深切的情意，她不把自己与他们区别开来。这最终构成了铁凝认识世界的方式——农村的一

① 铁凝：《村路带我回家》，《长城》1984 年第 3 期。
② 赵园：《地之子》，北京十月文艺出版社，1993 年，第 275 页。
③ 张莉：《仁义叙事的难度与难局——铁凝论》，《南方文坛》2010 年第 1 期。

切，在她笔下有了一种他人无法察觉的气息。《孕妇和牛》中，乡间怀孕的妇女和怀孕的牛如此可爱，她们互相映衬，成为美好景象："有一次我到一个地方去，都快收麦子了，麦穗已经很饱满，麦田一望无际，在地头上，站着一个怀孕的妇女，挺着大肚子特别自豪。我觉得那个'景象'特别打动人，就想把它写成小说。"[①]《孕妇和牛》是铁凝的经典小说，一经发表便得到无数读者的喜爱。在汪曾祺眼里，这部小说写的是"幸福"："古人说：'愁苦之言易好，欢愉之言难工。'铁凝能做到'人所难言，我易言之'。这是一篇快乐的小说，温暖的小说，为这个世界祝福的小说。"[②]

"要是你不曾在夏日的冀中平原上走过，你怎么能看见大道边、垄沟旁那些随风摇曳的狗尾巴草呢？"[③]散文《草戒指》里，铁凝谈到对冀中平原上狗尾巴草的记忆，女孩子们常常编成草戒指戴在手上，它盛载着她们的向往和期待。草是如此不起眼，但因为代表着情意便又变得珍贵和不平凡。将草和戒指放在一起思考，这位作家认识到，"却原来，草是可以代替真金的，真金实在代替不了草。精密天平可以称出一只真金戒指的分量，哪里又有能够称出草戒指真正分量的衡具呢？却原来，延续着女孩子丝丝真心的并不是黄金，而是草"[④]。这样的联想和思考都显示了铁凝卓异的审美能力，正如世界上所有优秀作家都拥有的那种能力——他们总能够将这个世界上真实的、看起来毫无关系的东西进行重新组合，进而引领我们重新理解和认识世界。

这位作家看到这个世界的普遍性，看到人与人之间的共通与共情。《麦秸垛》里，城市女青年杨青看到乡村生活和大芝娘的际遇，但也看到了"世上的人原本都出自乡村，有人死守着，有人挪动了"[⑤]，其实，那也"不过是从一个麦场挪到另一个麦场"。叙事人顺着杨青的眼睛看到，"城市女人那薄得不能再薄的衬衫里，包裹的分明是大芝娘的那对肥奶，她还常把那些穿牛仔裤的年轻女孩，假定成年轻时的大

---

① 朱育颖：《精神的田园——铁凝访谈》，《小说评论》2003 年第 3 期。

② 汪曾祺：《推荐〈孕妇和牛〉》，《文学自由谈》1993 年第 2 期。

③ 铁凝：《草戒指》，《当代》1990 年第 6 期。

④ 同上。

⑤ 铁凝：《麦秸垛》，《收获》1986 年第 5 期。

小说风景（节选）

163

芝娘"①。不只是在"此处"思考"此处",铁凝对人世的理解从不画地为牢。她有她的辽远,她的犀利。关于《麦秸垛》的创作,铁凝提到出访挪威的经历,在奥斯陆她听到小婴儿的哭声,这哭声让她想到华北平原土炕上婴儿的哭声,想到农村街坊邻居娃娃们的哭声。"原来全世界的小人儿都是一样的哭声,一样的节奏一样的韵律,要多伤心有多伤心,要多尽情有多尽情。"②由此,这位作家想到:"当一名三代以上都未沾过农村的知识妇女同我闲聊时,为什么我会觉得她像哪位我熟悉的乡下人?为什么我甚至能从那面容粗糙、哭天抢地的吵闹的农妇身上看见我?哪怕从一个正跳霹雳舞的时髦女孩儿身上,我也看见那些山野小妞儿的影子在游荡。"③

城市与乡土、富裕与贫穷对这位写作者并未构成真正的分界,那种简单的关于文明与愚昧、先进与落后的划分也是危险的。在写作之初,铁凝就以一种朴素的情感去理解世界上的人:女人有她们共同的际遇,人和人也有。农村和城市没有必然的等级,而人的生活和情感也有着相通和相近的一面。这种朴素的角度与情感最终使这位写作者拥有了非凡的理解力。一种与土地、与农村、与农民的深厚情感在她那里被点燃。那些面目平凡的农民形象因为这样的情感而变得不凡,他们心地质朴,隐匿在他们内心深处的聪明、智慧、仁义、诚信,包括那些虚弱、贫穷和精明,也都在这位作家的文字世界里展现。

二、女性的内省

1988 年 9 月,长篇小说《玫瑰门》在大型文学期刊《文学四季》创刊号上首发,随后,作家出版社出版《玫瑰门》单行本。《玫瑰门》聚焦于司绮纹为代表的庄家几代女性的人生际遇,深刻揭示了女性命运与现实、性别秩序与历史之间的冲突与矛盾。读者尤其难忘外婆司绮纹的一生,这个女人经历了五四运动、抗日战争、新中国成立等历

---

① 铁凝:《麦秸垛》,《收获》1986 年第 5 期。
② 铁凝:《我尽我心》,《像剪纸一样美艳明净》,人民文学出版社,2006 年,第 245、246 页。
③ 同上。

史时期，经历种种人生变故，但生命力依然旺盛。事实上，小说书写的并不是那种传奇女性，相反，《玫瑰门》剥离了一般意义上对于女性命运的书写和理解，铁凝着眼于一个女人与自我的搏斗，着眼于一个女人与她的生存环境的搏斗，着眼于她由年轻到衰老，由强悍到虚弱，由雄心勃勃到无能为力的生命过程。①铁凝冷静直面一个女人的可怜和卑微，以及她内心深处的肮脏、龌龊、黑暗与苦苦挣扎。

　　小说发表后引起强烈反响，不同时代的批评家们都曾给予过高度评价。曾镇南说："铁凝在司绮纹形象身上，不仅汇聚了'五四'以后中国现代史上某些历史风涛的剪影，而且几乎是汇聚了'文革'这一特殊的历史阶段的极为真实的市民生态景观。小说最有艺术说服力震撼力的部分，无疑是对'文革'时期市民心理的真实的、冷静的、毫不讳饰的描写。这种描写的功力在揭示司绮纹生存中的矛盾方面达到了令人惊叹的程度。"②戴锦华认为《玫瑰门》"表现了令人震惊的洞察、冷峻和她对女性命运深刻的内省与质询"③。谢有顺则称赞《玫瑰门》是"借由个人与时代、个人与个人之间的隐秘斗争，深刻地写出了三代女性在一个荒谬年代里的命运脉络"④。三十多年来，《玫瑰门》不断被诸多文学史家重新解读、阐释，累积的评价之多，已然构成庞大而复杂的阅读谱系。

　　《玫瑰门》被文学史认为是中国女性文学的巅峰之作，也通常被认为是铁凝的转型之作，她的风格由清新而犀利、复杂、深刻。事实上，文学史家们将铁凝的一部分作品视为中国女性写作的典范之作，这些作品包括中篇小说《麦秸垛》《棉花垛》《青草垛》《对面》《永远有多远》以及长篇小说《无雨之城》和《大浴女》等。《无雨之城》是铁凝的第二部长篇小说，是著名的"布老虎丛书"之一，畅销百万册。《无雨之城》是关于人的情感故事。小说中固然书写了官员普运哲的处境，女

---

① 张莉：《刻出平庸无奇的恶》，《名作欣赏》2013 年第 8 期。
② 曾镇南：《评铁凝的〈玫瑰门〉》，《曾镇南文学论集》，花山文艺出版社，2001 年，第 152 页。
③ 戴锦华：《真淳者的质询——重读铁凝》，《文学评论》1994 年第 5 期。
④ 谢有顺：《铁凝小说的叙事伦理》，《中国当代文学批评大系 1949—2009》第 6 卷，王尧、林建法主编，苏州大学出版社，2012 年，第 210 页。

记者的痛苦，但最有吸引力的还是那位官员的妻子葛佩云。这位官员妻子刻板、机械而又麻木地生活着，尤其令人印象深刻的是她的生活细节，比如她总喜欢在鞋垫上钉个钉子，以防鞋垫滑出来。葛佩云是可怜人，也是平庸的人，让人想到契诃夫笔下那位套中人。这样的书写代表了作家对某一类女性处境的凝视。

《大浴女》是铁凝的第三部长篇作品。城市女青年尹小跳负载了复杂的童年罪恶，小说中几乎所有人物都在一种内心的愧疚和不安中挣扎。人物内心的独白与复杂生长环境相呼应，形成了这部小说的独特调性。大江健三郎对《大浴女》的女性群像书写赞不绝口："如果让我在世界文学范围内选出这十年间的十部作品的话，我一定会把《大浴女》列入其中。"①王蒙读完《大浴女》则感慨说，"却原来一个人从生下来就承负着那么多自己和别人的包括上一代人的和社会的罪恶……读起来觉得惨然肃然"②。

中篇小说《对面》发表于 1993 年，以一位男性的偷窥为主题，男人因不能占有"对面"那位独居女人而爆发恶意实施报复，而那个女性则因他的一时逞恶心脏病发作而离世。小说犀利尖锐，冷峻陡峭，是铁凝少有的以男性视角书写的作品，它因多重意义上的反思和批判而深受批评家们的褒扬。1999 年，铁凝的另一部重要中篇代表作《永远有多远》发表，在这部作品中，铁凝将深具传统仁义美德的女性和北京精神叠合在一起，写出了胡同里长大的女孩子白大省的情感历程，小说一经发表便引起读者长久的共情风暴。这是一部深具多种文化内涵的作品，曾获得第二届鲁迅文学奖中篇小说奖，后被改编为同名电视连续剧，引起广泛影响。"永远有多远"这一题目也成为了世纪末流行的"金句"，代表了某种时代慨叹。

从《哦，香雪》《没有纽扣的红衬衫》《麦秸垛》到《玫瑰门》《无雨之城》《大浴女》《永远有多远》，铁凝刻画了香雪、安然、大芝娘、司绮纹、竹西、苏眉、尹小跳、尹小帆、白大省等一个个生动鲜活的女性形象，这些有着不同性格特征的女性生长于不同时代，有城市女

---

① 铁凝、大江健三郎、莫言:《中日作家鼎谈》,《当代作家评论》2009 年第 5 期。
② 王蒙:《读〈大浴女〉》,《读书》2000 年第 9 期。

性、农村女性，有老年女人、中年女人，也有少女；有姐妹、祖孙、母女……不同际遇、不同阶层的女性在她的作品中有着隐秘互映，形成了参差互现的美学特征。还没有哪位中国作家像铁凝这样，塑造了如此多栩栩如生、富有生命质感的女性形象，这些女性形象在不同历史时期都曾经陪伴读者成长。某种意义上，铁凝以一系列女性群像的方式书写了中国当代女性的处境，在她的书写里，有着中国最普泛女性的生存与生活样貌。

如果说书写了丰富、复杂、鲜活多样的女性群像是铁凝女性文学作品的特质，那么，其另一独特性便是独属于铁凝的文学表达。在那些女性文学作品里，她使用了内心独白的对话体方式，这尤其表现在铁凝的《大浴女》中，第一人称与第三人称互为交错，这使她的写作有了一种众声喧哗与兀自独语交互呈现的特质。王一川认为，铁凝在文本中创造了一种"反思对话体"[1]，"反思对话体是指一种由内心的反思和对话占据主导地位的文体样式……内心反思，是说主人公及其他人物常常处在对于自己的思想、情感和行为的回头沉思及审视状态，例如，尹小跳就时常反思自己的早年行为，陷于深深的原罪感中难以自拔，这种反思性审视一直伴随和影响着她。内心对话，是说主人公和其他人物总是在心里与他者和自我对话，尹小跳就总是为自己设置一个他者，同他展开尖锐的对话。内心反思与对话在这里是相互交融在一起的"[2]。正是这种反思对话体的使用，使小说得以建构一种独属于现代人的错综复杂的内心冲突世界。

反思对话体之外，铁凝作品中的抒情特质格外吸引人，这在《玫瑰门》及《大浴女》中足可以称为华彩部分，而这正是铁凝诚挚诚恳之处，一如王蒙所言："与其他有些女作家的一个重要不同在于：第一，铁凝是一个把自己放在书里的作家，你从书里处处可以感到作者的脉搏、眼泪、微笑、祝祷和滴自心头的血。她在作品里扮演的是一个抒情者、倾诉者、歌哭者、笑者、祝福者或者呐喊者。她与书中的人物互为代言人。你读了书就会进一步感知与理解作者，直至惦记与挂牵

---

[1] 王一川：《探访人的隐秘心灵》，《文学评论》2000 年第 6 期。

[2] 同上。

作者。"①

内心独白、反思对话体及强烈的抒情特质构成了铁凝女性文学世界的迷人调性：那个世界绝不是封闭、单一和狭隘的，相反，那个世界是开放的、多元的、多声部的，那里众声喧哗，那里杂花生树；那里既是有关女性的生存，同时也是一个女性的自我与阔大世界的坦率对话，这样的对话中包含了女性的倾诉、困惑、质询、追问，也包含着一个女性的自我反省、自我怀疑和自我成长。这样的女性世界深具女性特质，但却不是通常意义上的女性特质，不是软弱的、自怜自恋的女性气质，相反，它丰饶、诚恳、包容、富有生机，同时，它也强劲而有力。

铁凝的女性文学有着非凡的对于女性美、女性身体、女性命运的不同理解，而这些理解也与前此以往的女性书写拉开了距离。比如关于如何理解女性身体。《玫瑰门》"鱼在水中游"一节中，小说书写了竹西身体之美，在小苏眼里，竹西的身体是"一座可靠的山，这山能替你抵挡一切的恐惧甚至能为你遮风避雨"②，这"山"有别于其他文学文本中的女性身体，她健康、强壮、坦然，从不躲躲闪闪。事实上，铁凝多部作品里都描述过一个健康而坦然的女性身体，在《对面》中是那位拥有健壮身体的女游泳教练；在《没有纽扣的红衬衫》中，她是安然；在《大浴女》中，她是尹小跳……某种意义上，铁凝重新发现了女性身体之美，她将女性身体从外化的标签中解放出来。这些身体不是供欲望化观看的，但也不是用来展览的，在她这里，女性美是自然的、自在的，洗浴的女性，恋爱中的女性，年老的女性，农村的女性，那些洗桃花水的女性，都是美的。什么是铁凝笔下女性之美？是对自我身体的凝视、认同、接纳，是自信与自在，是以健康和强壮为底的。

铁凝之于女性写作的贡献是在两个向度完成的。一个向度是她将女性身体进行去魅，进行一次卓有意味的解放，她笔下的女性身体，努力逃离那种男性视角下的被注视命运，使女性身体回归女性身体本

---

① 王蒙：《读〈大浴女〉》，《读书》2000年第9期。

② 铁凝：《玫瑰门》，人民文学出版社，2013年，第96页。

身。另一个向度的完成则是她将女性视为社会关系的总和。这也意味着，她的写作天然地具有一种社会性别意识。这里的社会性别意识指的是，将女性命运遭际放于民族国家、阶级、阶层中去理解，她躲避了男女二元对立的思维模式，并不单向度地理解女性命运，而是多维度、整体性地理解女性之所以成为女性，女性何以成为女性这些问题。一如《玫瑰门》中，你可以看到男性之于司绮纹生命历程所构成的压迫，但更重要的是社会语境和历史负累之于一个女性的重压。铁凝并不把女性的命运简化或单线条地归之于受一个或一群男性的压迫，她将女性命运放在更阔大和更深广的背景下去思考。在司绮纹的成长过程中，她一次次被社会、被家庭抛弃，她既是受害者，但同时也是主动的施害者。这个女人之所以成为这个女人，与社会和环境有关，也与本人的懦弱、本人对恶的趋奉密不可分。作为作家，铁凝有她清晰的性别立场和性别敏感，但是，她绝非为某一立场写作，她最终遵从的是她作为艺术家的直感，不提纯美化女性自身而是逼近女性的生存真相，她从女性内心的更深更暗处去审视。

早在 1989 年，铁凝谈到《玫瑰门》的写作时，说起过自身作为女性如何书写女性的问题："我以为男女终归有别，叫我女作家，我很自然。这部小说我很想写女性的生存方式、生存状态和生命过程。我认为如果不写出女人的卑鄙、丑陋，反而不能真正展示女人的魅力。我在这部小说中不想作简单、简陋的道德评判。任何一部小说当然地会依附于一个道德系统，但一部女子的小说，是在包容这个道德系统的同时又有着对这个系统的清醒的批判意识。"[①]——那些农村女性为什么要彩礼，为什么"草戒指"如此珍贵，为什么大芝娘晚上睡觉总要抱着一个枕头？作为写作者，要紧紧贴住这些女性，写出她们夜晚中内在的欲望和挣扎，不是高高在上的观看，也不简单地给予批判，而是尽可能给予理解和体谅，写出其中的复杂、矛盾和纠结，使她们成为她们自身，而不是成为某类符号。

看到女性身体的美与力量，看到女性生命的光泽与强悍，看到她

---

① 此为 1989 年 2 月 22 日《玫瑰门》研讨会的铁凝发言，《二十世纪中国女性文学史（下）》，盛英主编，天津人民出版社，1995 年，第 773 页。

们的斑点和衰老、虚荣和自恋，不虚美，不隐恶，惟其如此，才是对所写人物的真正尊重。每一个人物都不是（也不应该是）某种写作理念的产物，而是活生生的人。什么是属于铁凝的朴素思维？是站在农村立场，对所有书写对象平等以待，同时也遵从作为女性艺术家的本能，不察言观色，不左顾右盼，既不强化也不躲闪女性身份，诚实地写出"我"之所见、"我"之所思、"我"之所感。

三、内面之魅

多年后，铁凝回忆起写作《哦，香雪》的缘起。她来到一个小村庄，住在房东家，"我在一个晚上发现房东的女儿和几个女伴梳洗打扮、更换衣裳"。这个"发现"弥足珍贵，她看到了女孩们普通生活的另一面，"我以为她们是去看电影，问过之后才知道她们从来没有看过电影，她们是去看火车，去看每晚七点钟在村口只停留一分钟的一列火车。这一分钟就是香雪们一天里最宝贵的文化生活。为了这一分钟，她们仔细地洗去劳动一天蒙在脸上的黄土，她们甚至还洗脚，穿起本该过年才拿出来的家做新鞋，也不顾火车到站已是夜色模糊。这使我有点心酸——那火车上的人，谁会留神车窗下边这些深山少女的脚和鞋呢。然而这就是梦想的开始，这就是希冀的起点"①。最日常的生活里有着不为人知的兴奋，最普通不过的农村姑娘内心，有着难以为外人察觉的心之波澜。重要的是"发现"。从那位普通的农村女性身上，铁凝发现了一个人的梦想和一个村庄的希冀。这也意味着属于她的写作视点慢慢生成。她逐渐瞩目于那些日常生活中普通而本分的人们。写出那些没有故事的人身上的故事，写出他们平凡面容之下的内心起伏，是铁凝小说中一以贯之的美学追求。

铁凝总能发现生活的"内面"，这里的内面首先指的是日常生活本身的质感和美感。作为作家，铁凝有一种神奇的召唤本领，她总能将那些久已消失的味觉、嗅觉以精妙的句子聚拢来，进而将某种人类共通的情感牢牢凝聚在白纸黑字间。一如《永远有多远》中，她曾为

---

① 铁凝：《三月香雪》，《人民日报》2018 年 6 月 16 日。

我们召唤过一种"冰凉"："我只记得冰镇汽水使我的头皮骤然发紧，一万支钢针在猛刺我的太阳穴，我的下眼眶给冻得一阵阵发热，生疼生疼。"①——那些已然流逝的岁月，那些与岁月共在的情感，经由一个精当的比喻重回，昔日由此重回，美好由此再现。而这美好与情感，其实都是独属于日常生活的质感。

事实上，就像一天只吃两顿饭的香雪依然有着她的追赶火车的隐秘欢乐，安然不开心时总有酸奶化解一样，铁凝笔下的人物们无论何时何地都要在千篇一律的生活中发现一种微光、一种明亮。或者说，这位作家总能挤进生活的内部，发现其中的甘甜、人的可爱。那是什么样的甘甜，又是什么样的人的可爱呢？王蒙深有感慨地说："是穿越了众多的苦涩和酸楚之后，作者的比一切失望更希望，比一切仇恨更疼惜，比一切痛苦更怡悦的爱心和趣味。她总是津津有味地兴致勃勃地乃至痴痴诚诚地直至得意洋洋地写到人，写到爱情，写到城市乡村（作者是一个既善于写乡村又善于写城市的作家，我知道不止一个年长的文学人更喜欢她的写乡村之作），写到平常的日子，写到国家民族，写到党政干部，写到画家编辑，写到穿衣打扮、购物吃饭、出国逛街、读书执炊，甚至尹小跳开电灯、钻被窝与骑凤凰车也写得那样有兴味，不是颓废的享乐与麻醉，而是纯真的无微不至的活泼与欣然。读完了，人物们再不幸也罢，人生与历史中颇有些不公正也罢，事情不如人意也罢，命运老是和自己的主人公开玩笑也罢，曾经非常贫穷非常落后非常封闭也罢，你仍然觉得她和她的人物们活得颇有滋味，看个《苏联妇女》杂志，看个阿尔巴尼亚故事片，都那么其乐无穷。"②因此，铁凝小说内在地给人以憧憬和向往，她有一种使读者重新认识生活、重新认识人之所以为人的能量。

发现生活内面的微光是一种能力，而另一种能力则在于她总能进入生活的"根部"，发现并勘探人性内部风景。比如短篇小说《安德烈的晚上》（1997 年）。罐头厂职工安德烈的生活如此平常，他娶了自己的表妹，日子按部就班。每天他都会和同车间的女工姚秀芬聊天，后

① 铁凝：《永远有多远》，《十月》1999 年第 1 期。
② 王蒙：《读〈大浴女〉》，《读书》2000 年第 9 期。

者常常会和他一起分享自己包的饺子，二人就这样波澜不惊地生活着。突然有一天安德烈要调到广播电台工作了，要和姚秀芬说再见时，两个老实人想到了"一夜情"。那是个夜晚，两个人要去安德烈的朋友家相会时，安德烈却忽然忘记了朋友家的门牌号，而此前他曾去过无数次。那个夜晚，安德烈和姚秀芬最终没有能找到属于他们的房间，而秀芬饭盒里的饺子在他们分手时也掉落了一地："饭盒掉在地上，盖子被摔开，饺子落了一地，衬着黑夜，它们显得格外精巧、细嫩，像有着生命的活物儿。安德烈慌着蹲下捡饺子，姚秀芬说捡也吃不得了。安德烈还捡，一边说你别管你别管。姚秀芬就也蹲下帮安德烈捡。两个人张着四只手，捕捉着地上那些有着生命的活物儿。四只手时有碰撞，却终未握在一起。也许他们都已明白，这一切已经有多么不合时宜。"①

仿佛什么都没发生，但又好像什么都发生过了。《安德烈的晚上》有着隐匿的一波三折，有着一个普通人内心的翻江倒海。小说的结尾是："他骑上车往家，车把前的车筐里摆着姚秀芬那只边角坑洼的旧铝饭盒。安德烈准备继续用它装以后的午饭。他觉得生活里若是再没了这只旧饭盒，或许他就被这个城市彻底抛弃了。"②时间依然流逝，生活依然向前。某个晚上对于一个人的一生而言可能并不算什么。可是，因为作家潜心描摹的那只"边角坑洼的旧铝饭盒"，安德烈生命中惊心动魄的一瞬由此定格，小说使我们记住了一位普通中年男人曾经有的瞬间心动，微末的生活细节被这位小说家重新注视，而一切又因为这样的注视变得不一样。

《逃跑》发表于2003年。"逃跑"是这部小说的关键词。老宋来到一所地方剧团的传达室工作。他勤劳、本分、认真，任劳任怨，赢得了全团上下的信任，也收获了和剧团演员老夏的友谊。因此，在老宋罹患腿疾、面临截肢困境时，老夏和剧团人筹措了一笔钱以帮助他免于截肢。但老宋携款潜逃了，他用不到两千块钱锯掉腿，用剩下的钱来接济女儿和外孙……穷人的逻辑逐渐展现在读者面前，这令人震惊。《逃跑》根植于日常伦理，并不追求表面的喧腾和戏剧化。后来，老

---

① 铁凝：《安德烈的晚上》，《青年文学》1997年第10期。
② 同上。

夏来到了老宋家乡，老宋远远看到他撒腿便跑，"如一只受了伤的野兽"逃离。由此，铁凝将老宋推到了道德／伦理绝境：在极端经济困境里，一个人如何保有整全的身体和尊严。已经很难用正确或错误、好或者不好来衡量老宋的行为了，事实上，这部作品并没有引领我们对老宋进行道德审判，相反，它在打开我们对世界的理解力，打开我们对人的认识。[①]

"内面"如此具有吸引力，她带领我们发现这个世界的微妙与"魅性"——铁凝拥有一种从"寻常"中发现"不寻常"的本领，她能敏锐觉察普通人流畅表达之下的某种磕磕绊绊，也能精微描摹出那平淡表情之下的隐隐不安；虽然所写几乎全是最日常最习见的生活，她却总能抵达基于生活逻辑的"出乎意表"；于是，那些普泛生活便一下子拥有了属于艺术品的神奇光泽。这是属于铁凝小说的不凡。

2006 年，长篇小说《笨花》发表，小说讲述了向喜一家的抗战经验，这些人是中华民族的普通人，但也是坚韧而深具民族美德的人。小说有洗尽铅华之美，作家再次回到乡村、回到村庄内部的视角。尽管《香雪》和"三垛"等都书写乡村生活，其中也有一种朴素的思考，但《笨花》变得更为朴素，铁凝叙述缓慢，卓有耐心，她以一种凝练但又古朴的方式描摹冀中平原上那些朴素、平凡、善良的人们，她写下人性的光辉幽暗和民间烟火，展现了冀中平原一代代人民面对外族侵略时的民族气节，这是铁凝写作美学的一次重要调整，由此，她的长篇小说气象变得阔大、厚重，卓有气度。

贺绍俊认为《笨花》是超越了个人生活经验的创作。王春林则认为这是铁凝的一次自我超越，与其以往长篇面目完全不同，"如果说《玫瑰门》与《大浴女》更多地将艺术的聚焦点投射向了对于人性中恶与丑的一面的挖掘与审视，那么《笨花》则将艺术的聚焦点更多地投射向了人性中善与美的一面，并且极其令人信服地在这善与美的表现过程中展示出了人性中正面力量的充沛与伟大……在《笨花》的写作过程中，铁凝向自我发出了具有相当难度的艺术挑战。但也正是在应对这一难度很大的自我艺术挑战的过程中，铁凝的小说创作于有意

---

① 　详细分析见张莉《恰如其分的理解，或同情》，《北京文学》2020 年第 9 期。

小说风景（节选）

无意间踏入了一种如王国维所言'眼界始大，感慨遂深'的全新的艺术境界之中"①。

这是重新回到最初美学风格系统的写作之变，虽然看起来依然书写人之美善，但与当年书写香雪时有重要不同。《笨花》里，铁凝逐渐形成了自己对何为中国精神、何为民族气质的理解并将这种理解切实体现在她的创作中。"笨花、洋花都是棉花。笨花产自本土，洋花由域外传来。有个村子叫笨花。"这是《笨花》的题记，它颇有含义处在于将笨和花视为事物的一体两面。"笨花"之"笨"里，有作为艺术家的本分、老实以及耐烦，也有作家对民族身份的清醒认知，这是看到外来世界后对自我处境的一次重要回视。要知道"自我"是谁，不妄自菲薄，但也不妄自尊大——这是一个低调的、不愿追赶文学风潮的写作者，敏锐、深情、热爱乡村和土地、怀有赤子之心。《笨花》中，铁凝以比朴素更朴素、比缓慢更缓慢的写作方式，呈现了另一种独属于北中国的美学气质。

"小聪明是不难的，大老实是不易的。大的智慧往往是由大老实作底的。"②铁凝说。事实上，她对"大老实"品质情有独钟："小说家更应该耐心而不是浮躁地、真切而不是花哨地关注人类的生存、情感、心灵，读者才有可能接受你的进攻。你生活在当代，而你应该有将过去与未来连接起来的心胸。这心胸的获得与小聪明无关，它需要一种大老实的态度，一颗工匠般的朴素的心。"③《笨花》最迷人的东西是什么？说到底，是一位作家面对生活、面对世界的"大老实"气质。

四、"诚"与"真"

2017 年出版的短篇小说集《飞行酿酒师》，收录了铁凝担任作协主席十年来创作的短篇小说，读者们惊讶地发现铁凝的写作发生了隐

---

① 王春林：《凡俗生活展示中的历史镜像——评铁凝长篇小说〈笨花〉》，《小说评论》2006 年第 2 期。

② 铁凝、王尧、栾梅健：《"关系"一词在小说中——在苏州大学"小说家讲坛"上的讲演》，《当代作家评论》2003 年第 6 期。

③ 同上。

秘而细微的变化。

《伊琳娜的礼帽》（2009 年）被同行赞誉为有契诃夫小说的神韵。作为旁观者，"我"目睹了一对俄罗斯男女在机舱的邂逅。尽管"我"不能听懂他们的语言，但他们的动作和表情却胜似千言万语。飞机落地后，一切戛然而止。伊琳娜和迎接她的丈夫拥抱，而目睹一切的儿子萨沙呢，"他朝我仰起脸，并举起右手，把他那根笋尖般细嫩的小小的食指竖在双唇中间，就像在示意我千万不要作声"[1]。——在狭窄封闭的有限空间里，小说将人的情感际遇写得风生水起、意蕴深长，从而揭示了人性内部的丰饶、幽微以及现代人"异域"处境的斑驳复杂。[2]

《伊琳娜的礼帽》获得首届郁达夫小说奖短篇小说大奖，得到了评委及同行的高度赞扬。王德威评价说："叙事者冷眼旁观人间风情流转，时有神来之笔，本身社会、情爱位置的自我反讽，尽在不言之中。全文严守短篇小说的时空限制，写来举重若轻。"[3]作为同行，格非认为这部作品其实写了三个故事，"这三个本来是重叠的'共时性'故事，作者将它们放在'历时性'的线性层面展开。这样一来，原本很简单的故事陡然增加了厚度和力量。作者的匠心所指，正是短篇小说叙事艺术的精髓"[4]。迟子建认为这部作品是铁凝近年小说创作中的"奇葩"："机舱内由人间携来的不自由，与机舱外天空中广阔的自由，形成了强烈的反差，这似乎正是人类情感尴尬处境的真实写照。大胆而唯美，抒情而又节制的笔法，使小说焕发着温暖而忧伤的人性光辉。"[5]

近十多年来，铁凝笔下的故事发生地并不宽阔，它们大都发生在家庭的餐桌上，发生在饭馆、别墅、诊疗室、旅馆、机舱里，尽管活动范围有限，但读来却有宽广、辽阔之感，小说家在短篇小说的有限空间里极大拓展了表达的无限可能。虽然批评家们看到了变化，但也

① 铁凝：《伊琳娜的礼帽》，《飞行酿酒师》，人民文学出版社，2017 年，第 20 页。
② 张莉：《作为酿酒师的小说家》，《文汇报》2017 年 10 月 1 日。
③ 《首届郁达夫小说奖终评公示》，《江南》2010 年第 5 期。
④ 同上。
⑤ 同上。

小说风景（节选）

都注意到，铁凝小说里总有一种不变，即"香雪"身影的存在。①是的，铁凝作品里的确有"香雪"，那些年长女性都可以视为香雪成长后的身影，那是站在农村的、朴素的女性角度理解世界——香雪身上最宝贵的是，她有未受世界浸染的真淳，这种真淳，在初写作者那里，是一种本能，正是这一写作初心使铁凝最初为人所识。如何不忘来路、不受世俗所扰但又使写作更上层楼，是这位作家面对的最大难度。这也是作品中一直有香雪身影的重要意义所在。某种意义上，正是对写作初心的专注、聚精会神和心无旁骛，才使铁凝成为铁凝。四十年风雨，四十年的创作实践，铁凝对文学、对世界、对人生有着自己诸多认知，换句话说，在这个状态写作的作者是"有知"之人，但她要克服自己的"有知"，努力让自己回到"无"，回到"诚"与"真"。以初心写作并不难，难的是一直保持初心并不断精进。

诚挚地看待并理解世界和他人而不让自己为风霜、成见所侵蚀，这是一位优秀写作者最大的"诚"，也是最大的"真"。正是这种属于艺术家的"诚"与"真"，使铁凝近几年的作品有种返朴的迷人质感。《火锅子》（2013 年）讲述了一对老年夫妻的日常，两位老人一起吃火锅，但他和她的味觉和嗅觉已经退化，"他"的两个眼睛都得了白内障。她发现，他热情夹给她的海带是"抹布"，不过，她舍不得告诉他，"她从盘子里拣一片大白菜盖住'海带'说，好吃！好吃！"虽是耄耋之年，但那种与爱、温暖、柔情、甜蜜、体恤有关的情感依然新如朝露，完全不因时光摧毁而暗淡。这只属于两个人的别样"缠绵"，远胜过我们所知道、所能想象到的"缱绻""悱恻""热烈"。

写作《火锅子》时的铁凝并非不了解这世上情爱关系越来越薄脆如纸，也并非不知晓许多婚姻里交织着的肮脏、背叛、仇恨和麻木。但是，这并不影响她对爱情的另一种认知和书写。小说家希望记取的是被我们忽略的日常之爱与平凡情感，她希望凝视夫妻关系里的体恤、包容、扶助和彼此珍重。某种意义上，《火锅子》是返朴，也是祛魅，它使我们从一种粗糙、简陋、物质唯上的情感中解放出来，重新认识

---

① 王彬彬：《铁凝〈飞行酿酒师〉简论》，《当代作家评论》2018 年第 1 期。

爱情的质地，它的平实、普通和隐秘的神性。[①]

《七天》（2012 年）由一位别墅女主人的烦恼起笔，她不知如何对待家中那位不断长高的小保姆布谷。从家乡回来的布谷几天之内越来越高，实在让人震惊，不仅仅如此，她时时刻刻有饥饿感，要吃光冰箱里所有的东西，而与之相伴随的是她生理期的反常，鲜血淋漓不止……谁能猜到布谷突然长高的秘密呢？布谷家乡旁边新建了加工厂，从车间流出来的废水流进村外的河，那正是全村人吃水的河。孩子吃了河里的水，上课时坐不住，乱动。污水使布谷和家人的生活发生改变。在工厂做工的两个姐姐也越长越高，厂里辞退了她们，婆家退了亲。小说结尾，布谷主动离开了雇主家。她没有再去厨房大吃，而是把房间和卫生间清洗干净，留下字条，黎明之前悄悄离开。

小说想象力卓异，它从一个女性身体的反常讲起，写出了污染曾经给每个人带来的影响，《七天》里分明有着荒诞的情节处理和奇崛的想象，但我们依然能感受到一种巨大的诚意，正是这样的诚意让人感受到这是切实的、切肤的，与我们每个人的生活息息相关。纯朴的布谷让人想到当年的香雪，但是，布谷的故事远比香雪的故事更为复杂——将深刻的理解力、洞察力与一种真淳的善意结合在一起，这是铁凝《七天》所带来的魅力。[②]

五、持续的成熟

从《香雪》到《没有纽扣的红衬衫》，从《孕妇和牛》《对面》到《永远有多远》，从《玫瑰门》《大浴女》到《笨花》《伊琳娜的礼帽》，无论从作品数量、质量、风格多样性以及成熟度而言，铁凝都有她的不变、她的守持，同时也有她的蜕变与持续成熟——正是因为在不同阶段都能写出不同以往、不断精进的优秀作品，铁凝才被称为当代文学史上的重要作家。

---

① 张莉：《作为酿酒师的小说家》，《文汇报》2017 年 10 月 1 日。
② 张莉：《爱情之树长青》，《北京文学》2013 年第 7 期。

小说风景（节选）

爱情九种

——短篇小说里的爱情

一、"爱情它是个难题"

李宗盛曾在歌词里慨叹过爱情之难。

那当然是个难题。在长达几千年的中国历史中，爱情故事若要发生，须克服许多现实的困难。因为有"授受不亲"的"礼防"限制。既然连男女间的自由相见都不允许——被视为耻辱与大逆不道——更何况相爱？

想一想《西厢记》就知道了，两个未婚男女的见面只能在危难关头才能超越"礼防"。彼此间若有好感，也要由红娘传书，月下相会，以躲避老夫人的监视。《玉簪记》中，男女主人公之间的爱情相见是在道观。而《牡丹亭》感天动地的爱情发生，则是在杜丽娘的春梦之中。因爱而死，复又因爱而生的杜柳爱情是非人间性的。

如此说来，宝玉是幸运的。他可以与林黛玉共读《西厢记》，也可以呆看宝姐姐的玉臂而并不会让人指责超越礼防。可是，这日日相见是有条件的。如果没有为皇妃元春省亲而建造的大观园，如果没有宝二爷的特殊身份，一切都不能想象。——大观园只是作家曹雪芹为读者建立的男女自由相处的乌托邦。而为了能使宝二爷合理地混迹其中，曹雪芹颇费心思地为贾宝玉行为的合理与合法化提供了诸多理由：皇妃元春唯一的弟弟，老祖宗最为疼爱的孙儿，以及元春以圣谕准其与姐妹同住等。与通常男子不同身份的强化，暗示的是彼时男女正常交往的不可能。

除了以上这些特殊的境遇，中国古代爱情小说规定的情境通常是青楼妓院，勾栏瓦肆。想一想《卖油郎独占花魁》《杜十娘怒沉百宝箱》《桃花扇》《品花宝鉴》《海上花列传》吧，爱情故事中的女主人公通常是娼妓——青楼是中国小说中男女之情发生最为频繁的场所，因为良家妇女并没有抛头露面的合法性。

说起来，难以穷尽的古代爱情作品中，梁祝故事殊为独特。梁祝之间的交往，既不同于陌上桑间的一见钟情，也不同于青楼妓院的鱼水相恋，其基础是三载同窗。——共同的求学经历、共同的知识背景以及共读生涯中的彼此了解，使祝英台爱上了梁山伯。把男女相会的地点由后花园而移至学校——男女主人公之间的长期生活和相互交往的基础，为相爱不得便化蝶相随的悲剧效果做了坚实、充分的铺垫。

除去"学堂"这一"公共空间"形成交往的背景，祝英台女扮男装的身份也颇耐人寻味。彼时的社会，女性只有扮作男性去求学才能使得这一爱情成为可能。若非如此，祝英台何以与梁山伯共同诵读诗书讨论学问，而梁山伯又何以有缘得见养在深闺的祝英台？即便是偶能相见，也不过惊鸿一瞥。

因此，说爱情它是个难题，首先指的是现实发生的难题：没有男女间自由交际的合法化，你情我愿、志同道合的爱情发生起来不可能光明正大。表现在以男女之情为主要内容的爱情小说中，作家的想象与书写就颇多障碍。事实上，这是一百多年前，许多人慨叹中国言情小说远不及西方小说的重要原因。

百年过去，今非昔比。对于今天的爱情短篇而言，最大的难题则是，在男女交往已是日常的今天，如何在短的篇幅里，写出一个气质超群的爱情故事。

当下，与爱情有关的短篇小说占了重要比例，关于男女情感，关于婚姻破碎，关于出轨，关于情感中的信任与不信任，以及越来越多的交友方式……但是，数目繁多的短篇小说行列里，能够广为流传的作品却寥寥无几。——短篇小说的难度在于它是一种横截面写作，要在"切片"里写出爱的来龙去脉：爱因何发生，因何消失；为什么爱，为什么不爱，以及后来的命运如何。这是技术的难度。毕竟，爱情在长篇小说里常常是鸿篇巨制，荡气回肠，有如大型交响曲；而在短篇小说里，则只能是小夜曲，短乐章。

"最理想的短篇总会让人想到那些短而美的唐诗名句，要有'窗含西岭千秋雪'的容量，——它可能芜杂，可能简洁，可能喧哗，可能沉静，但共同的特点无疑是气质超拔，一骑绝尘。"我曾经在一篇关于短篇小说的文章里这样写过。——好的爱情小说既可以是轻的又可以是重的，既可以是复杂的又可以是纯粹的，无论怎样，故事里暗含的是作家对人性和爱情的理解力和认识力。

二、冒犯的和危险的

让人难忘的爱情小说里，总有"冒犯"发生。

冯骥才的《高女人和她的矮丈夫》发表于1982年，题目便是小说密码："女人很高，男人很矮"。在通常理解的夫妻关系中，有很多是"常识"：女人矮，男人高；女人年轻，丈夫年长；女人地位低，男人地位高……因此，看起来，小说里这对夫妻处处都"有问题"：女人怎么能比丈夫高十七厘米呢？那么他们肯定有生理问题；如果没有生理问题，那就是男人有钱；如果男人被批斗了（更矮了），那么高女人一定会离开……在一个个世俗的推理之下，这对夫妻的关系被推到某个顶点，同时，他们的关系也向人们共同期待的反方向推进：他们没有生理问题；他们同甘共苦，他们生死相随。由此，夫妻二人的"特立独行"获得了放大——小说从很小的切口进入，构造了强大的反世俗命题。

反世俗主题背后是另一个隐形社会文本，它由街坊、邻居的窃窃私语、偷窥和揭发构成。小说结尾实现了最彻底的颠倒。如果把这部小说的发表背景放于新时期文学的初年，它的意义便更突显：小说以一对夫妻自然和深沉的爱向世俗发出了质疑，也对那种窥视与侵犯个人生活的行为说"不"。

新时期初年的短篇小说，总与爱情有关：《爱情的位置》《被爱情遗忘的角落》《爱情的力量》《爱，是不能忘记》《爱情啊，你姓什么》……最有代表性的还是张洁的《爱，是不能忘记的》（1979年），它影响了一代人对爱情的理解与认识。

女主人公钟雨是离异女人，也是一位"隐忍的热恋者"，她对那位已婚高级革命干部的思念极强烈。为了看一眼他乘的那辆小轿车，她煞费苦心地计算他上下班可能经过那条马路的时间；每当他在台上做报告，她坐在台下，泪水会不由得充满她的眼眶。但是，她和他之间的交往，最接近的不过是两个人的共同散步，只是在同一条土路上彼此离得很远地走。特别是，这种交往与肉体无关，她和他之间只是借由分享小说来传达感情。但肉体没有参与却甚于参与——钟雨二十多年来始终把日记本和《契诃夫文集》（他送给她的礼物）带在身边，临终时还要求女儿把《契诃夫文集》与笔记本一起火葬。最终，钟雨从精神层面完成了爱的坚守，也以精神无限强大以至消弭肉体的方式完成了对爱情圣坛的献祭。

支撑小说叙述的动力是什么呢？是恩格斯的名言，也是新时期初年口耳相传的名言："没有爱情的婚姻是不道德的。"《爱，是不能忘记的》是以文学的方式呼唤个人情感的美好，爱的神圣性也由此生发："那么，有没有比法律和道义更牢固、更坚实的东西把我们联系在一起呢？"[1] 当然，在这部作品里，有许多表达是"一厢情愿"的，也有诸多东西是"被提纯"的：爱有多隐忍，便有多痛苦；爱有多痛苦，便有多崇高。

1978 年，《爱，是不能忘记的》发表的前一年，海峡的那边，有另一部短篇小说发表。

那是张爱玲的《色·戒》，发表在《皇冠》第 12 卷第 2 期。气质与《爱，是不能忘记的》迥然不同。无关神圣与崇高，相反，它性感十足。"每次跟老易在一起都像洗了个热水澡"[2]，只这一句，便潜藏有无数风流场景。王佳芝认识到"这个人是真爱我的"，她说服自己的理由是：性和金钱。在信仰和身体面前，她信的是身体感受，所以，在关键时刻，女人在"六克拉的戒指"与"性高潮"面前低了头。《色·戒》以一种肉欲和物欲的方式挑战了另一个隐形文本。小说很难在价值观上获得认同，只把无数争议留给后世读者。——《色·戒》到底关于爱还是欲望，并没有人能说清楚。但在短的篇幅里，将男女之情写得黑暗残忍、危机四伏，是短篇小说里不多见的。

三、始终面临选择

爱情小说里，主人公总要做选择。这是一种模式，古已有之。选

---

① 张洁：《爱，是不能忘记的》，《北京文艺》1979 年第 11 期。

② 张爱玲：《色·戒》，《皇冠》1978 年第 12 卷第 2 期。

A 还是选 B，选红玫瑰好还是白玫瑰好？当然，还要面对灵魂之爱与肉体之欢的抉择。

1928 年，丁玲发表《莎菲女士的日记》，这是现代中国的经典爱情故事。莎菲"女人味儿十足"，是文艺气质十足的女青年，对爱情极为渴望，"我要占有他，我要他无条件的献上他的心，跪着求我赐给我的吻呢。我简直要癫了，反反复复的只想着我所要施行的手段的步骤，我简直癫了"①。很显然，这个女人是"颜控"，她爱他那"颀长的身躯，嫩玫瑰般的脸庞，柔软的嘴唇，惹人的眼角"②，可是，凌吉士浅薄，"唉，我能说什么呢？当我明白了那使我爱慕的一个高贵的美型里，是安置着如此的一个卑劣的灵魂，并且无缘无故还接受过他的许多亲密"③。在莎菲眼里，帅气的凌吉士不过是个市侩，白白长着好丰仪。他追赶过坐洋车的女人，"恋爱"过，还在妓女院过过夜，结了婚，会调情，但是，却不懂爱。"他真得到一个女人的爱过吗？他爱过一个女人吗？我敢说不曾！"④

徒有好皮囊的男人，莎菲瞧不上。最终她亲吻了男人后把他一脚踢开，在"神圣"和"世俗"，"灵魂"和"躯体"之间，她选择前者，因为后者实在对她构不成吸引力。——特立独行的莎菲，如果生活在今天，依然会是令人瞩目的时代女青年。

时隔近三十年，1957 年，宗璞发表《红豆》，一部关于爱的抉择的短篇，引起轩然大波。是跟随恋人去美国，还是留在国内参加革命建设，这是女主人公要做的选择。而在这样的二选一中，还包含了是否选择投入革命，其间有纠结，也有说不出来的犹疑和惆怅。

二十多年后，1980 年，在张贤亮《灵与肉》里，轮到男人面对选择，这一次，许灵均面临的是要一个"美国籍爸爸""还是中国农村妻子"，是选择继续生活在贫穷的祖国，还是去资本主义国家继承财产。而正如我们所知，无论是《红豆》还是《灵与肉》，无论是女主角还是

---

① 丁玲：《莎菲女士的日记》，《莎菲女士的日记·韦护》，北京：人民文学出版社 2009 年版，第 14 页。
② 同上，第 25 页。
③ 同上，第 26 页。
④ 同上，第 32 页。

男主角，他们都交出了属于时代青年，也属于时代爱情的正确答卷。

这些小说进入课本，不断被下一代读者阅读。爱情的选择里，并不是情爱本身的选择。而这些作品之所以留下来，也不仅仅因为写爱情。

四、金钱和欲望

谁能忘记《伤逝》呢，这是现代文学史上最早的经典爱情作品。

1926年，睿智如鲁迅，在青年人离家寻找恋爱自由的狂热中，写下《伤逝》："盲目的爱，——而将别的人生的要义全盘疏忽了。第一，便是生活。人必生活着，爱才有所附丽。"[1]多年来，我们一直将"经济"视为涓生与子君爱情的最大阻力。可是，那并非全部真相，油鸡与阿随、日复一日的平庸生活、涓生对子君身体的"读遍"与厌倦，共同导致了爱情死灭。——《伤逝》里，包含着爱情小说后来必然生长的多个主题，性，金钱，日常生活对激情的磨损。

2003年，魏微发表短篇小说《化妆》。新世纪的中国，谈情说爱早已成为寻常。嘉丽，当年的女大学生，十年后终于拥有了自己的律师事务所，即将遇到初恋情人时，她开始了冒险的"化妆"。在旧商店里选购廉价服装，她换衣服的同时也换了身份——离异的下岗女工。见面时，"科长"相信了，想当然地把她归为出卖身体的女人。因此，睡是睡了，但科长不会给她钱，因为她在他眼里是低微的，而且，在他看来，钱在很多年前已经给过了。

恋爱时用礼物价值几何来估价他的爱情，但同时又不希望情人用此等方式来估价她，这是嘉丽的矛盾之处。小说一步步剥离"爱情"光环。嘉丽最终获得真相：如果没有物质的装饰，她在世界上获得的一切，尊严、尊重、爱情都会全部失去。这是独具匠心之作，正如李敬泽当年所说："《化妆》——贫困、成功、金钱、欲望、爱情，一个短篇竟将所有这些主题浓缩为繁复、尖锐的戏剧，它是如此窄，又是如此宽、如此丰富。"[2]

---

[1] 鲁迅：《伤逝》，《鲁迅全集2》，北京：人民文学出版社1958年版，第120页。

[2] 李敬泽：《向短篇小说致敬》，《为文学申辩》，北京：作家出版社2009年版，第183页。

2007 年，毕飞宇发表《相爱的日子》。小说和《伤逝》有很多的共同点：叙述人都是男性，都共同面对青年人生存境遇问题。《相爱的日子》中"他"和"她"有那么多的理由可以在一起——年纪相当，彼此关怀、理解和包容，性生活愉悦。但是，她却选择嫁给另一个人。没有什么比能让一位贫苦女性获得安稳和富足更吸引人，就连当事者"他"也表达了认同。以往，只有"势利女人"才会做的决定却在这位既善良又体贴的女性身上"自然而然"地发生了。

《相爱的日子》是对《伤逝》故事的某种延续。如果说八十年前"相爱"的困窘让我们想到如何去"生存"，那么此刻，"生存"完全淹没"相爱"——当我们可以自由相爱时，我们却不愿追求我们的"相爱"，因为身上有看不见的金钱枷锁。

五、日常与内分泌

爱情哪有什么天长地久？"童话里都是骗人的。"没有什么爱可以永远不变。爱情不过是内分泌的产物，混杂着汗水、眼泪，以及各种体液。

很奇妙。有时候，爱情的持续时间很短，不过是几个时辰。比如1943 年发表的《封锁》（张爱玲），战争年代，封锁时期，在忽然停下来的电车里，他看到了她，她也看到了他，于是半推半就地走到一起。封锁时间结束，便各自回家。爱情过程中的种种，压缩在极短的时空里。短得像梦，紧凑得像梦。

还有一种爱情在天上，在飞机里。比如铁凝的《伊琳娜的礼帽》（2011 年）。两个萍水相逢的俄罗斯中年男女，恰巧坐在了一起。要一起在天上飞，要越过重洋。其他人都睡着了，机舱里是昏暗的。只有他们两个醒着，醒着做爱情的梦。静悄悄地行动。孩子看到了，一位中国小说家看到了。当然，也许还有其他人也看到了。飞机落地，从天上回到人间。女人看到了接机的丈夫，他们热情拥抱。一切回归原点，一切似乎并未发生。

大多数人的爱情，并不经历生死和劫难。但是，越是日常，也越是脆弱。被欲望摧毁，被鸡毛蒜皮侵蚀，被岁月吞没。尤其是中年人的生活。当代短篇小说里，有许许多多不幸和难堪在中年人的世界里上演。爱了半辈子的中年女人一天早上惊觉，丈夫的爱已经不在了。妻子失踪了，丈夫很快有了下一个爱人。女人不断躲避卧室，她厌倦了床上的一切。性的暴力，语言的暴力，伴侣的冷暴力。他们假装一起生活，关起门来相互折磨；或者相敬如宾，有如过客。为什么非要在一起？为了孩子，为了父母，为了脸面，为了名利。又也许，"懒得离婚"。

主角总是女性。不甘心的是女人，痛苦不堪的是女人，遭遇暴力的是女人，哭天抢地的是女人，歇斯底里的是女人，飞蛾扑火的是女人。这在一百年来汉语爱情小说中几乎成为惯例。陷在爱情里不能自拔的男主人公比例很少。——为什么作家喜欢写一个女人在爱情中的受难，也许不是基于想象，很可能基于现实。

爱是两情相悦。爱是两性相欢。爱是惺惺相惜。爱是心有灵犀。但是，对于女性而言，爱情也是劫难和无底深渊。一旦爱上，便被吸附进莫大的黑洞。爱的感觉有多强烈，爱的人便有多卑微。爱情中的苦和难，都是因为"信"。"相信爱情"让人快乐，"相信爱情"让人渴望；"相信爱情"也让人沉湎，不能及时抽身。而大多数情况下，女人更容易相信，更愿意相信爱情。

也不全然如此。比如金仁顺笔下的爱情。在她那里，爱情并不煞有介事。那只是一种测试男女关系的化学试纸。《彼此》发表于2007年。丈夫郑昊婚前的背叛是黎亚非婚姻的噩梦——郑昊在婚礼前还和另一个女人做爱。黎亚非不能原谅他，而当她离婚准备再婚时，熟悉而荒诞的场景出现了。郑昊来看即将成为新娘的她。"黎亚非拿了盒纸巾过去，抽了几张递给郑昊，他伸出手，没拿纸巾，却把她的手腕攥住了，黎亚非说不清楚，是他把她拉进怀里的，还是她自己主动扑进他怀里的。"[1]现任丈夫觉察了出来，于是便有了小说结尾，婚礼上新人接吻，"两个人的嘴唇都是冰凉的"[2]。以"彼此"为小说题目，想必小说家大有深意："彼此彼此"，"此即是彼，彼即是此"。

① 金仁顺:《彼此》,《纪念我的朋友金枝》, 武汉: 长江文艺出版社, 2017年, 第59页。
② 同上, 第60页。

小说风景（节选）

六、生死相随

一千八百年前的年轻男子，绝望地看着他美丽的妻子向死亡靠近。卑微之感侵蚀了他。对鱼水之欢的留恋，对生命本身的欢喜，都有赖于这具美丽身体的给予。可现在这个身体马上就要从世间消失。他不能眼睁睁地看着妻子死去。他要想尽一切办法救自己的女人。

这个男人叫荀奉倩。他是三国时期魏国一位官员的儿子，他与曹洪的女儿结婚并深爱。就是那个冬天，女人发起高烧。男人无能为力。后来，他走到院子中间，将自己冻得冰凉，然后，回到床上，用自己冰凉的身体紧贴她，他希望自己的身体能成为治疗她的药物。当然，结局很悲惨，他病发不起，之后，她也死了。

历史上，这个故事似乎并不值得歌颂。这位死去的男人被写进蒙学课本。荀奉倩被当作可笑的反面典型——这个男人贪恋身体，缺少远大的政治抱负。但是，淹没在历史尘埃中的故事里分明包含着一种夫妻之爱，那是丈夫对妻子的深深依恋，他甚至愿意和她生死一起。

生死之爱在迟子建的作品里有迷人的光。许多人喜欢《亲亲土豆》，因为其中有寻常却深沉的夫妻之情。一对勤劳恩爱的中年夫妻，男人得了癌症，妻子听到非常绝望。"李爱杰慢吞吞地出了医生办公室，她在走廊碰到很多人，可她感觉这世界只有她一个人。她来到住院处大门前的花坛旁，很想对着那些无忧无虑的娇花倩草哭上一场。可她的眼泪已经被巨大的悲哀征服了，她这才明白绝望者是没有泪水的。"[①]

没有什么能阻挡死亡，于是，这对夫妻只能做最后的告别，即使大限将至，但也如日常般说话，聊天。人在生老病死面前是多么无奈啊，有的只是腔子里的这些呼吸和眷恋。男人走了，妻子在葬礼上用五大袋土豆来陪他棺材一起下葬，"雪后疲惫的阳光挣扎着将触角伸向土豆的间隙，使整座坟洋溢着一股温馨的丰收气息。李爱杰欣慰地看着那座坟，想着银河灿烂的时分，秦山在那里会一眼认出他家的土豆

---

① 迟子建：《亲亲土豆》，《亲亲土豆·迟子建短篇小说编年卷二 1992—1996》，人民文学出版社 2001 年版，第 165 页。

地吗？他还会闻到那股土豆花的特殊香气吗？"①

许多人难以忘记这小说的结尾，它让人落泪。"李爱杰最后一个离开秦山的坟。她刚走了两三步，忽然听见背后一阵簌簌的响动。原来坟顶上的一只又圆又胖的土豆从上面坠了下来，一直滚到李爱杰脚边，停在她的鞋前，仿佛一个受宠惯了的小孩子在乞求母亲那至爱的亲昵。李爱杰怜爱地看着那个土豆，轻轻嗔怪道：'还跟我的脚呀？'"②在这里，万物有灵，在这里，是爱生生不息。

什么是活着，什么是死去？一个人活着，死去的爱人就还在世间；一个人死了，但他那像植物一样蓬勃的爱恋依然在。

七、中国式缠绵

有一种迷人的情感，是相思。比如刘庆邦的《鞋》（1997年），写的是很多年前的事。农村姑娘守明十八岁了，未婚夫是隔壁庄里的年轻人，他有浓密的头发，会唱歌也会讲话，多才多艺的他让守明魂牵梦绕。那是属于十八岁姑娘的心事，是属于一个人的"相思"。陡然升起的爱、想到爱人时忽然涌上来的泪水，是自然人性的部分，而那院子里满树的枣花正象喻了守明情感的丰茂。

相思是糖，也是奶和蜜，当然，它很折磨人。害羞、脸红、欲语还休、心头小鹿乱撞、夜晚辗转难眠。不能写信给"那个人"，也没有办法和那个人见面。那么，用什么样的方式表达对那个人的思念？只有做鞋送给他。"让那个人念着她，记住她，她没有别的可送，只有这一双鞋。这双鞋代表她，也代表她的心。"③这实在是一种古老的情感表达方式。

那是甜而微苦的情感。一方面它是甜的，几乎每一位读者都能感受到属于守明的甜蜜思念：一个人静静地想念"那个人"，在心中和他说话；一针一线缝起的鞋里包含着女孩子细密的情感与想念。但另一

---

① 迟子建：《亲亲土豆》，《亲亲土豆·迟子建短篇小说编年卷二 1992—1996》，人民文学出版社 2001 年版，第 172 页。

② 同上。

③ 刘庆邦：《鞋》，《北京文学》1997 年第 1 期。

方面，每一个经历过爱的人想必也都深知，相思甚苦，因为"那个人"并不一定知道，不一定感受得到，不一定愿意回应。因此，那些想念和那些爱，是守明自我情感的发酵，是"内心戏"。终于桥上相见了。日日相思的"那个人"走到眼前，她希望他穿上她亲手做的鞋，但没有。——千百年来"落花有意，流水无情"的场景，再一次在这对青年男女间上演。

小说最终收束在"守明一直没和母亲说话"的沉默里。这沉默让人想到少女的委屈，痛楚，黯然神伤。写出"甜而微苦"的情感，写出独属于中国人情感的微妙，是短篇小说《鞋》的魅力所在。那是怎样一种微妙呢，它是让人战栗的又是让人心生向往的，它是折磨人的却又是让人恋恋不舍的……每个人都会老去，肉身也终有一天会湮灭在尘土里，但相思之情永远让人怀念。

还有一种中国式缠绵。

那应该是暮年之爱吧？铁凝的《火锅子》（2013 年）中，"他"和"她"相识于"共和火锅"：两个陌生人各自点菜，同涮一个火锅。由"共和火锅"结缘，他们相识、相爱，走进婚姻，生儿育女，直到老年。现在，两位老人一位八十七岁，一位八十六岁了，牵手、交谈、回忆、拌嘴、娇嗔，在终生相守相爱的人那里，子女和旁人的探望并没有我们想象的那么必要。

小说描摹了一种人人能感受到但又无以名状的情感，是那种羞涩、内敛、让人心头一软的东西："他一辈子没对她说过缠绵的话，好像也没写过什么情书。但她记住了一件事。大女儿一岁半的时候，有个星期天他们带着孩子去百货公司买花布。排队等交钱时，孩子要尿尿。他抱着孩子去厕所，她继续在队伍里排着。过了一会儿，她忽然觉得有人在背后轻轻拨弄她的头发。她小心地回过头，看见是他抱着女儿站在身后，是他在指挥着女儿的小手。从此，看见或者听见'缠绵'这个词，她都会想起百货公司的那次排队，他抱着女儿站在她身后，让女儿的小手抓挠她的头发。那就是他对她隐秘的缠绵，也是他对她公开的示爱。"①

---

① 铁凝：《火锅子》，《飞行酿酒师》，北京：人民文学出版社 2007 年版，第 235 页。

潜伏在日常生活之下的"性感"与"缠绵",如此迷人,被小说家准确捕捉到了,那感觉家常、平凡、平淡,是静悄悄的,也是绵长的,有如滴水穿石:"每次想起半个多世纪前的那个星期天,她那已经稀疏花白、缺少弹性的头发依然能感到瞬间的飞扬,她那松弛起皱的后脖梗依然能感到一阵温热的酥麻。"①虽是耄耋之年,但与爱、温暖、柔情、甜蜜、体恤有关的情感依然新如朝露。

几无故事,几无波澜,像极了一幅简笔画:两位暮年老人围坐在热气腾腾的火锅前,互相为对方夹菜。"他"的眼中只有"她","她"的眼中也只有"他"。——《火锅子》里的爱情,是返朴,是祛魅,是洗尽铅华;它使我们从一种粗糙、简陋、物质唯上的情感中解放出来,重新认识爱情的质地,它的平实、普通,和神性。

八、简单而自在

《双灯》写的是男女之情。不,写的是人狐之爱,人神之爱。它是蒲松龄的作品,也被汪曾祺改写。

有个场景,是《聊斋》里通常有的。男女相欢半年后分别:

> 后半年魏归家,适月夜与妻话窗间,忽见女郎华妆坐墙头,以手相招。魏近就之,女援之,逾垣而出,把手而告曰:"今与君别矣。请送我数武,以表半载绸缪之意。"魏惊叩其故,女曰:"姻缘自有定数,何待说也。"语次,至村外,前婢挑双灯以待,竟赴南山,登高处,乃辞魏言别。留之不得,遂去。②

《聊斋新义》中,汪曾祺选择用白话重新讲述此一故事。情节几乎未作大改动,但在结尾处,他增加了二人对白:

---

① 铁凝:《火锅子》,《飞行酿酒师》,北京:人民文学出版社2007年版,第235—236页。
② 蒲松龄:《双灯》,《聊斋志异》,北京:中华书局2009年版,第174页。

　　"我喜欢你，我来了。我开始觉得我就要不那么喜欢你了，我就得走了。"

　　"你忍心？"

　　"我舍不得你，但是我得走。我们，和你们人不一样，不能凑合。"①

　　"我喜欢你，我来了。""我开始觉得我就要不那么喜欢你了，我就得走了。""我们，和你们人不一样，不能凑合。"每一句都平白朴素，每一句都深入人心。那是一位女性对爱的超凡脱俗的理解，也是她关于爱情的简单而自在的认知，由此，一位自由地执着于真爱的狐之形象呼之欲出。蒲松龄笔下，双灯忽明忽暗，意味着一种暧昧的男女情愫关系的起灭，而在汪曾祺那里，两个人的合与分，都是自然的。不同小说调性里，藏着作家对世界、情感及爱情的不同理解。

　　爱是什么？爱是喜欢，喜欢抚摸对方的头发、脸颊、嘴唇、腰腹，也接纳对方的气味、斑点、疾病和衰老。爱是阳光，是阳光照耀下的阴影和暗淡；爱是雨露，是被雨露滋润漫延的泥沼。爱是令人怀想的风月无边，是如梦如电的虚无。

　　——爱，或者不爱，都是自主的，自由的；都是有尊严的，也该是高贵的。

九、篇幅虽短，说来话长

　　契诃夫的经典爱情小说《带小狗的女人》，被纳博科夫盛赞，他的分析堪称经典。这部小说几乎涵盖了爱情小说的所有主题：偷情，背叛，欺骗，隐瞒，庸常，最深沉的爱与依恋。小说发表于 1899 年，男人叫古罗夫，已婚有子女，有多次出轨经验；他轻视女性并称之为低等种族，但是，私下里他也认知到，与男性相处比较起来，他和女性相处时比较轻松。

---

① 汪曾祺：《双灯》，《汪曾祺全集》第 2 卷，邓九平编，北京：北京师范大学出版社 1998 年版，第 251 页。

安娜单纯天真，爱上了古罗夫。初次出轨的女人对这段相遇患得患失，深感羞愧；男人则是经验丰富。古罗夫回到莫斯科，以为很快就可以忘记安娜，但是，忘不了。他去戏院看戏，希望在那里遇到安娜。果然遇到了。一直幽会，没有其他人知情。

一个文艺腔的少妇，一个面目油腻的公务员。这最初的相遇令人怀疑。也许，不过是双方的逢场作戏。但是，慢慢地，女人感受到精神的苦闷，古罗夫也感受到了。爱情有如神启，降临在普通男女中间。艳遇最终变成爱情。

古罗夫看到了爱，也看到了他自身的双面生活："凡是构成他的生活核心的事情，统统是瞒着别人，暗地里进行的；而凡是他弄虚作假，他用以伪装自己、以遮盖真相的外衣，例如他在银行里的工作、他在俱乐部里的争论、他的所谓'卑贱的人种'、他带着他的妻子去参加纪念会等，却统统是公开的。他根据自己来判断别人，就不相信他看见的事情，老是揣测每一个人都在秘密的掩盖下，就像在夜幕的遮盖下一样，过着他的真正的、最有趣的生活。"[1]

在公开场合里，古罗夫说谎，假模假式，毫不真诚，但公众认可；而那个私下的、有真实情感生活的自己才是真实的自己，但却拿不到台面上。这位生活在契诃夫时代的男人，今天的我们一点儿也不陌生。

那么，小说中的这两个人要怎么发展，这小说的走向该去往哪里？人人都替这对男女捏把汗，就像看着泰坦尼克号一般，明知道它要撞到冰山，却不知道何时在哪里撞。没有人能给他们解答，小说停止了："似乎再过一会儿，解答就可以找到，到那时候，一种崭新的、美好的生活就要开始了，不过这两个人心里很明白：离着结束还很远很远，那最复杂、最困难的道路现在才刚刚开始。"[2]小说在谁也不知道会停的地方停了下来，契诃夫为他们按下了时间的暂停键。我们就这样望着纸上的这两个人。许多东西烟消云散了，我们不由自主地把

① ［俄］契诃夫:《带小狗的女人》,《变色龙》,上海:上海译文出版社2011年版，第247页。
② 同上，第249页。

小说风景（节选）

眼光从他们的爱情故事挪开。

什么是道德的，什么是非道德的；什么是公开的，什么是私密的；什么是永恒的，什么是短暂的……这是人的困境，这是爱的难题。从爱情中看到人的处境和世界的荒谬，也从世界的荒谬中看到爱和情感的真挚，《带小狗的女人》使我们重新理解爱情，理解生而为人的苦楚。这小说写的是爱情，和爱情有关的一切；写的是人，与人有关的一切。它是具体的，也是抽象的；它是日常的，也是神性的。——这是契诃夫短篇小说的卓异。

在短的篇幅里写下丰富深邃的情感，这是伟大小说家的境界；一如琴弦虽然纤细，但艺术大师却能弹奏出意蕴悠远、动人心魄的旋律。

2020 年 2 月 2 日—3 月 2 日

获奖作品《中国当代小说八论》作者张学昕

张学昕简介：

　　张学昕，文学博士，先后毕业于中国人民大学和吉林大学文学院。辽宁师范大学中国文学批评研究中心主任、文学院教授，博士生导师。曾在《文学评论》《文艺研究》《中国现代文学研究丛刊》《南方文坛》《当代文坛》《钟山》等期刊发表文学研究、评论文章三百余篇。著有《真实的分析》《唯美的叙述》《话语生活中的真相》《南方想象的诗学》《穿越叙述的窄门》《简洁与浩瀚》《小说的魔术师》《苏童论》《阿来论》《中国当代小说八论》等专著十五部。主编有"学院批评文库""布老虎散文丛书"等。

获奖后，我想起林建法老师

——获奖感言

张学昕

当我知道自己获得第八届"鲁迅文学奖文学理论评论奖"的时候，我首先想到的是在今年 5 月 24 日辞世的林建法老师。这时，他离开我们，离开当代文坛，已经整整三个月。

我将终生铭记，正是林建法老师，将我引入文学批评的道路。

二十几年来，由于我与时任《当代作家评论》主编的建法老师日渐密切、深度的交流、交往，逐渐地，我才深度关注、体会并充分地把握中国当代文学的整体格局，以及近几十年和当下文学迅猛的变局。从那时起，我开始更加熟悉中国当代文学创作和批评的"地形图"、文学创作与批评的基本样貌，包括作家和评论家所处的不同语境、情境及叙述深度，真实的文坛症候、气象。我也才渐渐清晰文学批评究竟应该具有怎样的品质，还有诸如"批评家何为"这样最切近自身且困扰自己的问题。在此后二十余年的日子里，我与建法老师因为文学，因为文学批评，也成为精神上的"莫逆"。我们之间"亦师亦友亦兄弟"的情谊和亲情，成为我生命中最美好、最结实的存在。我感到，在他的心里，对文学深怀的敬畏之心和甘为俯首的身体力行，足以"覆盖"任何对他的赞誉。那个时候，我也渐渐地接受并愈发地欣赏"圈子文化""圈子文学"对于文学生产、文学发展的实际作用和意义。我们都清楚，在我们这个时代，文人们一起"雪夜围炉"取暖，畅谈文学、哲学和社会人生，已经是一种极为奢侈的文化情境。思想与思想的传递，激情与激情的碰撞，才情与才情的拥抱，能够在学者们彼此的精神凝视和灵魂摆渡中得以实现，实在是一件幸事。这毕竟也是当代新的学术共同体建立的前提和基础。

现在，一晃二十多年过去了，那些无数的无尽"往事"，全部都已经成为我刻骨铭心的记忆，它们时时缠绕我，鼓舞我，使得我在感恩与文学相遇的同时，特别地感恩建法老师二十余年来对我一直的提携和"拉扯"。当然，我也愈发清楚，在文学研究和批评的道路上，即便如何拥有天赋，也很难无师自通，倘若想较为清醒地把握文学真实的脉动和内在变化的频率，真的需要有先行者、觉悟者的指引。对我来说，与建法老师相遇实在是我的幸运。那么，我所取得的一切有关文学批评的成果，都与建法老师有关。我也将在余生，将建法精神传承下去。

最后，致谢"鲁迅文学奖文学理论评论奖"评委会，由衷地感谢各位评委老师，将这个重要的荣誉颁发给我。

中国当代小说八论（节选）

★张学昕

余华论

一

若干年前，我与苏童在一次聊天中曾谈及余华。苏童认为，相对而言，在中国当代作家中，余华的内心，要显得更加强大。毋庸讳言，一个作家的写作，一定和他的内心以及他与所处现实之间存在着密切相连的关系。我想，这些也必然决定一位作家写作的伦理起点和心理逻辑。苏童对余华的"看法"或判断，不仅仅是基于他与余华多年的交往、认可或惺惺相惜这一层面，或许，同为作家的苏童，在余华的文本里，早已经洞悉到作为作家的余华，其心路的历程和叙述的价值是如何超越现实的、经验的维度，摆脱自身的写作困境，让叙述抵达存在的真相。也许，我们还会将余华及其文本，与"苦难""残酷""暴力""冷硬""荒寒"等美学元素联系起来。同时，另一组如"忍耐""温暖""幽默""宽容"等词语，也会被镶嵌在余华小说的字里行间。这些词语相互缠绕，相互对峙，相互覆盖，也相互支撑，建立起余华叙述的精神结构的坚实基础。我们由此也能够感觉到，余华自己内心的承载，可能更多地需要对世相、现实、历史的隐忍和宽容。这需要一种坚执，因为写作已然越出了诗学的层面，对作家形成哲学和信仰方面的考量。

那么，是否可以说，一个杰出作家的写作，将会成为对话一个时代灵魂的"封面"显然，余华并没有辜负我们这个时代。因为当代作家所处时代的复杂性，对作家写作有更高的"段位"上的要求。也就是说，大时代如何进入作家的内心，就成为对作家的深度考察。在我们的时代，一个真正有良知的作家的写作，的确需要拥有强大的内心，这个"内心"，包蕴着对时代的良心和耐心。可以说，余华近四十年的写作，已呈现出中国作家努力发现我们时代内在的真实、灵魂的隐秘以及历史情境的诸多症候。

余华从写作之初，就明确表达过自己的写作宣言：

> 一位真正的作家永远只为内心写作，只有内心才会真实地告诉他，他的自私、他的高尚是多么突出。内心让他真实地了解自己，一旦了解了自己也就了解了世界。很多年前我就明白了这个原则，可是要捍卫这个原则必须付出艰辛的劳动和长时期的痛苦，因为内心并非时时刻刻都是敞开的，它更多的时候倒是封闭起来，于是只有写作，不停地写作才能使内心敞开，才能使自己置身于发现之中，就像日出的光芒照亮了黑暗，灵感这时候才会突然来到。
>
> 长期以来，我的作品都是源出于和现实的那一层紧张关系。我沉涵于想象之中，又被现实紧紧控制，我明确感受着自我的分裂，我无法使自己变得纯粹，我曾经希望自己成为一位童话作家，要不就是一位实实在在作品的拥有者，如果我能够成为这两者中的任何一个，我想我内心的痛苦将轻微得多，可是与此同时我的力量也会削弱很多。[1]

余华认为，"几乎所有的作家都处于和现实的紧张关系中"，"一生都在解决自我和现实的紧张关系"，"内心让他真实地了解自己，一

---

[1] 余华：《〈活着〉前言》，《活着》，南海出版公司，1998年版，第1页。

旦了解了自己也就了解了世界"。这些，成为我们进入余华文本世界和"内宇宙"的重要通道，成为我们重新认识和理解余华、重读并阐释余华文本的有效路径。

自 1980 年代以来，我还没有看到有多少作家像余华这样，如此重视自己的写作与内心、心理、精神状况的张力。他敏感地处理经验与现实之间的复杂关系，竭力发现自身的种种悖论，包括写作必然涉及的价值观和文学观，并在写作中坚定地践行自己的文学观。当然，这种"践行"，始终围绕着余华内心的精神向度和心理图谱，不断地进行调整和修正："很久以来，我始终有一个十分固执的想法，我觉得一个人成长的经历会决定其一生的方向。世界最基本的图像就是这时候来到一个人的内心深处，如同复印机似的，一幅又一幅地复印在一个人的成长里。在其长大成人以后，不管是成功，还是失败；不管是伟大，还是平庸；其所作所为都只是对这个最基本图像的局部修改，图像的整体是不会被更改的。当然，有些人修改得多一些，有些人修改得少一些。"①这个"世界最基本的图像"，以及图像所蕴藉的"余华元素"和写作"基因"，就是随着余华每一部作品的问世，不断地"复印"或叠加在余华文学叙述的罗盘上，构成余华整体创作的景观和气象，形成独属于余华自身的美学格局。实际上，这也就是我们要深入探究的——余华整体创作上的变与不变。这些年，余华究竟"变"在哪里？"不变"又在何处？具体说，余华是怎样不停地"复印"这个"图像"的？看得出，除了充满个性的勇气之外，余华需要展示作家内心的力量和冲动，找到现象世界背后隐藏的密钥。当然，余华不会像三岛由纪夫那样，在写作中无限地伸张个人的欲望，而让自己的现实生活变得越来越狭窄，让写作覆盖自己的生活。但是，即使从作家以感性的角度，极其理性地"放逐"现实的非理性考虑，余华的内心确实需要无比地强大。

若按着余华的"图像说"梳理余华近四十年的写作，从《十八岁出门远行》，到《现实一种》《河边的错误》《一九八六》《世事如烟》《古

---

① 余华：《一个记忆回来了》，余华等：《文学：想象、记忆与经验》，复旦大学出版社，2011 年版，第 128 页。

典爱情》《黄昏里的男孩》，再到《在细雨中呼喊》《活着》《许三观卖血记》《兄弟》《第七天》《文城》，我们能够从中依稀地辨识出在漫长的叙述的旅途上，余华强有力的又略显孑然一身的踪影。其中，隐藏在余华所有文本中的那个"梦"——"让一个记忆回来了，然后一切都改变了"①。余华按着"内心的方向"，不断地虚构、重构经验和记忆，始终不改其志。从一定意义上讲，写作就是作家一个伟大梦想的达成。作家的文本里，一定潜藏着作家无数可以解析的梦幻。而且，它们必定具有各自精美的结构。2013 年 6 月，余华的长篇小说《第七天》出版后，哈佛大学的王德威教授在《读书》上撰写了一篇精彩的短文《从十八岁到第七天》，举重若轻地将余华的写作进行了一次美学的梳理和厘定。其中，王德威对余华《十八岁出门远行》中所体现出的先锋精神赞不绝口，尤其肯定余华在一个短篇小说里写出了一个时代的"感觉结构"，肯定余华对前面一个时代的叙述，以及文字的某种终极性意义和"重构"的力量，称其作品是"文字的嘉年华暴动"，并且是"开始成为探讨人间伦理边界的方法"。在这里，王德威还特别指出了余华写作中贯穿的一条不易被觉察的主线，即写实主义的脉络和气息，直指死亡、暴力、残酷的暧昧创作主体的内在纠结。这种纠结，体现为余华对生命乌托邦及"恶托邦"的率性臆想和大胆裸露。显然，文本中批判的力量，完全隐遁于对生命和存在世相的绝望之后。有时候，余华的叙述，常常令我们感到万世苍凉的压抑和无奈及其生命对命运的隐忍。我们的内心和灵魂，被一种强大的叙述力量不断地撕扯。因此，从表现人生、存在世相的角度看，余华的叙述，无疑又是直指灵魂的。这一点，构成了余华文学叙述的精神骨骼。

可以说，从上世纪 80 年代迄今，余华几十年的写作，犹如一条漫长的河流，或者似一条起伏不定、尘埃也未有落定的跌宕道路，在我们的眼前延伸，激荡，震动，悠远而沉重。这些年来，伴随着我对余华的阅读，一个对余华写作美学判断和伦理界定的想法油然而生，挥之不去。这就是余华在对存在世相进行灵魂整饬之后，始终不移坚持

---

① 余华：《一个记忆回来了》，余华等：《文学：想象、记忆与经验》，复旦大学出版社，2011 年版，第 133 页。

的审美心理和姿态：内心之死。余华在叙述的时候，选择了残酷和绝望的立场，在表达人性的暴力时，字字珠玑般呈现的图像，几乎都是残忍和隐忍的博弈和绝杀。很早，李劼就将余华和鲁迅联系在一起，"余华是一个最具代表性的鲁迅精神的继承者和发扬者"[①]。赵毅衡认为，余华和鲁迅的不同之处在于，鲁迅的对抗双方是以新旧来区分的，余华的对抗双方是以虚实来划分的，而且"虚和实的对抗有新旧对抗所不可能有的新的区别"[②]。而张梦阳则将余华的写作方式，称为"二十世纪新的写作方式的诞生"。[③]他将余华笔下的许三观与鲁迅的阿Q进行比较，分析、阐释余华为何在写作上，更加关心人物的欲望层面而轻视所谓性格塑造，其实质性意义则是余华以自己的写作方法，打破"现状世界提供的秩序和逻辑"冲破常理和经验的局限，无限地"接近真实"。

必须指出，余华对中国当代先锋文学，乃至对中国当代文学的重要贡献，就在于他在叙述上的"别具一格"，在于对现实的深刻洞悉及戳破历史书写的假象之后所保持的一种近距离的剥离。他努力地"剥离"掉任何想象成分中僵化的"主题先行"的惯性，呈现"原生态"的人性和生存图景。或许，"还原"生存的本相，应该是余华写作这类小说的一个不可或缺的"关键词"。而且，这种"还原"，是余华在一条不愿与别人重复的道路上，在表现世界的丰富的同时，凸现个人空间的独特和冲决狭窄的惯性叙事的勇气。也就是说，余华的努力在于，他能够通过叙述，试图让"我们的人生道路由单数变成了复数"；他让我们在一个平凡的故事里，找到一个多重的记忆、思想和力量。这是许多有才华、有能力的作家都有的抱负，但余华真正做到了，尤其是在篇幅看上去很"轻"的短篇小说里，他平静地举起了一块块巨石。前面提及的《十八岁出门远行》这个短篇，即让我们感到，余华一上手就俨然是一位成熟的作家。连同《现实一种》《河边的错误》《一九八六》《四月三日事件》，凸显出一种难以模仿的余华风格。不

---

① 李劼：《论中国当代新潮小说》，《钟山》，1988年第5期。

② 赵毅衡：《非语义化的凯旋——细读余华》，《当代作家评论》，1991年第2期。

③ 张梦阳：《阿Q与中国当代文学的典型问题》，《文学评论》，2000年第1期。

消说，他几乎越过了"学艺"阶段，直接把握和焊接了文字、叙述与存在的想象关系，直抵存在世界的内在之核：人、人性、尊严和存在世相。余华以所谓"非启蒙话语"，体现着更具灵魂内暴力的"陌生化"启蒙。这既是一场叙事革命，也是动人心魄的"批判的抒情"。"从十八岁到第七天"，余华通过他的文本不断地打破我们理解力上的障碍，体味着叙述的"轻"与"重"。他摈弃"油滑"和乖张，追求文本之内的对称、平衡、冲撞、完整和结实。现在，直到这部长篇小说《文城》，我们意识到余华的激情和虚构力也仍然没有丝毫的衰退。虽然，叙述层面的冒险性格犹在，但那个在叙述上坚不可摧、良苦用心且游刃有余的余华，依旧本色、自由而率性。这部《文城》里的林祥福，怀揣生命的远景，几乎一生都在寻找一种"声音"。对此，余华始终在自己的心里叙述，调和、澄明自己的想象，让思想徜徉在那些坚定地保持着强烈文学性的文本里，从"抒情"迈向"史诗"。他让我们看到一个作家——不竭的叙述者，如青铜雕像般孔武有力。余华"可持续性的写作"，完全可以印证这样一句话：唯有写作的时候，一个作家才有可能成为真正的作家。

二

余华的每一部长篇小说的问世，都是一个重大的文学事件。与《兄弟》和《第七天》的问世有所不同，他的新长篇小说《文城》发表之后，虽然并没有引起狂潮般的质疑和批评，但在不同层面上的阅读接受依然呈现"驳杂"的态势，甚至偶尔亦有"喧哗"迥异之声。一部文本接受美学上的差异，恰恰表明文本可阐释性的丰盈与张力。我想在对《文城》的阐释之前，不妨再仔细回顾和反思余华叙述的"履历"，也许，这既有助于我们理解《文城》之于余华的意义，也可以让我们重新审视余华写作本身存在的问题、价值和意义。

我们现在可以从《文城》向前推及余华以往的长篇小说、中短篇小说的表现形态和叙事伦理，并进一步深入到余华写作的精神肌理，即探寻余华虚构立场中的偶然性、"天数"、叙述方式等因素，那些并非循情循理的契合点，以及他如何摆脱外部的现实模拟性，以虚构来虚构，徒手走向个人经验的"纯粹虚构"。在这里，有几个关键的问题必须重视，就是余华处理所谓"经验"的方式究竟是什么？他坚持始终的小说理念与他的写作之间的互动关系是怎样的？以及我们如何来看待、理解他的文学观念？李敬泽曾认为，余华并不十分擅长表现人类的复杂经验。那么，什么是复杂经验？什么是简单经验？就如同张梦阳所提及的"哲学境界与历史深度"，余华是如何得以抵达？其实，这样的问题困扰着许多中国作家的写作。对余华而言，经验的传达，一方面基于作家的"文学经验"，通过回忆、想象力、思考力再度整合存在世界的物象和事象，完成文本叙述。因此说，"文学经验"是作家的写作经验，是作家"重构"世界的具体方法或策略；另一方面，在余华看来，什么是经验，什么是文学，固然已经是复杂的话题，但文学和经验两者"相遇"之后是什么，则是更为重要的问题。无疑，这里的"经验"，不再是"文学经验"本身，而是作为一位作家对于存在的感受、体悟和想象，也是未经"整合"的、尚带有粗糙"毛面"的、有质感的"事实"。对于这种"事实"经验的处理方式，既依赖于"文学经验"，也取决于判断人和事物的伦理起点和叙事的逻辑起点。现在的问题，是任何作家都无法回避的"真实"和"真实性"的问题。那么，什么是真实？对真实的理解已经成为处理经验的关键。"经验只对实际的事物负责，它越来越疏远精神的本质。于是真实的含义被曲解也就在所难免。"①这段文字其实是说，文学应该向我们提供怎样的真实？文学必定是大于个性经验的，"文学让经验出现了无限延伸的可能性，也就是说，是文学，让局限的经验成为开放的经验"②。说到底，如何理解真实，如何选择处理经验的方式，直接决定文本的结构和形态。余华反复强调"自身的肤浅来自经验的局限"，"无法明白有关世界的语言和结构"的根本原因，就是不能断定"生活是不真实的，只有人的精神才是真实的"，"有关世界的结构并非只有唯一"。③可以

---

① 余华：《虚伪的作品》，《我能否相信自己》，人民日报出版社，1998年版，第158页。

② 余华：《文学与经验》，余华等：《文学：想象、记忆与经验》，复旦大学出版社，2011年版，第188页。

③ 余华：《虚伪的作品》，《我能否相信自己》，人民日报出版社，1998年版，第159—164页。

说，余华始终在寻找一种真实的"有关世界的语言和结构"，这是一个不同于以往经验世界的新的文本结构。不言而喻，余华总是试图创造一个业已变形的世界。这时，我们看到，余华实际上早已走在虚构的刀刃上。而变形的结果和质量如何，则取决于余华的个人心智的能量以及他的思想力度和灵魂状态。在对文字深度的追求中，他似乎永远都没有退路。

现在看《十八岁出门远行》和《现实一种》，这两个文本中蕴含的许多元素，都在余华后来的几乎所有作品里不断地生长、繁衍和"壮大"着，继而成为持续存在于其文本中独特的"余华元素"和精神因子。此后，因为余华"奇崛""突兀"的文本形态，我们曾将余华视为冲破已有文学观念的"爆破手"，而一度将其"划入"到"先锋作家"的序列。《十八岁出门远行》问世后，余华立即受到李陀的极高评价和赞誉，他认为余华已经走在了"中国文学的前列"。在李陀看来，余华的叙事方式和理念，是写作主体对以往叙事因果关系和伦理起点的一次重大的反叛，不啻是发动了一场小说界的"叙事革命"，这篇小说所呈现出的风貌使之被称为一种"成长小说""教育小说"或"一篇苦涩的启蒙小说"[①]。作品貌似平淡无奇的写实，蕴藉着许多不可思议的吊诡。天真少年"出发"时，根本就"没有目的性和指向性"，"柏油马路起伏不止，马路像是贴在海浪上，我像一条船"，"我在路上遇到不少人，可他们都不知道前面是何处。他们都这样告诉我：你过去看吧"。这些，仿佛要让一个刚刚试水的少年，充分体验到行旅中的动荡，意识到整个世界的茫然和缥缈。"我已经不在乎方向。我现在需要旅店，旅店没有就需要汽车，汽车就在眼前"。未来没有预期，没有方向，只想当前的需要，就不可能永远"随遇而安"，因为叙述让一切都处于不确定的状态。与个体贩运苹果的司机偶然的邂逅，司机驾驶着破烂的汽车，他忽冷忽热、喜怒无常的情绪，沿途的人事风景，折射着寂寥而冷漠。然而，一切都在静悄悄地发生。"我不知道汽车要到什么地方去，他也不知道，反正前面是什么地方对我们来说无关紧要，那就驰过去看吧。"节外生枝，途中遇险，没有任何理由的抢掠和打

---

① 王德威：《当代小说二十家》，生活·读书·新知三联书店，2006年版，第130页。

斗，竟然是强盗般的农民哄抢车载苹果引发。无法说清楚的是，厚道的农民竟然会暴力地打伤阻止他们的"十八岁的远行者"，实在令人匪夷所思。在这里，"入世"的勇敢，事与愿违的变故，意外和不幸，宿命和虚无，令"在路上"的一切变得恍惚、惶恐和迷惘，令这次十八岁的"兴高采烈"的仅仅一天的短暂而"遍体鳞伤"的出行，成了真正意义的"远"行，一个理所应当的荒谬的"成人礼"。但是，《十八岁出门远行》无疑是余华有关现实世界认识和理解的第一幅"文学图像"。虽然，它还有些"糙面"，或是涂涂抹抹的原生态的"墨迹"，但它已然成为未来诸多大文本的"原型"，练达的叙事，显示出余华式的"坚硬如水"。从一定角度讲，这篇小说也像是一篇以"流浪汉小说"为"原型"的寓言，从未涉世、独闯世界的少年，遍体鳞伤；少年与汽车的对视，躺在"汽车的心窝里"，一切又都开始变得温暖。余华在结尾处，"重写"这位十八岁的少年出发，实际上就是刻意将叙事的开始移至结尾，昭示一个轮回或"错位"。整个叙述，余华的叙事姿态，始终表现得异常冷静。可以说，从这篇《十八岁出门远行》开始，到《现实一种》达到极端、极致状态，余华的叙述使得"文学让经验出现了无限延伸的可能性"。因此，李陀才称余华这篇小说"可能是中国一种新的写作样式的开始"。

应该提及，写于1987年9月的《现实一种》是余华"先锋时期"最具代表性的中篇小说。它与《河边的错误》《一九八六》一起，成为余华早期最"结实"的几个中篇。无论在1980年代，还是在今天，它都是一部非常奇特的小说。这是余华直逼人性，发掘人性恶和暴力根性的一部寓言式小说文本。我认为，《现实一种》，是中国现当代小说史上极为"罕见的"一篇表现人性暴力、彻底颠覆伦理的最具叙述强度和冲击力的文本。在小说中，随着死亡在亲人之间的接二连三的密集的重演，叙述迅疾地撕开人性的面纱，让我们从这起家庭"血案"中，看到难以想象的一幅关于"恶与暴力"的人性图景。

如果要"破题"的话，《现实一种》则透射出叙事本身无尽的深意。可以理解为是现实的真实一种；或者说，这仅仅是一种而已，尚有种种。但"这一种"足以照见人性的真实状态以及最晦暗、最混沌的非理性和非人道的层面。"连环杀人""连环生死"，竟然发生在同胞兄弟的两个家庭之间，抑或就是一家人之间。亲情的伦理、血缘的伦理，在这里形同虚设。中国传统文化和历史中，最引以为骄傲的温情脉脉的纲常、礼仪、孝悌，在这里被作者冷静的叙述无情地碾压，粉碎，成为神话的齑粉，荡然无存。余华选择这样一种人伦关系，来勘测血缘的可靠性，甄别人性异变的种种可能。他将人与人之间最可靠的人伦关系毁损了给你看。而且，是"现实"的"一种"，不是虚幻，是充斥着血色的实存。我们禁不住要问，余华为什么呈现出如此不可理喻的在亲情之间的相互残杀？亲情尚且如此，更何况是其他的伦理关系？"中性"叙事的语气，给我们释放出极大的阅读、想象空间。无疑，这是一幅极端冷酷、冷漠的"现实"图景，彰显着深刻的人性的断裂。母亲、山岗、山峰两兄弟、山峰的妻子、山岗的妻子、四岁的皮皮、襁褓中的婴儿，构成一个反伦理、反逻辑的事实链条。母亲的漠然令人惊诧。一开始就是她的情绪、心理，或者说是她的存在形态，笼罩了整个家庭。这是一个聚集在一起的有血缘关系的家族结构，但这个结构似乎是虚伪的。糜烂、陈腐、衰朽、冰冷、死亡的气息，弥漫在这个家庭的每一个角落。"山岗看见儿子像一块布一样飞起来，然后迅速地摔在了地上"。山岗与妻子的对话，关于儿子的死，竟然异常地冷静与淡漠。即使是死去孩子的母亲，也在眩晕中异常地冷漠。冷硬与荒寒、嚣张与怪诞，是这部小说的整体美感特征。非理性成为存在世界的一种常态，"连环杀人"就发生在亲情之间。杀人、暴力、死亡，一切看上去都是自然而然必然要发生的事情。一个动作接着一个动作，这期间，所有的人物，都没有任何感情波澜和理性的自省或自我约束。叙事中超凡的想象力，对存在世相惊人的表现力、概括力，细节和细部，都显示出余华惊人的虚构力。这种书写，是一场艺术变革，它创造了一个奇异而独特的感觉世界。全新的美学意识，彻底放弃了典型化原则，想象变得如此自由。小说叙述背后的哲学意味、伦理秩序和血缘连锁关系，均被颠覆。那么，如何来理解和阐释余华这部小说的深层意蕴，以及这部小说的写作逻辑起点呢？我们看到，世情的虚幻化和存在的不确定性，没有启蒙的诉求，对"中心"题旨或本源的拆除，对宏大历史叙事完整性的解构，自我与人物的祛魅或符号化；情感的中性化，对暴力、死亡、逃亡等行动的极端表现，利用错位和意外构造故事，使得小说的结构逻辑与传统小说构成本质性差异。宿命论式的神秘主义，甚至可以延伸至胡塞尔"现象学"。这种主观化的意图，又令余华的叙述我行我素。纯粹的主观性，就是纯粹的客观性，胡塞尔在抹去主客观的区别时，其实是抹去了客观性，这与几乎同时兴起的"新写实小说"叙述姿态基本一致，直抵事物的"原生态"。这种所谓"零度写作"，对中国当代文学来说，弱化了宏大主题对叙述的规约。它用冷静、客观的态度去描摹、记录生活，与"零度情感"相接近，显然受到罗兰·巴特《写作的零度》影响。毋庸置疑，小说《现实一种》是一种极其特殊、奇异的叙述情境和语境，这种文本形态，一度将余华带入个人经验的"极致"或"叙述疯癫"状态。

但是，在余华沉迷所谓"暴力叙述"不久，余华在几年内一口气写出了三个长篇小说：《在细雨中呼喊》《活着》《许三观卖血记》。叙述的形态发生了根本性变化。评论界立即意识到，余华的写作在审美风格上呈现出"转型"的趋向。长篇小说《在细雨中呼喊》，展示人生经历中生命之诞生、挣扎、毁灭以及孤独与人性恶的小说，是余华对生存最初的极其严肃的心理、精神探寻。余华通过对一个人从六岁到十八岁人生经验的描述，不仅表现了生命的本能冲动、现实与世界"造化"出的宿命和神秘，而且在人的无数生命片断和故事中，演绎出一种完整的生命图式。这种生命图式又是通过"在细雨中呼喊"这一意象，获得富于哲性的诗学表达。我认为，这时余华对生存的思考及表达仍然颇具"形而上"意味；对人与现实关系的表现，也恰如余华自己常说的，是源于作家自身与现实的一种"紧张关系"。虽然《在细雨中呼喊》这部小说呈现给我们的是多主题复合语义、意蕴，但更多的还是主人公对生命中诸如孤独、焦虑、恐惧、忧伤、生与死、存在与未来的寓言式的灵魂"拷问"。这就为余华后来关注现实人生的写作铺洒了智性的光辉。因此，它对于余华此后的两部长篇《活着》和《许三观卖血记》能在接近写实的道路上获得巨大成功，构成一个重大的"拐点"，这自然也是顺理成章的选择与走向。我曾把这两部描写人生存苦难的小说称为"生存小说"。因为在这两部小说中，余华以惊人的想象力和表现力，为人们提供了一个令人心灵震颤的关于生命、生存的寓言，或者说，它展示的是一种"生存模型"。在小说的"形而下"世界中，从福贵和许三观的身上，我们所能看到的不仅仅是人的充满质感的存在状态和图景，而且还能听到人类面对苦难和命运时灵魂所发出的内在声音。这声音中有焦虑，有希望，有欢乐，有痛苦，还有更多的忍耐。余华说，一个作家要"忍受生命赋予的责任"。作为人类灵魂的观照者，对人类存在境遇及心灵伤痛的深切体恤与抚摸，敢于直视人类生存的苦难，对人在历史、社会以及自我命运的抗争过程中，直面遭受的心灵隐痛，作出独属自己的表达，这是一个作家的使命和天职。而作家的思考力、想象力，尤其是作家内在的生命之光、心灵质量又直接决定着作品的思想深度。重要的是，作家如何在叙述和呈现中从容地潜藏深度？

福贵一次次隐忍命运，面临苦难、死亡的困境，以"千钧一发"的内力，扛过生活中的所有窘迫和无奈。许三观每在生活的关键处卖血，用生命本身的能量或人自身最后的能耐来解救自己，摆脱或暂时改善生存的困境。这与福贵在本质上是相同的，都是依靠自己养活自己。不同的是，许三观偶尔还"奢侈"一下。在同厂女工林芬芳摔断腿后，他为表达爱心去卖了一次血，这姑且可以视为许三观唯一超越物质世界之上的一次"精神之旅"。我们所惊叹的，仍然是余华能在这样的叙述长度中，将生活本身的苦难用质感极强的语言表达出来。他在叙述中还是采取让人物自己开口"说话"的方式，展现生活自身的流程。其中，多次的"重复"叙述的手段，增强了表达的力度和效果：一是许三观在每次卖血后去饭店补充身体时对店家的吆喝，"一盘炒猪肝，二两黄酒，黄酒给我温一温"；二是许玉兰生三个孩子时在产房的三次叫骂；三是人们议论一乐并非许三观亲生儿子的叙述；四是许三观过生日那天分别给三个孩子用语言讲述做红烧肉的那顿"精神会餐"。这些叙述，表现了生活本身的重复性，人的生存状态的恒常性，人对存在"定式"及其宿命、命运难以逾越的现实羁绊。因此，"重复"重申了生活、存在嵌入叙事结构之中的记忆，显示出经验的重构价值。

无疑，这两部长篇小说，将余华的写作带入他个人写作史的巅峰状态。有关这两部小说的评价、赞誉，可以说是"浩荡而来"。也就是在这个时候，余华的写作及其叙事形态，又被界定在《活着》的时代"。从此，余华就已经很难再与这部杰作分开。

现在看来，长篇小说《兄弟》和《第七天》似乎是两个"异类"，其间，出现了余华写作的多种"新质"。遗憾的是，这些"新质"却被那些迷恋、笃信余华《活着》《许三观卖血记》的接受者们几乎忽略掉了。尤其是《兄弟》，我曾经用"压抑的，或自由的"来描述、形容、概括余华写作这部长篇的状态和文本特征。这种判断，既指小说的内容特点，也指这部小说创作上的变化。从小说内容上讲：《兄弟》上部中弥漫着"压抑的"气息，而下部则试图描绘出一种相对自由的氛围。正如《兄弟》"后记"中所述，小说的"前一个故事是'文革'中的故事，那是一个精神狂热、本能压抑和命运惨烈的时代"，"后一个是现在的故事，那是一个伦理颠覆、浮躁纵欲和众生万象的时代"。在前一个故事里暴力和爱情，血腥和温情，短暂的幸福和持续的悲伤等构成了巨大的艺术张力，作品在一个压抑的年代里体现了强烈的自由精神，作家显然采用了一种超然的反观历史的叙事态度。后一个故事里时代的禁锢已经解除，人们有了更加自由发展的空间和机会，作品描绘了自由时代的社会繁荣和个人命运的变迁。遗憾的是，作者在下部中失去了审视现实的力度，他并没有从中抽离出深刻的生命体验或人生哲学来。在《兄弟》（上）中，革命和理想似乎代表了伟大的自由，实际却压抑了自由；而《兄弟》（下）中金钱和命运似乎已经得到了自由，实际上却重新陷入压抑。换言之，上部中，个人选择的自由等被压抑的元素，在下部中得到了自由的爆发。而像宋凡平的夫妻情，李光头的手足情，这些自由的元素却在下部中几乎消失。从人物关系来看：李光头和宋钢两兄弟的生活，一同贯穿了这两个时代，他们共同从压抑的年代走向了自由的年代；他们在压抑中享受过自由，同样在自由中备受压抑。他们一个代表着压抑，另一个代表着自由，他们又互相代表着对方；他们是矛盾的统一体，是共同体的分裂物；他们在裂变中裂变，在爆发中爆发；他们在压抑中寻求着自由，又在自由中重新陷入压抑。兄弟俩和他们的时代一起表达了一种现实体验与历史经验：人既是自由的也是压抑的，所以每个时代是自由的也是压抑的。唯一不同的是哪一个更多一些，谁在享受它们而已。从创作变化的角度来讲，如果说《兄弟》上部还基本延续、综合了前期作品里的许多元素，是那种"压抑"元素偏重的叙事方式；《兄弟》下部则完全由压抑状态走向了肆意过度的"自由"。人物张扬、情节延宕、语言失控等体验感很大程度上冲淡了作品的艺术性，我们不妨幽默地调侃，正是这种"自由"的写作让作品加厚了页码，部分地稀释了读者深切的期待。当余华把笔伸向当下自由经济的时代时，他的写作和他笔下的故事，也沾染许多自由经济时代的衍生物。当时，从这部《兄弟》的出版看，普遍认为，余华的这部作品似乎是没有表现出他以往的文学高度。实际上，它一方面宣告了余华压抑创作状态的结束，表明作者不愿一直停留在历史回忆的叙事中，而是要努力开拓现实生活的创作疆域，以期获得更大文学自由的意图；另一方面，也可能预示着余华在重复以往的同时，既有突围的希望又铸就了"下坠"或"悬浮"的可能，开始渐渐显现出作家试图超越自己的困难和无奈。①

不可否认，从《在细雨中呼喊》《活着》《许三观卖血记》《兄弟》到《文城》，确实在很大程度上形成一个不断延宕的"写实"脉络。在叙事伦理层面，它们都呈现出一种隐性的、排斥道德判断的姿态，从而向我们"展示"出人与世相的真实形态。写到这部《文城》，余华小说叙事的反道德、反逻辑倾向或理念，依然像"地火"在文本深处燃烧，再度构建起余华叙事的"心理真实""欲望叙事"的"隐性结构"。同样，余华仍是更加注重彰显人物的欲望层面，不在意或忽视呈现在表象中的"性格形象"。就是说，《文城》叙事的因果关系和人物之间的伦理关系，仍在经受着巨大的考验。若干年前，我们看到余华从《在细雨中呼喊》的"南门"发起的"一个孩子开始了对黑夜不可名状的恐惧"，"一个女人哭泣般的呼喊声从远处传来，嘶哑的声音在当初寂静无比的黑夜里突然响起"。这时的余华，已经开始建立起文学叙事的"记忆的逻辑"："我当时这样认为自己的结构，时间成为了碎片，并且以光的速度来回闪现，因为在全部的叙述里，始终贯穿着'今天的立场'，也就是重新排列记忆的统治者。我曾经赋予自己左右过去的特权，我的写作就像是不断地拿起电话，然后不断地拨出一个个没有顺

① 参阅张学昕、刘江凯：《压抑的，或自由的——评余华的长篇小说〈兄弟〉》，《文艺评论》，2006 年第 6 期。

序的日期,去倾听电话另一端往事的发言。"①

既然所有的叙述都是余华依据"记忆的逻辑"对存在世界的"重构",经验也就成为虚构和想象的"附庸",我想,这就是余华写作的"新思维"。《文城》将故事或小说叙述的时间,拟定在"清末民初",无非是为了更加舒展地打开狭隘叙事背景的制约。其实,故事讲述的时间,在余华的文本里已并不那么重要了。

那么,现在我们如何才能敲开余华这座"文城"之门?

我认为,这部《文城》仍然是一部关于命运的叙事。然而,它似乎是余华"抛弃"《兄弟》和《第七天》的叙事理路,重新回到我们倍感亲切的《活着》的路径上的"本色"回归之作。正因为这样,才让无数的余华"铁粉"重又找回曾有的阅读感觉和长久期待。或许,我们可以想象和猜测,余华此时的写作发生及其深层动机究竟是什么,但是,文本本身所呈现出的种种悖论和疑惑,仍然深度地萦绕于怀,挥之不去。这个故事发生的时间被"设置"在清末民初,情节也并不复杂:主人公北方人林祥福接纳了路过的一对"兄妹","兄长"阿强谎称自己要去京城投亲,先期离去,留下小美。不久,林祥福遂娶"妹妹"纪小美为妻。数月之后,小美窃取金条,几乎卷走林祥福的一半财产离奇失踪。之后,小美与在附近等待的阿强聚首,两人奔去上海挥霍,享受快活的日子。过了一段时间,怀孕的纪小美又突然返回林祥福身边,生下一女之后再度不辞而别。《文城》后面的大部分情节,就是林祥福携带女儿漫漫的寻妻之旅:他沿着小美和阿强的"乡音",抵达疑似"文城"溪镇,并结识陈永良一家。那些年,他仍然坚持辛勤"创业",暗中与妓女翠萍私通、往来,最后却死于土匪张一斧之手。之后,昔日的管家田氏兄弟,将林祥福的棺椁运回北方老家。而这期间,阿强和小美已重返溪镇,得知林祥福已经找来,却无颜相见。他们在强烈的负罪感的袭扰下,在冰冷的祭天跪拜仪式中,冻僵死去。可以说,林祥福的"南下"寻妻,在溪镇又创立新的家业,但他终究还是在对纪小美的思念中耗掉了自己的后半生,由此生成个人命运的悲剧。南帆说:"如果说,每一个成熟的作家无不按照自己的风格重构

---

① 余华:《〈在细雨中呼喊〉意大利文版自序》,作家出版社,2012年版,第5页。

故事梗概，那么，余华的叙事赋予《文城》强烈的悲情。"但是，南帆随之又发出"激烈"的质疑：

> 人们找不到任何借口为这一对夫妇开脱，余华不愿意赋予他们某种崇高的使命，例如执行某个秘密组织的命令，或者忍辱负重地拉扯几个年幼的弟妹。千真万确，这仅仅是两个不堪忍受传统家规的不肖子弟制造的荒唐骗局。这种状况极大地压缩了《文城》的阐释半径，人们无法轻易地将这个故事与某种重大意义联系起来。这显然加剧了纪小美必须承当的道德谴责。奇怪的是，各种道德谴责迟迟未曾出现。纪小美与阿强之间的深情竟然将世俗道德隔离在另一个遥远的地方，以至于许多人根本没有想起来。这时，人们再度意识到余华的叙事成效——如果无法将纪小美塑造为一个纯真的爱情形象，她将被鄙夷的唾沫淹死。①

我感到，余华在《文城》里，写出了一种在他以往作品里从未有过的"危险关系"，将焦点直接指向了道德。这是一个容易在"小说之外"引起叙事伦理争议的文本，它更关乎我们对作家如何作出文学理念臧否的依据。就是说，余华《文城》的叙事，不仅造成阅读层面接受美学所面临的困境，还继续着为什么我们仍然放不下那个属于《活着》的余华的犹疑。于是，人们不得不开始探究余华叙事的理由，重新回到某种叙述伦理学的怪圈——余华到底为何要写作这样一个文本或故事？余华写作的终极诉求是什么？抑或，他给我们这个时代的阅读提供了什么新的元素和生长点？在林祥福、小美和阿强之间所发生的聚散离合、生死歌哭，其背后的旨意或隐含意是什么？我们早已在《活着》《许三观卖血记》以及《兄弟》和《第七天》里，触摸到了清晰的叙事温度和文本意义指向，但是，这部《文城》就像当年的《兄弟》，因其不言而喻的余华式"叙事伦理的怪圈"，不断地缠绕、"限制"着我们对它的深入阐释。

---

① 南帆：《悲情的重构》，《文汇报》，2021年4月22日。

"文城"是什么？"文城"在哪里？我们可以认定，这是作家余华刻意虚拟的一个不存在的"存在"，它是一种念想，是一个支撑叙述的信念。只不过，对林祥福本身而言，他已经永远也敲不开这座"文城"之门了。从另一个维度看，余华的写作伦理的深度"偏移"，使得《文城》把我们引向略显迷惘、朦胧而诡异的语境。我相信，《文城》依然会成为当代文学史上一桩重要的"个案"，构成余华写作史上的一朵"奇葩"。但是，余华毕竟是余华，他"一意孤行"的叙述姿态，有时不免令我们惊异甚至错愕，似乎也颇显龃龉。因此，这部《文城》所牵扯出的小说的价值和意义诉求，必将长久令我们犹疑和纠结。

三

其实，我在《文城》的故事里，更多地读到的是另一种"绝望叙事"。这种"绝望叙事"，从《第七天》开始，就已经将生死、欲望、命运和人性等小说母题，诗性化地"统筹"在一个虚拟的生死两界的文本空间里，进而折射出遥指生命、命运、人性、历史、现实之谜的偈语。尽管余华在谈到文学写作的意义时坦言："文学是什么？文学寻找的都是有意思的，哲学可能寻找的都是有意义的。文学不要把哲学的饭碗给抢了，我们大家吃自己的饭。当然我们在一部作品中，肯定能够读到意义，但是文学的目的是为了寻找有意思的。"①但实质上，余华始终没有忘记将叙事的精神价值意义和文本"内在底蕴"，隐藏在文本的背后，潜入深处，臻入化境。在这里，哲学固然也不会担心自己的"饭碗"会被文学端走，文学自有其显示哲学力量的方式和策略。四十年来，余华的成功，在一定程度上不仅取决于细部修辞的策略和力量，还在于他对一个世纪以来中国社会现实下人性的审视和探勘的勇气和执着，我们更是丝毫不怀疑余华惊人的叙事天赋。确切地说，余华文本的力量，就是来自于叙述。或者说，余华是一位擅于叙述的作家。在这里，叙述体现为对故事、情节、人物以及隐性内涵的整饬，最终凝结在语言层面上，并且形成强大的文本张力。

---

① 付子洋：《余华：文学不要把哲学的饭碗给抢了》，《南方周末》，2021年5月4日。

余华曾经表示，希望自己的写作能触及 20 世纪，"刚开始写《文城》时，只是想把 20 世纪都写到，写写之前没有触及的从清末民初开始的故事。"[①] 表面上看，余华的写作强调"世纪写作"的时间维度，而实质上，余华的每一部（篇）小说的时代背景和人文情境都是相对"模糊"的。我以为，这种模糊性是余华有意为之，目的是在"淡化"历史背景时凸显人性的"模态化"特征。当然，余华终究不会彻底忽略掉时代、社会、人性等诸多元素，只不过在最大程度上"淡化"这个传奇故事发生的具体年代或特征，或许，这正是余华将叙事推向超越性的寓言化策略。尤其是小说的细节或"细部"，都会让我们有恍若隔世之感，历史、现实、存在，都被"悬置"起来。而这恰恰是余华在"传奇性"的噱头上，让叙述自由地游弋在写实主义和浪漫、虚拟之间。传奇这种特性，可以在很大程度上扩大叙事的边界，将故事引向深邃的隐含意义。我觉得，无论是传奇，还是所谓"浪漫"，是悲剧，还是喜剧，唯有叙述的寓言品质，才是余华孜孜以求的审美效果。因此，我们也发现，余华格外注意"叙事结构"的有机生成，在故事、情节和细节之间，寻找"超越性"的灵魂拷辩。这就让我们从文本"间性"中获得对世相的整体性玄思。从这个角度考虑，《文城》不啻又是一篇考量灵魂的寓言。

其实，重读余华早期的短篇小说，可以再度审视其叙事策略的持续性，还会再度发现、阐发出余华小说的崭新质地。我们在余华早期的两个短篇小说《黄昏里的男孩》和《我没有自己的名字》里，就能够窥见余华"寓言性"的写作追求。"寓言性"写作，就是将传奇、悲剧等元素，都整合在一种王德威所强调的作家叙事的"感觉结构"里。此外，我们还感受到了余华"细部修辞的力量"，以及他在短篇小说这种文体里所显示出的叙事才华。叙述个体生命的遭遇，呈现人性的本然状态或变异性，彰显近乎"原生态"的存在世相，如王德威所言："余华建立一个充满揶揄性质的（反）道德秩序。他仿佛看穿了法律及文化的伪善本质，却企图以更大的恶、更极端的暴力来涵盖。……他的

① 罗昕：余华《〈文城〉：只要我还在写作就进不了"安全区"》，《澎湃新闻》，2021 年 4 月 20 日。

暴力叙述竟隐含讴歌的诗意。"①也许，小说家的职能，就是试图从根源上洞悉、揭示那些极端的、隐匿的、不可思议的生活。而叙事的背后，就是富于强烈哲学意味的寓言品性。这些，构成了延续余华写作最基本的叙事因子。

在《黄昏里的男孩》里，我们看到，一个成年人使一个孩子的世界毁灭的故事。我们可以从容地分析并体验到，余华所构筑的悲剧性情境和寓言性、隐喻性。这种"再现"，不仅令我们瞠目结舌，也使得我们每一个人都会感到无地自容。在小说里，孙福是一个曾遭遇过重大人生变故的中年人。他的儿子在五岁的时候，不幸沉入池塘溺水而亡，妻子在几年之后，与剃头匠私奔。一个原本幸福的家庭在不经意间土崩瓦解。这样的生活变故和人生转折，也许发生在很多人身上，只是时间各异罢了，其中的种种诱因，都难以说清。生活中存在大量的谜，往往都是我们难以破解的。孙福的遭遇，可以说是个人生活的灾难，就在他最好的年龄、身体最结实、最容易产生幸福感的时候发生了。这些，在余华叙述到最后的时候，才帮助孙福进行了一个短暂而平静的回忆，这种回忆虽然轻描淡写，但是深意盎然。或许，我们能够想象出来，一个成年人在遭遇丧子丢妻的生活罹患之后，性格、人性、精神、心理可能会发生一些变化。余华将关于孙福的这些"背景"交代，留在了叙述的末尾，而让一副凶狠、残暴的面孔率先登场。我们在孙福最初的形象中始终认定他是一个缺失人性善良的恶人，无法猜想他曾有过这样一个幸福的家庭和还算得意的早年光景。一个少年，不是一个职业的乞讨者，也可能是因为家庭的变故，流落在街头，这个比孙福溺死的儿子小不了多少的孩子，俨然终于成为孙福的一只期盼已久的猎物。饥饿覆盖了这个少年的真实面孔，饿得发昏，已然有些恍惚状态的时候，他抓走了孙福果摊上的一个苹果。从此，余华的叙述开始了漫长的、令人喘不上气的细节的铺排，开始展示一个人和另一个人之间都属于最低的存在起点。无疑，文学的记忆，其实往往是一种感官记忆，味道、声音、色彩、细碎的场景和细节，悠长地凝聚着生命在种种存在缝隙中的真实。上世纪末以来，看上去，我们

① 王德威:《当代小说二十家》，生活·读书·新知三联书店，2006年版，第139页。

仿佛生活在一个几乎没有细节的时代，意识形态化、商业化和娱乐化正在从人们的生活中删除细节，而没有细节就没有记忆，细节恰恰又是极端个人化的沉淀，是与人的感官密切相连的。只是那些完全属于个性化的、具有可感性的生动的细节，才能构成我们所说的历史和存在的质感。在《黄昏里的男孩》里，余华通过极其个性化的细节，将人的所有尊严带入了绝境，或者说，余华在一种"内心之死"般的绝境中，把一种可能成为尊严的生命形态和存在品质、一种人区别于其他动物的存在理由，毫不虚饰地进行割裂。让我们面对人生最绝望、最可怕、最无奈的境地，让我们在精神心理上，承受那种躲在黑暗中的无情和凶残，最后，让我们的内心几近崩溃。

于是，像是陀思妥耶夫斯基在《罪与罚》中，用长达几页的篇幅描写拉斯科尔尼科夫杀人的细节和场面，余华也在不断有意地延长叙述中的孙福的暴力。孙福拼命地追上偷走了他一只苹果并且咬了一口在嘴里的男孩，他苛刻、无情地打掉男孩手里的苹果，一只手抓住男孩的衣领，另一只手去卡他的脖子，向他疯狂地喊叫："吐出来！吐出来！"——余华让孙福迅速地进入疯狂的状态。余华的叙述几乎都是由近景或特写组成，细腻地呈现这残忍的一幕。而且，他让叙事者叙述的时候，好像心如止水，冷静异常，不露声色地让孙福继续残忍下去，扭曲下去，将他的疯狂继续舒缓地拉长。我们此时的感受已经是毛骨悚然，不寒而栗。孙福在得意中娴熟地从事这一切，享受着这一切。而好奇的人们都在认真、贪婪地目睹着，心满意足的看客，将这些当成趣味横生的风景。余华让他们与孙福一起创造一个人世间的奇观：一只苹果约等于一只中指，这是一个非理性、非逻辑的一种比附。也许，我们会理智清醒地以为，这是在我们时代发生的一个荒诞不经的新游戏。故事如果就此收场，余华恐怕还不能算是"残酷"的作家，也谈不上残忍，于是，余华就让男孩继续遭受孙福的折磨，肆意扩展着叙述的长度，使男孩所遭受的羞辱达到了极致。"孙福捏住男孩的衣领，推着男孩走到自己的水果摊前。他从纸箱里找出了一根绳子，将男孩绑了起来，绑在他的水果摊前。"只要有人过来，就是顺路走过，孙福都要他喊叫"我是小偷"。小说中，一个人的命运，没有丝毫幸运的安排和归宿，贯穿一个幼小少年内心的伤痛，映照出另一种恶所制造的心灵灾难。

或许，从另一个角度看，余华确实是一个书写绝望的高手。这些年，他通过"绝望叙事"，不断地"延宕"他对于人性的诊察和无情的解剖。我们无法不深深地同情这个因饥饿而偷了一只苹果的孩子。道德的天平，让我们向着小男孩无限地倾斜下去。我们在文字里已经闻到了秋日黄昏里血和泥土混在一起之后所产生的"腥红"气息。余华让这种人性最野蛮的状态，在一个秋日的黄昏，泛滥成一场疯癫的丑剧。余华这位对自己极其苛刻的作家，这一次，对人物的表达也苛刻到了极点。他对人性最低劣品质的表达，显示出他对人类、民族精神心理现状的高度警觉。说到底，余华通过很小的细节，挖掘出隐匿在人性深处的卑劣现实，人内心最黑暗的部分尽显无遗。这里，也表现出余华极大的悲观性书写，"男孩走进黄昏"或"黄昏里的男孩"，无疑是一个沉重、沉痛的意象，男孩在沉默和悲凉中的隐忍，是否也可以视为一种"反抗绝望"？读到这里，我又恍惚看到了鲁迅的身影，眼前的文字变得令人难以卒读。余华以这个虚构的故事，将我们引入生命、存在的绝望之境。这又是一次刺探人性的尖锐的写作，对于一个作家来说，依然是需要一种特别的勇气，需要作家内心的强大。而且，这种"绝望书写"一直延续到《第七天》。只是那个叫杨飞的主人公，在"阴阳两界"都呈现出极其无力的生命状态。他"死后"，重新遁入现实的"雾霭"，伴随所有的生命的"回望"，被再次卷入"无地的彷徨"。"无地"就是杨飞的最终归宿，没有葬身之地，亦没有重生的希望。我想，黄昏里的"男孩"、十八岁的少年和细雨中呼喊的孩子，是否可以视为杨飞的"成长版"，构成生命的筚路蓝缕，人性在既有的存在秩序中的"罪与罚"。因此，我们可以判断，余华的内心，也是在无数个"现实一种"的"世事如烟"中，在"难逃劫数"的命运"疯癫"里，日渐强大起来，并作出反逻辑、反道德、反伦理的叙事，书写人性和命运的残酷。同时，也在寻求如何重铸人性和尊严的途径。

在这里，短篇小说在此显示出丰富的容量，其不可估量的内蕴和力量，令人震撼。这种文本现实，在余华的小说里，似乎不仅仅是通过隐喻和寓言式的结构、模式来完成的。他常常通过人物的命运来实现这一切。或者说，人物的命运就是充满个性化的寓言，它本身就构成有关生命和存在的"隐形结构"。孙福在践踏、极端地毁损男孩尊严的同时，分明在延续自己惨淡的命运和不幸。在叙述中，孙福的不幸在先，这些不幸并没有将他引入怜悯、善良和同情，相反，他残暴、凶狠、尖刻，令他深陷于歇斯底里的疯癫状态。究竟是什么让他无视、蔑视人的尊严呢？性格即命运，孙福的性格、心理结构在自己命运的颠簸中迷失了道路，发生了扭曲和变形。因此，他自己没有作为一个人的尊严，同样，也不可能在他人的身上认同一种叫作"尊严"的东西。《黄昏里的男孩》表现的就是对人尊严的践踏，并且，余华给了我们一把解构个体灵魂的钥匙。在另一个短篇《我没有自己的名字》中，布满了生命尊严可能遭遇的所有荆棘，书写出一个庞大的人群对尊严的蹂躏。在这个文本里，余华不是在描写一个人和一条狗的命运，他所表现的依然是人与人之间灵魂的差距。几十年来，余华始终在写有关平等或不平等的故事，从《活着》《许三观卖血记》《兄弟》到《第七天》，都是在竭力地表现人在各种环境下的平等和不平等。前者是写活着的不平等，后者是写"死后"的不平等。我们可以在余华的写作史中，清晰地梳理出这样一条叙述平等的线索，活着，或者卖血，死后，无葬身之地。人自身，人与现实，都在余华的叙述中由"轻"变"重"。无疑，这实际上是一条从希望、坚忍直至绝望的道路，这是余华"恐惧"现实，"与现实有着紧张关系"的渊薮。而这两个早期的短篇《黄昏里的男孩》和《我没有自己的名字》，仿佛是余华叙述的精神起点，他一上手就是要着意表现人的精神和灵魂现实。其实，《我没有自己的名字》更像是一篇荒诞小说，但这是余华式的荒诞。他与贝凯特、尤奈斯库、马尔克斯和卡夫卡都不一样，他没有像他们选择采取抽象式的荒诞，将一种存在和事物最终指向理念或哲学。余华意识到他们的荒诞是贵族式的，并且充满了社会的荒诞性、政治的荒诞性。而余华文本所具有的荒诞品质，是充分人性化和寓言性的，是中国式的"黑色幽默"，是沉重的，令人感到窒息的。余华在这个短篇小说里，依然将故事讲述的年代做了很模糊的处理，叙述的重心还是在细腻地描述人的命运和感受。我们应该注意到，在1990年代中期，讲述这样一个故事，不得不让我们考虑那个年代的文化语境和社会生活形态。"讲述故事的年代"与"故事讲述的年代"之间，可以使文字在一

中国当代小说八论（节选）

种"互文性"中生成巨大的想象的张力。余华在写作这些作品的时候，呈现出他对世界和存在的整体性的发现。我想，决定余华写作这些作品的重要理由，就是源于他内心对这个世界的认识，源于他的怜悯和同情心。因此，即使那些叙述基调清冷、沉郁甚至压抑的文本，都掩抑不住埋藏在文学场景、文学图像背后坚实的同情心。这是在余华叙述背后，不易被人察觉的"表情"。

与其说来发是一个人物形象，不如说是一个符号，或者是一面镜子。因为我在感受这个人物的时候，总是恍惚想起中外文学史上的许多著名的人物，如鲁迅笔下的阿Q，阿来《尘埃落定》中的傻子等。来发与他们一样，是这个"文学类型"中的一员。但这个类型，也是形态各异，就像不同的"哈哈镜"，可以折射出不同的视觉和感觉效果，他们都能够自己凹凸出不同凡响、出人意料的寓意和价值。余华在这个短篇里，埋藏着巨大的叙述雄心，他最终的愿望，就是想表达人性和世情的真相。这个目的，却是通过细节、对话、人物的种种神态释放出来。擅于讲故事的余华，貌似在讲述一个平淡得不能再平淡的故事，其叙述却在平淡的看似波澜不惊的情境中撞击人的心灵。可以说，余华总是喜欢在一个叙事的结构里表达一种纯粹的意愿。他在《我没有自己的名字》里，就表达出了这样一种尊严被颠覆、生命被侮辱的人性暴力。

现在，我们面对《文城》的时候，就会感到，余华小说叙事对内在精神性的诗学诉求从未停止过。如果我们从"细雨""呼喊""活着""卖血""幽灵"和"寻找"的视角，考察这条充满压抑、沉郁的人性"冷链"的话，覆盖于余华叙事之上的那股"揭示"性的力量，一直游弋在字里行间，构成个人经验、文化记忆、家国记忆的内核。

四

或许，我们还可以从小说艺术表现形态的角度，从整体上来探究余华小说创作的叙事学、文体学、小说修辞学和寓言性意义，也可以深入探究余华如何探勘人性、表现生命尊严。余华小说如何在时间、空间之维建构故事的意义层次以及与此相关的诗学问题，包括关于小说叙事的伦理起点、逻辑起点。其虚构和想象力之间可能产生的张力，到底应该在多大程度上才能为我们的阅读所接受？无论从哪种视角看，《文城》都再一次给我们提供了如何面对并阐释文本的新的契机。

其实，余华小说写作在文类、文体上的尝试，早在 1980 年代末就已经开始了。他在所谓"先锋时期"，曾经写过三个"戏仿小说"。《古典爱情》是"才子佳人小说"，《鲜血梅花》是"武侠小说"，《河边的错误》是"侦探小说"。我不清楚，余华那时是否真的有想写出一部真正意义上的"传奇小说"的愿望。那么，究竟什么样的文本才可以称之为"传奇小说"呢？或者说，小说的"传奇性"是否可以作为叙事的一种元素，可以附着于所有的虚构、非虚构文本之中？"传奇小说"和"传奇性"之间的差异性又在何处？现在，这部《文城》难道是戏仿才子佳人小说《古典爱情》中余华"元素"重新开始发酵的结果吗？我们看到，丁帆教授给予余华的《文城》以较高的评价，他特别强调其具有"史诗性"价值，这是以往对余华小说的评论和研究中少有的阐释视角。丁帆在文中，对"传奇性""史诗性""悲剧性"的理念，都作出重新的阐释并对《文城》给予充分的肯定，视之为进入《文城》的重要路径。[①]无论是史诗性、悲剧性、寓言性，还是叙事结构的开放性和"互文性"，在我看来，似乎都与余华小说的"符号性"有着某种莫名的关联。而就余华小说的情节、故事、人物、性格、欲望而言，若从小说叙事学的层面考量，余华文本的故事、寓言性结构，仍是余华小说创作的内核。前文，我们亦曾探讨过余华为何有意忽视所谓人物性格的"塑造"，现在，许多人又开始对《文城》的人物形象发生"质疑"。特别是小说的男女主人公林祥福和纪小美，包括阿强，试图以其是"扁平人物"还是"圆形人物"来甄别，进而作出伦理评价。在概念的提出者——小说家福斯特看来，"扁平人物"是基于某种单一观念或品质塑造的人物，"圆形人物"更具复杂性或"弹性"机制，实际上两者的差异性和区别，实难作出量性的切割。余华在写这几个人物时，并没有给人进入到某种人性深度的绝妙感觉，而只是选择他们身上各

① 参阅丁帆:《如诗如歌　如泣如诉的浪漫史诗——余华长篇小说〈文城〉读札》,《小说评论》, 2021 年第 1 期。

自的性格侧面带入情境。因此，这些人物在文本中的"合法性"，似乎显得不甚明了。

> 纪小美是《文城》之中唯一的多面性格。她聪明伶俐，送入沈家当童养媳，继而被严厉的婆婆逐出家门。丈夫阿强割舍不下她，窃走家中的钱财携带纪小美周游花花世界，直至耗尽所有的盘缠。纪小美设下圈套嫁给林祥福，卷走财产是题中应有之义，重返林家生养与思念女儿才是未泯的良知突如其来的觉醒。如何评判这个人物？美人计？出卖色相盗取他人财物？面对林祥福清澈而固执的眼神，她怎么能如此坦然地说出谎言？纪小美挚爱的阿强又是一个什么角色？缺乏与母亲抗争的勇气，不负责任地将手中的最后一文钱花出去，然后打发妻子卖身行窃？事实上，他们是情节内部真正的反面角色。尽管可恶的土匪一次又一次地重创溪镇，但是，林祥福一辈子无法痊愈的内心伤痛源于纪小美与阿强的诈骗。①

显然，南帆对余华小说人物塑造的"说服力"表现出警觉。这让我们再次联系到余华对事物、人物判断的伦理坐标，余华为何要如此这般地描述这样几个人物？人物和故事背后的隐含意义是什么？余华经常提及的美国作家艾萨克·辛格，告诫他正处于写作状态的弟弟说："看法总是要陈旧过时，而事实永远不会陈旧过时。"由此可以推断，事实或存在世界本身的可能性，都要比我们的"看法"宽广得多。好的作家必然会在存在世界、事物和人性之间，发掘事实（故事）自身的内在隐秘，让其在文本中释放出应有的光芒。蒙田也说过类似辛格对弟弟所讲的意思："按着自己的能力来判断事物的正误是愚蠢的。"我觉得，这句话的深意在于我们发表"看法"的时候，是否应该绕过自己的看法，而让事物或人物的"命运"取代我们对它们任何肆意的判断。说到底，辛格和蒙田，是否让作家放弃任何判断？显然不是的。这依然是一个如何"处理"经验的问题。作家直面生活并将其转化成

---

① 南帆：《悲情的重构》，《文汇报》，2021年4月22日。

文本经验时，肯定要祛除那些"定格的画面"，解构掉虚假的暂存性和因果性，摆脱线性叙事解构和故事因果关系，发掘那些潜隐在事物背后的深不可测的存在本相。这自然构成了作家写作的精神高度和拓展事物可能性的难度。作家的判断不应是"肆意的"，但终究也应该是有边界的。

余华曾说："寻找一个角度来叙述的小说，我称之为'角度小说'，往往可以舍弃其他，从而选择叙述的纯洁。可是正面叙述的小说，我称之为'正面小说'，就很难做到这样，这样的小说应该表达出某些时代特征。'角度小说'里时代永远是背景，'正面小说'里的时代就是现场了。"[①]那么，若是从故事和情节的角度看余华小说的叙事变化，可能会让我们更加理解余华小说的叙事逻辑、趋向和坐标。而西方的叙事学理论对于我们故事和情节的辨析，也会帮助我们阐释《现实一种》《活着》《第七天》以及《文城》等文本的意义。《文城》出版后，读书界、评论界提出"一个好故事就是一部好小说吗？"的疑问。小说和故事之间，到底存在着怎样的差异或隐秘关系？一个很自然的故事及其讲述本身，难道还无法构成一部小说文本坚实的质地吗？而这些想法，究竟对作家意味着什么？无论是"好故事"还是"好小说"，叙述的终极指向都是从内心出发的意义"能指"。那么，现在我们能否判断，余华真正地"回到内心"了吗？可见，余华在自由地叙述的同时，也给我们留下许多值得深思的问题和困扰。

前文提及，余华的每一部长篇小说的问世，都会构成一种余华"现象"或"事件"，引起文坛和读书界极少有的"轰动效应"。由此可以看出，二十余年来，我们对余华这样的作家是始终充满期待的。在当代，余华的作品，已经成为中国当代作家能给予我们时代的最重要的精神食粮。不容置疑，任何时代的文学，都以其坚执的、充满美学气质的"纯文学"质地，成为一个时代的精神镜像。作家选择什么样的表现手法和叙事策略，选择怎样的叙事伦理，直接导致一个文学文本对话时代与读者的形态和效果。

中国当代小说八论（节选）

---

① 余华：《我们生活在巨大的差距里》，北京十月文艺出版社，2015年第1版，第307页。

"浪漫主义或者现代主义均是纯文学的重要组成部分。浪漫主义时常以强大而蓬勃的主体傲视世俗社会，对于财富嗤之以鼻。怎么能因为利润而牺牲心灵自由？他们不想向守财奴或者资产阶级暴发户低下高贵的头颅。少女可以歌唱失去的爱情，守财奴怎么能歌唱失去的金钱？这是美学精神高蹈昂扬的时代。现代主义丧失了浪漫主义的骄傲而换上一副颓废、反讽、愤世嫉俗的表情。现代主义以玩世不恭的姿态嘲讽兢兢业业的生活，嘲讽围绕财富积累形成的一系列观念，包括市场以及法律条款。正如人们所言，浪漫主义或者现代主义的叛逆和批判缺乏政治经济学基础。缺乏经济学设计图，美学能够走多远？当然，这个问题并未在纯文学内部获得足够的重视——经济学？算了吧。……纯文学并未消失，可是缩小了占有的空间，成为一种——而不是唯一的——文化范式。技术与经济正在改变文化结构，试图赋予美学新的位置。美学周围若干长期遭受忽略的环节得到了应有的重视。"①

在我们时代，文学正承载其应该担当的使命和责任。余华的小说文本始终在与时代生活的对话中，向历史和现实并对人性发声，而且，他通过文学叙述，不断地为我们提供对存在世界思考的新的起点。作家与时代的距离，必然会影响到文本谕示出的人性和生活的深广度，我们能感觉到，余华不断地调整和变化姿势，寻找能刷新自身审美边界的路径，调整审视存在世界和勘查人性的视角、逻辑起点。无疑，余华永远是一位敢于挑战自己的作家。文学史是由作家的名字以及他们创造的经典连贯起来的，作为作家的余华，四十余年来，他的每一部作品似乎都构成自身写作生涯的标志性文本。同时，余华小说也成为不同时间段当代文学的"风标"。他在相当大的范畴内，触动、拉动着一个时代的阅读，引发出人们借助文本的魅力去对撞时代、社会最敏感的神经。从这个角度讲，余华又是一位"越界"的作家，因为余

① 南帆：《当代文化结构：美学、技术与经济》，《文艺报》，2021年4月21日。

华文本的结构及其叙事，已成为我们对照现实生活和人性自身的一面"镜像"或"参照系"。

苏童论

> 小说是一座巨大的迷宫，我和所有同时代的作家一样小心翼翼地摸索，所有的努力似乎就是在黑暗中寻找一根灯绳，企望有灿烂的光明刹那间照亮你的小说以及整个生命。
>
> ——苏童《寻找灯绳》

一

从发表第一首诗和第一篇小说算起，苏童迄今已经写作三十五六年，他的故事、人物、文本结构和叙述语言，也一起陪伴了他几十年，而且，这些还将继续伴随他漫长的"持续性"写作。现在，我们再来考量曾经作为"先锋作家"出场的苏童创作，关于他独特的艺术风貌，反省我们对其文本的阐释、文学史判断，我感到，苏童小说的存在价值和意义，早已远远超出个人叙述风格的范畴。苏童的写作，既契合了小说艺术发展的内在要求，以"先锋性"出人意料的艺术力量，聚合着深厚、浓重的"古典"纹理和意味，又超越了形式的雕琢，仰仗着天才的感受力和语言表现力，而进入到小说艺术体系浑圆自足的审美纵深处。王德威数年前称苏童"天生是个说故事的好手"，他从"说故事"的层面，进入苏童笔下的"南方"。他还深入地讲，苏童的世界令人感到"不能承受之轻：那样工整精妙，却是从骨子里就掏空了的"[1]。我感觉，这是基于苏童对南方生活的传奇性和文化的神秘性而言，建立起对苏童小说文化浸淫的深刻性而言的认识和描述。我在阅读评论家程德培阐释苏童《黄雀记》的文章时，看到程德培的质疑：

---

[1] 王德威：《南方的堕落与诱惑》，见汪政、何平编：《苏童研究资料》，天津人民出版社，2007年版，第409页。

"他的言说总有点来自另外一个世界的味道。"他认为王德威教授审视苏童文本的视线和出发点，是其将苏童写作纳入自己所理解和想象中的文学版图所致。① 不管怎样讲，任何对于苏童的阐释，都应该是不拘一格的、开阔的、多元化层面上的接受美学，都是"杂花生树"般对于一位作家"解读史"丰饶的哺育和滋养。我们对作家的写作及其文本的理解和认识，仍然需要对作品做出符合审美特性的、切中肯綮的判断。也许，我们更需要将作家的写作置于文学史、世界文学发展状态的层面或格局下，考察作家对于人性、民族、国家、地域、文化诸多方面的深度发掘程度，不脱离现实语境和时代的因缘际会，因为，所有文本必定都会牵扯到中国文学的敏感点和转捩点。

几十年来，苏童的小说叙述文本，已经让我们体会到不断地"重读"的必要和意义。我相信，作家苏童，是变化中的苏童，他的原本已摇曳多姿的小说文体风格始终保持璀璨生辉，尤其是他的文本在故事和语境里拓展丰富的人性，那是概念化写作者永远也不会有的东西，同时，他还能在既有的叙述基调和氛围中不断发生变异。其实，苏童看似"平静如水"的文字的背后，既有独特的精神、情感体验，也具有很大程度上的文化历险性。苏童 1980 年代出场后，始终为接二连三的被"命名"的潮流所裹挟，或"先锋小说"，或"新写实主义"或"红粉杀手"，但他自觉或不自觉地在个性化的写作中，悄然地磨砺、调整和改变创作的风貌。在一个艺术发生剧变的时代，作家随着潮流行进时，却又能与潮流保持距离。他以一己独到的艺术思维和虚构力，自觉地冲洗掉历史的吊诡，克服"先验"理念的纠缠和左右，摆脱江南文人的柔软、细小情调，不沉溺，不矫饰，文字中没有剧烈的震荡和冲撞，也不缺乏抒情的感伤和悲壮的膂力。在当代作家中，苏童的文字，可谓是飘逸和醇厚的气息兼具，优雅和平实的叙述共存。我感觉，苏童还是一位有"洁癖"的作家，无论是他的文字，还是小说的结构、故事、情节、人物、意象，他都会处理得工整、简洁和清俊。我们在苏童的小说里，可以看到这些考究的、有"结构感"的浑然规整的叙述，无疑，苏童小说的文体形式，已经构成苏童小说形神兼备、超逸

---

① 程德培：《黎明时分的拾荒者》，作家出版社，2019 年版，第 77 页。

悠游美学特征的重要因素。

现在，如果我们从文学阅读和借鉴的角度，来谈论苏童的写作及其写作发生，我们无法绕过两个人：一位是博尔赫斯，另一位是雷蒙·卡佛。熟悉博尔赫斯的人都知道，博尔赫斯的"叙事的迷宫"，将小说艺术推到超越一般性价值判断的智性和伦理维度，叙述中的时间和空间彰显出哲性诗学的功能，形成充满精神寓意和文本张力的结构。博尔赫斯在与威利斯·巴恩斯的一次谈话中，谈起他夜里做噩梦的经历，其中最基本的内容主要有三种：迷宫、写作（读书）和镜子。我们知道，博尔赫斯的小说，常常将镜子和梦作为叙述的主题，特别是梦，他常常写它，也常常梦到它，而且大多是关于噩梦的迷宫。1984年，在北师大读书的苏童，就读到了博尔赫斯。他曾细致地表述自己阅读博尔赫斯的感受："深陷在博尔赫斯的迷宫和陷阱里，一种特殊的立体几何般的小说思维，一种简单而优雅的叙述语言，一种黑洞式的深邃无际的艺术魅力。坦率地说，我不能理解博尔赫斯，但我感觉到了博尔赫斯"[1]。我感到，博尔赫斯此后一直若即若离地伴随着苏童的写作，他的一个个短篇小说，都或多或少地充满了博氏梦幻般的玄机因子，支撑起他那些凌空蹈虚般的想象。也许，苏童的一些重要作品的构思，就是博尔赫斯的梦和迷宫的另一种延伸。像"枫杨树乡村"系列小说，以及后来的《蝴蝶与棋》《水鬼》《巨婴》等，都弥漫着梦的气息和迷宫的意味。苏童在读卡佛的时候，曾有过这样的感慨："读卡佛读的不是大朵大朵的云，是云后面一动不动的山峰。读的是一代美国人的心情，可能也是我们自己这一代中国人的心情。"[2]苏童将在卡佛的作品里品味出的感受，用一个他自己都认为不恰当的比喻，情绪化地贴给了卡佛，那么，他自己呢？他几十年来都深陷在"香椿树街"的故事"大淖"之中，不能"自拔"，他在自己所盘踞的"福地"，虚构出无数迷魅的故事。问题在于，我们对苏童的判断及其所依赖的标准，根本没法按着以往老套的文学思维方式进行，那样，我们也许就会变得无所适从甚至自欺欺人。这不仅是因为苏童身上没有令人焦

① 苏童：《河流的秘密》，作家出版社，2009年版，第164页。
② 同上，第203页。

虑、迷惘、游戏的气息，而且，最主要的是，苏童并不是那种精于算计、很复杂的作家，他有自己判断事物的、简洁的审美轨道，但是他的叙述却可能出乎我们的意料。那么，面对他通过叙述布置下的迷宫，将我们引向我们从未涉足的世界，我们应该怎样破解它或绕出来，可能更是一件需要费尽心思的事情。所以说，对于苏童写作确切的审美定位、概括和描述，其实也是一件极其困难的事情。也许，杰出的小说家都是无法被轻易所"定义"或划分至任何"群落"的。这也是文学批评和文学史的尴尬。

在这里，我们似乎还不能将博尔赫斯和卡佛视为苏童写作的两面"镜子"，在日后漫长的写作生涯，苏童也没有将两位的叙事"玄机"直接化用，而是流露出"神以知来，智以藏往"的神性迷踪。"我喜欢那些精致、纯粹甚至貌似简单的短篇小说。比如雷蒙德·卡佛、托比阿斯·沃尔夫的作品。我喜欢作品中的那种幽静、淡漠的语言走廊"①。苏童描述卡佛作品时，使用"语言走廊"这样的比喻，表明他对外国短篇大师的一种敬畏，也袒露出他对于语言构筑的语境的偏爱和青睐。

作家库切说过："所有的自传都是讲故事，所有的写作都是自传。"②无疑，苏童将近四十年的写作，他与一代人的生活和岁月如影随形，真正写出了1960、1970年代出生的一代中国人的心情，也逼真地写出了一个时代诚实的内心。并且，苏童一写就是几十年，他的叙事，仿佛永远挖掘不尽的矿藏，让这位天才小说家也无法阅尽世间沧桑。不可否认，苏童早期小说的"成长意味"是极其浓厚的，1960年代人的青涩、迷茫、稚气和单纯，在苏童笔下尽显无遗。从最早的短篇小说成名作《桑园留念》开始，或再向前推延到他的短篇小说处女作《第八个是铜像》，苏童的文字也像河流一样，流过了三十余年的历程。文本中的故事、人物和情境，已经记录下一代人的生命影像，也凝固成"苍老的浮云"，渐渐地幻化成那个时代的"青芒"镜像，或者，业已成为时间和历史的"铜像"。显然，苏童，并不是陀思妥耶夫斯基

---

① 苏童:《寻找灯绳》，江苏文艺出版社，1995年版，第131页。
② 转引自王敬慧:《库切评传》，北京大学出版社，2010年版，第101页。

所说的那种"用彻底的现实主义，在人身上发现人"的作家，但是他很早就已经充分意识到存在世界、人性和事物的"迷宫"性质，他找到了意象、隐喻、意绪、氛围、语境与记忆、想象之间的隐秘"关系"。而且，几十年来，他尤其注重小说叙事理念的调整和反省，在艺术和精神两个层面，竭力跳出童年、记忆、历史、南方、少年、女性、意象和唯美叙述的惯性和"套路"。固然"唯美"是苏童小说整体艺术形态的重要特性之一，但绝非苏童写作和后来苏童研究的"独门武器"。就是说，"唯美"在苏童的写作里并不是什么"主义"，而是沉淀于文字内里的美学特性。因此，面对苏童迄今仍处于进行时的写作史，我始终在寻找苏童长期写作中内在的精神延续或"衔接点"，故事内部不易察觉的推进动力，文本在时间之流里连绵延续的魅力之源，爬梳主宰他能够持续写作的真正"圭臬"。那么，如此说来，这样的"主宰"力量究竟是什么呢？在一定程度上，真正能决定苏童写作小说的"上帝之手"到底在哪里呢？

从文体的角度看，苏童的一系列长篇小说《米》《城北地带》《我的帝王生涯》《蛇为什么会飞》《碧奴》《河岸》《黄雀记》，让我们深切地体悟到苏童驾驭这种文体的圆融和自觉，以及他呈现暧昧的历史和现实的能力。而且，他低调、从容又逼真地重现人性、命运、历史沧桑并复原多重繁复结构，那种源自历史、时代生活的欲望、激情和生命冲动，在文本里衍生成特别自由、灵动、唯美的情致，既具苍茫、飘逸之美，也蕴藉沉实、浓郁之色。而苏童大量短篇小说的凝练、细致和谨严的特征，又使得他能够从不同的视角和侧面，耐心地、逐一地打开生活和人性的皱褶。以"城北地带"和"枫杨树乡村"为视景的南方想象的疆域，在苏童的短篇小说中，构成独具特色的苏童的"纸上的南方"。他的大量短篇小说文本，更加显现出个性化的、深邃的意味。这些文本，在很大程度上已经构成记录南方文化的细节和数据。无论是对历史的模拟和描绘，对家族、个人的记叙，还是对乡间、市井的营构，都隐藏着诗性的意象和浪漫、抒情的气息。可以说，这是其他文体无法替代的。像《桑园留念》《两个厨子》《白雪猪头》《神女峰》《西瓜船》《拾婴记》《桥上的疯妈妈》《小偷》《她的名字》《万用表》等等，都堪称绝好的短篇佳作。在苏童两百余篇短篇小说的体量

中国当代小说八论（节选）

里，短篇小说的幽韵，<u>丝丝缕缕地从字里行间发散出来，成为新鲜而成熟的小说叙事的美学经验。</u>因此，从一定的意义上讲，正是短篇小说这种文体，宿命般地、静悄悄地在使苏童的写作发生着根本性的变化，而这些短篇佳构，成就了中国当代的"现代文人抒情小说"的经典篇章。我们可以充分地肯定，苏童对于中国现当代短篇小说发展所做出的重要贡献。从这个角度讲，我想，将苏童称为"短篇小说大师"，丝毫也不为过。

苏童的小说，不仅具有浓郁的抒情特征，精致的、淬炼的语言和诗学的结构，掩饰不住的浓厚的文体意味，聚敛着叙事语言的细微、浑然、畅达的品质，同时，他的写作还始终充满历史意识和地域文化的气韵。可以猜想，苏童之所以要写作，一定是深切地感受到，其置身其间的南方所隐匿的神奇和迷魅，他要追寻深藏于俗世生活里的原初的生命情结——那一<u>丝丝感伤</u>和颓败。唯有那些无数的扣人心弦的故事，才能够使其实现自己在文字中安身立命的梦想。我想，这些，都不是那些所谓的"关键词"可以界定和定义的范畴。因为，我们相信，任何理论都是灰色的，作家的文本之树常青。"许多事情恐怕都是没有渊源的，或者说旅程太长，来路已经被尘土和落叶所覆盖，最终无从发现了"①。可以说，作家苏童在这里道出了写作的自主性、自由度和写作的宿命感。在苏童身上，我们看到了不可遏制的虚构力、表现力和创造力。二十余年来，我对于苏童写作的追踪和爬梳，尽力地在他的"变"与"不变"之间考量其优长、得失，将其文本视为一个个在行走路上不断地邂逅的朋友，或作一次畅谈，或彼此相视而笑，让自己乐在其中，或者，沉湎于绵密的文字梦境里。而且，这一切都是似真似幻，又可摸可触。就是在这样的途中，我一次次地感受着苏童写作的玄思，探寻他每一个小说文本的来路和命运。

二

是午后铁路相对沉寂的时分，初夏的阳光在铁轨和枕木

---

① 苏童：《桑园留念·短篇小说编年·自序》，人民文学出版社，2008年版，第1页。

上像碎银一样弥漫开来，世界显得明亮而坦荡。路坡上的向日葵以相似的姿态安静地伫立着，金黄色的硕大的花盘微微低垂。有成群的小黄蜂从向日葵花盘上飞出来，飞到坡下那些白色的野蔷薇花丛中。火车正从很远的南部驶来，现在是午后铁路相对沉寂的时分。剑突然在一堆新制的枕木旁站住了，四处瞭望一番，他惊异于这种铁路上罕见的沉寂。脚下的枕木散发着新鲜沥青强烈的气味，俯视远处的曲尺状的五钱弄，那些低矮简陋的房屋显得很小很零乱，它们使剑想到了一些打翻在地上的儿童积木。(节选自苏童《沿铁路行走一公里》)

直到五十年代初，我的老家枫杨树一带还铺满了南方少见的罂粟花地。春天的时候，河两岸的原野被猩红色大肆入侵，层层叠叠，气韵非凡，如一片莽莽苍苍的红波浪鼓荡着偏僻的乡村，鼓荡着我的乡亲们生生死死呼出的血腥气息。我的幺叔还在乡下，都说他像一条野狗神出鬼没于老家的柴草垛、罂粟地、干粪堆和肥胖女人中间，不思归家。我常在一千里地之外想起他，想起他坐在枫杨树老家的大红花朵丛里，一个矮小结实黝黑的乡下汉子，面朝西南城市的方向，小脸膛上是又想睡又想笑又想骂的怪异神气，唱着好多乱七八糟的歌谣，其中有一支是呼唤他心爱的狗的。(节选自苏童《飞越我的枫杨树故乡》)

这两段文字，明显都是以一种"少年视角"眺望和逼视少年自身和老家、家族的历史。它分别叙述的正是苏童两个写作背景或"原型"——"香椿树街"和"枫杨树乡"，也是苏童最初的写作发生的聚焦地。的确，此后几十年，苏童的写作几乎从未离开过这两个场域。尽管苏童极力想运用多种笔调或叙述语气，呈现多样不同的语境和氛围，但是，我们仍然能够强烈地感受到，沉潜于苏童文本的内心绵软的意蕴、涵咏的书卷气息，以及深情眷顾、沉迷故乡的情怀，永远也挥之不去。

　　无疑，少年生活，少年命运，是苏童早期创作的主要题材选择，应该说也是其写作发生的起点。从自己的童年记忆出发，进入虚构和叙事。王德威认为苏童小说中，最引人瞩目和独特的形象不仅是女性，还有那些从未真正成熟的男孩。从这一点看来，无论是女性还是少年，这两组群像都属于他叙述中虚实相生的"南方"。生于苏州的苏童，应该是文学空间重新让他获得叙述的时空，"纸上的南方"，既是苏童写作灵感的"出发地"，也是他精神和灵魂的"回返地"。南方之于苏童，是如影随形的记忆的归属所在。我感觉，苏童与同代作家余华、格非有着较为相似的阅历，他们的写作"出发地"都是经由童年、少年的足迹，从南方小城或小镇的一隅，逐渐地走向外部世界。这就决定了苏童这一代作家的写作宿命，无不沉浸在南方的氤氲里。我们从格非的短篇小说《褐色鸟群》《迷舟》《青黄》，长篇小说《敌人》《人面桃花》，从余华的《在细雨中呼喊》《兄弟》，都能感受到与苏童的大量中、短篇和《城北地带》《米》等文本酷似的"记忆中的画面"或文学"镜像"。可以说，这几位作家赖以虚构的大背景和隐喻性动机，都无法摆脱江南灵秀和沉重的想象时空。他们有关成长、死亡、欲望、爱恨情仇、暴力、荒诞，在呈现不同时代的存在世相时，都彰显出人性的极度困惑和灵魂危机。尤其苏童、余华、格非所表现的人物命运和人生境遇的复杂性，常常给人一种缥缈不定、离奇曲折的感受。也许，在他们看来，小说所应该承载的责任，就是将能够凸现现实或记忆中那些隐藏的故事和人的命运，置于新的结构和秩序之中，让人物和故事剥离掉任何被硬性赋予的意识和行为，在另一个作家建立的结构里获得"重生"。这些故事和人物，也在叙事文本的记忆重构中实现自己的"轮回"。而且，他们的文本，也构成一代写作者精神、灵魂、心理上的"互文性"价值。

　　在这里，我特别赞同敬文东在评价格非创作时，提出的"命运叙事"的观念。表面上看，敬文东主要是阐释格非的长篇小说《月落荒寺》人物命运及其事物之间的相互关系，实际上，他还揭示出作家作为写作主体如何勘察人性、人生选择与事物、存在世界的途径、可能性和隐秘关系。而且，从作家"选择的必要"的层面看，我们也在文本中看到了作家文学叙事的某种命运或宿命。

特别值得关注的语词："命中注定。"作为说汉语的中国人心目中至关重要的理念，"命中注定"自有其来历；它非关迷信，乃是知命之言。对此，钱穆有很得体并且善解人意的申说："人生也可分两部分来看，一部分是性，人性则是向前的，动进的，有所要求，有所创辟的。一部分是命，命则是前定的，即就人性之何以要向前动进，及其何所要求，何所创辟言，这都是前定的。惟其人性有其前定的部分，所以人性共通相似，不分人与我。但在共通相似中，仍可有各别之不同。那些不同，无论在内在外，都属命。"钱氏紧接着有更加精辟的言说："所以人生虽有许多可能，而可能终有限。人生虽可无限动进，而动进终必有轨辙。"作为观念，"命中注定"既意味着人生有限，更意味着人生之动进必有其特定的轨辙；有限的人生必定被包裹在具体的轨辙当中，轨辙则规定了有限人生行进的方向、迈步的范式，也规定了有限人生的要义与大意。"性"通常与"命"连言合称为"性命"，"命"通常与"运"连言合称为"命运"，"运"通常与"气"连言合称为"运气"，"气"则通常与"数"连言合称为"气数"。性命不保、命运堪忧、运气不错、气数已尽等等，是有关命数的常用语词，甚至固定组合。因此，性、命、运、气、数在古老的汉语思想中，向来都自成一体，相互牵扯，就像"声音的纹理是一种音色与语言的色情混合物"那般神秘、那般费解，却令古往今来几乎所有的中国人无不用心关注。因此，钱穆才更愿意接着说："当知气由积而运，气虽极微，但积至某程度、某数量，则可以发生一种大运动。而此种运动之力量，其大无比，无可遏逆。故气虽易动，却必待于数之积。命虽有定，却可待于运之转。"但无论"易动"之"气"在怎样寄希望于"数"之"积"，也无论"有定"之"命"在如何"有待于""运"之"转"，每个特定之"命"都必将处于某个具体的轨辙之内，不得存有超越特定轨辙的任何念想与妄想。不是造化弄人，是"人"必得存乎于特定的"造

化"之中而必定被"弄";"造化"原本就意味着"有定"之
"命",也意味着特定而具体的轨辙。轨辙是"有定"之"命"
的行进线路。

　　我认为,在这里,敬文东并没有陷入"宿命论"的圈套里,他阐
发了人生存在的多种可能性中,起着决定性作用的"性命攸关"之"命"
和"运"之间,具有神秘交割的气理和"运道"。也许,我们会发问:
难道说,苏童及其一代作家的写作发生也是"命中注定"的吗? 很早,
我就曾探讨支撑苏童小说叙述的动力究竟是什么。想来想去,恐怕还
在于他叙事的意图和诗学精神的确立。这就是为什么当"枫杨树乡"
和"香椿树街",日益构成苏童最初叙述的两极或罗盘时,苏童几十年
的写作几乎都"陷在""香椿树街",以此作为叙述的背景和互为镜像,
不能不说这在一定程度上具有宿命般的情愫、心理、灵魂积淀。我觉
得,苏童对小说中"少年"形象极力渲染的并不是看似令人不可思议
的"暴力",深埋叙事之中的实则是骨子里的"浪漫性""青春的迷惘"。
无疑,这些文本的写作,都是苏童执着于记忆中的南方,用自审、犹
疑、忧伤的眼光,寻寻觅觅地探测南方少年的神秘和向往的见证。从
苏童大量的"香椿树街"小说所叙述的年代来看,相对应的时间,基
本上都是上世纪 60 年代中期至 70 年代末期,只是其在小说中的历史
背景相对被大大地淡化,更多的是,竭力表现少年成长世界与社会的
对视。在他早期的小说里,正处于"青春写作期"的二十几岁的苏童,
因为对具有永恒意义的形式感追求的狂热,他总是喜欢将人物置放于
相对空灵、诡谲的环境里。我们常常会将他的小说人物与乡村、市镇、
少年、红马、水神、回力牌球鞋、铁路、U 形铁、稻草人,都视为"同
类",编织成一类能够映射特定时代特征的象征符码。实际上,由于苏
童对现代小说叙述技巧的出色运用,小说的人物,已在很大的程度上
被拉到了"半真空"状态,少年的纯净、透明、精确、强悍也同样被
牵制到意象和幻象的层面上。短篇小说《伤心的舞蹈》和《乘滑轮车
远去》,堪称苏童早期的两篇代表作。前者写的是一个少年最年轻的尊
严及其心灵遭遇。这篇小说很短,却融汇了许多在当时鲜见的小说成
分:像"东风吹,战鼓擂""或重如泰山,或轻于鸿毛"这种当年的政

治话语在文中的穿插，与小说的叙述语境形成饶有兴味的调侃；小说结尾处"我"与妻子的对话，从一定意义上构成了对"故事"的"补充"，而且使小说具有了"元叙事"的意味。关键是，如果按着传统的小说阅读习惯，读罢这篇小说后，很可能会做出这样的判断：这篇小说好像没写任何东西。但我认为，这篇小说值得称道的是对一个少年心理的摹写，我们可以通过这个人物读出那一代人的心情。孩子之间的天性、嫉妒，自我的觉醒，与舞蹈之间自然而神奇的联系跃然纸上，小说没有刻意地去刻画人物，堆砌性格，故事几乎是在"流水账式"的叙述中完成，我们虽然没有在叙述中发现一群十二三岁孩子的性格或相互之间的内心冲突，但我们分明感受到了那个时代人与人之间简单、粗糙的紧张关系，这和舞蹈的柔软、细腻恰好形成一种有趣的悖谬。显然，这既是一个与舞蹈有关的故事，又是与舞蹈无关的一个有关命运的传说。《乘滑轮车远去》中的"我""猫头""张矮"，可以说就是后来《城北地带》《刺青时代》《舒家兄弟》中"小拐""达生""红旗"等的"前少年时代"。这无疑是他们少年经历中的一次艰难的心理历险，作家写"我"在一天里所目睹的生活现场造成的疑惑和迷惘，"本能欲望"的萌动，意外的"人祸"，对成人世界的警觉，都成为加速少年成熟的催化剂，在这篇情节上同样"散淡"的小说中，苏童再一次将现实生活、记忆和小说混淆在一起，对人物虽只是勾勒其轮廓和线条，但不经意间塑造了他小说中最早的南方少年形象。这里提到的两篇小说，在许多方面可能无法与苏童后来的短篇小说相比，但叙述文字、描绘人物的颓靡、耽美已初见端倪，另外，不依靠人物、不以人物性格或经历结构故事，这在80年代的叙事文本中也极不多见。

　　我感觉，从短篇小说《沿铁路行走一公里》起，苏童似乎突然找到了新的叙述的方向。除了赋予人物基本而必要的动作，还逐渐加大了作品整体的容量，死亡、病态、孤独和惆怅开始进入对南方少年的表现视域，小说也开始更多地考虑人物的主观感觉，"主人公"的味道开始弥漫出来。或许苏童当时还没有意识到，他笔下的主人公少年剑内心的孤寂、惆怅，对世界的渴望以及无法和现实达成默契的苦恼或难以名状，这已不仅是成长的烦恼，更多是他所处生活世界的幽闭造成的压抑感。作家让剑在一公里有限的长度里与世界对话，但在那种年代，他的内心、他的命运也只能和扳道工的那只笼中鸟一样，无法摆脱其被精神囚禁的悲凉处境。剑和铁路之间似有一种说不清的关系，但妹妹的死和扳道工老严的致命错误，并没有成为剑拒绝现代文明的心理障碍。剑对那列上海至哈尔滨列车的向往和猜想，倒是会很容易让我们把这篇小说与苏童那篇叫《三棵树》的散文联系起来："午后一点钟左右，从上海开往三棵树的列车来了，我看着车窗下方的那块白色的旅程标志牌：上海——三棵树，我看见车窗里那些陌生的处于高速运行中的乘客，心中充满嫉妒和忧伤。"在我的记忆中，直到 80 年代初，上海至哈尔滨的旅客列车的终点始终是"三棵树"而并非哈尔滨。我在这里无意考证苏童记忆与写作的某种奇异关系或错位，但我们在剑身上所感受到的不仅是作家自身遭遇的某种心理、精神压迫，而且使我们强烈体味到现实给人的内心带来的巨大的空虚或虚无感。"行走""鸟笼"、铁路作为"一部简单而干脆的死亡机器"，它们之间也构成了一种关于存在的巨大隐喻。一个人少年时代最初的"恍惚感""缥缈感"，在苏童最初略显青涩的文字里，无法"平衡"地盛放在对"三棵树"的遐想中，少年的心思鼓荡着骚动的振幅。

无疑，在这里苏童沿着铁路行走的这"一公里"，俨然成为他叙述的开始，正像一种"成人礼"般的仪式，让写作从"萌发"的状态从此向渺远的纵深，渐渐打开无数隐秘的通道。

在涉及"乱世"少年乖戾心理和动机的"城北地带"短篇小说中，我们应该注意到稍晚时候写作的《犯罪现场》和《古巴刀》。这两篇小说深刻地触及"南方少年"病态的心灵。短篇小说《犯罪现场》中的启东，是一个患有严重心理疾病的少年。最为吊诡的是，他对于注射针管的迷恋，竟然到了无以复加的地步。这个特殊的医疗器械在一个无知少年的手中，无疑已经成为一种可怖的杀人机器，这也从侧面暗示出社会生活和那个时代的荒诞不经和不可理喻。我感到，苏童并不是想极写、凸显启东这个人物的什么性格，因为，任何疯子的性格就是疯子，在一个非理性的时代，解决疯狂的方法也许只有疯狂。问题在于，那个莫医生将启东的疯狂衍变成了自己的理性迷失的缘由，他向启东注射了一针筒的链霉素，导致了启东后天的失聪。一般地说，苏童的故事可能经常回避叙事的深度，在这里，依靠人物的行动直接判断心理和精神，既是短篇小说的要求或限制，也是作家放弃居高临下这一普泛审美视域的明智选择。《古巴刀》中，"古巴刀"成为展开叙事、挖掘人物内心活动的功能性道具，它既是特定历史时期的"历史化石"，蕴含着那个时代的尖锐、锋利与沧桑，也是人物所处青春期"暴力情结"的见证物。古巴刀已经完全逸出了"刀具"本身的含义，进入到人的政治和文化心理范畴。它与前期小说中的回力鞋、滑轮车、工装裤等一样，都是凭吊、追忆往昔岁月的物件，不同的是，用一把古巴刀将古巴革命者格瓦拉与六七十年代中国街头少年三霸、陈辉们联系在一起，并衍生出奇特的人生体验和历史沧桑，显得别有新意。陈辉冒险为"刺青少年"——地痞三霸从工厂偷盗古巴刀而事发，无助的陈辉非但没有得到"江湖"上仗义的支持和帮助，反被三霸们拒之门外，就此引发陈辉愚昧疯狂的本能冲动。陈辉在这场突发的事件中充分地暴露了其内心的极度脆弱，表现出一种古怪的、难以抑制的疯狂，性格老实木讷的陈辉瞬间变得比三霸更为嚣张和不可一世，粗野、愚昧和肆无忌惮。从他身上，我们开始对那个时代和生活产生巨大的隐忧：我们古老礼仪之邦的"集体无意识"中，潜隐着顽固的、非理性冲动。这已经不是陈辉一个人偶尔为之的举动，它极可能摧毁一个民族正常心智以及心灵空间和精神的存在秩序。古巴丛林中那个传奇人物切·格瓦拉的英雄气和草莽气，在那个年代也被非理性地引申为另一种暴力的可能和象征。在这里，苏童没有控制陈辉这个人物内在变化的种种可能性，因为，苏童意识到一个卑微的灵魂，为了内心的尊严同样会摆脱性格惯性的束缚，苏童在短篇小说有限的空间中试图凸现人物精神变异轨迹，苏童这时已注意到叙述和结构对小说人物本身的"惩罚或救赎"的作用。从短篇小说的写作角度而言，苏童也在寻求变化，他在通过对记忆的整理发现悠远岁月中世间所蕴含的"真实"，陈辉、三霸和古巴刀，切·格瓦拉的母亲和中国街头少年的母亲，还有那些早已沉睡于黑暗之中的事物，与善良的内心之间是否存在着神秘联系或相互的"唤醒"？苏童后来写作的短篇小说《骑兵》中的左林、傻子光春和《刺青时代》中的小拐一样，都是通过表现他们身体上的残疾、"缺损"，来进一步逼视和映现那个时代整体上心理、精神性缺失、病态和宿命。这些小说，描述出那个时代的少年貌似坚硬的苍白、柔弱、虚妄的梦幻。时代、历史环境对少年人格、心理的塑形和"畸形",至关重要。命运的机杼,自己无从掌控和主宰自己现实命运的惘然和困顿,跃然纸上。

另外,像短篇《神女峰》,则显示出苏童"扭转"现实、擅于牵制"现实"的能力。人物的关系和命运的变迁,在一次极其短暂的旅行之中发生令人瞠目结舌、不可思议的变故。在1980年代,我们很难想象"自己的女朋友很快就被别人领跑了"的悲剧,竟然如此容易地就发生了。这几乎消解了我们的历史意识和"年代感":"我们当时真的糊涂了,那个名叫描月的女孩到底是谁的女朋友?"人生和命运的不可捉摸,人与人之间关系骤然的突兀变化,心理、灵魂深处的嵯峨嶙峋、幽冥晦暗的场景,毫发毕现。

总体上讲,《灰呢绒鸭舌帽》《一个礼拜天的早晨》《木壳收音机》,包括早期的中篇《妻妾成群》《红粉》《园艺》、长篇《米》《城北地带》等篇章,皆可视为宿命或"命运叙事"的经典文本。苏童的第一部长篇《米》,五龙的命运,仿佛冥冥之中的一种早已经"预设"的安排,从头至尾,叙事直奔命运的囚笼。这部"纯虚构"的小说,直面人与人的命运遭际中最黑暗的一面。这个关于逃离、欲望、痛苦、仇恨、生存和毁灭的故事,写出了五龙这个逃离饥荒的农民——"外乡人"具有轮回意味的一生的遭际。苏童自己认为这部小说"先验地"倾注了有关历史、命运、归宿和人生的理念。五龙对抗贫穷、自卑、奴役和暴力的人生姿态及其选择,似乎已经注定历经五十年异乡漂泊之后,死于归乡途中的怆然结局。像短篇小说《灰呢绒鸭舌帽》中的老柯,《一个礼拜天的早晨》中的李先生,《木壳收音机》里的莫医生;中篇小说《妻妾成群》中的颂莲,《红粉》里的秋仪和小萼,《黄雀记》中的保润和柳生,这些人物,仿佛都远离或放弃了时间的正常逻辑,在小说叙事被"预设"的时空秩序里进行着无奈的对抗,人物似乎都是宿命的对抗者,也是某种力量的受害者。他们用自己的想象与选择创造一种现实,同时体现着他们的勇气、冲动、悲情、枉然、纠结和脆弱。那篇《灰呢绒鸭舌帽》,写出了一个男人巨大的存在性悲怆。老柯与那顶灰呢绒鸭舌帽之间的宿命,仿佛是一曲遗传学演奏的家族史哀歌,注定了几代人存在的悲催命运,终将在时间之流中成为无奈地延续的惯性。显然"命中注定"的悲剧，就是"有限的人生必定被包裹在具体的轨辙当中，轨辙则规定了有限人生行进的方向、迈步的范式"①。这篇小说，写出一个人的人生极可能由于某种"必然"而导致"偶然"的发生。很难想象，写作这篇小说时还特别年轻的苏童，如何将想象性体验"浇铸"于复杂的内心，并且在有限的篇幅里呈现人生瞬间的悲剧。

三

在这里，我们必须区分"存在"与"现实"这样两个完全不同的理念或概念。存在，作为一种尚未被完全实现了的现实，它指的是事物的某种"可能性"的现实。那么，从某种情形上来看，现实（作为被高度抽象的事实总和）在世界的多维结构中，一直处于中心地位，而"存在"则处于某种边缘的状态。"现实是完整的，可以被阐释和说明的，流畅的，而存在则是断裂状的，不能被完全把握的，易变的'现实'可以为作家所复制和再现，而存在则必须去发现、勘探、捕捉和表现；现实是理性的，可以言说的，存在则带有更多的非理性色彩；现实来自于群体经验的抽象，为群体经验所最终认可，而存在则是个人体验的产物，它似乎一直游离于群体经验之外"②。

在这里，我们要探究的是，数年来，苏童的南方"存在"，是如何演变成苏童的文学"现实"的？其间，苏童是怎样将自己的个人性经验、审美判断转化成一个个独具个性的文本结构？我想，这依然是考量一位作家写作和审美定力的重要方面。其实，我很早就隐约意识到，苏童写作最大的"野心"，就是试图为我们"重构"一个独具精神、文化意蕴的真正的"南方"。所谓"南方"，在这里可能会渐渐衍生成一种历史、文化和现实处境的符号化表达，也可能是用文字"敷衍"的南方种种人文、精神渊薮，体现着南方所特有的活力、趣味和

---

① 敬文东：《命运叙事——对格非〈隐身衣〉〈月落荒寺〉的一种理解》，《当代文坛》，2019年第5期。

② 格非：《小说叙事研究》，清华大学出版社，2002年版，第15页。

冲动，包括人性的纠葛及其命运的渊薮。与此同时，他更想要赋予南方以新的精神结构和生命形态，这些文本结构里，蕴藉着一种氛围，一种氤氲，一种精神和诉求，一种人性的想象镜像。"我的南方在哪里呢？我对南方知道多少呢？我的南方到底是什么？"①苏童经常叩问自己，是否真的有过一个南方的故乡存在，他如此魂牵梦绕的、不断地描述以至无法自拔的南方街道，他了解得究竟有多深？对它固执的、经久不息的回忆，是否真会在文本的张力中触及南方最真实甚或最隐痛的部分？那么，苏童的"南方"究竟是什么？只是他笔下"枫杨树乡村""城北地带"和"香椿树街"的一系列故事吗？我们不由得想起美国作家福克纳，他所虚构的位于美国密西西比州北部的约克纳帕塔法——"家乡的那块邮票般大小的地方"，他寄寓在那个地方的情怀悠远、沉郁，仿佛是以个人记忆和个人历史呼应着时代的"轻与重"。或许，对苏童来说，那条横亘在苏童记忆中20世纪60年代的南方街道，正在逐渐销蚀掉一群孩子对世界的模糊记忆和认识，或者，不断地召唤出那些与旧年代相关联的事物。所以，苏童在面对那些已经不确定的细节时，仍然能够以自己感悟生活的方式，对生活和历史进行有选择的接受和容纳，表达对生活的一种诚实看法。那个时代究竟失去了什么，留下了什么？显然，他在曾经熟悉的事物里看见了"经验"所不熟悉的事物，这会产生什么样的结果呢？像苏童的中篇小说《南方的堕落》里的"桥边茶馆"，在生活中确有一个他熟悉的原型，茶馆因无法补救，失火坍塌。在苏童小说里，有诸多此类种种案例，表面看上去，这似乎是一个写作蓝本的"突然死亡"，但是，这并不会阻碍苏童写作的有关南方生活的种种想象，一次次写作的发生，必定会超出一个作家对某种具体事物的凭吊，或是对一个象征或意象的哀悼，而在记忆废墟之上或沉重，或轻松地重建一种新事物，重构一个新世界。它也许是风情，是人物多舛的命运，可能是历史落不定的尘埃，也可能是对所看见的破旧而并不牢固的世界的精心求证。那么，苏童构造的文学南方意义何在呢？"我同样地表示怀疑。我所寻求的南方也许是一个空洞而幽暗的所在，也许它只是一个文学的主题，多年来屹立

---

① 苏童：《河流的秘密》，作家出版社，2009年版，第138页。

在南方，南方的居民安居在南方，惟有南方的主题在时间之中漂浮不定，书写南方的努力有时酷似求证虚无，因此一个神秘的传奇的南方更多地是存在于文字之中，它也许不在南方。"①那么，苏童所描摹的南方是什么？它究竟在哪里？"南方"的灵魂是什么？于是，这个"南方"，开始以属于苏童的方式出现在苏童的文本里。我们猜测，是南方"遇到"了苏童，抑或是苏童真正发现了南方？或者，最终连苏童自己也"自叙传"般地成为这些故事中主人公的影子。

苏童的"南方"，由近三百余万字的小说文本组成。从最初的成名作中篇小说《妻妾成群》《红粉》，以及《1934年的逃亡》《罂粟之家》《刺青时代》《飞越我的枫杨树故乡》，到长篇小说《米》《城北地带》《我的帝王生涯》《蛇为什么会飞》《河岸》《黄雀记》，还包括大量杰出的短篇小说，除极少数几部作品外，基本上都以"城北地带"和"香椿树街"为背景。这些长篇、中篇和短篇小说，本身是各自独立的，但彼此又有衔接、交叉、相互的内在通联，许多人物在各部作品中，也时有穿插出现。叙述的线索，林林总总，并非一条。家族、暴力、逃亡、死亡、欲望、人性，社会历史变迁和南方地域文化特性，给人物带来的命运浮沉，精神心理的变迁，伴随着南方的浓重印痕和"胎记"，丝丝缕缕，在苏童的笔下浸淫，弥漫四溢，若隐若现，层出不穷。这个南方，在"旧"上做足了文章，"怨而不怒"之旧，流风遗韵、慷慨悲凉之旧，在一个写不尽的"旧"里检视着时代之秋，灵地的苍凉之气。如果从上世纪80年代"先锋时期"的写作算起，苏童有关"城北地带"和"香椿树街"的叙述，实际上已绵延或"延宕"了三十年，苏童非但没有丝毫的疲惫，反而"愈演愈烈"。可以看出，苏童小说的重要因素，基本都有实际生活的"原型"，他是从印象深刻的地点和人物出发，旁生出各种枝节，并衍生出无数南方的故事和情境。苏童对南方的理解和文学建构，都是在他所有关于南方的感悟、理解和叙述中完成的，他的小说组成一个耐人寻味的美学意义上的南方，构成"文学苏童"的独特魅力和意义。

对此，我们还会进一步思考前面提出的问题：支撑苏童小说叙述

① 苏童:《河流的秘密》，作家出版社，2009年版，第138页。

的动力是什么？南方，对于他而言，难道存在着某种理念、信念上的暗示和指引吗？也有人曾怀疑、批评苏童："一个作家怎么可能一辈子陷在'香椿树街'里头呢？你走不出一条街，算怎么回事？"其实，对苏童来说，他所担心的问题，并非是不是要深陷在这里的问题，而是"陷"得好不好的问题，是能否守住"一条街"的问题，是"陷"在这里时究竟能够写出多少有价值的东西的问题。要写好这条街，对苏童已经是一个非常大的命意，几乎是他的哲学问题。一条街可以通往世界，也可能穿越时空，超越既往的和实实在在的现实，在呈现人与现实，以及在"掘进"人物的内心生活上达到新的深度，而如何克服经验的狭隘和局限，让"抒情主体"在对具体感性世界的推断中，智慧地修正和延伸隐匿于事物表象背后的意义，这是一个成熟小说家，在艺术实践中应该努力尝试的。当然，这其中，他的写作，在呈现其诱人魅力一面的同时，难免会存在某些精神、理性层面的缺失，相对薄弱之处，这既可能是探索中的问题，也或许就是某种写作的宿命。

有关写作的发生，苏童曾经讲过："最初的写作实践是为了满足我追逐文字的兴趣，满足我的表达的欲望，写作面对的是一个虚拟的空间，这种表达不需要靠交流完成，首先具有私隐性，安全，不被打扰，自己的思维，自己的想法一泻千里，可以创造一个可供自己徘徊的世界；其次写作这个姿态本身也改变着我的生命状态，我能感到打量世界的时候自己的目光，也看见了自己的力量，写作就像是一面镜子，借助它可以看到自我和他人的两个世界。因此对自己的生命质量也会更满意一些；还有，写作也可以借助纸上的时间，文学的虚拟世界，拥有一个物质生活之外的另一个精神空间。"①我们在苏童大量具体作品里，看到苏童沿着这样的美学习惯，将叙述的道路，引向了所谓经验已知世界之外的存在世界，在能够感知到的空间里寻找叙述所能抵达的真实，在那里，让事物呈现可能或应有的形态，这是小说家的使命和责任。"我从来不相信我看世界的目光是深刻的、深厚的，但它绝对是个人的。这个个人的就是价值所在。我觉得他是天生有残缺的。如果一个作家对世界的认识始终是很坚定的，我觉得这恰恰是可疑的。

---

① 苏童、张学昕：《回忆·想象·叙述·写作的发生》，《当代作家评论》，2005年第6期。

我觉得一个比较好的作家要与真实相处，必须要与疑虑相处。"①这些，也就注定了苏童的"南方"是一个充分个性化的南方。一个作家的选择和写作，或者一部成熟的作品，不免与对现实世界思考的困惑和犹豫有关，苏童从自己的童年记忆出发，从熟悉的南方的一条街出发，寻找最切近生命体验的渊源，踏实地叙述存在世界的可能性，大胆不羁、不揣任何意识形态价值修复欲望的初衷。对南方世界人性的幽暗、挣扎和生生不息力量的感知，既有怀疑也有猜想。只是无论他在想象的世界如何驰骋，却都难以超越宿命般的故乡、原乡情结。在他几百万字的叙述文本中，始终有一条与想象世界中故事发生的空间位移线索，时而重叠，时而又交叉往复的"实线"，这条线几乎贯穿着苏童小说的所有时空，其间布满了人物活动的踪迹，激荡着有关人性、命运的生死歌哭，爱恨情仇，这条路线所贯穿的时空维度，就是苏童写作的"小说人文地理"，它构成一个作家想象的发源地和支撑点。这也是所有中外优秀作家无法逾越和摆脱的小说地理坐标，它既是"精神地理学""情感地理学"和"文化地理学"，也是饱含着写作所必需的基本愿望、冲动和生命力的精神起征点。因此，从一定意义上讲，这条街从一个作家的"原乡"通向世界。

四

一般地说，小说的形象体系，在很大程度上往往支撑或决定着小说文本世界的品质和价值。人物形象及其符号学意义，是作家审美情感和诉求承载的关键性标志。20 世纪以来，现代小说似乎不再重视、追捧"性格即命运"这样的小说理念。其实，决定人物命运，主导或决定作家叙事路径和艺术价值的，主要还在于文本中的人物形象及其谱系。倘若一位作家能为文学史留下一二个令人难忘的艺术形象，应该说是作家写作生涯的一件莫大的幸事。

那么，如果仅仅从人物形象的角度讲，苏童对当代文学人物画廊的丰富是有着重要贡献的。他以荡气回肠的柔美文字，描绘了诸多独

① 苏童、张学昕：《回忆·想象·叙述·写作的发生》，《当代作家评论》，2005 年第 6 期。

特的女性形象。他通过对女性世界的描摹、观照，表现她们的哀苦悲凉、缱绻细腻的风骚与艳情。凸显她们命运的遭际和毁损。我们注意到，苏童女性人物形象最令人耳目一新和不同凡响之处就在于，他极力地抒写许多女性凄艳的命运及其无法避免的毁损，同时还从另一角度，映衬男性世界的颓败的生存。随着时代、社会的变迁，"颓废"这个外来语词，在现代汉语语汇的不同语境、不同范畴中产生了不同的涵义。一般地说，它常常与"情色""放荡""颓唐""败落""欲望的宣泄"有密切的关联。在苏童的小说中呈现为较为复杂的意蕴，"颓废"体现为一种颓唐的意绪和美感，并以女性美艳的衰颓、个人生存境遇的沦落和凄楚，对外在世界的反抗构成叙事的情境。对生命的力量或美而言，因为"时间的进展过程所带来的却是身不由己的衰废，不论是身体、家族、朝代都是因盛而衰"①。可见，衰，指示的是一种形态，也是一种气脉走向。如何把握它，对作家而言，确实是一件颇见功力的事情。作为当代为数寥寥的具有鲜明唯美气质的小说家，苏童的写作，无论其文本所表现的或阴森瑰丽，或颓靡感伤，或人事风物，或历史传奇，还是精致诡谲的文字意象、结构形式，无不呈现叙述的精妙与工整，发散出韵味无穷、寓言深重的美学风气。小说透过叙述的故事、人物，触及的是那个时代的伦理、欲望、物质和精神失落与惆怅的存在境况，并以此建立起苏童与众不同的唯美想象方式。当然，这类题材的文本，主要都是苏童"纯然"想象的产物。若干年前，我曾以《孤独"红粉"的剩余想象》为题，发掘和描述被命意为"红粉小说"的苏童以女性为主人公的文本。

也许，我们会在苏童这类女性小说叙事视角或叙事意识的特别运用中，体验到苏童对女性独特的想象方式、描述方式及其呈现出来的人性内涵、文化意味，而在美学范畴方面，可以获得"悲凉之美"的感受。苏童笔下的女性人物几乎都是城市女性。如果按这些人物所处的年代划分，大致可以分为两类：一类是三四十年代的飘零女性；一类是七十年

---

① 李欧梵：《中国现代文学与现代性十讲》，复旦大学出版社，2002年版，第51页。

代以来的各类女性人物。即使这些上世纪七十年代出生的女性，也是苏童近二十年之后，在自己的文字里的"深情回眸"。倘若按小说的地缘背景划分，她们活动的场景主要有两处：一处是南方市镇底层的市井群落；另一处是三十年代南方城市的青楼或富豪人家的深宅大院。我认为，苏童小说最具魅力的女性是其笔下的上世纪三四十年代的人物。对于苏童为什么如此迷恋对这些女性人物的刻画，曾引起人们的极大兴趣。显然，这位上世纪六十年代出生的小说家，彻底摆脱了传统小说写作的教义和套路，完全沉浸在富于个性审美创造的空间，他以完全虚构的方式，凭其"描绘旧时代的古怪的激情"，写出了二十世纪中国文学极为鲜见的女性人物形象。①

　　苏童最具代表性的"红粉小说"仍然是中篇小说《妻妾成群》和《红粉》。这无疑是当代小说中两个极其出色的文本。在这两部小说里，苏童不仅实现了叙述从故事到小说、从现代到古典的现代小说理念的整饬，而且为我们贡献了两个有意味的女性人物：颂莲和秋仪。"苏童在小说中表现出对女性命运、生存境遇的精神关切，这里道德是非的判断已经退居其次，而凭借人情世情的冷暖、新欢与交恶的变奏、极其冷峻犀利，得意与失意的轮回，彰显出人物复杂、无奈的卑微人生。人物在幻觉、诱惑、神秘、死亡的缠绕中接近一种鬼魂附体般的状态。"②学生出身的颂莲憧憬爱情和性爱，她有着良好的女性意识和浪漫心性，但却在陈家的深宅大院中遭到毁灭性打击。陈佐千、陈飞浦父子的性无能、衰颓使重视心理感觉的颂莲处于尴尬的境地。但颂莲在对自己的"玩物"地位早有清醒意识的情况下，仍强烈地渴望在陈佐千家族中追逐到丧失生存自我的世间享乐。我们能够感觉到，一个生命在孤寂、晦暗的世界里无望的挣扎，尽管她年轻生命本能的跃动和残余不尽的激情还在激烈地涌动，但她却无法实现与这父子俩

---

① 张学昕：《孤独"红粉"的剩余想象》，载《南方文坛》，2007年第2期。
② 同上。

在精神和身体的双重交合，在她醉酒的疯狂里，在她目睹梅珊被弃入井中的狂叫声中，颂莲对男性世界的幻想终于坍塌。这既可以看到人的心智及其逾越和发狂的潜力，也让她意识到人心无法抹除的罪恶。周遭世界的嘈杂与变异，被书写得丝丝入扣，气韵横生。能深深触动我们的还有颂莲对男性力量和支撑的最大绝望。关键是，苏童写出了她被无形而巨大的环境压抑乃至吞噬时，骨髓里渗透出的瘆人的冷气，生发出一种凄楚之美。苏童明显想以她作为叙述的轴心，小心翼翼地表现她内心世界的资质，并依赖强大的想象功能，沉醉于文字所能够呈现出的情境，以达到浪漫的、临界的、诗意的话语形态的实现，体现出苏童的欲望美学。

与颂莲这样一个让人黯然神伤的女性形象相比，秋仪的身上则弥散着狂傲不羁、颇具男性阳刚之气的质感。这位在两个时代交替之间的风雨中飘零无着的风尘女子，虽有着刚柔相济的品质，但也无法摆脱心理深层的焦灼和悬浮感。看得出，《红粉》是《妻妾成群》写作的惯性产物，因此，在对秋仪这个人物的感觉和处理方面，苏童还保持着与前者大致相同的审美向度。这同样是一个女人努力要依附男人的故事，表面上看，秋仪的欲望与激情更为外化，性格也更为尖锐。在老浦身上寄托着她的女性想象生活的原型，执着刚毅的秋仪，在风尘中个人命运的起伏与沦落中，真正感悟到世界的坚硬和生命的柔弱、不堪一击。她深知自己处境的卑贱，识透了人情的冷暖和人心的难测，她也不断地竭力自我拯救，试图冲出命运的樊篱。不幸的是，秋仪所遭遇的依然是一个陈佐千一样的"不中用"的男人，世间终无可以平静栖身的"避难所"，因此，走出"翠云坊"的秋仪，已经没有任何理由可以同环境对抗。在她走投无路的时候，老浦和小萼没有伸出温暖之手，给她一个困厄中的支撑，她只有独自暗思年华，吞食自己人生的苦果，而且仍关切他们的境遇。秋仪内在的温情、善良、大气与外在的风骚、刚烈同时汇合在一个"妓女"身份的人身上虽不足怪，但秋仪身上体现出的"义气"和"不羁"是惊世骇俗的。这里再一次映照出男性力量的贫弱。秋仪内心的悲凉和孤独毫发毕现，在人生的一次次逃离中，她只能无奈地选择对生活的趋同和世俗的皈依，逃脱不掉的却是落寞与孤寂。总的来说，在苏童的叙述中，秋仪给人丝毫也不粗俗的感觉，包括她最终对命运的无奈和认同，这是否可以说是另一种颓废的演绎？显然，在上世纪八九十年代之交，苏童打破了以一种特殊的叙事姿态写妓女的禁忌，他意味深长地描摹了这个旧时代的人们在新社会的迷惘与绝望，一个人的命运与一个时代的不可兼容性。

中篇小说《妇女生活》发表时，并未引起评论界太大的注意。像前面论及的两部小说一样，这个作品的取材仍然是一个并不新鲜奇异的故事，但却为我们提供了又一种审察女性哀艳命运的视角和文本。在这篇小说中，苏童对女性命运的哀婉已从"宿命"的认同，游弋到"轮回"的层面上。三代女性娴、芝和萧的命运的更迭与无常，几乎都是在主人公一念之间铸成的。仔细分析，无论是娴在手术室不听孟老板劝阻，执意拒绝流产手术而走向人生的落寞和落魄，还是芝在婚姻上不听从母亲的阻拦而与平民后代邹杰结合，还有萧这个被抱养女孩在后来岁月的经历，她们无力抗拒男性的嘲弄，都具有强烈的宿命味道。颇有意味的是，三代女性对自己的母亲都有莫名其妙的憎恨，代代承传。这里自然潜隐着她们对自己韶光不再的喟叹和悼念，更多的则是自我没有归属感，她们对生活和男性的猜想、期待惊人一致。尤其是，这种女性间的无故恩怨、相互攻击竟然发生在母女的伦理之间，很是让人不可思议。这里也存在着某种不可理喻的心理辩证法。

苏童呈示女性在与自身命运挣扎的过程时，特别注意从男性视角表现男女两性的微妙关联。或许，再没有哪种角度比男性如何想象女性，如何虚构、描述女性之间的关系更能表现性别关系的文化内涵了。[①]性别的"物品化"和女性欲望的张扬及其被遏制，使我们能比较清楚地洞悉叠合与男性心理结构中的女性的意识和无意识层面。有一点不能回避，与许多男性作家一样，苏童对女性的文学描述方式即想象策略未能免俗，这就是对女性形象的"物品化"处理，借物象喻指女性外貌。在《南方的堕落》中写姚碧珍的美貌与风情时，用"雪白如凝脂"来形容她的肌肤；《像天使一样美丽》中描绘珠珠时，说她"具有美丽的黑葡萄般的眼睛"；《城北地带》中，苏童甚至将美琪写成狐媚的幽灵等等。这些，无不体现出苏童作为男性作家对女性在自

---

① 孟悦、戴锦华：《浮出历史地表》，河南人民出版社，1998年版，第15页。

我意识方面的某种潜在的排斥，女性的存在与焦点都集结在男性的思维结构和漩涡之中。从这样的角度思考苏童的女性小说，我们会看到所谓"男权意识"视域中的女性状况，尽管苏童自己对此并无任何明确意识。像《桑园留念》中的少女丹玉，无奈地陷于少年肖弟和毛头的追逐而不能自拔，最终两人相拥而死。在他许多小说中，我们看到了更多的女性在男性或男权世界中的种种不测乃至毁灭。丹玉脸颊上遗留的毛头的深深的牙痕，仿佛女性命运中不可抗拒的男性影响和统治的象征。在《城北地带》中，人物间的两性关系的冲动、冲突也被置于道德的风口浪尖，红旗和美琪的"性暴力对话"，除了可以视为少年红旗在当时混沌、无序社会状态下的粗陋低劣的蒙昧之外，其背后无形的男性中心意识则秘密地蛰伏在人物的心理结构之中。因此，美琪在那个时代遭致毁灭，红旗灵魂的难以苏醒、觉悟也就成为必然的结果。在这部小说中，有一个女性人物能够体现一种反叛的力量，这就是被人们称为"骚货"的金兰。对这个人物的描写，作者一改以往"红颜薄命"的情感叙事模式，让金兰在男性世界中成为在一定程度上主宰他们生活的重要力量。金兰同时与沈庭方、叙德父子两人私通，这在那个"禁欲年代"断然会被视为冒天下之大不韪，但她对众人的鄙视和谴责不以为然。叙德的恼怒，在金兰的镇定和从容的状态下显得苍白无力，最终在金兰的诱导下踏上私奔之途。男性在这里成为女性意识中的情感链条，女性主体成为欲望现实。具体地说，苏童在对两性关系的书写中基本保持相对中性的立场和姿态。而且，我们发现，在叙事中心的把握方面，他关心、重视、抓住的是人物的种种欲望而非性格。因为欲望才是能够深入人的复杂层面的关键因素，欲望比性格更能代表一个人的存在价值和意义，性格只是人物的表层特征，欲望与人物的精神更为接近。在某种意义上，"欲望是生命的忠诚卫士，没有了欲望，生命就不存在。欲望的强烈程度，显示生命的活跃程度。欲望的力量就是生命本身；力量就是生命的有机体对压力的综合反映""在欲望的刺激下，生命的内核才得以发芽、茁壮"①。那么，生活就是欲望不断产生、高涨、满足、期待的强化、消长的过程，

----

① 谢选骏：《荒漠·甘泉》，山东文艺出版社，1987年版，第323—324页。

在欲望的鼓动下，生活才可能充分地张开迷人的风景。

在苏童三部以历史、传说为题材的长篇小说《我的帝王生涯》《武则天》和《碧奴》中，武则天的形象，仍然是苏童式的、呈现"欲望叙事"的载体，她体现出苏童对生命、历史、文化的纠结及复杂心态。我们能感觉到他在这部小说中所投入的巨大的写作激情。通过武则天的形象塑造，苏童将女性可能有的喜怒哀乐、梦想、情感与权力欲望的冲动，智慧或狡黠，人性可能遭遇到的屈辱、仇恨、凄苦、孤独、逼仄，甚至歇斯底里，将人性和欲望的角斗场上的一切情境，都演绎到极致。在小说叙述中，我们再次看到苏童描摹女性的能力和精灵之气。武则天的形象，既是躲在角隅处难忍悲凉寂寞、顾影自怜的脆弱婢女，也是站在权力巅峰不可一世的混世魔王，但是，终究敌不住时间对一切事物的消殒。在这里，女性的欲望，作为被压抑在本文之下的"沉重的肉身"，充满了自行解体的内在瓦解力，充满潜意识的痛楚。

我认为，长篇小说《碧奴》在文体上的唯美品质堪称典范，它写出了区别于苏童自身以往文本的许多"异质性"元素。孟姜女这位历朝历代家喻户晓传颂的传说中的女性，更是一个挣脱不掉历史意识纠结和宿命控制的人物形象。正如苏童自己所说："一个家喻户晓的故事，永远是横在写作者面前的一道难题。"如何写出从传说中的"孟姜女"到"重述神话"中的"碧奴"，这是一个最敏感和关键的问题。苏童没有计较是否会改变传说和神话故事已有的旨意和方向，他选择以抒情性的诗意和唯美形态呈现人物，利用传说中的话语模糊性，让人物在传奇性的"讲述"中，渗透出强烈的浪漫、唯美品质。苏童极为智慧地将小说主人公的名字改为"碧奴"，这样，叙述也就彻底放下了历史或是寓言沉重的拖累和文化负重感。于是，"孟姜女"这个大众符号，在脱离了世情的根基后，使得苏童的叙述能够完全沿着想象的方向前行。因此，这个"孟姜女"的寓言，并未改变千里寻夫的初心，只是在减弱了传说固有的悲怆、冷峻和茫然的成分之后的碧奴，更像是一个具有生命主体性、气宇轩昂、勇于改变现实的英雄。

值得注意的是，"苏童在这一类小说中审视人物的叙事人的'眼光'和立场。我们会看到，苏童在叙事上与前期写作已有不同，渐渐发生了一些重要的变化和调整。在早期的《桑园留念》《像天使一样美丽》《城北地带》等文本中，叙述者是采取'强调主语'的口吻，人物、故事的情致、氛围明显带有作家本人的个性经验痕迹，叙述人的视点与人物处在大致相同的水平线上，故事就是经验，往事就是回忆。而《南方的堕落》《园艺》等作品中，叙述人'我'渐渐开始与作家经历脱离，出现双重视角的巧妙收束，并于独白中透露出冷静的沉思或批判，亦不乏对'南方'的另类打量。这时的'叙述人'大胆地浮出水面，以高于人物的姿态，以既熟悉又陌生的面孔，越过人物生长的平面，成为一个'孤独'的讲故事者。相形之下，在《武则天》中，叙述人亦腾挪到故事的背后，虽未达到罗兰·巴特所说的那种'零度写作'，但明显已无'亲历性'经验的复现。多个视点交叉，不断地复现一个人物的种种侧影，将人物心理过程简单化，制造人物内在的新的神秘感或疑团，故事或传奇游弋在现实与虚幻之间，获得与'全知全能'视角迥异的陌生化效果"①。曾有论者指出苏童叙述视角和叙事话语的所谓"男权中心"姿态，其实，对于苏童这样的唯美作家，他在小说写作中的创作主体意识并非"算计"得很清楚的，他更多的是依靠感受力、想象力结构作品，很少受先验意识形态的某种规约。苏童直言不讳地讲："我喜欢以女性形象结构小说，女性身上凝聚着更多的小说因素。"②在《妻妾成群》中，家族的秩序，实质上就是严格的男权秩序，那里的一切，都笼罩在男性的统治权力之下。其实，对于颂莲来说，并不存在真正意义上的"家"的感觉，她只是庞大家族结构中的一个附属物。苏童并不是想通过颂莲传达某种道德价值的取向，而竭力表现其充满幻想、浪漫的憧憬中失望以致绝望的精神、心理曲线，或者，苏童就是想写一个"痛苦和恐惧"的故事。所以，颂莲在这篇小说里，就成为一种突兀的存在。苏童的"作者感""叙述感"在对一个女性的虚构和推断中，获得具体体现。也许，我们可能会考虑、猜测苏童为何总是喜欢徜徉在上世纪二三十年代或古代，为何对历史、对已逝岁月的凭吊，实际地构成一种新的"审美间离"。或许，这种描

① 张学昕：《孤独"红粉"的剩余想象》，载《南方文坛》，2007年第2期。
② 苏童：《寻找灯绳》，江苏文艺出版社，1995年版，第129页。

述更使文学的本性在新的时间逻辑中获得显现。所以，苏童小说的人物形象及其命运的延展，构成并决定了文学叙事的主体心境和文本形态。正是"命运"的"助跑"和驱使，苏童在刻画女性形象时的求新、求变、求异，方才成为这些人物塑造的叙事动力。因此，苏童在写作《妻妾成群》《红粉》《妇女生活》之后，曾经被戏称"红粉杀手"。我在想，真不知道到底是苏童"谋杀"了笔下的人物，还是人物反制于他。如此说来，作家的"命运叙事"，并非能够涵盖一个小说家全部文本趋向和叙述美学形态，但它是一种深植于作家原初情结和经验的、充满情感张力的隐含动力，正是它的存在，才注定了叙事文本指向的不确定性、可能性、多重可阐释性。

五

"横看成岭侧成峰，远近高低各不同。不识庐山真面目，只缘身在此山中。"苏东坡《题西林壁》这首禅偈意味颇浓的诗句，因为讲出人的眼界、视野和人的认识之间互动关系的哲理，历代都广为传诵，为人称道。尤其后面两句"不识庐山真面目，只缘身在此山中"，意味着唯有走出山林，才能窥见整个大山的全貌，实质上，这也就道出了"当局者迷，旁观者清"的道理。那么，如此理解这首诗的深意，就是特别地强调和肯定局外人的视点和观点的重要性。为此，我曾尝试从写作者和评论者两种角度，进入苏童的小说，感同身受地审视苏童的小说都在写什么，怎样写的形态和格局。并且，将苏童的小说看成一个整体，如同一组起伏的山峦叠嶂，这样，既要深入文本的肌理和细部，也避免对研究对象的过于沉溺，既要作"当局者"也要作"旁观者"，从而发现苏童具体文本叙事结构之外的"感觉结构"，以及两者之间的相互关系。

所以，我们谈论或描述苏童小说的"形态"，就是要"出乎其外，入乎其内"。那么，我们考量和体味苏童文本细部修辞的力量，从色彩、气息、韵致以及叙事与古典性的角度，深入到情境的层面探测文字生成的意蕴，也就是"既在庐山之内，也置身庐山之外"，以"理"和"情"的双重维度纵览存在世界的"镜与灯"。

可以说，文本叙事的空间，最重要的就是地域和地理，但这里需要写作者的精神对其进行有效的超越。文学所呈现的物理空间，实际上是一种自然的空间，这是我们能够切近和感知的具体的、物质的、具有地理和地缘意义的客观存在。作家对它们的选择，不仅体现为地理性，而且体现为创造艺术、美学空间文化内涵的需要，也是揭示人性心理空间、呈现无尽意韵的需要。这样，文学才能在其间生发出无限的想象，建立一个多层面的、可阐释、新的、自由的空间，"香椿树街"和"枫杨树乡"就是承载了"灵龟般苏童"试图隐喻的南方，那个飘逸的南方。苏童的小说，看上去处处弥漫着一股特殊的"空气"，仿佛是"烟化"的境界，叙述仿佛就放在江南古巷的缕缕似隐似现的"烟"里，其中的人物、故事、场景真实可感，体现出一个小说家细节刻画的才能。而他最特别之处则在于，能在细节中制造出一片迷离的"烟带"。那是一种迷离的"烟化"般的场景或意蕴，如韦庄的"江雨霏霏江草齐，六朝如梦鸟空啼。无情最是台城柳，依旧烟笼十里堤"的"烟"的世界。水乡的江南，"烟笼十里堤"的特殊意境，是只有依赖"线"与"墨"的"中国画"的"皴法"才能表现出来；而在文学作品里，也只有中国"南方"的诗人、小说家长于表现这种特殊的"东方"之"南方"神韵。能接续这种中国古典的东方神韵的，新文学史上自然要数"京派"一脉作家最为明显，但在"废名、沈从文、汪曾祺"之后，当代作家中有这种气质的十分罕见，苏童无疑是难得的继承者。而同是出生于江南的小说家余华，因为受西方文学浸淫太深，他的东方神韵在很大程度上被大大压抑，只是在最近的新作《第七天》中才稍有隐现。与余华相比，苏童自成名始，就以《一九三四年的逃亡》《妻妾成群》等文本，将中国古典的东方神韵播散出来，此后一直没有断绝过。苏童在叙述技法上，神奇地将"中国画"的"线""墨"笔法转化成了一种语言上的意味，无论怎样写故事，怎样写人物，叙述情节，营构场景，仿佛都是在"烟"的里面进行。这种"烟"一样的中国画中才有的"西山有时渺然隔云汉外，有时苍然堕几席前"的"迷离"感，弥漫在他小说的所有叙述元素之中，"对话""描写""叙事"，甚至"节奏""情绪"，承受着江南之"轻"，使人感到"烟"里才有的那种"远而近""真切而恍惚"，呈现充满复杂矛盾的经验。也许，这也是苏童小说给人印象最深的颇为"古典"的地方。[①]

当然，除了地理方位、文化传承和作家的"故乡"，甚至，一条河都可以成为作家写作发生的、宿命般的渊薮。而且，回到意象的层面来看苏童的小说，我们就会意识到，苏童对事物以及人与事物之间关系的理解，他对于心理、精神和灵魂层面的隐秘关系，都有自己的感应、判断和呈现方式。这也是苏童写作如何生发灵感的"玄机"。无疑，意象是支撑苏童小说文本从写实到抒情的一座桥梁。很难想象，苏童小说若是缺失意象会产生怎样的叙述的"窘迫"。

记得六七年以前，我与苏童、贾梦玮、张清华等一起参加《钟山》杂志社在无锡组织的文学活动。在无锡的惠山脚下，大运河从我们眼前滚滚流过。我没有想到，现在的交通、运输都已经极其发达，航空、铁路、公路如织网一样密布，速度之快和便捷，已令人咋舌。但运河上的船只仍不见少，穿梭往来，好不繁忙。"突突突"的像古老驳船的声音不绝于耳。也许，这条古老的通道，在今天依然是最经济、最灵便的一条贯穿南北的大动脉。我们在运河边悠然散步。苏童指着滔滔的河水，对我说："这条河，就在我家的后窗前流过。小的时候，我们就是喝着运河的水长大的。"我说："不用说，你的所有文学想象，也都是从窗外的运河开始的吧。窗前是运河，门前就是香椿树街吧。"苏童笑了笑。我看见，他的脸上荡漾着憨厚的笑意。

离开无锡之后，惠山和古镇，都没有激起我任何写点对文化无锡感受的愿望。回来后，总是要向主办方提交一份采风的体会，但是，当我的手指落到键盘的时候，还是想到苏童关于河流的话语，以及他关于河流的叙述，实际上，也就是关于他的"南方"想象方式。至今，我还在思考，那条古老的运河，究竟是一股什么样的力量，赋予了苏童三十余年的想象。苏童的文学意象是怎样生成的？为何他的叙述，如河水一样绵绵不绝？我曾无数次到过南方，更是不断地猜想过苏童小说的写作发生，他的写作的情感起点，莫非正是与这条河流有着深邃的隐秘关系？或许，冥冥之中，这条河几乎已经成为苏童所有故事内部不易察觉的推进动力，它帮助苏童低调、逼真、隐逸地复原生活

① 参阅张学昕：《重构南方的意义》，《文学评论》，2014 年第 3 期。

中国当代小说八论（节选）

本身隐秘的结构状态。

当然，这一切，一定都与这条河和水有关，与童年的记忆有关。仔细想，在苏童的写作意识中，语言与现实并不是直接同一的，语言包括意象本身也可能越过物质世界的存在或实在状态，建构一个自足的世界，而这个自足的世界在一定意义上就是他的"南方想象"。在他那些表现南方生活的作品中，意象与南方的自然、生态，人的存在方式、存在体验之间构成了某种神秘的文化联系，甚至可以说，南方就是一个庞大的文化象征或隐喻、是一个无限丰富的意象。它是苏童摹写、想象生活的另一种方式，或者说是另一种寓言诗性结构。苏童想借此表达"南方"作为一种物质、精神、幻想存在的复杂与诡谲，即那种"腐败而充满魅力的存在"，或者说，表现"南方"生活的可能性。因此，苏童异常喜欢以回忆视角对他的南方进行艺术想象和虚构，很多时候，他给自己设定的情感却是一种敌意的、冷峻的、偏执的，甚至是复仇者的姿态。这种意绪决定了苏童叙事的走向和追求，决定了他作品的基调和气质，也决定了小说的叙事形态。毫无疑问，也直接影响了小说意象的营构。

在苏童的"香椿树街""城北地带"系列以及《河岸》等小说中，河和水，作为重要的意象几乎贯穿、绵延在所有的叙述之中。这些文本中的河是永远"泛着锈红色水面浮着垃圾和油渍"，"河上飘来的是污水和化肥船上的腥臭味"，"间或还漂流而下男人或女人肿胀的尸体"。这似乎已经成为人物活动的背景框，其中的人物、风物几乎没有任何鲜亮、温和的诗意，而其中充满破烂、罪恶、肮脏、丑陋甚至残暴的故事，正是这个独异的生存环境的产物，凸显出人性的粗俗和灵魂的弯曲。在《南方的堕落》中，乡村姑娘红菱坠河而死，"尸体从河里浮起来，河水缓慢地浮起她浮肿沉重的身体，从上游向下游流去"；在《城北地带》中，少女美琪在遭少年红旗强暴后无法忍受世俗的屈辱，落水自溺而死；《舒家兄弟》中，舒农试图纵火烧死兄长舒工，爬上屋顶凌空飞下，而河的水面上同时漂浮着一具被烧焦的猫的尸首残骸，在暮色中沉浮，时隐时现……还有那篇激荡着神秘幽暗气息的短篇小说《水鬼》，更令人猜想生命与存在的隐秘及其可能性。

河流，在这里既构成人们生存的环境和背景，也成为种种南方生活的见证。一条条浊流中漂浮的，则是难以洗涤的世间沧桑，它们贯注着作家对世态人生戏剧般的惊悸、恐惧和战栗，也深深表现出其对封闭、乏味、淫乱、无序生活的存在性焦虑。数年来，苏童始终在勘察"河流的秘密"，一切与河流相关的人和事物，都迷失于河流的神秘里，让我们在虚无的晨雾和无法解释的神秘中，看到历史和现实之境的虚像。而苏童想要的一定不是事象的结构，而是重现那些事象所隐藏的张力。在长篇小说《河岸》中，金雀河这一意象同样延续了氤氲的南方想象。其中，女烈士邓少香的亡魂，依旧幽闭在金雀河的河底，每当秋季来临，她的亡魂就要在库文轩父子的驳船上显形。她用她长满青苔的手，呼唤她的子孙。难道这是一种死亡的召唤吗？它带着万物沉降的颓靡气息，仿佛诉说着荣格理论中有关母亲原型的某种幽秘的晦暗。"在消极面上，母亲原型可以意指任何秘密的、隐藏的、阴暗的东西，意指深渊，意指死亡世间，意指任何贪吃、诱惑、放毒的东西。任何像命运一样恐怖和不可逃避的东西。""母亲情结在儿子身上的典型影响是引发同性恋及唐根症候群……他无意识地在他所遇到的每一个女人身上寻找母亲。最终导致自我阉割、疯狂及早逝"[1]。显然，库文轩旺盛的性欲，恰恰是恋母情结的某种移情。"力比多"能量的扩张或贬损，南方的阴翳与纵欲、乱伦的气息混合成奇特的景观。性在这里构成一种病象的、扭曲的存在，它可以拖曳出其中每个人一生最重要最不可理喻的细节，构成他们南方生活的宿命的道路。而没有灵魂之岸的历史和记忆之流，根本不会给人带来可靠的依傍。而库文轩的"自我阉割"，则隐喻着人性作为巨大的矛盾体，由于它与现实的不平衡性而呈现出非理性的暴力。我们考量库文轩性象的颓势，让我们联想起《妻妾成群》中的陈佐千，他们都隐隐地暗示着强大的、撼动灵魂的历史文化之虞。在这方面，苏童并不像其他作家那样，把"性"的人文和社会意义割裂或消解，而是表现欲望之性和精神之性的迥然不同，当然，我们从他们身上只能感受到出人意料的超然于情感之外的某种宿命论，以及其中不可洞见的神秘性。人在历史或现实的极端状态下，性意识直抵逼仄的人性深处，构成苦难、残酷的根源。

---

① 荣格：《原型与集体无意识》，国际文化出版公司，2011年。

性与苦难的相连，已经失去道德的品性和本质意义，使存在变得凌乱不堪、暧昧不清。这又让我们联系到长篇《米》中的五龙，他在一场洪水中逃离枫杨树家乡，最后又在归乡途中，看见"那片浩瀚的苍茫大水，他看见他漂浮在水波之上，渐渐远去，就像一株稻穗，或者就像一朵棉花"。在此，"大水"和"河"一样，裹挟着"性"，翻卷出暧昧、隐晦、阴暗、潮湿的南方气韵，再次给堕落的男性、女性提供了凌乱芜杂的"次生态"背景，它们充斥着一种末世学的情境和意味。在这里，我们可以用福柯的"疯癫"来指涉、比拟人性的幽暗和异化，认识到灵魂突变、自我无法实现造成的人的行为的荒诞。我们惊叹苏童的大胆、神奇的想象，这既是记忆中的南方故事，也是对存在秘密和存在本相，以及人性的局限性的探究。苏童是机警而敏锐的，我们在他的叙述里，能够读出人的绝望感，人性尊严的自我丧失，以及历史尘埃中飘舞着的破碎的、弯曲的灵魂。

可见，文学叙事，既应该是呈现个人生活史、个人生活状况的异常有力的书写，也应该是对个人欲望、人性隐秘甚至历史文化的揭示和理性勘察、前瞻性洞悉。苏童小说中，河流意象所蕴藉的罪恶、逃亡、死亡、性、苦难和堕落的母题，在文本中相互缠绕，为我们提供了沉郁、含蓄的历史表象。同时，也表现出对人性和存在的本质性质疑，我们在其中也看到了人所无法逾越的根本性困境。这些人类的文化、文学的母题，在"氤氲""飘逸"的南方文化情境里，呈现出的文化意味异常浓郁。它蕴含于南方民间文化中的神秘、狂放、奇丽、忧愤的文学创作的诗学元素，通过深入人性的内部，捕捉生命、存在的极端形式，也显示着玄妙的哲理，彰显出存在的种种可能性、偶然性、必然性和神秘性。虽然，我们不断地张扬所谓的现代性，以为它已经赋予人类的生活以现代感和忧患意识，赋予生存以更充分的精神积淀，但是，我们仍需要通过对人的内在的反思性力量，去寻求并超越表象的"现实"，去理解人的本质性痛苦，理解历史和事物的存在龃龉。这些，对于文学叙述而言，无疑是一条美学的途径。苏童小说文本中这些令人荡气回肠、触目惊心的河流意象，呈现的生命景观和人性视阈更使人难以忘怀。这既是文学对历史、人性断层的剥离，也是沉沦与幻想、欲望与死亡、文明与愚昧的辩证和对照。

现在，我们越来越清楚了，哪怕是一条河流，在苏童这里，它都可能永远是不灭的记忆，更是永远的灵感。在这里，我们似乎已经追逐到苏童的写作发生，以及写作与小说和非小说因素之间的微妙关系。上世纪 80 年代末，王干、费振钟认为阅读苏童的小说"乃是情感的一次还乡，在枫杨树、桂花树、青石、河流、青粽叶、竹林、罂粟花、白鸽、金鱼等汇成的精神家园里失落了归宿的灵魂得到一次短暂的栖息和永恒的回归"[①]。我们看到，在苏童迄今的小说创作中，苏童所表现的一切不仅是一个过程，不是一般性地呈现社会冲突及其矛盾，不是描述人物性格的发展史，也不是道德或伦理层面的简单的辨析、批判，而是在意象、隐喻和"感觉结构"的建构中呈现、揭示生命和存在的秘密。苏童诗性的美学修辞，让我感受到历史、现实和人性的演变，感性和理性、直觉与视觉的复杂特性，换言之，苏童的意象、故事、叙述语境带我们抵达我们未曾抵达的地方。我相信，苏童会让他的小说继续带着我们走进更遥远、更深邃的文本世界，感知和发现存在世界更多的玄妙和奇异。这些年对苏童的阅读感觉告诉我，在苏童未来的写作史上，这位被誉为"天生讲故事的好手"，依然会有无数的精彩、迷人的故事和形象，宿命般地在等待着苏童，等待着我们。

中国当代小说八论（节选）

---

① 王干、费振钟：《苏童：在意象的河流里沉浮》，《上海文学》，1988 年第 1 期。

获奖作品《编年史和全景图——细读〈平凡的世界〉》作者郜元宝

郜元宝简介：

郜元宝，复旦大学中文系教授，专攻中国现当代文学史，著有《鲁迅六讲》《遗珠偶拾》《汉语别史》《小说说小》等，先后获"冯牧文学奖""唐弢文学奖""王瑶学术奖"。现任中国鲁迅学会副会长、中国现代文学学会副会长、中国当代文学学会副会长、中国作家协会全委。

理解批评的难度

——获奖感言

郜元宝

讨论文学批评的地位，不能只考虑它的学科归属。批评既是"运动中的美学"（基于它和文学理论的关系），也是灵活展开的"文学史"（基于它和古/现当代文学、世界文学的关系）。批评可以自由地与任何一个学科结缘，而不必受其拘限。

批评的现场，才是批评者的主场。批评者在这里可以得心应手，得其所哉。批评者对于同时代作家、作品与文学现象的一些不可重复的感受与妙悟、判断与剖析，看似刹那间灵感爆发，却往往要凝固为永恒，将来的文学史研究无法绕过。出于对有效文学批评的企慕与敬重，有些文学史家也宣称他们首先是批评家。有些文学理论家也要在其论著中展示批评的才具，甚至他们的理论最初就是文学批评。

但文学批评不可漠视任何学科的知识规范。如果你犯了知识性常识性错误，那是"硬伤"（批评往往因此被人轻视）。如果你从其他学科借来案例、经验、规则、方法论、话语或花絮趣闻来助力批评，你必须证明这些跟批评对象息息相关，否则就只是为了满足你旁征博引、炫耀学问的癖好，只是为了缓解你的自卑与焦虑。那是"软伤"。

批评绝非自来水，一拧龙头便汩汩而出；更非喷泉，一按开关就狂泻不止。

固然有过美好邂逅。你并不熟悉某作家，只是偶尔读到其作品，略微了解其创作经纬，便有了批评的冲动。但这样的邂逅并不多。对职业批评者来说，批评往往都是勉为其难。

你也熟悉某作家（甚至写过评论），但面对其后来的创作，一读再读，总提不起劲儿。随着视野与心性的改变，或者受到批评界同行的影响与刺激，有些作家作品本来还可以说上两句，但冲动并不强烈，渐渐也就意兴阑珊。

经常是僧多粥少。创作很繁荣，你觉得可以一说的却并不多。批评界同行又总那么勤奋，你稍微慢半拍，他（她）们就占尽先机，很快便不止一个"崔颢题诗在上头"了。

或者水涨船高。当你自以为准备充足可以发力了，猛然发现已有太多崇论宏议。除非你后来居上，能说出大家未曾说出或虽然说出却尚未画龙点睛的内容。这又谈何容易！

对于那些被许多批评者掘地三尺的名家名篇，你更容易望而生畏，望洋兴叹。尤其当你已经过了频频出手的年龄，不再拥有批评所必须的吞噬性阅读、无坚不摧的爆发力与穿透力、令人目不暇接的想象力（你状态良好时更无惧"硬伤""软伤"）、对谁都恨不得"说个六够"的倾吐欲，你必须有所为，有所不为。

批评对象的隐微确实很难得到批评者曲尽其妙的阐释，所以"音实难知"；各种因缘凑在一起、洵为"不二之选"的批评者，千载难遇，所以"知实难逢"。

都向批评要求速度、力度（烈度）、深度、广度、高度、温度，却少有人体察批评的难度。批评被大家看得太容易，门槛太低了。其实不然。

那么就多一点对批评的难度的理解吧。知难而近乎智也。

编年史和全景图（节选）

——细读《平凡的世界》

★郜元宝

一、天悬壤隔——《平凡的世界》读解和接受之谜

路遥在 1982 年第 3 期《收获》杂志发表的十三万字中篇小说《人生》，思想艺术成就达到了"新时期文学"的巅峰，不仅小说本身，根据小说改编的话剧、电影和电台广播都深深打动了无数读者的心。《人生》毫无疑问已进入中国当代文学名著经典的殿堂。

从《人生》发表当年路遥就开始酝酿一部大书，他为此精心准备了三年，包括确定新的创作主题，收集书面和现实生活各方面的材料，思考适合自己的创作方法，继而呕心沥血，连续执笔奋战三年，历经六个寒暑，终于完成了一百一十多万字的长篇小说《平凡的世界》。《平凡的世界》和《人生》一样销量可观，也多次改编成电视剧、话剧，1988 年 3 月 27 日起，中央人民广播电台"长篇连播"节目组"打破常规"，在《平凡的世界》第三部尚未定稿之前，就抢先播出已正式发表与出版的第一部（原刊 1986 年 11 月《花城》第 6 期，同年 12 月中国文联出版公司第 1 版）、第二部（1987 年 8 月定稿，未能被包括《花城》在内的任何杂志接纳，最后由中国文联出版公司于 1988 年勉强出版）。第三部直到 1988 年 5 月 25 日路遥三十九岁生日那天才定稿，

同年经删节发表于《黄河》1988年第3期（1989年仍由中国文联出版公司出版）。借助中央人民广播电台的"长篇连播"，《平凡的世界》骤然获得广大普通读者的喜爱，但文学界一些专家学者和专业编辑对这部大书的读解与接受却始终与之大相径庭。一方面，《平凡的世界》陆续发表、出版之时，1980年代"文学热"并未完全消退，却再也没有出现当年《人生》问世时那种举国热议的盛况。路遥在《早晨从中午开始——〈平凡的世界〉创作随笔》中提到文坛前辈秦兆阳和少数几个批评家对这部长篇的欣赏，但绝大多数当代文学研究者与批评家的态度还是相当冷淡。小说第一部发表于广州《花城》杂志1986年第6期，年底《花城》联合《小说评论》在北京召开座谈会，"绝大多数评论人士都对作品表示了失望，认为这是一部失败的长篇小说"①。在此之前，第一部的书稿还曾经被一向坚持现实主义文学主张的《当代》文艺社编辑周昌义退稿。据说《平凡的世界》之所以能获得1990年底评选、1991年初公布的第三届"茅盾文学奖"，主要还是跟当时文坛神经绷紧的大气候有关②。在1990年代末以后陆续出版的多部当代文学史著作与教材中，《平凡的世界》更是遭遇了普遍的冷落。有的教材只讲《人生》而不提《平凡的世界》③。有些教材正文部分甚至始终没有出现路遥的名字，只在关于"茅盾文学奖"历届获奖者注释中提到《平凡的世界》（路遥）④。有的既讲《人生》，也提到"他的

---

① 原文为时任《延河》主编白描的回忆，此处转引自杨晓帆《路遥论》，作家出版社2018年5月第1版，第258页。厚夫据刘婷《路遥曾因〈平凡的世界〉消沉，遭遇车祸时仍昏睡》（《北京晨报》2012年12月3日）也转引了白描的话："第一部研讨会在京召开，评论家却对其几乎全盘否定，正面肯定的只有朱寨和蔡葵等少数几位"，"一些评论家甚至不敢相信《平凡的世界》第一部出自《人生》作者之手"（厚夫：《路遥传——重新开启〈平凡的世界〉》，人民文学出版社2015年1月第1版，第224页）。另据周昌义回忆，《当代》杂志资深编辑何启治参加研讨会之后亲口告诉他，"大家私下的评价不怎么高哇"（《记得当年毁路遥》，《文艺理论与批评》2007年第6期）。

② 周昌义：《记得当年毁路遥》，《文艺理论与批评》2007年第6期。

③ 孟繁华、程光炜主编：《中国当代文学发展史》（修订本），北京大学出版社2011年10月第1版。

④ 洪子诚：《中国当代文学史》，北京大学出版社1999年8月第1版，2007年6月修订版，第192页。

长篇遗作《平凡的世界》"，却不作任何展开①。有的正文部分提到《人生》，只把《平凡的世界》放在注释部分的作者简介中，并将路遥这部"百万字的长篇巨著"的完成时间误写为 1991 年②。有些教材承认《平凡的世界》是路遥"以生命铸就的长篇巨制""作品的艺术感染力较强"，是"中国当代文学的重要收获"，但只抓住"孙少平、孙少安兄弟的奋斗史"进行简单评析，结论是"今天再来看这部小说，孙氏兄弟两种奋斗的时代局限已经十分明显""在真挚的情感投入中，路遥描述的社会历史长卷尚缺少更清醒、更深刻的历史意识；在激情澎湃的叙写中，作品留下了一些粗糙的痕迹"③，总体评价显得游移不定。青年学者撇开《平凡的世界》文学品质的考量，以小说为社会学研究的材料展开论述的现象十分普遍。在普通读者的口碑和某些学院派文学史教材和学术论文中，已经习惯于将《平凡的世界》归入青年励志书范畴，认为其创作方法过于陈旧，思想艺术成就不高，没有超过作者本人的《人生》，只适合给一些心智尚不成熟的青少年阅读，"对历史和现实的模糊认识和对农民人生奋斗图景的景仰与讴歌，使路遥的作品民间情感有余而历史省察不足""路遥的作品成为诸多底层少年的人生教科书，成为理想与寄托的对象，他对劳动美德与理想爱情的书写博得了许多动情的眼泪。在路遥之前，乡间的苦难从未获得如此'瑰丽'的诗情呈现，这也使他的作品对于缺乏问题意识与悲剧感的普通读者具有长久的吸引力"④。

与此同时，在更广大的读书界，自 1988 年 3 月 27 日中央人民广播电台"长篇连播"播出以来，《平凡的世界》就一直备受欢迎，常年居于全国范围各类阅读排名榜前列。它也是大学生借阅最多的图书之一，完全称得上是文学界罕见的畅销书与常销书。如前所述，专业文学研究界也并非铁板一片，只不过少数肯定《平凡的世界》的专业论

① 陈思和主编：《中国当代文学史教程》，复旦大学出版社 1999 年第 1 版，第 233、240 页。
② 陈晓明：《中国当代文学主潮》，北京大学出版社 2009 年 4 月初版，2013 年 9 月第 2 版，第 298 页。
③ 董健、丁帆、王彬彬主编：《中国当代文学史新稿》，人民文学出版社 2005 年 8 月第 1 版，第 439—440 页。
④ 丁帆主编：《中国新文学史》（下册），高等教育出版社 2013 年第 1 版，第 187—188 页。

著在以高等院校为主体的学术圈不被看重而已①，学术界主流（包括一大批所谓"纯文学作家""先锋作家"）至今仍然比较轻视英年早逝的路遥的这部绝笔之作。为什么广大读书界和专业文学研究圈对《平凡的世界》的读解、评价与接受始终存在难以调和的差异？造成这个似乎难以破解之谜的原因固然很多，但最主要的诚如"当年毁路遥"的周昌义所说，1980年代中期中国文学界集体"创新"的氛围排斥传统的现实主义写法，"那些平凡少年的平凡生活和平凡追求，就应该那么质朴，这本来就是路遥和《平凡的世界》的价值所在呀！可惜那是1986年春天，伤痕文学过去了，正流行反思文学、寻根文学，正流行现代主义。这么说吧，当时的中国人，饥饿了多少年，眼睛都是绿的。读小说，都是如饥似渴，不仅要读情感，还要读新思想、新观念、新形式、新手法。那些所谓意识流的中篇，连标点符号都懒得打，存心不给人喘气的时间。可我们那时候读着就很来劲，那就是那个时代的阅读节奏，排山倒海，铺天盖地。喘口气都觉得浪费时间"。这个问题后来讨论得比较多，已不必赘述。但另一个看似简单其实却十分重要的原因始终被忽视了，那就是《平凡的世界》不仅如周昌义所说写得太"慢"，太"啰唆"，缺乏"悬念"，而且与同时期绝大多数长篇小说相比（包括周昌义作为主要退稿理由向路遥透露的当时拥挤在《当代》编辑部等待被采纳的《古船》《夜与昼》《桑那高地的太阳》等），《平凡的世界》体量实在太大，其丰富的细节和总体构思都相当复杂，实在不容易一眼看透。这就要说到《平凡的世界》阅读上既"易"又"难"（或形"易"实"难"）的悖论。全书三大部，每部两卷，每卷二十五至二十八章不等，共计一百六十章，每"章"篇幅都不长（平均七到八页），集中讲述一两个故事，读来似乎甚感轻松。章与章之间，作者还经常站出来说些交代性和评价性的话，帮助读者更好地把握全书内在联系。这种尽量拆除阅读障碍的写法很容易给读者造成一种错觉，似乎他们可以毫不费力地走进作者所构筑的虚构世界，无须克服多少

---

① 成文秀：《〈平凡的世界〉的文学史叙述问题》（《宜宾学院学报》2017年第1期）就列举了李赣、熊家良、蒋淑娴主编的《中国当代文学史》（科学出版社2003年版）和金汉主编的《中国当代文学发展史》（上海文艺出版社2004年版）对《平凡的世界》的高度肯定。

艺术上的"难度"。那些认为《平凡的世界》只适合心智尚不成熟的青少年阅读的观点，恐怕也就由此而来吧。多年来习惯于"啃骨头"、硬着头皮阅读高深艰涩的"纯文学"的专家学者们也因此怀疑《平凡的世界》太清浅，不够深沉含蓄，缺乏"纯文学"令人眼花缭乱的形式创新。这种阅读心态自然会诱导专业研究者或普通读者只见其"易"而不见其"难"，在轻视甚至藐视的心理驱使下随意取舍，各执一端，从而以偏概全，得出天悬壤隔的结论。

二、"主要人物""次要人物"与"人物群像"
——《平凡的世界》人物设置的特点

要想比较公正地评价《平凡的世界》，必须尽可能如实地梳理其丰富的细节与整体布局的关系，既从容含玩其细部的描写，更要提纲挈领，统揽全局，这样才不至于迷失于多卷本历史长卷特有的细节的丛林。决定《平凡的世界》纲领或全局的究竟是什么？路遥早就说过，"小说创作中归根结底最重要的是人物，情节、主题都是围绕人物展开的，如果人物没有完成，那么它纵然有许多长处，也不能成为好作品"①。按照这个说法，人物塑造无疑是《平凡的世界》的纲领与全局。但《平凡的世界》全书一百多位人物，如果用习惯的方法，似乎也不难分出"主要人物"和"次要人物"，从而把握全书的纲领与全局。然而对《平凡的世界》来说，被作者置于中心地位进行轮流或交叉描写的孙少平、孙少安兄弟固然一直被公认为"主要人物"（其中孙少平又被视为主要人物之中更加主要的人物或曰"中心人物"），但他们作为"主要人物""中心人物"的重要性显然被过分放大，以至于掩盖了众多"次要人物"群像同样丰富的人生内涵。倘若以作者对孙氏兄弟的塑造为小说的纲领与全局，就会对整部小说形成误判。孙氏兄弟的重要性部分地来自他们的心理与行为，另外很大程度上也来自作者赋

---

① 路遥：《东拉西扯谈创作》（写于 1984 年 6 月 7 日），原载《陕西文学界》1985 年第 3 期，引自《路遥精品典藏纪念版·散文随笔卷》，北京十月文艺出版社 2014 年第 1 版，第 135 页。

予他们串联情节的作用，后者与其说是写孙氏兄弟，毋宁说是借他们被赋予的叙事功能来写其他更多的"次要人物"。孙氏兄弟既然有时仅仅充当描写"次要人物"的工具，那么其重要性和被描写的深度反而不及某些"次要人物"，也就不足为怪了。群像描绘是《平凡的世界》人物关系设置最大的特点，也就是小说的纲领与全局。研究《平凡的世界》人物形象的塑造，既要关注"主要人物"，更要研究其地位绝不亚于"主要人物"的人物群像。对人物群像，首先必须采取分类法加以整体把握。《平凡的世界》人物群像大致可以分为三类：青年、干部和农民。由这三大类人物群像而非仅仅由"主要人物"孙氏兄弟入手，才能真正提纲挈领，统揽小说的全局。

三、"关于苦难的学说"与"活人的道理"
——初期改革前后城乡青年群像

青年问题一直是《平凡的世界》备受专业研究者和普通读者关注的焦点，但如前所述，对青年的关注往往集中于孙氏兄弟，而忽略了包括青年群像在内的更多人物群像的重要性。就《平凡的世界》对青年形象的描写而言，其主要方式也是在相互联系中呈现出包括孙氏兄弟在内的城乡两地各行各业众多青年不同的境遇、成长道路和内心世界。作者力图囊括出生于上世纪五六十年代之交、经历了整个 70 年代的极度贫困、进入 80 年代之后迅速成长起来的青年一代：恰如当年由张枚同作词、谷建芬作曲、传遍大江南北的流行歌曲《年轻的朋友来相会》所谓"八十年代新一辈"（这也是 1980 年 3 月《词刊》发表张枚同原词的原名，作曲家谷建芬谱曲之后，才将歌名改为《年轻的朋友来相会》）。不可否认，小说主要是通过孙氏兄弟，尤其是通过弟弟孙少平的人生轨迹，逐步牵出"八十年代新一辈"人物群像的。小说第一部，写双水村农民孙玉厚举全家之力也只能让儿子孙少平穿着破旧的衣服、吃着最差的"丙菜"在县立高中苦读。但少平有一颗不肯服输的心、酷爱读书善于思考的习惯、对美好生活的强烈憧憬，坚持读完了高中。这样小说第一部就以孙少平的苦读为中心辐射开去，渐次写出了孙少平的众多不同阶层、不同境遇的同学和同乡的青少年时代。第二部写孙少平不愿和婚后"分家"单过的哥哥孙少安一起在农村发家致富，甘愿像乞丐一样来到地区政府所在地黄原市"揽工"，在平凡生活中追求精神上的不平凡。孙少平在"揽工"过程中初步确立了"关于苦难的学说"，就是坚信人生不分贵贱贫富，只有靠自己的双手辛勤工作才能获得真正的幸福，"自己历经千辛万苦而酿造出的生活之蜜，肯定比轻而易举拿来的更有滋味"。因此底层青年不应被任何艰难困苦击倒，而要一次又一次迎接命运的挑战，从中领略生命的尊严与价值，而不仅仅满足于获得一些金钱以改善物质生活条件。作者对孙少平不断贱价出卖苦力的"揽工"生活的精彩描写，在 1980 年代中期率先触及农民工进城现象。不同于 1980 年江苏作家高晓声颇具戏剧性地描写"陈奂生上城"或路遥本人笔下高加林"走后门"进城的个案，《平凡的世界》敏锐地发现，随着农村新经济政策的推行以及刚刚启动的城市建设和工业建设不断增长的需要，农村富余劳动力必将大规模转移到城市这一历史发展的大趋势，孙少平只是在这个历史趋势中涌现出来的无数"揽工汉"的一个典型。这就使《平凡的世界》当之无愧地成为 1990 年代和新世纪之交勃兴的"打工文学"的卓越先驱。小说第三部，写孙少平在黄原市郊阳沟大队好心的曹书记帮助下，获得"招工"机会，成为大牙湾煤矿井下挖煤工。在一大群跟他年龄相仿的"煤黑子"中间，在幽暗、紧张、危险的地下采煤坑道，孙少平进一步丰富了以"劳动者的尊严和意义"为核心的"关于苦难的学说"。作者同时也强调，孙少平对 20 世纪 80 年代中国青年价值观念和人生道路的分化、收入分配的不平衡始终抱着善意的理解与宽容。正如有学者指出的，"相比《人生》中充满高加林的不平之气，当路遥不断叙述'苦难'时，《平凡的世界》反倒显得更加平和与隐忍"①。孙少平谢绝妹妹的男友、省委副书记吴斌之子吴仲平试图通过关系安排因井下事故身负重伤的他留在城市，坚持返回煤矿，并非出于他对城市的偏见和傲慢，他也并非"一定要在某些不协调甚至对立的认识中分出是非来。比如，孙少平自己不愿来大城市生活，并不意味着他对大城市和生活在其间的人们有丝毫鄙视的情绪。不，恰恰相反！这个人常

---

① 杨晓帆:《路遥论》，作家出版社 2018 年第 1 版，第 163 页。

常用羡慕和祝福的眼光看待大街上红光满面的男女老少"。孙少平决定重回矿区，主要是躬行他自己"关于苦难的学说"，"一些人因苦而竭力想逃脱受苦的地方，而另一些人恰恰因为苦才留恋受过苦的地方"。暗无天日的井下和单调乏味的矿区有他割舍不下的牵挂，他觉得听从内心命令做出的决定肯定比依靠世俗标准患得患失的选择要正确得多。

孙少平在探求成长之路上先后接触的"八十年代新一辈"，有来自乡村的贫困学生，有文化程度不高而只知拼命干活的"揽工汉"，有每天冒着生命危险下矿井的"煤黑子"及其提心吊胆的家属，也有生活相对富足的知识分子或干部子弟顾养民、李向前、武惠良、杜丽丽，以及大学生田晓霞、田晓晨、高朗、吴仲平、孙兰香、金秀等。这些众多的同龄人在改革年代经历了各自的人生洗礼，探索着各自的生命意义，由此组成多声部的青春交响曲。由于长期形成的文学观念和阅读习惯，在广大读者看来，从双水村走出的高中毕业生孙少平以及坚持在农村发家致富的孙少安兄弟俩无疑是整部小说焦点中的焦点。这种过于严格地分层次、别主从的人物谱系，一定程度上也符合作品的实际，但如果推至极端，在青年群像中只见主要人物孙氏兄弟的传奇故事（其中孙少平地位又超过孙少安），那就很容易忽略众多次要人物的价值。这不仅有违路遥替普通劳动者树碑立传的初衷，也会导致对青年人物群像乃至《平凡的世界》全书的误读与误判。孙少平确实贯穿全书故事情节的始终。如果单从青年人物群像角度看，小说第一部重心就是少平苦读，第二部重心就是少平"揽工"，第三部重心就是少平下矿井，他的"关于苦难的学说"更是串接这三大叙事重心的一条红线。相比之下，孙少安包产到户、解决和田润叶之间痛苦的感情纠葛、顺利迎娶山西姑娘贺秀莲、拉砖赚得第一桶金、给自己和父母箍新窑、分家、"冒尖"、一度"破产"、最后成功扩大砖瓦窑生产规模以带动全村致富，虽然波澜起伏，却主要属于事务性描写，缺乏孙少平精神探索的深度与情感冲突的力量。但孙少安毕竟也是读书人，他对弟弟的精神追求并非毫无所知。孙少平在铜川煤矿招待所成功劝说少安放弃参股投拍"三国演义"，改为双水村办实事，这说明孙少平并非一味的浪漫主义和英雄主义①，孙少安也并非一味恪守其务实精神。兄弟二人可以互补，他们也因此牢牢占据着整部小说青年人物群像的中心。但《平凡的世界》描写的"八十年代新一辈"不只是孙氏兄弟。作者在孙氏兄弟身上固然着墨甚多，但不少场合也写到他们的缺席和并不活跃。比如路遥以《水的喜剧》率先发表于《延河》的第一部二十六至二十八章，绘声绘色地描写双水村田、孙、金三大姓空前绝后地团结一致，为了活命去东拉河上游"抢水"。在这次行动中，孙少安去山西贺家相亲，从学校赶回家替补哥哥"赚工分"的孙少平担心在外村遭遇同学，基本置身事外。这说明孙氏兄弟并非在每卷每章都是小说故事绝对的中心（孙少安直到第一部第十章才出场）。更重要的是，其他大量青年形象在实际生活和精神情感上并不以孙氏兄弟为中心。他们有各自的人生轨迹，有跟孙氏兄弟不尽相同的对生活的认识。如果说作者写孙少安的着眼点是为了个人与乡邻的发家致富而经常操劳到"纳命的光景"，写孙少平的着眼点是在沉重低贱的生活与工作中始终不忘追求普通劳动者的尊严与价值，那么即使在双水村，孙少安也并非独一无二的典型（"挖塘养鱼"的田海民夫妇就与孙少安夫妇很相似），而正如田晓霞所说，孙少平充其量也不过是"另外一种类型的同龄人"而已。作者看重少安的勤苦与善良，珍惜孙少平作为底层劳动者崇高的精神探索，但既然是写普通人的不普通，平凡世界的不平凡，那么在青年群像的塑造上就不能千篇一律，更不能让居于次要地位的其他青年沦为孙氏兄弟的翻版或影子。实际上，作者不仅千皴万染描绘了孙氏兄弟的善良、坚毅与探求，也实实在在地写出了其他青年人同样缤纷多彩却绝非孙氏兄弟的翻版的青春之歌。比如孙少平的好兄弟金波，从小敢作敢为，一直无私地帮助和鼓励着孙少平。他的成长与成熟跟孙少平一样迅速。尤其从部队转业回乡、跟随父亲学习驾驶之后，金波的成熟度甚至已经超过孙少平。他跟孙少平一样不甘心一辈子做农民，内心深处总是听到模糊而有力的来自远方的呼唤。

---

① 王一川：《中国晚熟现实主义的三元交融及其意义——读路遥的〈平凡的世界〉》，《文艺争鸣》2010 年 12 期。该文集中论述了路遥的浪漫主义如何以类似西方"成长小说""启蒙小说"的手法体现在孙少平这个人物的塑造上。

但他十分体谅父亲金俊海，不想提前顶替父亲捧上"铁饭碗"，让刚刚人到中年的父亲空虚失落。在生活的磨炼中金波变得越来越沉默寡言，他全部的生活重心就是像堂吉诃德对情人杜尔西尼亚那样刻骨铭心地思念那位不知姓名的藏族姑娘。他将这一段情感隐秘深埋心底，在最好的朋友孙少平面前也不肯轻易吐露。金波的强悍与隐忍、深情与脱俗、孤绝与内敛，某种程度上比内心世界全然敞开的孙少平更有魅力。再比如跛姑娘侯玉英，高中毕业后追求孙少平不成，就及时成家，大大方方摆摊赚钱，并不觉得特别失败。漂亮好强的郝红梅当初"攀高枝"抛弃了孙少平，后来又被自己主动追求的同学顾养民所抛弃，被迫在异地隐姓埋名，成家立业，不幸很快沦为寡妇。如果不是与同样自卑而又终于战胜自卑的老同学田润生倾心相爱，郝红梅的命运肯定不如她的老同学、老"情敌"侯玉英。在实际生活中，路遥每次碰到侯玉英、郝红梅这样的旧日同窗，都"真想哭一鼻子"①；他对这一类人物的关切并不在孙氏兄弟之下。小说还写到"双水村的罗密欧与朱丽叶"金强与孙卫红一波三折的爱情与婚姻。孙卫红是被村民们耻笑的"穷积极"孙玉亭、贺凤英夫妇的独生女，金强则是父亲、哥哥被捕之后默默成为全家顶梁柱的成熟少年。他们既不同于孙少安与田润叶残酷的彼此错过，也不同于孙少安后来与贺秀莲多少有些理想化的一见钟情，更不同于孙少平与先后接触过的多位女性没有结果的恋情，他们冲破孙玉亭夫妇的阻扰成功结合，是上世纪80年代乡村青年的另一种典型。另外，作者描写田晓霞与孙兰香那些忧国忧民、不可一世、挥斥方遒的大学同学的火热生活，尽管只是冰山一角，却已经溢出孙氏兄弟视线之外。小说浓墨重彩地刻画了田润叶与李向前从最初强扭的瓜慢慢彼此接纳的无比艰辛的过程，以及作为反面对照的武惠良、杜丽丽夫妇从最初如胶似漆到后来劳燕分飞，更是孙氏兄弟未曾经历和难以想象的。

作者描写一系列青年群像，或许也是为了烘托孙氏兄弟尤其孙少平"关于苦难的学说"以及尊重普通劳动者生命价值这一主题，但那

---

① 路遥：《东拉西扯谈创作》（二），第141页，《路遥精品典藏纪念版·散文随笔卷》，北京出版集团公司、北京十月文艺出版社2014年10月第1版，第127页。

些居于次要地位的青年群像各自的生命历程与精神品格跟孙少平、孙少安又是多么不同！由他们共同组成的青春交响不仅包含着青年人的"励志"，更有超出"励志"之上、与更广大的人群息息相通的"活人的道理"。"活人的道理"这个说法，是田润生跟着名义上的"姐夫"李向前学习驾驶的过程中领悟出来的。这虽然不像孙少平"关于苦难的学说"那样包含更多激励青年人积极进取的倾向，却显得更加朴素、深广而含蓄，也更接近《平凡的世界》的主题。或许可以说，孙少平"关于苦难的学说"是从更加朴素、深广而含蓄的"活人的道理"中提炼出来的一项内容，也是最能打动人心的部分，好像一部交响乐的最强音，但反过来"关于苦难的学说"并不能涵盖"活人的道理"。一个极端的例子就是：孙氏兄弟的精神视野显然不能完全覆盖同样是小说贯穿性人物田润叶"波涛汹涌的内心世界"。作者对田润叶感情发展的追踪、对田润叶心理层次的剖析，完全超过了对孙少平（更不用说孙少安）内心世界的挖掘。田润叶对孙少安的倾心相许，可以视为《人生》中刘巧珍爱恋高加林的一个翻版，但田润叶与李向前的情感纠葛完全突破了刘巧珍和高加林关系的格局，一定程度上是接着《人生》继续讲刘巧珍的故事，讲她被高加林抛弃而被迫与痴情善良的马拴结婚之后可能的结局。这也是当年无数《人生》读者关心的事，他们不敢相信那样深爱着高加林的巧珍怎么可能平平安安地与毫无爱情可言的马拴过上幸福的生活《人生》问世不久，路遥接到许多读者来信，要求他如果修改《人生》或创作"续编"，就必须让马拴死掉，让刘巧珍与高加林破镜重圆。对此路遥当时就颇不以为然，"这是很可笑的，马拴那样好的人，为什么要让他死掉呢"[①]！但《平凡的世界》果真要通过田润叶来继续写巧珍和马拴的故事，又谈何容易！马拴的"后世"李向前固然没死，巧珍的"后世"田润叶也没有发疯，但他们二人经历了怎样痛苦的折磨，才终于艰难地相互接纳！发生在田润叶和李向前之间感情的悲喜剧所形成的巨大冲击力远远超过了《平凡的世

---

① 路遥：《东拉西扯谈创作》（一），原刊中国作家协会陕西分会编《文学简讯》1983年3月28日第2期，此处引自《路遥精品典藏纪念版·散文随笔卷》，北京出版集团公司、北京十月文艺出版社2014年10月第1版，第127、118、129页。

界》所有人物（包括孙少平与田晓霞）心灵的呐喊。《平凡的世界》中"八十年代新一辈"有的终身都要在农村，有的不断向城市迁移，有的本来就生活在城市，有的是干部子弟，有的是普通农民和市民的孩子，有的幸运地考上大学，有的则在社会这所学校学习"活人的道理"。无论他们从事什么职业，无论他们社会地位如何，人生境遇怎样，都会遭遇绕不过去的人生主题，就是应该如何追求幸福生活和存在的意义。在这个共同主题下，每个人的生命都是独特的。如果仅仅聚焦于孙少平由乡入城的生活轨迹和孙氏兄弟不肯服输的意志力，就得出结论说《平凡的世界》整个就是写"城乡交叉地带"或"城乡接合部农家子弟的生活体验"[1]，或孙少平"雄心勃勃"的"进城"故事[2]，整个就是鼓励青少年奋发有为的通俗类励志书，这虽然有部分道理，却攻其一点不及其余，比如孙少平最后的归宿就并非"进城"。"城乡交叉地带"和"青年励志书"的说法，都只看到孙氏兄弟及其周围青年的某一侧面而非全部。更何况，青年人的故事加起来也占不到《平凡的世界》三分之一篇幅，另外三分之二则留给数量众多的各级各部门干部与广大农民群像的塑造。这两部分无论如何也不能简单归入"城乡交叉地带"或"青年励志书"的范畴。

四、国家政治、经济和文化生活的枢纽
——初期改革前后中高层领导干部群像

《平凡的世界》各级各部门干部形象，主要是县级以上中高层干部，公社（乡）和村（队）基层干部在1980年代中期以前还很少脱产，基本属于农民形象的系列。中高层干部代表，是原西县分管农业的革委会副主任、勤政爱民、工作扎实、富有改革意识和创新精神的田福军。小说第一部写田福军目睹濒临崩溃的原西县农业和农民生活，很

---

① 王一川：《中国晚熟现实主义的三元交融及其意义——读路遥的〈平凡的世界〉》，《文艺争鸣》2010年12月。该文集中论述了路遥的浪漫主义如何以类似西方"成长小说""启蒙小说"的手法体现在孙少平这个人物的塑造上。

② 金理：《在时代冲突和困顿深处——回望孙少平》，《文学评论》2012年第5期。

想有所作为，但限于僵化落后的观念与政策，在方方面面的掣肘下无计可施。第二部写田福军在农村新经济政策以及整个国家政治生活恢复正常的形势鼓舞下，排除干扰，励精图治，迅速改变了原西县面貌，但也遭到思想落后自私自利的领导与同事的陷害，一度在省委组织部搞"清查"（等于赋闲），所幸因为新任省委书记乔伯年、省委分管组织人事的副书记石钟的赏识，出人意料地被任命为黄原地区行署专员，很快做了地区党委书记。到了小说第三部，因群众口碑好，工作出色，田福军又被提升为省委副书记兼省会城市党委书记。田福军面对更大的工作挑战，强忍着丧女之痛，更加忘我地投入工作，而他过去的许多同事和上下级也都经历了改革年代的洗礼，各有沉浮升降的命运转折。路遥写领导干部，特点是全面而细致。在1975—1985年（"文革"结束前夕、"拨乱反正"初期直到改革开放全面展开的"新时期"）这一历史背景下，中共黄原地区、地区下辖的原西县、原西县下辖的石圪节及柳岔人民公社、石圪节公社下辖的双水村大队和各小队，这四个层次全套领导班子成员都有各自的表现，包括他们如何认识国家与社会的现状，如何理解和执行基本国策，如何对待城乡人民生活需求，如何对待各自的领导、同事、乡邻、家庭和自己。小说第一部主要写地区及地区以下干部群像，到第二、第三部，省级党政全套班子和若干中央高层领导也频频亮相，由此形成从中央到省、市、地区、县、社和村队层层贯通的党政领导完整体系。各级领导干部是我们国家政治、经济和文化生活得以正常运转的枢纽与关键。在以往小说尤其长篇小说中，干部形象并不罕见，但像《平凡的世界》这样力图完整描绘从中央到地方各级领导班子、成龙配套地系统塑造各级各部门领导干部群像，至今还是独一无二的创举。路遥的文学导师柳青在《创业史》中也注意干部形象的塑造，但《创业史》写干部基本到县一级为止，路遥则进一步写到地区、省级和中央。近年来"官场小说""反腐小说"盛行，官员形象层出不穷，但这些小说写官员，第一缺乏从中央到地方层层贯通的系统性，第二缺乏官员在"官场"内外实际工作和生活的丰富细节，尤其缺乏《平凡的世界》以改革和反改革以及如何以改革为核心对所有官员的全面透视。都是写官，其实不可同日而语。小说对中央一层领导基本上是远距离间接描写，主要通过田福军即将离开黄原地区赴省委履新之前亲自操办的"振兴黄原地区经济汇报会"这个大关节展开。在此之前写中纪委常委"高老"高步杰回到家乡黄原视察，也是关键的一笔，不仅顺带写出若干省级领导以及黄原地区"接高办"（接待高老办公室）一干人等的庸俗可笑，又以"高老"（以及跟着视察黄原的一位副总理）为桥梁，沟通了后来参加在人民大会堂西厅成功举办的"振兴黄原地区经济汇报会"的两百多名中央领导，包括"高老"、级别更高的两位副总理、多名人大和政协副职领导，以及一大批部委（农业部、交通部、煤炭部等）领导。他们大多数原籍就是黄原地区，或者战争年代长期生活战斗于黄原，对黄原感情很深，痛心于它极端落后的当下，群策群力谋划它的未来发展。"汇报会"之后很快签署了二三十项援建老区的项目。当然限于条件，有关中央一级领导，路遥只是点到为止，不可能有更加深入细致的描绘。省级领导这一条线，重点刻画的是从农业部"牛圈"解放出来的新任省委书记、五十八岁就显出老态，但"老骥伏枥，壮心不已"的乔伯年。他一上任就迅速举家从北京迁居到这个四周是"菜帮子"而只有中间一点"菜心"的西部落后省份，不辞劳苦地展开调查研究，面对"二十万平方公里的土地，三千万人口"，深感责任重大，不敢有丝毫懈怠。作为一省最高领导，他最大的忧患还是干部素质问题。他在贫困山区调研时发现，越是贫困地区，干部思想越僵化，而越是思想僵化就越贫困，因此"改变那里极度贫困状况首先要改变那里的领导状况"。他也惊讶于眼皮底下的省会城市极度的脏乱差。他亲率省委省政府领导班子"挤公交"，但这一次摸底性的"现场办公"令他对高级领导严重脱离群众、习惯假大空的工作作风深感震惊却又无可奈何。他发现，喜欢搞形式主义、"头痛医头、脚痛医脚"、缺乏基本办事能力的高级领导，又岂止省委秘书长张生民和副书记秦富功这两位！惟其如此，他才决定从整顿干部队伍入手来打开工作局面。也惟其如此，他才求贤若渴，亲自带着分管组织人事的副书记石钟拜访赋闲中的田福军，将这位群众呼声很高却一直被顶头上司（黄原地区书记苗凯）排挤压制的原西县委副书记提拔为地区行署专员，日后也一直为其保驾护航，实事求是而不是通过不正当渠道（包括大量"告状信"）来评判这位下属的功过是非。乔伯年"戏份"不多，但作者通过上述几个细节，很好地刻画出改革年代一位党的高级领导应有的政治素质与工作作风。比较起来，写得最多更丰满的还是区、县两级中层干部。如上所述，中心人物是田福军，但作者对田福军的刻画多少有些理想化概念化的痕迹。这也情有可原，作者在田福军身上寄托了自己对初期改革的全部热忱。当然关于田福军，小说也有一些精彩的细节描写。比如他在挂职省委组织部搞"清查"时的"儿女情长"，十分难得地关注了儿子晓晨和女儿晓霞的成长，意识到自己作为父亲的疏忽与失职。他能够理解侄女田润叶的不幸婚姻。他后来才知道，润叶之所以答应嫁给没有一点感情基础的李登云之子李向前，主要是因为老岳父徐国强对润叶的一番"点拨"。这位退休的老领导为了把李登云在政治上拉到女婿这一边，不惜用润叶做"棋子"，将担忧"二爸"田福军政坛困顿的润叶推向了婚姻的火坑，所以润叶的痛苦也成了田福军无法弥补的亏欠。他因为避嫌，很少回家乡双水村，但心里一直牵挂着父老乡亲，能够一口报出孙少平和金波爸爸的名字（一位是标准的老农、一位是普通运输公司司机）。晓霞因为在洪水中救人而丧命，田福军悲痛欲绝，但他在整理晓霞日记时发现了女儿与孙少平的恋情，不仅不奇怪女儿何以看中这个普通的农家子弟，反而感激孙少平给予晓霞的美好爱情，索性让孙少平来保管晓霞日记。他感念旧情，因为过去在原西县工作时，副县长张有智经常和他一起对抗县革委会主任冯世宽的无理打压，就多次放过了与张有智交心、帮助后者迷途知返的机会，致使整个原西县的改革因为张有智的消极懈怠而长期止步不前，也由此造成田福军本人政治生涯中不可原谅的一个错误。所有这些往往一闪而过的细节，使作者心目中近乎完美的改革者形象的理想化概念化倾向一定程度上得到了纠正。田福军之外，可圈可点的干部形象也还不少。值得注意的是，路遥很早就注意采用对比手法刻画人物。谈到《在困难的日子里》和《人生》的创作时他曾明确指出，"构思时有这样的习惯：把对比强烈的放在一起，形成一种反差"①。动手写《平凡的世界》之前，路遥读过六遍《红楼梦》，这就使他将"双峰对峙"

---

① 路遥：《东拉西扯谈创作》（一），《路遥精品典藏纪念版·散文随笔卷》，北京出版集团公司、北京十月文艺出版社 2014 年 10 月第 1 版，第 125 页。

的对比法更加纯熟地用来描写干部群像。比如同样是如何对待田福军的任用问题，石钟的知人善任和苗凯的嫉贤妒能就形成鲜明对照。冯世宽原是打压田福军的老上级，后来成了田的副手，但他能够主动冰释前嫌，心无芥蒂地再度合作，而田福军的另一个副手、苗凯爱将高凤阁自以为田的位置本来非他莫属，竟然恼羞成怒，暗中发起一场声势浩大的"倒田运动"，对田福军进行不依不饶的污蔑构陷。田福军为了工作而努力走出丧女之痛，但他的老同事李登云却被儿子的不幸婚姻拖进了悲观的"宿命论"，完全丧失工作热情。周文龙"文革"中大学毕业，自愿下放做公社革委会主任，当时被誉为"新鲜事物"。他思想极左，不惜以残酷的体罚督促社员大搞农田基本建设，自己则以权谋私，让家人长期享受公社食堂的伙食。但进入"新时期"之后，周文龙通过学习，接受了事实的教训，真诚忏悔，洗心革面，成为改革急先锋，而原本与田福军并肩战斗的张有智却从原来的勇敢正直蜕变为利欲熏心、患得患失、刚愎自用、玩忽职守。同样形成鲜明对照的还有苗凯的上梁不正下梁歪，他的秘书白元竟然趁"主子"倒台前伸手要官，而乔伯年以身作则，一身正气，令习惯搞形式主义的省委秘书长张生民很自然地知错就改。对比描写最成功的莫过于张有智的真"养病"而丢官，与苗凯的假"养病"而保官升官。张有智因为意志消沉，潜心"养病"，最后由于玩忽职守而被撤职。黄原地区书记苗凯则因为不满省委没有提拔他所力荐的高凤阁，却起用一贯被他打压的田福军，甚至危及他本人的"政治前途"，就带着一股无名之火，借口"养病"，住进省城医院以静观其变，并以高凤阁充当耳目，随时密报田福军的动向。一旦认为田真有取代他的可能，竟霍然病愈，立即"出院"，杀回黄原。苗凯作为高级领导干部，置工作于不顾，结党营私，欺上瞒下，工于心计，种种丑态跃然纸上。然而当苗凯为同样玩忽职守而面临处分的高凤阁向省委副书记吴斌求情时，却被这位更高的领导在心里鄙视为"根本不懂得高级政治生活"。吴斌所谓"高级政治生活"，无非是在关键时刻见风使舵，选边站队，丢车保帅，确保自己立于不败之地。这时候，苗凯又成了一面镜子，照出平时不肯显山露水的省委副书记吴斌的可怕真容。这又是一个成功的对照描写。说了这么多领导干部，喜爱《平凡的世界》的青年读者或许会感到有些沉闷。

正如《红楼梦》的青年读者总爱看大观园内姹紫嫣红，不爱看贾府上下勾心斗角与贾府之外的官场酬对。但如果无视或忽略路遥塑造中高层干部的苦心，就会很容易对《平凡的世界》形成误判，比如认为《平凡的世界》无非就是写农村底层青年的奋发有为，而严重低估路遥对历史政治与官场百态过人的洞察。

五、"亲爱的"与"外国人"
——初期改革前后农民和基层干部群像

《平凡的世界》大书特书的第三类人物，是初期改革前后黄土高原上的两代农民，中心人物是长期担任双水村大队革委会主任（后改村支书）的田福堂，副主任金俊山，田福堂的忠实追随者、大队党支部委员、农田基建队队长、贫下中农管理学校委员会主任孙玉亭（后升任副支书），第一小队长孙少安（全书结束时被增补为村民委员会主任），第二小队长金俊武（全书结束时接替田福堂出任村支部书记）。公社（乡）及村（队）全套领导班子成员几乎一个不缺，但在小说"故事发生的时间"（1975—1985年），公社（乡）干部主要任务是在县与村（队）之间上传下达，他们经常要么去县上开会听报告，要么召集村（队）干部社员开会，转达报告精神，或者农闲时组织全社范围的农田水利基本建设，其他实际工作（尤其与普通农民日常的近距离接触）并不多。包产到户后直至小说结束的1985年，中国内地大多数公社（乡）的作用更是大幅度降低，所以作者对公社（乡）干部的描写明显少于上面的县、区、省领导和下面的村（队）干部。石圪节公社（乡）主要领导有白明川、徐治功、杨高虎、刘根民。文书刘根民（后提升为乡长）帮助过老同学孙少安贷款买骡拉砖而赚下第一桶金，后来偶有"商机"，也会向孙少安通风报信，在孙少安发家致富过程中起过不小作用。革委会主任白明川（第一部结束时提升为原西县革委会副主任）思想解放，正直干练，厌恶极左那一套，但实际表现并不多。至于"武装专干"杨高虎（后升为副乡长），每次提到他，几乎都是又到什么地方打鸟去了，可见此君平时的闲散无事。为了得到提拔而从县农业局一般干部自愿下放担任石圪节公社革委会副主任的徐治功（后升为主任）举办过包产到户后的第一届"物资交流会"，但小说不提他在这次活动中起到怎样关键的作用，反而详细描写他趁乱与寡妇王彩娥厮混，事情败露后害怕处分，到处求情，最终居然因为泼辣的王彩娥大包大揽，不仅有惊无险，反而被提升为原西县乡镇企业局局长。徐治功这段故事写得很热闹，但与此前孙玉亭与王彩娥的"窑洞事件"几乎如出一辙，这说明作者在描写公社（乡）干部方面，实在是巧妇难为无米之炊。《平凡的世界》写基层干部，着墨最多的是村（队）这一级。跟描写中高层领导干部的手法一样，作者描写农村基层干部，也总是把视线竭力拓展到农村的历史与现实的纵深，渐次写到这些基层干部各自的历史（类似人物小传）、上下级、同事、家人与乡邻。对农村基层干部家人与乡邻的描写尤其显得浓墨重彩（不脱产的基层干部本身也是农民），不仅写到众多家族与家族、家庭与家庭（如双水村孙、田、金三大姓）的关系，还写了孙玉亭孙少安叔侄先后去山西娶亲，孙少安去邻县米家镇为生产队医治病牛、置备结婚用品，去河南巩县买制砖机，金老太娘家亲戚参加葬礼时向金家孝子们"抖亏欠"，"窑洞事件"中王彩娥娘家二十多号人赶到双水村打群架，孙少平在黄原市郊阳沟公社薄情的远房舅舅马顺夫妇和好心的曹书记夫妇两处不同的遭遇……作者由此将笔触伸向其他临近省份和区县的农村，最大限度地呈现农民的群像。小说描写村（队）干部有轻重、主次之分。在农村经济改革之前，主要写田福堂和孙玉亭如何主政乡里，忠实执行极左政策。直到第一部第十章，基层干部主角之一孙少安才正式亮相，小说写他去邻县给生产队医治病牛，很像《创业史》中"梁生宝买稻种"。但孙少安在农村经济改革之前的活动空间与梁生宝不可同日而语，尽管作者不断写田福堂如何防范和忌惮这个能干的小队长，但双水村的政治、经济和文化生活始终牢牢掌握在田福堂、孙玉亭手中，根本不给孙少安任何发挥能耐的机会。他和另一个被田福堂高看的小队长金俊武在经济改革之前唯一的重大举措是偷偷给社员多分了一点自留地，在听到安徽等地包产到户之后，也想在双水村进行尝试。但这两件事都被田福堂、孙玉亭以雷霆万钧之势加以制止，双方谈不上有什么真正的较量。包产到户之后，金俊武基本退居幕后，孙少安作为基层干部也不再有什么本职工作，小说第二、三部主要就

編年史和全景图（节选）

277

写他和妻子秀莲办砖瓦窑如何经常到了"纳命的光景"。小说也写到善良的少安如何思谋"作为邻舍，怎能自己锅里有肉，而心平气静地看着周围的人吞糠咽菜"。他因此冒险贷款，扩大砖瓦窑的规模，以接纳更多乡党做小工，缓解他们的经济压力，直至最后捐资兴学，走向人生"最辉煌的瞬间"。所有这些都只是孙少安发家致富过程中零星自发地为公众和集体着想，他后来主要还是现身为普通农民而非基层干部。相比之下，农村新经济政策推行之前田福堂的威势与奸猾，"穷积极"孙玉亭的"精神享受"，农村新经济政策推行之后田福堂的失落、不平与迅速转换心态做"包工头"，并且不失时机故伎重演，唯恐丢掉最后一点权势，甚至对在他看来有点"阶级报复"的摘帽地主老金家进行反报复。这些都写得非常精彩。孙玉亭的失魂落魄，整天看报纸、打听消息，"梦想复辟"，则更加有声有色。但田福堂、孙玉亭这两位基层干部在改革前后的种种表现充其量只能在翻天覆地的乡村生活变迁史上腾起一点细小的浪花，他们的基本身份始终也还是农民，他们所造之"福"与所贻之"祸"无非是整个"国策"神经末梢的痉挛性颤动。《平凡的世界》写农村基层干部，首先是为了演绎基本"国策"如何贯彻到广大农村，其次是以这些活跃分子为抓手，写出广大农民在不同历史阶段的生活状况，尤其是写出若干家庭内部成员的复杂关系与丰富情感，由此展开农村政治、经济、生产、生活和精神文化各方面在改革前后的一幅幅巨大的历史长卷。《平凡的世界》写农民和农村基层干部，有三个显著特点。首先，是突出地描写各个历史时期一以贯之的农村家庭成员浓浓的亲情爱意。其次，作者很喜欢把普通中国农民和农村基层干部比作外国文艺作品中的人物形象或某些真实的外国人。与此密切相关的是第三，作者哪怕写农村生活极微小的一隅，也力求写出跟这一隅有普遍联系的中国与世界的某个宏观图景，并见微知著，从微小的一隅感知和预测整个国家和社会某些根本性的问题与趋向。书写普通中国人家庭伦理与道德情感的复杂内容，是中国新文学叙事类作品（小说、散文和戏剧剧本）一项重要内容。这里有对传统叙事文学的继承发展，也有对外国文学的借鉴。鲁迅、茅盾、郁达夫、叶圣陶、朱自清、巴金、丁玲、李劼人、老舍、吴组缃、曹禺、赵树理、孙犁、钱钟书、张爱玲、路翎的小说、戏剧和散文对现代中国家庭成员相互关系的描写，既有温暖神圣的相亲相爱，也有黑暗冷酷的彼此折磨，"爱人"与"吃人"两大主题并行不悖，而后者的分量似乎更多一些。上世纪 50 年代以后，"农村题材小说"大行其道，鲁迅、巴金、吴组缃、钱钟书、张爱玲、曹禺、路翎等新文学作家对家庭成员内部无穷的忤逆、刺恼、冲突乃至绞杀的负面和变态伦理关系的暴露性、诅咒性描写减少了，但同时也发生了"阶级情"和"骨肉情"的张力①。路遥的文学导师柳青在 1950 年代末完成的《创业史》第一部以及 1970 年代末勉力修改的第二部，上述张力还仅限于进步的农村青年与落后的父辈的思想距离，一般不会伤害骨肉至亲的天然伦理（如梁生宝和梁三老汉）。某些家庭成员比较严重的隔阂与伤害，主要原因并不来自家庭内部，而往往被归结为某些人物在"旧社会"的特殊经历，或者坏人的介入，如拴拴与素芳夫妻不和、素芳与公公王二直杠的冲突。以"伤痕文学"发端的"新时期文学"直至近三十年来的小说，家庭内部的亲情爱意不是没有，但越来越多的作品开始正视家庭成员的情感裂痕乃至各种意义上的暴力冲突，若干名著甚至就以此为"亮点"，如王蒙《活动变人形》、贾平凹《废都》、陈忠实《白鹿原》、余华《在细雨中呼喊》和铁凝《大浴女》等。在这个背景下读《平凡的世界》，读者不能不感到"双水村"家庭成员之亲爱和睦要远远超过"仁义白鹿村"。无论在贫穷混乱的 1970 年代，还是在生活普遍好转的 1980 年代，双水村几乎都没有像白鹿两家那样的父母与子女的代际冲突，也没有像白鹿两家那样的兄弟姐妹妯娌各为其主、分道扬镳、老死不相往来，更没有白鹿两家那样的夫妻之间名存实亡、貌合神离、尔虞我诈。以孙氏兄弟的原生家庭为例，读者看到的只有父慈母爱，儿女孝顺，兄弟姐妹无条件地相互扶助，夫妻（孙少安与秀莲）如胶似漆，长期瘫痪在床的老祖母成天担忧每一个家庭成员的安危，每一个家庭成员也发自内心地敬重和依恋老祖母。中间虽然有"分家"带来的苦恼，但无论在孙少安秀莲夫妻之间，还是在孙少安与父母之间，抑或在秀莲与公婆和小叔小姑之间，这种苦恼很快就得到化

---

① 王彬彬：《当代文艺中的"阶级情"与"骨肉情"》，参见王彬彬《应知天命集》，人民文学出版社 2014 年 12 月第 1 版，第 18—38 页。

解。"分家"之后的孙家甚至比"分家"之前更加亲爱和睦。"穷积极"孙玉亭在哥哥那不成器的女婿、"逛鬼"王满银被"劳教"并遭大会批判时，在众人面前假装要与哥哥划清界限，但他心里对哥哥的感激与敬重始终未曾改变分毫，"他孙玉亭总不能对他哥哥也实行无产阶级专政……"看到哥哥为老娘的健康大搞迷信活动，"亲爱的玉亭同志"饱满的革命热情与坚定的政治原则也无所施其技。"逛鬼"王满银也是一个极好的例证。不管他怎样不成器，怎样荒唐可恶，孙玉厚全家还是把他看作亲人。王满银对妻子儿女也不乏爱心。因他的荒唐无能吃足苦头的妻子兰花和一双儿女从不记恨这个不称职的丈夫和父亲。小说最后写兰花一片痴心和宽厚忍耐终于等到了她应有的幸福，几乎不可救药的"逛鬼"最后还是"收心务正"了。当然作者也提到孙氏兄弟对姐夫的不满，金俊山对弟弟金俊文和小偷金富父子的不以为然，写到"盖满川"的风流小媳妇王彩娥对死去不久的丈夫金俊斌的"背叛"。但孙氏兄弟不管如何不满王满银，仍然和父亲一起竭力保障他妻子儿女的生活。心中含怒，却从来不出恶言。无论金俊山如何不满金俊文父子，他的初衷却是担忧弟弟一家误入歧途。王彩娥金俊斌夫妻十分恩爱，彩娥为了俊斌之死悲痛欲绝。丈夫生前，她并无任何劣迹。正因为路遥特别看重普通农民家庭的亲情爱意，他在描写农民时就有一个非常有趣的特点，就是不管人物之间相互称呼，还是叙事者称呼人物，几乎一律要加上前缀词"亲爱的""我的亲爱的""我的至亲至爱的"。人物彼此这样称呼对方，并未落实在口头，而是作者替人物在心里这样说话。在作者看来，这是他笔下人物真实情感的必然表达，一点也不生硬，只不过在他们实际的语言系统中缺乏与之对应的言辞而已，所以路遥不得不像鲁迅所主张的那样"给他们许多话"①。路遥在农民内心称谓语方面的大胆创造，不仅一扫"五四"之后、"新时期"和"新世纪"以来现当代中国小说大量描写家庭成员之间负面情感与语言暴力的那种弥漫性阴霾，而且至少在《平凡的世界》所展示的乡村生活中一举扭转了几千年来中国家庭内部匮乏爱意表达的称谓习惯。

---

① 鲁迅：《且介亭杂文·答曹聚仁先生信》，《鲁迅全集》（6），人民文学出版社2005年版，第79页。

将普通中国人与外国文艺作品中的人物或真实的外国人联系起来，是"五四"新文学开创的一个新传统（比如鲁迅《故乡》写"豆腐西施"因为"我"一时想不起她是谁，就"显出鄙夷的神色，仿佛嗤笑法国人不知道拿破仑，美国人不知道华盛顿似的"），但路遥显然有意识地发扬光大了这个新传统，其"中外联系"的写法在小说中可谓俯拾皆是。有趣的是路遥很少将中高层干部比作虚构或真实的外国人（只有一次将思想消沉、疯狂追求美食的原西县委书记张有智比作法皇路易十四），其独特的"中外联系"手法主要用于对农民、农村基层干部和同样是农民出身的许多青年的描写。比如小说一开始就写孙少平营养不良，面黄肌瘦，两颊有些塌陷，却因此更显得"鼻子像希腊人一样又高又直"。接着又写郝红梅激起了孙少平"少年维特式的烦恼"和保尔·柯察金对冬妮娅的情愫。少平的邻居和最贴心的好友金波不远万里去追寻在军马场"认识"的不知姓名不通语言的藏族恋人，其行为类似堂吉诃德。孙少平酷爱杰克·伦敦小说《热爱生命》，"做梦都梦见他和一只想吃他的老狼抱在一起厮打"；他告诉田晓霞，自己很想跟杰克·伦敦笔下的人物那样，拼尽全力地做苦工，甚至独自一人去天寒地冻的阿拉斯加。他感觉只有那样才能实现生命的价值。孙少平还将他在黄原市"揽工"的东关大桥头比作"新大陆"和"我的神圣的耶路撒冷"（后来又把深圳经济特区比作"中国新的耶路撒冷"），而将他准备为父母箍的新窑比作"我的巴特农神庙"。田晓霞来信暗示她正被一个大学男生追求，同时井下挖煤的王师傅又不幸遇难，这两件事让孙少平"精神上扛起了双重的十字架"。孙少平明知田晓霞已经离开人世，但他独自走向两年前和晓霞约定的会面地点时，仍然希望出现奇迹，希望他和田晓霞的结局将是欧·亨利式峰回路转的喜剧，而不是苏联作家尤里·纳吉宾小说《热妮亚·鲁勉采娃》式的悲剧。诗人贾冰不无炫耀地称自己的农村媳妇为"土耳其"。无独有偶，目空一切的现代派诗人古风铃的妻子则是文化程度不高、过日子精细的小学教员，她买回一只铝制开水壶居然漏水，急得大哭，古风铃便略施小计，给报社写了封"读者来信"，附上一首打油诗。这不仅赚得稿费，杂货店还赶紧给他们换了新壶，"现代派诗人用现实主义方法创作的'杰作'，使他那实用主义的老婆破涕为笑"。田润叶虽然"不知道安娜，更不知道娜拉",但她"波涛汹涌的内心世界"一点也不会逊色于安娜与娜拉。"中外联系"的手法在农民和农村基层干部身上的运用更加频繁。孙少安终于克服心理障碍,来县城看望吃公家饭的小学教员田润叶。在县城最大的国营饭店吃饭时,少安坚持要付账,因为他听弟弟少平说,"外国人男女一块上街吃饭,都是男人掏钱买"。少安的妻子秀莲吵着分家,使少安陷入极大的痛苦中,因为他无比留恋由奶奶父母兄弟姐妹组成的原生家庭,那是他的"诺亚方舟"(小说后来又把洪水中"作楫作桥"的老树干比作"伟大的'诺亚方舟'")。田福堂为了打击孙少安,向上级告发少安私自为小队社员扩大自留地,导致少安在群众大会上受到批判。在台上挨批的少安心里默默地将坐在台下不敢抬头的田福堂比作出卖耶稣的"犹大"(小说后来还将工于心计的田福堂比作善于占卜的"古拜占庭人")。再比如,小说好几次将河南人比作"中国的犹太人"或"吉卜赛人"。双水村人集体出动去东拉河上游"嚣坝"偷水时,具有表演天才的农民艺术家田五即兴编了一段"链子嘴",逗得大家有说有笑,"就像列宾油画中查波罗什人在嘲笑土耳其苏丹"。小说还将金强与孙卫红这对恋人比作"双水村的罗密欧与朱丽叶",而此时卫红的父母坚决反对他们恋爱,金强的父亲和哥哥则因为哥哥参与偷窃团伙而被拘捕入狱。再比如村民刘玉升突然宣布自己曾经降到阴曹地府,能做活人死人的中介,甚至可以代濒死者向阎王爷求情以延长寿命。许多无知的村民居然信以为真,神汉刘玉升的地位顿时超过双水村"任何一位世俗领袖",俨然成了常驻该村的"神职人员",而他的一位学徒则尊他为"教父"。还比如,孙少安捐资修建的"双水村小学"落成之日,全村为之举行盛大典礼,县乡两级领导亲临现场为之剪彩,这时候孙少安的媳妇贺秀莲"内心骄傲的程度也许与南希·里根并无差别"。强调乡土中国家庭伦理中的亲情爱意,扭转中华民族几千年来家庭内部的称谓习惯,将农民、农村基层干部和农民出身的青年人比作真实或虚构的外国人,这两种特殊写法或许跟路遥自幼缺乏家庭温暖、喜欢广泛阅读外国文学作品有关,不过从这两种写法造成的叙事效果看,更值得注意的还是作者对"中国人"的认识——他不愿看到普通中国人因为物质生活和精神生活的闭塞、贫穷、落后而落入感情枯竭、僵死麻木的境地,他希望普通中国人能够超越现实生活的羁绊，在精神上与真实和虚构的"外国人"平起平坐。这是"农村题材小说""乡土文学"甚至整个中国文学汇入世界文学、实现本土性与世界性充分融合的必由之路。路遥只是十分真诚而稍显艰涩地走出了第一步而已。

六、中国初期改革前后编年史式全景图
——重释所谓"交叉地带"

从上述两种写法更进一步，《平凡的世界》写农民、农村基层干部、农民出身的青年时刻意追求第三个显著特点，也就顺理成章了，那就是纵然在描写中国乡村极端闭塞落后的一隅时，作者也始终竭力将这一隅放在更宏阔的背景下予以审视，由近及远，见微知著，大胆而敏锐地捕捉乡村生活一隅和整个国家、社会、民族和世界的普遍联系，尤其注意捕捉荒僻一隅所折射、所透露的整个国家、社会、民族和世界发展的某些根本性问题与趋势。路遥对这种写法具有高度自觉。早在 1983 年初一次文学讲演中，他就勉励青年写作者"抓住了一个题材，哪怕是很小的题材，都应该把它放在广阔的社会历史背景上去考虑，甚至这背景不光是中国的，而且是世界的"[①]。1983 年 4 月 9 日写于上海的《柳青的遗产》一文如此描绘他心目中伟大的文学"天才"的品质："他一只手拿着显微镜在观察皇甫村及其周围的生活，另一只手拿着望远镜在瞭望终南山以外的地方。因此，他的作品不仅显示了生活细部的逼真精细，同时在总体上又体现出了史诗式的宏大雄伟。只有少数天才才能把这两个方面统一起来。"[②]《平凡的世界》第一部第二十六至二十八章最初以《水的喜剧》在《延河》1986 年 4 期发表，很可能出自路遥本人之手的编者按说，全书最终目标将是"追求恢弘的气势与编年史式的效果"。在 1991 年 3 月 14 日从西安出发去

---

① 路遥：《东拉西扯谈创作》（一），原刊中国作家协会陕西分会编《文学简讯》1983 年 3 月 28 日第 2 期，此处引自《路遥精品典藏纪念版·散文随笔卷》，北京出版集团公司、北京十月文艺出版社 2014 年 10 月第 1 版，第 127、118、129 页。

② 路遥：《柳青的遗产》，《路遥精品典藏纪念版·散文随笔卷》，北京出版集团公司、北京十月文艺出版社 2014 年 10 月第 1 版，第 110 页。

北京之前准备的茅盾文学奖获奖者致辞原稿中，路遥十分明确地将《平凡的世界》界定为"一部多卷体长篇小说"①。1991 年 6 月 10 日，获奖归来的路遥在西安矿业学院的讲演中明确告诉大学生听众，《平凡的世界》"跨度为十年，从 1975 年写到 1985 年，因为我是编年史式的写法，所以对这十年的背景材料全部要熟悉"②。这也是路遥临终前不久完成的《早晨从中午开始——〈平凡的世界〉创作随笔》反复交代的一条文学准则。《平凡的世界》可以说基本实现了路遥的上述创作意图。小说"故事发生的时间"严格遵循客观社会历史节奏，小说世界内部的年月与现实生活中许多重大历史事件发生的时间往往分毫不差。作者追求的是真实的历史时空和虚构的小说世界高度统一。许多重大历史事件和典型社会现象，如 1975 年 4 月《红旗》发表张春桥《论对资产阶级的全面专政》，1970 年代中期国家和地方政府对农民养猪政策不断调整，农闲季节无偿征调各乡农民大搞农田水利基本建设，定期选派农村干部和积极分子去大寨参观。书中还详细描写了 1976 年 1 月 8 日周恩来总理逝世在原西县引起的震动，1976 年 4 月 5 日之后黄原地区青年人如何秘密传阅"天安门诗抄"，其他如 9 月 9 日毛泽东主席逝世，10 月 21 日粉碎"四人帮"，1977 年 9 月决定 10 月公布恢复中断十年的高考，1978 年 11 月安徽小岗村等地率先推行农业生产责任制，1978 年底十一届三中全会召开，1979 年初为"地主、富农分子"摘帽，1980 年 8 月成立深圳经济特区，1980 年代农村逐渐出现修建庙宇之风——凡此等等都有案可稽（全国和地区报纸杂志以及各类文件）。在空间概念上，西北某省大致对应着陕西，黄原地区大致对应着延安，原西县大致对应着延川县。"对应"不等于重合，但如果没有这种"对应"，小说虚构就会顿时失去来自现实生活丰富厚重的内容和不可或缺的质感。《平凡的世界》毕竟不是社会调查报告，它的有关历史、文化和社会问题百科全书般的"知识"绝非生硬地作为框架包围或支撑着小说故事主体，而是巧妙地穿插于小说故事无比丰富的细节褶皱，在

---

① 路遥：《生活的大树万古长青》，《路遥精品典藏纪念版·散文随笔卷》，北京出版集团公司、北京十月文艺出版社 2014 年 10 月第 1 版，第 90 页。

② 路遥：《文学·人生·精神——在西安矿业学院的演讲》，《路遥精品典藏纪念版·散文随笔卷》，北京出版集团公司、北京十月文艺出版社 2014 年 10 月第 1 版，第 181 页。

重点刻画三类人物形象——干部、青年、农民暨农村基层干部——过程中自然而然地涌现出来。正如这三类人物始终紧密地纠缠在一起，作为背景的丰富而准确的社会历史信息也和人物塑造高度融合。惟其如此，《平凡的世界》才真正称得上是中国初期改革前后一幅气势磅礴的编年史式全景图。难能可贵的是，作者不仅熟稔已然的历史，也敏感于未然的历史，尤其对初期改革逐步推行过程中出现的诸多新的社会文化现象有相当出色的观察和富于前瞻性的思考。

比如，小说频繁写到初期改革几乎必然带来的各种乱象，包括地区发展严重不平衡（省委书记乔伯年所谓对应着该省地貌的经济发展水平呈现的中间"白菜心"与周围"菜帮子"的关系，金福、王满银外出归来告诉双水村人东南沿海与自己所居之地的巨大差异），官员及其家属以权谋私现象（"农民企业家"胡永合和"包工头"胡永州兄弟仗着担任地委副书记的表哥高凤阁胡作非为），连孙少安也觉得无师自通、无可奈何甚至理所当然的行贿受贿行为。行贿受贿不仅在"农民企业家"圈子里大行其道，刚刚晋升为省委副书记和省会城市第一书记的田福军还发现，他属下的省农业局局长也被迫去农业部行贿，而农业部一个小小的女办事员拿到好处后，竟然轻轻松松一下子批给他们异常紧缺的化肥三万吨，而这笔物资本来是要调拨给内蒙古地区的。这件事对田福军刺激很大，他不由得想到，"在改革开放的新形势下，社会各个环节存在着许多令人忧虑的问题，而这些问题又在直接威胁和瓦解着改革本身。从宏观上来说，一个国家和民族的真正强大，不仅依赖经济的发展，同时应该整个地提高公民素质的水准……"包产到户刚刚解决温饱的农民马上碰到"缺钱"问题。为了增产而大量使用化肥对土地进行掠夺性耕种。大件农具、牲畜、年轻人追逐日益增多的小商品，这些生产必需品和农民对美好生活的向往，严重挑战着包产到户后小规模、高成本、难以与市场对接的传统农业经营方式，因此包产到户终究只能解决燃眉之急，农业问题仍然困扰着这个古老而现代的国度。再比如乡村贫富差异与城市阶层相对固化的对比在1980年代初十分明显。个人发家致富与集体涣散也令人触目惊心。王满银铩羽而归，金福锒铛入狱，小翠被逼良为娼，大量招工下矿井的青年知难而退，这些都显示了农村剩余劳动力进城的有限活动半径与迟早要遭遇的瓶颈。孙少安砖瓦窑稍有赢利，要求做小工的乡邻便络绎不绝。当少安为了帮助大家，冒险扩大生产规模，因此一度"破产"时，当初哀求他"雇佣"的乡邻们又不顾情面上门讨债。孙少安的有求必应获得如此回报，这倒似乎反证了田海民、银花夫妇一毛不拔的"现代意识"可能具有某种合理性，但乡村伦理的破坏与重建也因为少安与海民的鲜明对比而被尖锐地提出来。孙少安听从少平的劝说，把原本准备参股投拍"三国演义"的钱拿来改建双水村小学，这固然是双水村学龄儿童之福，但也说明当时尽管娱乐业蓬勃发展，乡村中小学教育却出现了太多盲区，而根子还是各级干部与发家致富的农民思想观念深处对教育的轻视，对混乱的文化市场的迎合。其他如干部队伍和文艺界的急遽分化，科研机构如何更好服务于经济社会，如何正确对待高科技和"外星人"问题……凡此种种也都尽收眼底。小说结尾看似不经意的两处伏笔也意味深长。一是"封建迷信"大面积复活。对神汉刘玉升的装神弄鬼、谋取暴利，作者旗帜鲜明地予以辛辣的揭露和批判，但对于无知乡民的趋之若鹜，敬畏鬼神，小说也给予足够的理解，但最终还是将问题归结为"文化素质"："如果不从根本上提高农民的文化素质，即使进行了几十年口号式的'革命教育'也薄脆如纸，封建迷信的复辟就是如此地轻而易举！"其次是双水村村民们一贯藐视"亲爱的玉亭同志"，对他过去配合田福堂完成的诸般"德政"也怨声载道，但1985年冬天，"亲爱的玉亭同志"不仅没有随着他的政治偶像田福堂"退到'二线'"，反而被提升为大队支部副书记，一如既往地活跃于双水村政治舞台。孙玉亭秉性仁厚，政治信念坚定，绝非紧跟形势的风派人物如苗凯、高凤阁，也不是《芙蓉镇》里的"运动根子"王秋赦或《古船》中老谋深算的不倒翁赵炳，他的留任和提升表明双水村人既往不咎呢，还是都忙于发家致富，热心公益的"玉亭同志"反而"物以稀为贵"，"蜀中无大将，廖化作先锋"，将来主导双水村大方向的会不会还是这位一辈子冥顽不化的"穷积极"？路遥对上述种种历史和现实的思考其实并无多少自信。第二部第五十一章的议论就直接道出他对历史复杂性以及包括自己在内整整一代人的历史局限无可奈何的承认。是的，我们经历了一个大时代。我们穿越过各种历史的暴风骤雨。上至领袖人物，下至普通老百姓，身上和心上都不同程度地留下了伤痕，甚至在我们生命结束之前，也许还不会看到这个社会的完全成熟，而大概只能看出一个大的趋势来。但我们仍然有理由为自己生活过的土地和岁月而感到自豪！我们这代人所做的可能仅仅是，用我们的经验、教训、泪水、汗水和鲜血掺和的混凝土，为中国光辉的未来打下一个基础。毫无疑问，在这一历史进程中，社会和我们自身的局限以及种种缺陷弊端是不可避免的。但这决不能成为倒退的口实。应该明白，这些局限和缺陷是社会进步到更高阶段上产生的。可是，在具体的现实生活中，坚持前行的人们，步履总是十分艰难。中国式的改革就会遇到中国式的阻力①。有些文学史教材认为，在《人生》和《平凡的世界》中，"与王蒙、张贤亮不同，路遥确认当代政策走向的正确性，并把它作为展现人物命运的良性背景"，"自路遥开始，没有悲剧结局的个人奋斗史呈现出来，苦难不再与麻木愚昧相连，而是成为呈现人生奋斗诗情的必需品"，"对历史和现实的模糊认识和对农民人生奋斗图景的景仰与讴歌，使路遥的作品民间情感有余而历史省察不足"②。也有教材说，"路遥描述的社会历史长卷尚缺少更清醒、更深刻的历史意识"③。区别于上述文学史教材抽象概括地指出《平凡的世界》诸多"模糊认识""不足"和"缺少"，有学者则更具体地指出，这些"不足"和"缺少"集中表现为路遥对孙少平"进城"和"奋斗"没有展开更加精准的社会学思考，孙少平"始终将克服'匮乏'的途径放在默认'匮乏'的前提之后的个体奋斗与自我完善之上，将'不平等'待遇看作素质提升所必须经历的严酷考验"，因此尽管作者赋予孙少平"出色的思考能力"，但他偏偏"对'匮乏'与'不平等'的历史性、制度性与结构性障碍却没有太多思考"④。凡此种种，都反映了学术界对《平凡的世界》的某种"共识"。

① 路遥：《平凡的世界》第二部，北京出版集团公司、北京十月出版社 2012 年 3 月第 1 版，第 386—387 页。本文有关《平凡的世界》的所有零星引文均出自该版，恕不一一注明页码。

② 丁帆主编：《中国新文学史》（下册），高等教育出版社 2013 年第 1 版，第 187—188 页。

③ 董健、丁帆、王彬彬主编：《中国当代文学史新稿》，人民文学出版社 2005 年 8 月第 1 版，第 439—440 页。

④ 金理：《在时代冲突和困顿深处——回望孙少平》，《文学评论》2012 年第 5 期。

编年史和全景图（节选）

确实，如果无视路遥对初期改革之前历史荒谬性的痛切反思，如果对路遥笔下真实反映的 1970 年代下半期诸如农民"谈猪色变"和卖老鼠药的王满银们动辄获咎"没有太多思考"，如果看不到路遥对初期改革全面展开后很快遭遇的各种社会问题敏锐的观察与富于前瞻性的探究——这不仅包括干部问题、青年问题、农民问题、蔓延全社会的公民素质问题和似乎永难解决的教育危机，也包括主要应该由"肉食者谋"而未必非得恭请孙少平们去"思考"的"'匮乏'与'不平等'的历史性、制度性与结构性障碍"，就多少有点忽略了小说的具体描写而过分苛求"白天劳动夜里批判"的孙少安们了。为了寻求社会奥秘与人生方向，"揽工汉"孙少平忍着一天下来的所有辛劳和伤痛坚持秉烛夜读，这和张炜《古船》中整天研究《共产党宣言》的隋抱朴何其相似。但他们每天逃不脱的是无尽的受难与沉重的劳作，他们的"专业"不是为"制度"改良而建言献策——尽管他们并非毫无这方面的思考能力。当田福军不耻下问，打听农村主要问题和农民主要关切时，孙少平告诉他，农民最大的愿望是能够由自己决定如何种田，因为这是他们世世代代最熟悉的营生，无须高高在上者面命耳提——这是多么一针见血！如果命运让孙少平考上大学，可以想象他肯定也会像田晓霞眼中的那些 80 年代的天之骄子一样，引经据典，纵论天下，目无余子，舍我其谁。但毕竟没有谁是万能的，每个人都只能默默背起自己的十字架。关于"历史性、制度性与结构性障碍"，即使路遥笔下的"肉食者"们也并非没有"思考"，没有因此而屡屡跌倒。他们也在背负着属于他们自己的十字架。对小说解读而言，细节的真实永远是最值得注意的。如果罔顾孙少平"进城""揽工"全过程所遭遇的辛酸凄苦，如果不理解重返暗无天日、随时有生命危险的矿井并非孙少平"进城"的"中兴"而至少是他肉体生命的"末路"，如果认为贺秀莲身患肺癌，"鲜血喷涌"地倒在用她和丈夫的"血汗钱"重建的双水村小学落成典礼上，乃是路遥一味将"苦难"理解为"呈现人生奋斗诗情的必需品"，如果说第二部第三十四章全景描绘的"揽工汉"生活，尤其是"小翠"的"堕落"和"几个月没见面……似乎又老了许多，腰弯得像一张弓"的"萝卜花"的以苦为乐（他还曾经因为对"小翠"说过几句"怪话"而饱受了孙少平的"拳脚的洗礼"），还有第三部所刻画的"煤黑子"王世才、安锁子们井下作业的繁重凶险和矿工家属们的终日提心吊胆，这些都属于"没有悲剧结局的个人奋斗史"，都透露了"路遥确认当代政策走向的正确性，并把它作为展现人物命运的良性背景"，都说明路遥"尚缺少更清醒、更深刻的历史意识"，那么上述关于《平凡的世界》的"共识"自然还会继续流传下去。1981年10月30日《文艺报》在西安召开农村题材小说创作座谈会，路遥在会上首次提出"农村与城镇的'交叉地带'"①的说法。这个时期路遥的思想以《人生》创作前后的经验为基础，重点并不是抱怨城乡二元固化结构的永难改变，而是强调"城乡之间在各个方面相互渗透的现象非常普遍"②，因此不能始终将"交叉地带"窄化为"城乡交叉地带"或"城乡接合部"，更不能用这个模式来套《平凡的世界》。《人生》中城乡二元生活模式固然还很明显，但《平凡的世界》众多人物的生活轨迹与价值观念早已冲破《人生》的格局，不是仅仅在城乡二元的舞台上演出各自人生的悲喜剧了。细读《平凡的世界》，应该可以更好地理解路遥当初提出的有关"交叉地带""重叠交叉""立体交叉""立体交叉桥上的立体交叉桥"的思考。首先，"交叉"并不限于"城乡"。《平凡的世界》着重描写的干部、青年和农民这三类人物就互相"交叉"着。这部一百一十万字的历史长卷，其中许多人物都是宽泛意义上的"转折亲"，都能通过这样那样的渠道发现他们远近亲疏各不相同的联系。不说别的，"次要人物"田润叶和李向前的婚姻悲喜剧就牵动了多少人的心！所以《平凡的世界》许多人物在他们各自的生活世界都有或多或少的"交叉地带"。其次，历史、现实、政治、经济、教育、文化、伦理，黄土高原和东南沿海，中国和国外，地球和宇宙，也无不呈现网络化交叉图景，尽管路遥可能做梦也不会想到今天的全球信息网时代人类生活更加全面而深刻、更加迅捷而紧密的"交叉"。正是基于对普遍意义上的"交叉地带"的敏锐感知与深刻洞见，路遥才大胆宣布，上世纪50年代那样"蹲点式"深入生活的方式已经过时；描

---

① 《深入农村写变革中农民的面貌和心理——在西安召开的农村题材小说创作座谈会纪要》，《文艺报》1981年第22期，此处转引自杨晓帆《路遥论》，作家出版社2018年5月第1版，第5页。

② 路遥：《关于〈人生〉和阎纲的通信》，《作品与争鸣》1983年第2期。

写任何一个小题目，都必须以认识整个社会为前提①。跟陈忠实一样，路遥也不得不与他的文学导师柳青进行了一场从思想观念到创作方法上的痛苦"剥离"。小说中的老作家黑白，当年以描写农业合作化运动的长篇《太阳正当头》震动整个文坛，俨然柳青转世。他专程拜访老友田福军，"脸上的忧伤变成了痛苦"。他愤怒地指斥1980年代初的农村"完全是一派旧社会的景象嘛！""我们在农村搞了几十年社会主义，结果不费吹灰之力就荡然无存……"但正如田福军在借用列宁分析托尔斯泰创作以安慰"老黑"时所指出的，《太阳正当头》（影射《创业史》）不可避免地带有时代局限，但后人不会怀疑作者"当年的讴歌完全出于真诚"。更重要的是这部作品"的确细致地描写了当时农村的社会生活"，"不能因为作家对当时的生活做出不准的认识和结论，就连他所描写的生活本身也丧失了价值"。路遥对"柳青的遗产"一分为二，既指出其思想观念和"蹲点式"观察生活的方法有局限，又高度肯定柳青将显微镜与望远镜结合、细部与全局汇通的这一文学遗产的精髓永远不会过时。《平凡的世界》就是路遥勇敢地背对文坛的风风雨雨，坚定地沿着柳青依然有效的"天才"创作方法，略加损益，才终于完成的。它当然仍旧带着《创业史》的流风遗韵。文学史上，后代作家不可能对前代作家进行完全的"剥离"。

---

① 路遥：《东拉西扯谈创作》（一），《路遥精品典藏纪念版·散文随笔卷》，北京出版集团公司、北京十月文艺出版社2014年10月第1版，第114页。

图书在版编目（CIP）数据

第八届鲁迅文学奖获奖作品集 . 文学理论评论卷 / 中国作家协会鲁迅文学奖评奖办公室编 . —北京：作家出版社，2022.11

ISBN 978-7-5212-2067-4

Ⅰ . ①第… Ⅱ . ①中… Ⅲ . ①中国文学－当代文学－作品综合集②中国文学－当代文学－文学评论－文集 Ⅳ . ① I217.1

中国版本图书馆 CIP 数据核字（2022）第 200777 号

第八届鲁迅文学奖获奖作品集·文学理论评论卷

编　　者：中国作家协会鲁迅文学奖评奖办公室

责任编辑：秦　悦

装帧设计：薛　怡

出版发行：作家出版社有限公司

社　　址：北京农展馆南里 10 号　　　邮　　编：100125

电话传真：86-10-65067186（发行中心及邮购部）

　　　　　86-10-65004079（总编室）

E-mail:zuojia @ zuojia.net.cn

http://www.zuojiachubanshe.com

印　　刷：河北京平诚乾印刷有限公司

成品尺寸：152×230

字　　数：282 千

印　　张：18.75

版　　次：2022 年 11 月第 1 版

印　　次：2022 年 11 月第 1 次印刷

ISBN 978-7-5212-2067-4

定　　价：58.00 元（平）